박제신화

박제신화

논형

차례

1

외래신화의 소용돌이

포의포의 잔잔한 파도가 활처럼 길게 굴곡져 뻗은 백사장을 쓸며 오르내리는 해안사구를 따라 붉은 해당화가 포기 지어 만발하여 있고, 구십여 호의 갯마을 중심부 기와집 대문가에는 더부룩한 털을 곤두세운 삽살개 한 마리가 짖어대고 있었지만 이를 무시하기라도 하듯 가방을 둘러맨 체부는 널찍한 마당 안으로 들어와 전보 한 장을 셋째 아들 정우에게 건네주었다. 전보를 받아 읽고 있는 그에게 종철이 물었다.

　"무슨 전보냐?"

　종철은 널찍한 대청마루에 장죽을 물고 앉아 담배를 피우며 소리 높여 막내아들에게 물었다.

　"형님이 내일 도착한대요!"

　정우의 목소리는 넓은 대청을 지나 우아하게 하늘을 향해 뻗어

오른 추녀를 스쳐 우람한 기와 용마루 위로 퍼져 나갔다.

"형님이라니?"

종철은 담배 연기를 내뿜으며 부리부리한 눈을 굴렸다. 종철에게 정우 말고도 두 아들이 더 있었기 때문이다.

"시모노세키에서 영우 형님이 보낸 전보입니다."

정우는 전보를 종철에게 건네주며 얼굴 가득히 환한 웃음을 담았다. 종철은 아들에게 전보를 받아 쥐고 조끼 주머니에서 꺼낸 돋보기를 끼고 전문을 읽었다.

"우리 영우에게 온 거냐? 아니면 한우에게 온 거냐?"

정우 어머니가 뒤꼍에서 뛰어나오며 정우를 보고 물었다.

"영우 형님이 내일 온대요. 이제 졸업을 하고 오는 겁니다."

정우는 어깨를 으쓱이며 자랑스럽게 말했다. 종철은 아들의 말에 고무되었는지 고개를 끄덕이며 놋화로에 담뱃대를 힘차게 두들겼다. 넓고 우람한 집 안이 깡깡 울릴 정도였다.

"우리 영우가 대학을 졸업했으니 아마 군수 자리 하나쯤은 넉넉히 하고도 남겠지?"

영우 어머니는 정우에게 동의를 구하는 시선을 주며 혼잣말처럼 중얼거렸다. 정우는 군수 정도야 뭐 어렵겠냐는 듯 빙그레 웃었다. 종철은 잔기침을 세 번이나 거푸 하다가 대통에 다시 담뱃잎을 쑤셔 넣었다.

"공부시키느라 적잖은 토지를 처분했는데 이제 우리 영우가 다시 더 많이 사들여야지."

"임자는 내가 논밭을 팔아서 아들들 공부시킨 것이 부자가 되려고 한 것인 줄 아는 모양이지만 난 그런 것을 바라지 않아."

"조금 전 네 어머니는 영우가 군수가 되어 매각한 땅을 되사야 한다고 말했는데, 너는 어떻게 생각하느냐?"

정우는 아버지의 진의가 무엇인지 몰라 잠시 침묵을 지키며 눈치를 살폈다.

"전, 만일 형님이 군수가 된다면 굉장히 영광스러울 것 같습니다."

"음…. 하지만 지금 우리나라를 다스리는 사람이 누구냐?"

종철은 눈을 내려 감고 나직한 목소리로 물었다. 정우 어머니는 잠자코 부자간의 오가는 말들을 다소곳이 듣고 있었다.

"일본 사람입니다"

"그렇지 분명히 일본 사람이지. 군수는 물론 엄청난 벼슬임에는 틀림이 없다. 그러나 너나 나나 그리고 너의 형은 모두가 일본인이 아니고 조선 사람이 아니냐. 조선 사람이 일본인 아래서 벼슬하는 것은 왜놈들의 앞잡이가 되어 제 민족을 억압하는 짓이다. 조선인은 결코 일본인이 될 수 없다. 조선에서 왜놈들은 물러가야 되고 조선은 우리 조선 사람들이 다스려야 한다. 왜놈들이 물러가지 않으면 우리가 쫓아내야 한다. 이것은 우리 조선 사람의 성스러운 의무야. 이래도 너의 형이 군수가 되어야 한다고 생각하니?"

종철은 아직 어린 아들에게 차근차근하게 그러나 단호한 어조로 설명했다. 처음에는 나직하게 시작했으나 점점 억양이 높아졌다. 정우는 고개를 숙이며 입을 굳게 다물었다. 하지만 정우는 아버지의 말에 감동을 받지 못한 눈치였다. 종철이 영우 어머니에게 큰아들이 금의환향하는데 마을 사람들을 불러 잔치를 열자고 제안하자 영우 어머니도 기꺼이 승낙했다.

"아버지 그동안 안녕하셨습니까."

아래 위 검정색 양복을 말쑥하게 뽑아 입은 영우가 종철에게 큰절을 올리며 감개 어린 어조로 말했다. 종철은 구부려 절하는 아들의 새하얀 와이셔츠의 칼라를 주시하면서 근엄한 표정을 지었다. 영우가 머리를 들고 단정하게 꿇어앉자 종철은 그제야 입언저리에 대견하다는 듯 미소를 짓고, 아들의 얼굴을 새삼스럽게 찬찬히 뜯어보았다. 시원스러운 이마와 날카로운 콧날, 예리한 눈동자는 젊은 시절의 종철이 재생된 듯했다.

"편히 앉아라. 그동안 객지에서 고생이 많았지?"

"부모님께서 염려해 주신 덕분으로 평안하게 공부를 마치고 돌아왔습니다."

아버지의 희끗희끗한 머리칼을 보면서 영우는 지그시 입술을 깨물었다. 조상으로부터 물려받은 기름진 토지를 팔아 공부시킨 아버지의 정성이 새롭게 그의 뇌리를 움켜잡았다. 논밭을 처분하여 공부시킨 아버지에게 자기는 무엇으로 보답해야 할지 생각하면 가슴이 답답하기만 했다.

"이제 아무 걱정하지 말고 마음 편히 집에서 지내거라."

영우는 이마를 왼쪽으로 약간 비틀어 숙이고 자세를 바꾸어 앉았다. 마치 아버지가 자기의 심중을 꿰뚫어 보는 것 같아서 마음이 조마조마해졌다. 영우는 잠깐 나가서 집 안을 둘러보고 오겠다고 말하고 일어섰다.

마루에서 영우는 막내 동생 정우의 손을 잡았다. 그들은 손을 잡은 채 마당으로 내려와 부엌에서 십 대 후반의 예쁜 가정부와 함께 저녁 준비를 하는 어머니에게로 갔다. 그녀는 앞치마에 손을 훔치며 활짝 갠 웃음을 짓고 영우에게 다가와 어깨에 묻은 먼지를 툭툭 털어주었다. 영우는 정우의 손을 놓고 어머니의 어깨를 감싸 안고 말했다.

"어머니도 이제 연세가 들어 보이시는군요."

"사람의 나이 드는 거야 어쩔 수 없지. 그나저나 학교를 마치고 왔으니 장가를 들어야지."

그녀는 아들의 떡 벌어진 어깨를 보며 싱글벙글 흐뭇한 미소를 지었다.

"원, 어머니도 제가 벌써 무슨 장가를 들어요."

"네 나이가 지금 몇인 줄 알아? 나도 이제 며느리가 지어준 밥 좀 얻어먹어 보자. 네 친구들은 모두 장가들을 가서 애 낳고 사는데… 손자가 보고 싶어서 그런다."

"어머니 어서 방으로 들어가세요. 저는 집 안을 한 바퀴 돌아보겠어요."

영우는 껄껄 웃으며 어머니를 떠나 뒤꼍으로 걸어갔다. 말없이 정우가 그의 뒤를 따라왔다. 영우는 걸음을 멈추고 그를 막아선 커다란 뒤주 세 개를 주시했다. 위에는 짚으로 지붕을 이었지만 벽들은 사방이 철판으로 견고하게 만들어져 있었다. 그는 미간을 찡그리며 그 뒤주들을 못마땅한 시선으로 바라보았다. 그러더니 뒤주 앞으로 다가가 주먹으로 두들겨 보았다. 쾅쾅 소리가 울렸다. 다시 걸음을 옮겨 그 다음 뒤주를 두들겼다. 역시 똑같은 소리였다. 맨 나중 것을 제외하고 모두 텅 비어 있었다.

영우는 농촌의 모순과 부조리가 이 뒤주에 함축되어 있다고 생각했다. 쌓이고 쌓인 모순이 분출되기 전에 저 뒤주를 모두 헐어야 한다고 다짐했다. 그것이 바로 자신의 사명이라 중얼거리며 장독대를 돌아 수탉 벼슬처럼 햇순이 돋아난 두 그루의 해묵은 모란 앞에서 걸음을 멈추었다.

"정우야, 넌 모란의 이 자주색을 보면 어떤 느낌이 드니?"

영우는 모란꽃 중에 순이 제일 많이 돋아난 가지를 잡고 의미심장한 웃음을 띠며 정우에게 말했다. 정우는 영우가 쥐고 있는 햇순을 빤히 내려다보았다.

"난 그 빛깔이 싫어요."

"그럼 넌 무슨 빛깔이 좋으냐?"

"난 초록빛이 제일 좋아요."

붉은색이 싫다는 정우의 말에 알 수 없는 섭섭함이 느껴졌다. 영우는 넓은 뜰을 모두 모란밭으로 만들어야겠다고 생각했다. 넓은 뜰에 진홍색 모란이 만발할 후원을 상상하며 만면에 웃음을 가득 담았다.

"아버지. 내년엔 한우가 전문학교를 졸업하게 됩니다. 대학을 보내야지요?"

"글쎄다. 나야 자식들 모두를 대학에 보내고 싶다만 우리 형편이 옛날과 달라서…."

영우는 대답을 못했다. 아직까지 소지주이긴 하나 아들 둘을 일본과 서울에 유학시킨 뒤 실상은 속이 빈 상태였다. 영우는 집안 형편이 예와 다르다는 것을 알아채고 표정이 어두워졌다.

"나도 한우를 더 공부시킬 마음도 없지만 한우 역시 원하지 않고 졸업하면 돈을 벌고 싶다는구나. 내가 공부시키느라 판 논들을 모두 사들여서 옛날보다 더 부자가 되도록 하겠다는 거야."

영우는 자신과 너무나 대조적으로 물질 중심의 삶을 추구하는 한우와 자신 사이에 건널 수 없는 깊은 강이 흐르고 있는 것 같아 심경이 착잡했다.

"전쟁은 요즘 어떻게 되어가니? 네가 보기에 일본이 과연 대동아 공영권의 맹주가 될 수 있을 것 같으냐?"

종철이 오래전부터 묻고 싶었던 질문이었다.

"일본은 결단코 대동아의 맹주가 될 수 없습니다. 그들은 필경 걷잡을 수 없이 망하고 말 겁니다. 일본이 미국을 도발한 것은 계란으로 바위치기나 다름없기 때문입니다."

"그렇겠지. 나도 너와 동감이다. 그 못된 왜놈들이 감히…. 암, 어림없는 소리지."

종철은 통쾌하다는 듯 영우의 말에 맞장구를 쳤다. 영우는 아버지의 변함없는 강인한 항일정신에 감복했다. 그는 아버지의 마음이 추호도 변하지 않았음을 확인하자 자신이 고향에서 추진하려는 일에 원군을 얻은 것 같아 용기가 배가되었다.

"만일 일본이 전쟁에서 지게 되면 우리 조선은 어떻게 될까?"

"그러면 조선은 해방이 됩니다. 저는 그때를 대비하여 지금부터 그에 대한 준비를 할 요량으로 일본에 머물지 않고 귀국했습니다."

영우가 앞으로 할 일에 대해 털어놓자 종철은 고개를 끄덕이며 동조했다. 저녁상을 물리고 종철과 영우, 정우는 방안에 남아 계속해서 시국담을 나누었다. 영우는 이 기회에 자기가 가진 포부와 계획을 구체적으로 말하기로 작정한 것과 달리, 종철은 영우에게 빨리 장가를 들라고 종용하기로 벼르고 있었다.

"남들은 제가 졸업을 했으니 무슨 큰 벼슬이라도 하나 얻을 것이라 믿고 있겠지요. 쉽사리 벼슬을 내주지도 않겠지만 그것을 준다 해도 마다할 것입니다. 대한제국은 경술국치로 인해 국권을 잃었습니다. 그렇다고 우리가 왜놈들만 나무랄 수는 없어요. 우리 조선인 대부분이 공범자이기 때문입니다. 따라서 일본을 원망하기 전에 우리 자신을 먼저 꾸짖고 반성해야 합니다. 전 일본인 밑에서는 결코 일하지 않겠습니다. 더 이상 남들처럼 공범자가 되지 않기 위해서입니다. 앞으로 아버지께서는 저의 포부를 이해해 주시고 제가 하는 일을 도와주시길 앙망합니다."

"그러마. 지금은 비록 향반이 되었다만 우리는 본래 양반의 후예다. 양반은 경세제민의 의무가 있다. 너를 동경에 유학을 보낸 이유도 여기에 있다. 적을 이기려면 먼저 적을 알아야 한다. 손자(孫子)의 병서를 보면, '적을 알고 자신을 알면 백번 싸워도 위험이 없다'는 말이 있다. 또 적을 알지 못하고 자기만 알면 한 번 이기고 한번 진다고 했으며 적도 모르고 자기도 모르면 싸울 때마다 패한다는 구절이 나온다. 너는 언제나 이 말을 명심하고 살아야 한다."

"명심하겠습니다."

"그렇다면 너는 앞으로 무슨 일을 어떻게 할 작정이냐?"

"아직은 좀 더 신중하게 생각해 봐야 하겠습니다."

"매사에 사람은 신중을 기해야 하는 법이야."

종철은 경솔하지 않고 진중한 영우의 마음가짐이 무엇보다 좋았다. 필시 영우가 이미 모든 복안이 서 있으면서도 섣불리 자기에게 말하지 않은 것이라 짐작하고는 진지한 어조로 말을 이었다.

"그러나 넌 이제 겨우 수신밖에 이루지 못했다. 수신제가치국평천하(修身齊家治國平天下) 라는 말도 새겨 둘 만하다."

영우는 아버지의 의중을 헤아리고 미소를 지었다. 아버지가 필시 결혼 문제를 꺼낼 것이라 예측하고 그는 미리 답할 말을 준비하고 있었다.

"너는 곧 서른 살이다, 그러니 장가를 가야 한다. 네가 비록 결혼을 하고 싶지 않아도 의무적으로 해야 한다. 한우도 장가갈 나이에 이르렀으니 당장 너부터 서둘러야 하지 않겠니?"

어투는 영우의 의견을 묻는 형식이지만 장가를 들라는 명령이었다. 영우는 잠시 생각에 잠겼다가 거절할 수 없음을 인식하고 고개를 들었다. 사실 영우는 결혼할 의사가 아직은 없었지만 자기를 위하여 모든 것을 희생한 아버지에게 거절할 용기가 없었다. 더구나 《대학》의 구절까지 인용해서 말하는 데는 반대할 별다른 명분을 찾을 수가 없었다. 결국 그는 부모의 의견을 따르기로 마음먹었다.

"전 부모님 의견에 따르겠어요. 결혼 문제는 아버지 뜻에 맡기겠습니다. 누구든 아버지께서 택해 주신 여자를 배필로 삼겠습니다"

실지로 부모가 골라준 여성이 영우의 마음에 찰 리가 없었다. 그러나 앞으로 자기가 해야 할 일을 실천에 옮기려면 아버지의 마음을 거역해서는 안 된다고 여겨 영우는 가볍게 수락했다. 자신의 포부를 위하여 결혼을 그에 대한 희생의 대가로 치러도 좋다는 생각에서였다. 그에게 종교적 신념처럼 자리 잡은 공산주의의 실천을 위해 결혼 문제는 사소한 것쯤으로 인식했다.

"아버님이 평소에 염두에 두신 규수가 있습니까?"

영우는 자기의 야망을 위하여 배우자의 선택을 양보할 수도 있다고 다짐하고 넌지시 아버지의 의중을 떠보았다. 필시 오래전부터 점찍어 놓은 규수가 있으리라는 짐작이 들었기 때문이다. 예상한 대로 영우의 말이 끝나기 무섭게 종철은 말을 받았다.

"건넛마을 김 주사 댁 규수인데 너의 어머니도 오래전부터 칭찬하던 처녀다. 왜 김 주사는 너도 알지 않느냐. 나하고도 막역한 사이지."

"네. 저도 압니다. 그 집에 처녀가 있었던가요?"

"인물은 물론이고 중학교를 졸업한 데다 가문도 좋고 가세도 유족한 편이다."

이미 아버지가 그 김 주사 딸을 확고하게 며느리로 생각하고 있음을 눈치챈 영우는 마음이 허전해졌다. 자기와 평생을 함께할 배우자의 선택이 너무나 일방적으로 쉽게 결정되어 아쉬움은 남았으나 권위적인 아버지의 명령을 거역할 수 없음을 그는 알고 있었다.

흙담 밑에는 갖가지 꽃들이 파릇파릇한 움이 돋아나고 먼 산봉우리에 아지랑이가 아른아른 피어올랐다. 영우는 방문을 활짝 열고 아지랑이가 모락모락 피어오르는 산봉우리를 응시하다가 머리를 쓰다듬어 올리며 밖으로 나왔다.

며칠 동안 잔칫집처럼 부산을 떤 뒤 처음으로 방문객도 없고 한가한 시간이 되었다. 영우는 집 안을 정사각형으로 둘러싼 채 기와를 이고 있는 높다란 담장을 둘러보며 대문을 나왔다. 그가 제일 먼저 오성을 찾아가는 이유는 그와는 동기동창인 데다 가장 막역한 사이여서다.

신작로로 나온 영우는 오성이 살고 있는 마을을 향해 서두르지 않고 천천히 걸어갔다. 두껍게 자갈이 깔린 신작로가 길게 꼬리를 그으며 산모퉁이를 가물가물 돌아갔다. 길 양편에는 제법 넓은 들판이 펼쳐져 있었고 남쪽으로는 동해의 푸른 물결이 넘실거렸다. 신작로는 강을 건너기도 하고 밋밋한 고개를 오르기도 하며 서쪽으로 길게 이어졌다. 밭고랑에는 파란 보리가 줄지어 무성하게 자라고 있었다. 바람에 날려 헝클어진 머리칼을 쓰다듬어 올릴 생각도 않고 두 손을 주머니에 찌른 채 영우는 신작로를 걷고 있었다.

영우는 바다가 보이는 지점에서 걸음을 멈추고 넓게 트인 수평선을 한참 동안 응시했다. 수많은 갈매기 떼가 날아다니고 있었다. 그의 시선이 갈매기를 따라 옮겨가다가 한곳에 머물렀다. 발동선이 검은 연기를 뿜으며 세 척의 목선을 끌고 포구 안으로 들어오고 있었다. 끌려오는 세 척의 목선에는 사람들이 타고 있었다. 왜인 노무라가 경영하는 정치망 어장의 부속된 배들이었다. 해안에서 놀고 있던 갈매기들이 떼를 지어 배들 위로 배회하며 날고 있었다. 어장에서 잡은 물고기들을 본 것 같았다.

영우는 눈살을 찌푸리며 몸을 돌려 걸음을 재촉했다. 구둣발에 밟히는 자갈 소리가 유난히 그의 고막을 때렸다. 얼마 후 오성이 살고 있는 마을 초입의 갈림길로 접어들었다. 영우가 마을 안으로 들어서자 바깥에 나와 있던 사람들의 시선이 일제히 그에게 쏠렸다. 그는 알든 모르든 간에 일일이 공손하게 인사를 했다. 자기는 비록 모른다고 해도 그들은 자신을 잘 알고 있으리라 생각했기 때문이다.

오성의 집으로 가는 길목에 큰 기와집 한 채가 있었다. 영우는 지나치면서 흠칫 집 안을 들여다보았다. 지은 지 얼마 되지 않은 말쑥한 집이었다. 집 안팎으로 지푸라기 하나 없이 정결했다. 영우는 그 집 주부의 알뜰한 성격을 마음속으로 칭찬하면서 오성의 집 대문 앞에서 걸음을 멈추고 안을 기웃거렸다. 어느새 영우를 발견한 오성이 벌컥 방문을 열고 마루로 나오며 소리쳤다. 고함에 가까운 목소리였다.

"영우 아닌가. 어서 들어오게나. 자네가 우리 집에 왔으니 경사로 구만."

"제수씨는 어디를 가셨기에 나와서 인사도 없나?"

마당 안으로 걸어 들어가며 영우가 농담을 했다. 오성은 신발을 거꾸로 끌고 마당으로 마중 나오면서 대꾸했다.

"이 사람아 자네에게 형수님이지 어떻게 제수씨란 말인가…."

그들은 힘차게 서로의 손을 움켜잡으며 한바탕 시원스럽게 웃었다. 오성은 왼손으로 영우의 어깨를 감싸 안고 방으로 들어갔다.

"자네 설마 요즘도 한량처럼 바람피우고 다니는 건 아니겠지?"

"무슨 쓸데없는 소리를, 나야 원래 불필요한 부지런은 떨지 않는 사람이지만 바람은 옛날 말이야. 이래 봬도 어엿한 아이 아버지야."

"그래? 아이는 아들인가 딸인가?"

"마누라가 뇌성산 선녀들과 목욕하는 태몽을 꿨다길래 토끼처럼 예쁜 딸아인가 보다 싶었지. 그런데 정작 고구마 같은 아들놈을 얻었지 뭔가!"

영우는 웃음을 터뜨렸다. 여전히 익살맞고 유머를 할 줄 아는 오성이가 그의 마음을 즐겁게 했다. 그들은 일상적인 이야기를 한참 동안 주고받다가 오성이 갑자기 정색을 하며 말했다.

"자네는 그리고 보니 벌써 노총각이 다 되었구만. 부모님을 위해서라도 어서 빨리 결혼을 해야 할 것 아닌가?"

"난 또 무슨 중대한 이야기나 한다고."

"이 사람아 이 이상 중대한 이야기가 또 어디 있나."

영우는 그의 말을 속으로 되풀이하며 과연 중대한 일이라고 새삼스럽게 깨달았다. 문득 김 주사 딸이 이 마을에 살고 있다는 것을 상기하고 오성의 심중을 떠보았다.

"그러면 자네에게 중매를 부탁해 볼까. 마땅한 처녀가 있으면 소개나 한 번 제대로 해보게나."

"날 더러 중매를 서라고? 진심이라면 한번 생각해 보지. 그런대로 영우와 짝이 될 처녀는 아마 우리 마을의 김 주사 딸 말고는 없을 것 같은데."

"그 여성에 대해 좀 더 자세히 알고 싶군."

오성은 영우가 농담을 하고 있는 것이 아님을 깨닫고 고개를 갸웃거렸다. 그는 영우가 시골 처녀와 결혼 하리라는 것을 상상도 하지 못했기 때문에 놀라는 표정을 지었다.

"이름은 김은숙이고 우리 마을에서 제일 부잣집 딸이고, 용모도 예쁜 편이야. 중학교를 졸업했다고 들었네. 만일 영우가 시골 처녀와 혼인을 한다면 최고의 신붓감이 될 것이네."

영우는 아버지가 점찍은 배우자에 대해 마음이 놓였다. 기분도 한결 홀가분해졌다. 오성이 이처럼 칭찬하는 걸로 봐서 별로 나쁘지는 않다고 여겼기 때문이다. 오성이 계속 은숙에 관해 말하려고 하자 영우는 손을 들어 제지하고 화제를 바꾸었다.

"그 문제는 그쯤 해두고 실은 자네와 긴요한 문제를 상의하려고 왔다네."

"긴요한 문제라, 도대체 무슨 일인데 그처럼 심각한 표정을 짓는 건가?"

영우는 얼른 대답하지 않고 뜸을 들이다가 오성의 얼굴을 새삼스럽게 주시했다. 도회인처럼 하얗고 말쑥한 용모를 지닌 오성이 과연 위험하고 엄청난 큰일을 할 수 있을까 하는 의구심이 일었다. 그러나 날카로운 콧날과 예리한 눈빛을 가졌으니 험한 일이라도 넉넉히 감당할 여지가 있다고 생각하고 영우는 무겁게 입을 열었다.

"나는 자네와 힘을 합하여 나라를 위해 중대한 일을 하려고 하네. 자네나 나는 남들보다 몇 자씩 더 배웠다는 죄로 위험을 감수하고 이 일을 해야 할 의무가 있다고 믿어. 그래서 난 누구보다 자네와 먼저 이 문제를 상의하려는 걸세."

오성의 가느다란 눈이 더욱 가늘어졌다. 위험한 일이라고 강조하는 영우의 의중이 아리송했다. 오성은 항일운동을 함께 하자는 말이라고 지레짐작하고 선뜻 대답을 못하고 어서 말을 계속하라는 눈짓을 했다.

"우리는 누가 뭐라 해도 이 나라의 지식층임에 틀림 없어. 일본인에게 아부만 하면 누구보다 잘 살 수도 있지. 그렇게 되면 왜놈보다 더욱 악랄한 자들이 되고 말 거야. 나라를 팔고 민족을 능멸하는 대열에 가담할 수는 없잖은가? 왜놈의 노예로 편안하게 살기를 원하는지 아니면 이 나라의 주인이 되어 당당하게 살기를 원하는지 묻고 싶네."

"그야 당연히 나라를 위해 일하는 사람이 되어야지."

"내 그리 대답할 줄 알았네. 현재 우리는 배부른 노예도 아니고 굶주리는 주인도 아니야. 일본을 원망할 수만은 없는 상황인 거지. 나라와 나라 사이의 문제는 유사 이래 지금까지 정의와 양심이 개재된 사실이 없고 오직 힘의 작용이 있었을 뿐이야. 힘이 국제 관계에서는 곧 진리라는 사실을 부정하고 싶지만 인정하지 않을 수 없어. 일본이 조선보다 강했기 때문에 우리 조선인이 그들의 노예가 된 거야. 따라서 우리는 우리의 무력함을 먼저 깨닫고 난 다음에 일본을 원망해야 한다고 보네. 난 지금 자네를 언설로 설복하려는 게 아니야. 자네가 설복당할 사람도 아니고…"

"계속하게나. 나 역시 비슷한 생각을 하고 있었어."

영우는 오성의 긍정적인 반응에 용기를 얻어 말을 이어갔다.

"지금까지 내가 한 말을 한마디로 요약하면 오늘의 비극은 일본의 잘못이라기보다 우리 조선인의 과실이며 다시 말하면, 우리 조선 사람 상당수가 일본인들과 야합한 경술국치로 일제강점이 이루어졌네. 우리 또한 공범자라 해도 과언이 아니지. 이제부터는 공범자의 탈을 벗고 조국의 해방을 찾아야 해. 대단히 어려운 문제고 또 하루 이틀 만에 해결될 성질의 것도 아니야. 우리의 힘으로 일본 제국주의를 몰아낸다는 것은 실상 불가능한 일일지도 몰라. 그러면 누가 해방을 가져다줄까? 내 좁은 소견으로는 일본 스스로가 우리에게 해방을 선물할 것 같아."

"일본이 우리에게 해방을 준다? 그 참 이상한 말일세 그려. 구체적으로 설명하면?"

오성은 영우를 응시하며 상세하게 말하기를 재촉했다. 영우는 어조를 낮추어 나직하게 그러면서도 논리정연하게 말을 이었다.

"일본은 앞으로 오 년 이내로 반드시 망하고 말 거야. 이것은 그저 단순한 희망이나 막연한 추측이 아니야. 신문이나 라디오에선 맨날 승승장구를 떠들지만 실지로 패전의 징조가 나타나고 있다네. 하나의 예로 지원병이란 명목 아래 조선인 학생을 징집한다는 풍설이 돌고 있네. 그뿐만 아니라 일본 국내에서도 민심의 동요가 나타나고 있어. 그리고 상식적으로 일본이 미국을 당해낼 수 있을 것 같은가? 만에 하나 소련이 참전하는 날이면 정말로 끝장이 나는 걸세."

"알았어. 일본이 망하면 조선은 자동적으로 해방이 된다는 말이군. 그래서 일본이 망하고 조선이 해방된다면?"

"바로 그걸세. 내가 자네와 상의 한다는 일이 바로 그거야."

영우는 다소 억양을 높여 이렇게 말했다. 오성이 영우가 하고자 한 말을 대신했기 때문에 긴 설명이 불필요하게 되었으므로 내용을 요약하여 본론으로 들어갔다.

"오성! 자네는 우리 고대국가 신라의 국가 통치이념이 무엇이라 생각하나?"

"그야. 불교사상이 아니겠나."

"그렇지. 불교는 신라인의 주된 통치이념이었어. 고려 역시 불교를 숭앙했는데 왕조가 국교를 잘못 운영하여 불교의 타락을 야기한 나머지 망국을 촉진했다고 사가들은 말하네. 고려 다음 조선조의 건국이념은 아는 것처럼…."

"유학이지…, 근데 왜 갑자기 그런 것들을 이야기하나?"

오성은 고개를 갸웃거리면서 영우의 얼굴을 빤히 바라보았다. 영우는 오성이의 손을 덥석 잡으며 한층 더 열을 올려 말을 이어갔다.

"한 나라가 탄탄한 기반 위에 서자면 반드시 치국이념이 있어야 하네. 그렇다면 불교사상과 유교사상은 수천 년간 우리 민족 국가의 모태가 되어 왔는데 그 효력이 다하여 나라가 망하자 일본인이 우리 조선인에게 상감마마 대신 덴노헤이카(天皇陛下) 숭앙의식을 주입시키려 하고 있네. 그 증거로 방방곳곳에 세워진 신사(神社)를 보면 알 수 있지."

"음, 이제야 자네의 의도가 무엇인지 어렴풋이나마 짐작할 수 있을 것 같네. 요컨대 자네 이야기는 어떤 시대, 어떤 나라든 당대의 백성을 이끌어가는 데 통치사상 만큼 중요한 것이 없고 그것이 곧 공동체의 운명을 좌우한다는 점을 간과해서는 안 된다는 얘기 아닌가."

오성은 크게 고개를 끄덕였다. 지금껏 흐리기만 했던 시야가 갑자기 확 트이는 느낌과 동시에 천여 년간의 기나긴 한반도의 역사가 일목요연하게 정리되는 느낌이 들었다. 신라와 고려는 불교사상을, 조선조는 공맹사상을 통치이념으로 삼아 나라를 경영했다는 점을 새삼 느끼게 되었다.

"신라, 발해, 고려, 조선조 등 우리의 중세 정통 왕조 모두 외국에서 형성된 이념을 중심으로 국가를 통치했으며, 현재도 황당무계한 덴노헤이카라는 일본의 군국주의 우상이 우리를 지배하고 있어. 이 정체불명의 덴노헤이카는 과거 불교나 유교에 비해 훨씬 저급하고 요망한 허상이야. 장차 조선이 해방되면 불교와 유교와 같은 인민을 다스리는 이념이 있어야 하는데…. 그 이념에 대해 생각해본 적이 있는가?"

"물론 불교나 유교는 아닐 것이고…"

"그 이념들은 이미 낡았어. 유학은 오백 년간이나 우리 민족을 지배했지만 이미 그것은 옛이야기에 불과하다고 봐."

"해방된 조국을 지배할 이념을 자네는 알고 있는가?"

오성은 영우를 주시하며 이렇게 물었다. 영우는 이 기회를 잘 활용해야 한다고 생각하고 호흡을 가다듬으며 잠시 침묵하다가 말을 이었다.

"그것은 다름 아닌 공산주의야. 사회주의라고도 하지. 마르크스와 엥겔스가 자본주의의 모순을 지양하여 만든 참신하고도 완전무결한 사상이야. 현재 일본 인텔리겐치아 청년들도 모두 이 공산주의를 굳게 신봉하고 있네."

"공산주의라…, 그 사상의 골자는 대체 어떤 것인가?"

"공산주의만이 뒤떨어진 우리 조국을 부흥할 수 있는 유일무이한 완벽한 사상이야. 지금 전 세계의 지식인들을 사로잡고 있어. 앞으로 세계의 모든 국가는 공산주의 국가가 될 거야. 온 국민이 공산주의 이념으로 무장한다면 단시일 내에 우리 조선도 강국이 될 수 있어. 공산주의 국가가 된다면 그렇다는 얘길세. 이미 자본주의는 과거 조선조의 공맹사상처럼 낡은 사상으로 전락했어."

영우는 확신에 찬 언어로 오성을 설득하고 있었다. 영우의 논리 정연한 언어는 확실히 효력이 있었다. 오성의 머리는 다른 것에 오염되지 않은 진공상태였기 때문이다. 마치 백지에 잉크를 떨어뜨리면 짙게 스며드는 것과 같은 이치였다. 평소 나라를 위하여 무엇인가를 해야 한다고 막연하게 생각만 하고 있던 오성은 영우의 설득으로 급조 공산주의자로 순식간에 변모해 가는 중이었다. 계속해서 영우는 상대의 마음을 사로잡을 만한 문구를 동원하여 공산주의 이론을 설명하는 한편 이를 통속적으로 연역하여 상대의 마음을 사로잡았다. 영우는 잉여가치설에 대해 말하려다가 그만두었다. 구태여 어려운 논리를 동원할 필요를 느끼지 않아서였다.

"오성! 나와 손잡고 조국을 위하여 그리고 공산주의의 승리를 위하여 함께 일하지 않겠나? 조국을 일본인에게 빼앗긴 우리 젊은이들이 그들과 끝내 공범자가 되어 반민족적으로 살 수는 없지 않은가? 그러기 위해서는 우리가 앞장서서 공산주의 깃발 아래 굳게 뭉쳐야 하네."

"좋아! 함께 조국을 위하여 싸우기로 약속함세. 그리고 공산주의 광장에 모두, 특히 젊은이들을 모이게 노력하는 자네의 일에 적극 협조하겠네."

영우는 말없이 오성의 두 손을 힘차게 움켜잡았다. 얼마 동안 그들은 손을 움켜잡은 채 강렬한 눈빛을 교환했다. 오성은 이미 설익은 공산주의자가 되어 있었고, 영우 덕분에 무기력하게 하루하루를 소일하던 생활에서 벗어나 삶의 활력소를 얻게 되었다고 자부했다.

"앞으로 우리가 무엇을 어떻게 해야 하는지 그에 대한 자네의 계획을 알고 싶네."

"제일 먼저 이 부근에 지식인 서너 명을 섭외하고 섭외한 인물들을 중심으로 활동을 펼쳐야 하네. 그러기 위해서는 먼저 공산주의 이론을 정확하게 알아야 하네. 나에게 공산주의의 성전인 《자본론》이 있으니 이것을 함께 공부하면서 어느 정도 이론을 갖춘 후 동지를 규합하여 조직을 확대하기로 하세. 누구 적당한 사람 없을까?"

"장병수와 서창복은 아마…, 찬성하고 동참할 거야."

"됐어! 그럼 우선 나와 자네, 병수, 창복 등 네 사람으로 만족하고 공산주의 이론을 공부하도록 하세. 한마디 첨부할 것은 일본은 공산주의를 절대적으로 반대하는 상황이니까 무슨 일이 있어도 비밀을 지켜야 하네. 특히 조선인이 공산주의 운동을 할 경우에는 항일운동과 마찬가지로 엄하게 다스리고 있으니 각별히 조심해야 하네. 일본경찰은 항일운동과 공산주의자들의 동태를 살피기 위해 특별 부서까지 만들어 놓은 상태야."

영우는 말을 마친 후 길게 한숨을 내쉬었다. 그는 오성이 말한 병수와 창복의 경우 섭외하기가 용이하다고 믿고 있었다. 사실 오성이 병수와 창복 등을 입에 올리기 전에 그는 이미 두 사람을 마음속에 담아 둔 상태였다.

영우는 쉽지 않을 것이라 여겼던 오성을 설득하고 나자 벌써 반은 성공한 것이나 다름없다고 속으로 쾌재를 불렀다. 사이비 박제

신화인 덴노헤이카가 우상이 대국 또는 상국으로 지칭된 중국의 굴레를 벗어나는 데 기여를 했다고는 하지만, 소위 천황으로 상징된 일본의 군국주의가 실은 더 간악한 우상이 되어 조선을 유린하고 있다는 사실을 상기하며 영우는 자신도 모르게 쓴웃음을 지었다. 그러나 자신이 새로운 굴레를 조선 사람들에게 씌우고 있다는 점에 대해서는 전혀 의식하지 못하고 있었다.

그는 일급 참모가 된 오성과 더불어 일제가 강제로 침투시킨 군국주의라는 박제신화를, 우선 고향을 시발점으로 하여 군과 도로 확장한 뒤 전국에 걸쳐 소멸시킬 수 있다고 확신했다. 영우는 친구에서 동지로 변모한 오성과 오랫동안 이야기를 나누다가 해가 뉘엿뉘엿 서산마루에 걸터앉았을 무렵 그의 집을 나섰다.

"바로 저 집이 김 주사의 집이야."

나란히 걸어오던 오성이 팔꿈치로 영우의 옆구리를 쿡 찌르며 하는 말이다. 영우는 고개를 돌려 그 집을 보았다. 처음 영우가 오성의 집으로 오다가 보고 아담하고 깨끗하다고 느낀 바로 그 집이었다. 영우는 유심히 그 집 안을 들여다보았다. 아랫방 축담 위에 고무신 한 켤레가 얌전하게 놓여 있었다. 그는 그 고무신이 필경 오성이가 말한 은숙의 것이라 직감하고 빙그레 웃으며 고개를 돌렸다. 마을을 나와 신작로에 이르러 영우는 오성에게 악수를 청한 뒤 그의 손을 꼭 잡고 말했다.

"들어가 보게. 자네와 나는 이제부터 공동운명체란 사실을 망각해서는 안 돼!"

영우는 그의 손을 잡아 흔들며 우람한 목소리로 단호하게 잘라 말했다.

"자네는 내 성격을 잘 알고 있잖아? 내가 어디 마음이 쉽게 변하는 사람인가? 한번 결정한 일은 끝까지 밀고 나가잖아…."

"그 점은 나도 알고 있어. 우리는 이미 인간이 만든 이데올로기 가운데 최고의 사상을 가진 지식인이 된 사실을 재차 강조한 것일세. 어서 들어가 보게."

영우는 오성과 헤어져 신작로를 따라 걸어갔다. 뚜벅뚜벅 자갈을 밟으며 힘차게 걸었다. 떡 벌어진 그의 두 어깨에 힘이 솟아올랐다. 자신의 첫 번째 시도가 무난하게 이루어진 것을 대단히 기뻐하며 영우는 자기가 속하고 있는 지역사회의 조직을 빨리 꾸려야겠다고 다짐했다. 그리하여 해방이 된 그날부터 자신이 이 지역사회를 대표함과 동시에 나라를 이끌어 갈 인물로 거듭나야 한다는 사명감에 불타올랐다.

목덜미에 따스한 태양 빛을 받으며 계속 신작로를 따라 걸어갔다. 신작로 양쪽에 펼쳐진 밭에는 파란 새싹이 검은 흙을 밀치고 돋아나고 있었다. 연약한 식물이 두껍고 무거운 땅껍질을 뚫고 올라오는 그 힘에 감탄했다. 자기 스스로 그것들을 닮아야 한다고 입안말로 중얼거렸다. 양지바른 산비탈 밭에는 벌써 보리가 제법 무성하게 자라있었다. 그는 그 보리들을 바라보며 가난한 조국을 생각했다. 수천 년간 계속된 백성들의 가난이라는 굴레를 벗길 수 있는 것은 공산주의뿐이라고 다시 한번 되뇌었다.

영우가 집 안으로 들어서자 종철은 기다렸다는 듯이 그를 안방으로 불러들였다. 아버지와 나란히 앉아있던 어머니가 웃음으로 그를 맞았다. 영우는 어머니의 웃음에 반드시 곡절이 있다고 느끼고 눈치를 살피며 아버지 맞은편에 단정하게 앉았다. 영우의 결혼은 이미 기정사실이 되어 급속도로 진행되고 있었다. 종철은 김주사 댁에 사성을 보냈다고 했다. 사성을 보냈다는 것은 이미 결혼한 것과 다름이 없다는 의미로 결정적인 절차였다. 영우도 이를 기꺼이 받아들였다. 아들이 쾌히 수락하자 종철은 마냥 기뻐했고 영우 어머니도 기뻐 어쩔 줄 몰랐다. 영우는 부모님이 기뻐하는 개재에 앞으로 그가 할 일에 확실하게 승낙과 협조를 받기 위해 고향에서의 생활과 활동 사항에 관해 무거운 어조로 다음과 같이 말했다.

"전 취직을 하지 않고 해방이 될 때까지 집에서 공부를 하려고 합니다. 먼저 부모님께 양해를 받아야 저의 마음이 편할 것 같아 말씀드립니다. 결혼 문제는 아버지 말씀을 따르겠습니다. 규수는 아버지께서 훌륭하다고 하시니 분명히 엄전하리라 믿습니다."

"오냐, 알았다. 내가 너를 공부시킨 이유는 돈을 벌어서 우리를 호강시키기를 바라는 데 있지 않다. 내가 평소에 가졌던 경국재민의 포부를 네가 대신해주기를 기대했던 거다. 남아답게 큰 포부를 지니고 경거망동하지 말고 진중하게 처신해라."

영우는 자기에게 기대했던 아버지의 마음을 확인하고. 갑자기 시야가 환하게 밝아져 올 뿐 아니라 공산주의 운동도 거리낌 없이 할 수 있겠다는 생각이 들어 기쁨을 참기 어려웠다. 또 하나의 신기루 같은 박제신화가 가족의 묵인과 동조를 받으며 등장하는 순간이었고 그 가운데 영우가 있었다.

"사성을 보냈으니 곧 날받이가 올 거다. 혼수 감도 넉넉히 준비해 둬야지."

영우 어머니는 마음에 꼭 드는 며느리를 보게 된 것이 무한히 즐거웠다. 더구나 영우가 순순히 받아들였으니 금상첨화가 아닌가. 일본 유학생들 대부분이 부모가 정해준 혼처를 거부하거나 결혼한 남자들 중에는 도시에서 만난 신식 여자를 소가로 두는 사례도 드물지 않은 터에, 영우가 비록 취직을 뒤로 미루고 공부를 한다는 전제가 있었지만 군말 없이 부모가 정한 규수를 배필로 받아들인 것이 못내 기뻤다. 그 후 영우 어머니는 맏아들의 혼례를 준비하느라 신바람 나게 바쁜 나날을 보냈다.

그 후 영우와 오성 그리고 병수와 창복은 공산주의를 신념으로 하여 뭉친 동지가 되었다. 서로에게 주어진 이론을 분담하여 나름 대로 공부하는 동시에 함께 토론하고 공유하면서 이론적인 무장을 해나갔다. 영우는 동지들에게 역사와 결부시켜 공산주의의 정당성과 필연성을 강조했다. 공산주의의 등장은 인류사의 진행 과정에서 우연이 아닌 필연임을 인식하게 하여 그 이론체계를 각자 내면적으로 굳건히 하도록 하기 위해서였다.

"역사를 훑어보면 원시 공동체에서 씨족국가와 부족국가로 발전해 오다가, 천여 년 동안 군주체제로 고착되어 왕과 그 밖에 몇몇 귀족들만 호의호식하는 현상을 초래했어. 그런 와중에 지주들과 관료 및 상인들이 부를 축적하여 해당 시대에 귀족으로 등장하여 물질적 문화적 혜택을 독차지했지. 이로 인해 대부분의 인민들은 노예로 전락하여 가난과 굶주림을 벗어나지 못했고. 그러던 차에 현대판 구세주인 마르크스와 엥겔스가 혜성처럼 나타나 자본주의의 모든 모순을 타파하는 방편으로 생산수단 즉 공장은 노동자에게 주고 토지는 농민에게 돌려주어, 여기서 발생한 이익을 균등하게 분배함으로써 모든 인민들이 경제적으로 평등하고 잘 살게 하려는 것이 쉽게 말해서 공산주의의 요점이야. 따라서 모든 생산수단을 국유화할 필요가 있고 그래야만 이 숭고한 목적을 달성할 수 있는 거지. 이처럼 가장 새롭고 진보적인 공산주의는 머지않아 우리나라는 물론이고 전 세계를 지상낙원으로 만들 거야."

영우의 말을 귀담아들은 뒤 병수는 까칠하게 돋아난 턱수염을 손바닥으로 문지르며 자신에게 과제로 배당되어 살펴본 계급투쟁설의 실상에 대해 구체적인 설명을 요구했다.

"계급투쟁이란 역사 발전의 활력소로 작용하기도 하지만, 수많은 모순을 내재하고 있는 까닭에 인민들에게 고통을 주었지. 역사는 항상 지배자와 피지배자의 투쟁의 연속인데 공산주의의 지향점은 지배자와 피지배자를 없게 하는 데 있어. 다스리는 사람도 없고 다스림을 받는 사람도 없어야 한다는 거지. 현재 일본인은 지배자이고 조선인은 피지배자잖아. 조선인과 일본인 사이에 다툼과 알력이 있는데 이 점이 바로 계급투쟁이라 할 수 있지. 유명한 3·1운동도 지배계급인 일본인에게 피지배인인 조선인이 저항한 것도 계급 타파를 위해 봉기한 항쟁인 거고."

그들은 모두 영우의 말에 고개를 끄덕이며 공산주의는 새롭고 진보적인 사상이라 믿었다. 영우의 언설은 사뭇 통속적이고 상식적인 수준의 것이었지만 그것만으로도 그들을 설익은 공산주의자들로 만들 수 있었다. 그들은 공산주의가 해방과 해방된 나라의 번영을 위한 주춧돌이 되어야 한다고 생각했다.

"우리 네 사람은 형제처럼 굳게 뭉쳐 조국의 광복과 공산주의 국가로의 재탄생을 위하여 만반의 준비를 해야 할 사명이 있어. 남아로 태어나서 언제까지나 벽촌에서 안주할 수만은 없지 않은가. 원래 왕후장상의 씨가 따로 있는 게 아니야. 우리도 노력하면 왕후장상이 되고도 남음이 있어. 왕건과 이성계도 원래는 개성과 함흥의 일개 무인에 불과했거든."

영우는 그들을 설복하여 이념으로 뭉친 공산주의 일꾼으로 만들기 위해 기초적인 이론을 주입시켰다. 영우의 이 같은 논리는 이념의 진공상태였던 그들에게 스펀지처럼 빨아들이게 하여 어설픈 공산주의 전사로 탈바꿈하도록 했다. 자리를 함께한 사람들 모두가 뿌듯한 사명감에 젖어 식민지로 전락한 조국을 해방하고 세계사의 일원으로 당당하게 나서야 한다고 마음을 가다듬었다. 그들은 열띤 어조로 일제를 규탄하고 조국의 찬란한 미래를 위해 힘을 합치자고 다짐한 뒤 귀가했다.

열두 시가 훨씬 지나서야 영우는 집 안으로 들어섰다. 넓은 집 안에 불이 켜진 곳은 오직 그의 방밖에 없었다. 검둥이가 꼬리를 저으면 달려와 영우의 다리에 휘감겼다. 그는 목덜미 갈기를 쓰다듬어 준 뒤 마루 위로 성큼 올라갔다. 은숙은 영우가 방에 들어오자 벌떡 일어났다.

"그냥 누워있질 않고…,"

영우는 훌훌 옷을 벗었다. 은숙은 영우의 옷을 받아 정성스럽게 구김살을 펴서 옷걸이에 걸었다. 이불 속으로 들어가 반듯이 누워 영우는 천정을 얼마 동안 응시하다가 자기 옆자리로 파고드는 은숙을 바라보았다. 그녀의 검은 두 눈이 듬뿍 정을 담고 영우를 똑바로 주시했다. 선도 보지 않고 결혼한 여인이지만 그는 아내에게 만족했다. 자기에게는 꼭 맞는 여자라고 영우는 믿었다.

"늦게 와서 미안해. 이제부터 내가 안 와도 일찍 자구려. 난 아무 상관 없으니까."

"아무 상관없다고요?"

영우는 자기가 실언한 것을 깨달았으나 대답은 하지 않고 빙그레 웃었다. 그는 사과하는 의미로 아내의 부드럽고 검은 머리칼을 쓰다듬었다. 은숙은 실눈을 뜨고 고개를 약간 영우의 반대쪽으로 돌리고는 무슨 말인가를 하려다가 그만두는 눈치였다. 영우는 그녀의 뺨을 손바닥으로 감싸서 자기편으로 돌리며 말했다.

"할 말이 있는 것 같은데?"

그녀는 가늘게 열린 눈꺼풀 사이로 영우의 얼굴을 보다가 이내 눈을 꼭 감았다. 그녀의 도톰하고 자그마한 입술에 묘한 웃음이 아지랑이처럼 피어났다. 무슨 말을 하려는지 궁금한 영우는 연거푸 말할 것을 재촉했다.

"저…, 임신한 것 같아요."

그녀는 이불을 끄집어 올려서 머리 위까지 푸욱 뒤집어썼다. 영우는 생각지도 못한 일이라 한동안 감격한 채 아무 말도 하지 못했다. 영우는 아내의 손을 꼭 잡고 아내의 얼굴을 내려다보며 그녀를 가볍게 껴안고 있다가 얼마 후 말문을 열었다.

"당신이 우리 아이를 가진 것은 한없이 기쁜 일이지만 내 책임은 몇 배로 무거워졌어. 당신도 생각해 보면 알 수 있을 거야. 우리 자식이 일본의 속국이 된 나라에서 태어나 덴노헤이카의 신민이 되게 생겼으니…. 그 예쁜 아이가 일본말을 하고 성도 이씨에서 미야모토(宮本)로 불릴 것이라 생각하니 기쁨 못지않게 슬픔이 앞서는구만. 이런 식으로 나가다가는 우리 아이가 일본 사람이 될 수도 있어."

"그야 우리가 교육을 잘하면 해결될 일이지요."

"당신이나 나나 우리는 시대를 잘못 타고났어. 모두가 불행해. 하지만 우리 아이들은 결코 불행하게 해서는 안 돼. 그 아이들을 행복하게 하자면 독립된 조국을 물려줘야 할 텐데. 모든 것은 나라가 있고 나서 가치가 있어. 나라가 없으면 다이아몬드라도 자갈 구실밖에 못 해. 우리 자식에게 식민지 조국을 물려 줄 수는 없소. 난 앞으로 더욱 힘을 내어 일본 침략자들과 싸우겠소. 당신은 나에게 협조해 줘야만 하오."

그녀는 남편의 하는 일을 최선을 다해 도와주는 것이 자신과 뱃속의 자라고 있는 자식을 위해 절대적으로 필요한 것이라고 다짐하며 영우의 가슴을 파고들었다.

2

일제 강점기의 우화

골격이 우람한 검둥이가 등줄기에 털을 곤두세우고 대문 쪽으로 내달아 나가며 컹컹 짖어 대었다. 은숙은 행주치마에 손을 닦으며 부엌에서 나와 검둥이를 보았다. 검둥이 앞에 커다란 가죽 가방을 멘 체부가 집 안을 기웃거렸다. 은숙은 종종걸음으로 달려 나가 개를 꾸짖었다. 검둥이는 그녀를 돌아보고 꼬리를 휘저으며 다소간 기세를 죽였다.

"전봅니다."

입 주변에 선명한 주름이 파인 중년의 체부는 그녀에게 전보 한 장을 주고 뒤돌아 갔다. 사랑방 문이 열리고 종철이 고개를 쑤욱 내밀고 소리쳤다.

"편지 왔느냐?"

"아녜요 아버님…, 전보가 왔어요. 내일 도련님이 오신대요."

영우 어머니도 달려 나와 기쁘고 흔감하여 안고 있는 손자를 흔들었다. 종철은 차남이 학업을 마치고 집으로 온다는 것이 일면 기쁘기도 하고 두렵기도 했다. 남보다 공부를 많이 했으니 사회를 위하여 또 자기 자신을 위하여 보람 있는 일을 해야 하는데, 일본인 밑에서 자식들을 일 시키기도 싫었지만, 집에서 빈둥빈둥 노는 꼴 또한 문제였다.

다음 날 사각모를 쓰고 금의환향한 한우는 아버지에게 큰절을 올리고 나서 졸업장을 드렸다. 종철은 졸업장을 조상에게 올린 다음 소중하게 몇 대에 걸쳐 전수된 느티나무 궤짝 속에 간직했다. 먼저 궤짝 속에 귀하게 비치된 영우의 졸업장을 다시 만져보고 그 아래 한우의 졸업장을 넣은 뒤 자물통을 채웠다.

"객지에서 고생이 많았겠구나. 너를 보니 반갑기는 하다만 나라 꼴이 이 모양이니 마음이 언짢다."

"지금 우리나라는 오천 년간 계속된 가난의 껍질을 벗고 있는 중입니다. 이제야말로 올바른 지도자를 만났어요."

종철은 어안이 벙벙하여 말없이 한우를 바라보았다. 곁에 있던 영우는 눈을 커다랗게 뜨고 아무래도 믿기지 않는다는 듯 동생에게 물었다.

"너 지금 한 말들이 모두 진심에서 우러난 것이냐?"

"그럼요. 내가 아버지와 형님 앞에서 거짓말을 하겠어요?"

"그러니까 일제강점을 찬성한다는 말이니? 그리고 네가 말하는

지도자는 바로 덴노헤이카를 뜻하는 거고?"

"바로 그겁니다. 덴노헤이카가 우리 조선인의 통치자가 된 후, 보시다시피 엄청난 발전을 이루었잖아요?"

영우는 입을 따악 벌리고 동생을 응시했다. 한우가 그냥 지나는 말로 한 것이라고 믿고 싶었으나 한우의 표정은 심각하고 진지했다. 영우는 놀란 표정으로 아버지를 보았다. 종철은 장죽을 빨며 담배 연기만 내뿜고 있었다. 한우는 아버지와 형의 안색을 살피다가 볼멘소리로 말을 이었다.

"과거 오천 년 동안 못난 우리 조상들이 우리에게 물려 준 것이 무엇이죠? 일본에 합방된 나라밖에 준 것이 없어요. 나는 이 한일 합방을 다행으로 여겼습니다. 백제와 고구려가 신라에 복속된 것과 같아요. 우리나라는 땅덩어리가 너무 작습니다. 조선 반도만으론 국민들에게 영광을 줄 수 없습니다. 요즘 소위 지식인들 사이에 유행병처럼 나돌고 있는 민족주의니 공산주의니 사해동포주의니 하는 것들 모두 잘 살기 위한 방법에 불과해요. 조선이 일본으로부터 해방되어 굶주리기보다는 일본에 속하여 격양가를 부르면 족하다고 믿어요."

"현재 우리 조선이 격양가를 부르고 있다고 생각하니? 너나 나는 아버님 덕분으로 이밥을 먹고 공부를 했지만, 이 마을 대부분의 사람들 생활이 어떤지 너는 알고나 있니?"

"형님 형님은 엉뚱한 말을 하고 있어요. 자기 앞도 닦지 못하는 사람들이 마치 나라의 운명을 짊어진 양 여겨 모든 사람의 불행을 걱정하는 것은 건방지고 주제넘은 생각입니다. 한일합방 때문에 우리가 남폿불 아래 살 수 있는 것이고 편한 양복을 입게 된 겁니다. 단 하루 만에 경성을 갈 수 있고 기차와 버스가 달리고, 앉아서 원지에 있는 사람과 말을 주고받을 수 있어요. 이것 모두가 누구의 덕이에요? 덴노헤이카의 은혜입니다."

영우는 얼굴이 붉어졌다. 난생처음 가장 심한 모욕을 받았기 때문이다. 그것도 다름 아닌 바로 친동생에게 이처럼 심한 모욕을 받을 것이라고는 상상도 하지 못한 일이다. 기가 막혀 한동안 영우는 거친 숨을 몰아쉬었다. 한우는 그런 형의 얼굴을 흘낏 쏘아 보는가 싶더니 다시 의기양양하게 웅변조로 떠들기 시작했다.

"나라를 팔아먹은 자가 누구죠? 바로 을사 5적과 경술 7적 이완용 일당입니다. 그들은 다름 아닌 조선 사람입니다. 일본은 총 한 방 쏘지 않고 조선을 손에 넣었습니다. 그러나 합법적으로 나라를 양도받았으니 새로운 지도자가 된 덴노헤이카에게 충성하는 것이 합당합니다. 항일운동을 하는 자들의 행위는 자신의 땅을 돈받고 팔고 나서 그 땅을 다시 돌려 달라고 떼를 쓰는 것과 같습니다."

"나는 동생인 네가 그런 주장을 하고 있다는 사실이 믿기지 않을 뿐 아니라 우리가 이러고 있는 것 자체가 불행하다는 느낌마저 든다. 그러면 너는 이순신 장군도 부당한 인물로 보겠구나."

"형님. 만고의 충신인 이순신 장군을 형틀에 올려놓고 볼기를 치려고 한사람이 일본사람이었던가요? 일본 군대가 조총을 쥐고 팔도강산을 휩쓸 때 조정은 무엇을 했습니까? 당대 지식인들은 모여서 공리공론인 성리학을 논하고 당파 싸움 밖에 한 일이 없어요."

"결과적으로 너는 선조들의 단점을 부각시킴으로써 일제가 일방적으로 주도한 한일합방을 합리화하려 드는구나. 게다가 네가 말하는 한일합방은 국치로서 일부 매국노들이 한 짓이지 우리 백성들이 나서서 한 게 아니야!"

"얘들아 모처럼 만나서 이게 무슨 꼴이냐? 토론을 하는 것은 좋다만 어디 이게 토론이냐? 감정을 앞세워 서로 싸우는 것이지."

점점 감정적으로 과격화하는 그들의 대화를 듣다못해 종철이 참견을 했다. 합당한 토론을 하라는 아버지의 충고를 들은 그들은 모두 얼굴을 붉혔다. 한우가 영우를 보고 형님이라는 말만 하지 않았더라면 외나무다리에서 만난 원수들끼리의 싸움으로 비칠 만큼 분위기가 험악했다.

"아버지 말씀대로 이제 이따위 이야기는 하지 말자. 너의 의견이 옳은지 나의 뜻이 옳은지는 시간이 해결해 줄 거다."

억지로 웃으며 영우가 이렇게 말하자 한우는 얼른 그의 말을 받아 자신만만한 어투로 되받았다.

"좋습니다. 반드시 일본은 대동아공영권의 맹주가 되어 아시아를 호령할 것이고 따라서 우리 조선도 아시아의 버금 맹주 노릇을 할 겁니다. 조선반도는 너무 좁아서 숨이 막힐 정도입니다. 벌써 찬란한 역사의 수레바퀴가 동아시아를 향해 열리고 있습니다."

영우는 치밀어 오르는 분노를 애써 꾹꾹 눌러 참고 있었다. 너무나 달라진 한우를 새삼스럽게 바라보았다. 내게도 저런 동생이 있었던가, 하는 망연자실한 생각에 고개를 숙였다. 방안에 무겁고 침울한 침묵이 흐르고 있을 무렵 영우 어머니가 손자를 안고 방으로 들어왔다. 아기를 본 한우는 인자하게 웃으며 팔을 벌렸다. 영우 어머니는 아기를 한우에게 주었다. 아기를 받아 안은 한우는 어머니를 보고 말했다.

"애기 이름이 뭐죠?"

"상민이야. 이상민."

"형님을 그대로 빼다 박아 놓은 것처럼 닮았군요. 우리 상민이가 자라서 청년이 되면 이 나라는 지상낙원이 되어 평화와 번영을 구가할 겁니다."

"너는 앞으로 어떻게 할 작정이냐?"

종철은 한우를 보고 말했다. 영우는 한우의 대답을 부쩍 관심을 갖고 기다렸다. 한우는 서슴없이 즉석에 말했다.

"취직을 할 겁니다."

"어디 일자리가 있느냐?"

"아녜요. 이제부터 팔방으로 구해 봐야죠. 우리는 별수 없이 덴노헤이카의 신민이 될 수밖에 없습니다. 우리는 미래에 살고 있는 것도 아니고 과거에 살고 있는 것도 아니며 다만 현재를 살고 있는 겁니다. 현재를 충실하게 사는 것이 가장 현명한 일이라 생각합니다. 누가 뭐래도 덴노헤이카의 통치 아래 우리가 살고 있습니다."

"늙은 부모가 이래라저래라 할 수도 없는 일이고 네가 알아서 하되 너무 덤비지 말고 심사숙고하여 처신하기 바란다."

종철은 암담한 표정으로 다시 담배를 피우기 시작했다. 한우의 과도한 친일적 성향이 불쾌하기도 했지만 그보다 형제간의 불화가 더욱 종철을 언짢게 했다. 각자의 관점이 너무나 첨예했기 때문이다. 두 아들 사이에 흐르는 도저히 융합될 수 없는 물과 기름 같은 이질적인 성향에 종철은 절망했다. 그뿐 아니라 평행선을 그으며 달려가다가도 여차하면 일촉즉발로 치닫는 언쟁이 장차 어떤 결과를 초래할지 두렵기만 했다.

"그동안 안녕하셨습니까? 제가 이번에 학교를 졸업했습니다. 그래서 인사도 드릴 겸 한 가지 청이 있어서 찾아왔습니다."

"졸업을 축하하네. 이처럼 나를 찾아주니 고맙구만."

노무라는 반갑게 한우를 맞이하고 방석을 밀어주며 앉으라고 말했다. 한우는 대단히 황송하다는 듯 방석을 밀어내며 다다미 위에 그냥 조심스럽게 앉았다.

"고기가 많이 잡힌다는 소식을 듣고 대단히 반가웠습니다. 후방에선 생산을 많이 하는 것이 덴노헤이카에 대한 충성이라고 저는 생각합니다."

"자네는 조선인 학생답지 않게 아주 훌륭한 사상을 갖고 있군. 조선 청년들이 모두 미야모토 군 같으면 오죽 좋겠나. 자네 형은 사람이야 똑똑하지만 어쩐지 덴노헤이카에게 자네보다는 덜 충성하는 것 같아."

노무라는 진정으로 한우를 환대했다. 그는 조선인이라도 공부를 한 사람에게는 깍듯이 대했다. 노무라는 다른 일본인 지주와 마찬가지로 덜렁 빈손으로 조선에 건너와서는, 지금은 과거 종철이 소작을 관리하던 그 이상으로 인근 고을을 호령하고 있었다. 침탈자라는 속성도 있었지만 교활한 술수로 방대한 토지와 재산을 축적했기 때문에 가난한 조선인들이 그의 눈 밖에 나면 당장 굶주리게 되는 판세였다. 세 개의 어장을 비롯하여 백 마지기에 가까운 토지를 소유하고 있었다.

"저는 하루라도 빨리 대동아공영권이 이룩되기를 바라고 있습니다. 그래서 세계사의 주인이 되어 대동아를 호령했으면 합니다."

"그야 두말할 게 있나. 이삼 년 이내에 우리의 숙원이 이루어질 것이네. 우리 황군은 무적의 용사들이고 덴노헤이카의 신군이니 승리는 이제 목전에 와 있네."

"선생님 저도 덴노헤이카를 위하여 제가 가진 모든 역량을 다해 충성심을 발휘하고 싶습니다. 그런데…"

한우는 노무라의 눈치를 살폈다. 노무라는 대단히 흡족한 얼굴을 하고 있었다. 이에 용기를 얻은 한우는 침착하게 다음 말을 이었다.

"그런데 전 조선인이기 때문에 덴노헤이카에 충성할 기회가 없습니다. 내선일체를 말로만 하고 실지로는 조선인이 충성할 길을 막고 있습니다. 조선인도 덴노헤이카의 신민임이 분명한데 왜 차별을 하는지 모르겠습니다."

"그야 모든 조센징이 자네 같기만 하다면야 차별을 할 리가 있나.

대신 조선 사람이 자네와 같은 그런 마음을 가질 때까지는 내지인으로서 차별을 할 수밖에 없다는 점도 알아줬으면 하네."

"그렇긴 하지만 전 차별받는 것이 무척 원통하고 분한 입장입니다. 선생님이 제게 덴노헤이카에게 충성할 길을 열어 주십시오. 우선 후방에서 직장을 얻어 열심히 일하고 싶습니다."

노무라의 눈이 순간 빛났다. 한우가 자기를 이용하려고 찾아온 것이 아닌가 하는 생각에서였다. 한우의 표정에서 진지하고 우직한 열정이 번뜩이는 것을 본 노무라는 한우의 청을 받아주기로 결심했다.

"저는 구태여 취직을 하지 않아도 의식주를 비롯한 생활에는 걱정이 없습니다. 아시다시피 우리 아버지는 아직 육십 마지기 가까운 토지를 갖고 있습니다."

이 말은 확실히 효과를 거두었다. 노무라는 한우의 직장을 알선해 주기로 작정했다. 그는 책상 서랍을 열고 봉투와 편지지를 꺼냈다. 만년필을 손에 쥐고 한우에게 말했다.

"자네의 충성심에 감복했네. 내가 소개장을 써 줄 테니 찾아 가보게. 이 친구는 나하고 절친한 사이여서 미야모토 군 정도라면 취직을 시켜주고도 남을 거야. 게다가 내가 특별히 청하는 일이니."

노무라는 성의 있게 장문의 소개장을 써서 봉투에 넣고 봉인했다. 이처럼 일사천리로 취직이 해결될 줄은 그로서도 예상치 못한 일이었다. 그는 노무라의 영향력을 알고 있었다. 이미 취직이 된 것이나 다름없다고 한우는 믿었다. 어떤 조선 사람이라도 노무라의 소개장을 받아들고 찾아가서 취직이 거절된 경우는 없었기 때문이다.

"이 은혜는 결코 잊지 않겠습니다. 앞으로 이 은공은 반드시 갚겠습니다."

"나에게 은혜를 갚으려 하지 말고 덴노헤이카에게 충성하길 바라네. 미야모토 군은 끝까지 내가 후견인이 되어 돌봐 주겠네."

노무라는 한우의 어깨를 두들기며 격려의 말도 아끼지 않았다. 한우는 가슴이 뻐근하도록 감격한 나머지 고개와 허리를 깊이 숙여 인사를 했다. 노무라는 한우에게 파격적인 대우를 한 셈이다. 조선인으로 한우처럼 이렇게 즉석에서 소개장을 받아든 경우는 아직까지 없었다.

"여보."

노무라는 안방을 향하여 그의 부인을 불렀다. 곧 일본식 미닫이인 후스마(襖) 문을 열리더니 아담하고 예쁜 부인이 고개를 내밀었다.

"굉장히 귀한 손님이 왔으니 오차를 내오시오. 아주 특등품으로…"

한우와 노무라는 차를 마시며 정답게 대화를 주고받았다. 노무라는 담배를 물고 라이터를 켜 불을 댕겼다. 한우는 그 라이터를 보고 한층 더 노무라를 존경하게 되었다. 당시 라이터는 귀중품이었다.

자정이 훨씬 지나서 영우는 집으로 들어갔다. 검둥이가 꼬리를 치며 그를 맞았다. 하늘에는 별들만 반짝이고 있었다. 달이 진 지 이미 오래였다. 그는 고양이처럼 발걸음 소리를 죽이며 방으로 들어갔다. 남폿불이 환하게 돌아 비친 방안에 은숙은 상민을 안고 옷을 입은 채 깊이 잠들어 있었다. 그는 그들 모자의 잠을 깨우지 않으려고 소리 없이 옷을 벗었다.

"어머 오셨어요? 나도 모르게 어느새 잠이 들었네."

그녀는 부스스 일어나 눈을 비비며 잠에 취한 목소리로 말했다. 남편이 들어오는 것도 모르고 잠든 것을 내심 미안하게 여겼다. 일어나려는 아내를 영우는 어깨를 감싸 안고 자리에 부드럽게 눕힌 뒤 남폿불을 끄고 이불 속으로 몸을 묻었다. 얼마 후 창살이 희미하게 나타나자 은숙은 영우 쪽으로 뒤돌아 누웠다.

"도련님이 오늘 떠났어요. 그 회사 소장이 아주 중요한 직책을 맡겼대요. 떠나는 길에 형님을 못보고 간다고 말했어요."

"그래?"

영우는 별로 탐탁지 않은 듯 건성으로 얼버무렸다.

"월급도 꽤 많은가 봐요…. 저녁은 잡수셨어요?"

"오성이네 집에서 먹었어."

"매일 같이 그분 집에 가서 뭘 하세요?"

은숙은 남편이 싫어할 줄 알면서도 물어보지 않을 수 없었다. 오늘밤에는 기어이 남편의 하는 일을 알아야겠다고 그녀는 벼르고 있었기 때문이다.

"그런 건 당신이 알아서 뭐 하려고?"

영우는 아내의 말문을 막으려고 이렇게 눙쳤다. 그러나 그녀는 집요하게 파고 물었다.

"아내가 남편이 하는 일에 관심을 가지는 것이 나빠요? 제가 알아서 해로울 건 없다고 봐요. 오히려 제가 묻기 전에 당신이 먼저 설명해 주는 것이 순리 아니에요?"

영우는 얼른 대답을 못했다. 은숙은 남편이 하고 있는 일을 이번에는 기어이 알아내고야 말겠다는 투였다.

"전 부족한 점이 많지만 당신의 아내예요. 제게 말하지 못할 것을 친구들에게 한다는 것은 이상하잖아요…, 당신이 하는 일을 짐작은 하지만 그러나 당신 입으로 똑똑히 들어보고 싶어요."

"당신이 오늘은 웅변가가 되었는걸. 갑자기 웬일이요?"

"화제를 바꾸지 마세요."

은숙은 단호하게 잘라 말했다. 영우는 갑자기 뒤통수를 얻어맞은 기분이었다. 이처럼 냉랭한 말을 그는 지금까지 아내에게 들은 적이 없었다.

"당신은 한 여성의 남편이고 한 아이의 아버지란 사실을 알고 있을 거예요. 한 여성의 마음도 헤아리지 못하는 남성은 아무 일도 할 능력이 없다고 생각해요. 당신의 야망도 중요하겠지만 한 가정의 가장이란 사실도 중요해요. 모든 것은 가정에서 출발하여 가정으로 돌아온다고 저는 알고 있어요. 내가 보기에 당신은 가정이라는 가장 중요한 출발점을 망각하고 있는 것 같아요."

"오늘 밤 나에게 신랄한 공격을 하는 것을 나무라진 않겠소. 아마 한우가 취직을 하고 직장으로 떠난 것에 충격을 받은 듯하오. 동생은 취직을 해서 의기양양하게 도회지로 진출하는데, 형이란 사람은 왜 맨날 집에서 노닐며 하루가 멀다하고 자정이 지나서야 귀가하느냐, 결국 이런 말 아니오? 일본에서 대학을 졸업한 지성인이 이런 시골에서 소일하고 있으니 될 법이나 한 일이냐 이거 아니오…. 여보, 모처럼이니 오늘은 내 심경의 일단을 말하리다."

영우는 그녀의 손을 잡고 눈을 감고 한동안 상념에 잠겨 있다가 진중한 목소리로 자신의 속마음을 구체적으로 말하기 시작했다.

"주권을 상실한 식민지에서 일본의 노예로 산다는 현실을 나는 용인할 수 없소. 우리와 무관한 허상인 덴노헤이카가 판을 치는 이 기막힌 나라의 참상을 나는 도저히 참을 수 없어요. 차라리 나는 무위도식을 했으면 했지 한우처럼 일본, 일본인의 주구가 되는 일은 일종의 범죄라고 생각하오. 당신에게 묻겠는데 덴노헤이카가 우리와 어떤 관계가 있는지, 있다면 그것은 정당한지?"

"현재 천황폐하는 우리를 지배하고 있어요. 아무리 부정해도 또 부정하고 싶어도 도리가 없어요. 당신의 성도 호적상에 '미야모토'라 올라가 있어요."

"그렇기는 하지만 나는 미야모토가 아니라 엄연히 이 씨요. 여하튼 당신은 나에게 한우와 같은 방식으로 살기를 바라는 마음일랑 아예 갖지 않는 게 좋아. 당당하고 의연하게 조선의 이영우로 살아갈 테니까."

"전 당신의 하는 일을 반대하는 게 아녜요. 당신의 그 이상과 저항정신은 이해하고 있어요. 또 언젠가는 반드시 당신의 포부가 실현될 것이라 믿어요. 다만 그 못지않게 가정도 중요하다는 사실을 알아 달라는 말이에요."

은숙은 이불을 당겨 영우의 어깨를 덮어 주고 나서 손을 뻗어 헝클어진 그의 머리칼을 쓰다듬어 올렸다. 영우의 마음은 무거웠다. 눈을 감고 잠을 청했으나 청하면 청할수록 정신만 맑아지고 잠은 점점 더 멀리 달아날 뿐이었다. 호적상에 '미야모토'라고 기재되어 있다는 아내의 말이 귓전을 쨍하고 울려왔다. 그는 아내 쪽으로 몸을 돌려 모로 누웠다. 아내의 숨결의 그의 이맛전을 스쳐갔다.

"아버님이 곧 한우 도련님도 결혼을 시키실 모양이에요. 취직도 했으니 빨리 독립시켜 자기 방식으로 살게 하시겠대요."

영우는 다리를 죽 뻗어 기지개를 켰다. 그는 고독을 느꼈다. 아내의 숨결이 바로 옆에 있는데도 그는 자기 혼자 캄캄한 방안에 누워 있는 것 같았다. 자기와 가장 가깝다고 할 수 있는 아내조차 자기를 완전히 이해하지 못하고 다른 사람들 눈에 비친 자신의 현재 모습이 초라할 것이라 느껴지자 마음이 우울해졌다.

"내가 취직을 하려면 편지 한 장이면 할 수 있어. 그러나 난 시세에 따라 오늘에 사는 남자가 아니고 내일의 영광을 위하여 오늘을 희생하는 사람이야. 지금 내가 뿌리고 있는 씨앗은 앞으로 오 년 후에 싹이 틀 것이고 십 년 후면 곡식을 거두어들일 수 있을 거야. 그 곡식이 내가 아닌 아들 상민이 거둘지라도 나는 씨를 뿌릴 거네. 상민은 곧 우리의 내일이니까. 또 내 포부가 실행되지 않아도 좋아. 노력하는 그 과정으로 만족해. 현실과 부닥쳐 난파할지라도 그것이 차라리 안이한 평화보다는 가치가 있다고 봐. 공산주의는 덴노헤이카를 몰아내는 가장 확실한 이념이며 조선의 독립과 번영을 가져다줄 유일한 사상이야!"

"그런 이야기는 이해는 되지만 제 가슴에 절실하게 다가오지는 않아요. 고단하실 테니 그만 주무세요. 당신 요즘 심신이 상당히 약해졌어요."

그녀는 눈을 감았다. 그러다가 갑자기 생각이 난 듯 상민이 쪽으로 몸을 돌려 이불을 꼭 눌러 바람이 들어가지 않도록 여미었다. 창문이 훤하게 밝아왔다. 달이 떠오른 모양이다. 뿌연 창살을 응시하다가 영우는 눈을 감았다. 방안은 죽은 듯이 고요했다. 아무런 움직임도 없었다. 그저 들리는 것이라고는 세 사람의 숨소리밖에 없었다. 덴노헤이카는 지금 무슨 흉계를 꾸미고 있을까, 공산주의는 어디에서 어떤 모양으로 존재하고 있을까, 영우는 자기의 손을 잡아 주는 아내의 따뜻한 마음과 소록소록 잠자는 아들 상민의 얼굴을 건너다보고는 공산주의가 통치이념으로 자리잡은 미래의 조국을 상상하며 마음을 가다듬었다.

한우의 결혼식 날 종철의 집 넓은 마당에는 네 군데의 차일 아래에서 흰옷을 입은 노인들과 아낙네들이 둘러앉아 받은 상의 음식을 먹고 있었다. 은숙은 분주하게 부엌을 드나들었다. 활짝 열린 대문으로 뻔질나게 사람들이 들어오고 나갔다. 종철과 영우는 한복을 입고 마당에 서서 오가는 사람들에게 일일이 인사를 하고 있었다. 한우의 처를 데리고 오는 날이었다. 신부는 이미 도착하여 얌전하게 고개를 숙이고 안방에 앉아있었다.

다소곳이 숙인 이마 아래로 오뚝한 콧날이 매끄러웠다. 광대뼈가 약간 나온 듯한 둥글둥글한 얼굴에는 장미색의 홍조가 두 뺨에 돌았다. 유달리 긴 속 눈썹이 큰 눈을 더욱 어글어글하게 보이게 했다. 미혜를 가운데 두고 앉은 아낙들은 모두가 입을 모아 신부가 예쁘다고 칭찬했다. 어딘지 듬직한 인상을 주는 이른바 부잣집 맏며느리 같은 그런 얼굴이었다.

윗방에는 소위 이 지방 유지들이 모여 앉아 담소를 나누고 있었다. 노무라를 비롯한 두 사람의 일본인, 그리고 세 사람의 일제 순사들이 거만을 떨며 앉아있었다. 한우는 그들 사이에 끼어서 유창한 일본말로 이야기를 주고받고 있었다. 한우 아닌 다른 사람들은 그 방을 기웃거리지도 않았다. 잔칫집에 온 사람들은 모두 한우를 우러러보았다.

"우리 미야모토 상은 인근 마을에서 가장 모범적인 청년이며, 위대한 덴노헤이카의 신민임을 이 자리에서 여러분들에게 말할 수 있습니다. 그래서 나는 스스로 미야모토 상의 후견인이 되기를 자청했습니다. 미야모토 같은 조선인 한 사람은 수천 명의 보통 조선인보다 가치가 있습니다. 장래에 조선인의 훌륭한 지도자가 될 것입니다."

노무라는 좌중을 빙 둘러보며 한우에게 최대의 찬사를 아끼지 않았다. 그 옆의 일본인들은 한우를 재인식했다는 듯이 고개를 끄덕였다. 한우는 노무라의 말을 잠자코 듣고 있었다. 한우의 얼굴은 억지로 꾸며진 겸손이 감돌고 있었다. 그에게는 영광된 순간이기도 했다. 일인 순사들은 노무라의 말을 듣고 한우를 칭찬했다. 그들의 경건함은 단순히 예의를 차리느라 짓는 표정이 아니었다. 한 사람의 조선인 청년, 그것도 전문대를 졸업한 상류층의 애국자를 발견한 기꺼움이 있었다.

"하, 미야모토 상이 그런 인물인지는 몰랐습니다. 모쪼록 덴노헤이카의 신민으로서 변함없이 충성을 바치십시오. 반드시 그 보답이 있을 겁니다."

나카무라 순사가 카랑카랑한 목소리로 눈웃음을 띄우며 말했다. 마을 사람들에게는 호랑이보다 무서운 존재였다. 울던 아이들도 나카무라가 온다면 울음을 뚝 그칠 만큼 공포의 대상이었다.

"제가 이처럼 선생님들께 과분한 과분한 칭찬을 들을 만큼 큰 일을 한 적이 있는지 반문해 봅니다. 다만 저는 덴노헤이카의 신민 된 본분을 지켰을 뿐입니다. 대동아의 영도자이신 덴노헤이카를 존경하고 따르지 않을 자 누구이겠습니까? 과거엔 조선인이었지만 이제는 엄연히 대일본제국의 신민입니다. 덴노헤이카는 우리 조선의 봉건적이고 원시적인 정신문화를 지양함으로써 중국으로부터 우리를 해방시켰습니다. 그리고 또 조선인을 개명한 현대인으로 만들었으며 조선을 국제무대의 일원으로 끌어 올렸습니다."

한우는 유려한 일본말로 거침없는 웅변을 쏟아 놓았다. 그들에게 잘 보이려는 아부가 아니고 한우의 지론이기도 했다. 그는 조선과 조선인이라는 관념을 하루빨리 잊는 것이 조선인에게는 무엇보다 행복을 약속하는 것이라고 믿었다. 마음 한구석에 끈질기게 또아리를 틀고 있는 민족의식을 털어내 버리려 노력하고 있었다. 경술국치는 기정사실이고 대동아공영권의 성립은 필연적인 세계사의 귀결이며, 민족의식이란 하나의 사치품일 뿐 시대에 뒤떨어진 허상이라고 한우는 인식했다.

"여러분 방금 들으신 미야모토 상의 유창한 일본말 실력 좀 보십시오. 조선인 중에도 특히 배웠다는 사람들은 일본말 하기를 꺼립니다. 그런데 미야모토 상은 가능한 한 일본말을 하려고 애쓰는 청년입니다."

이는 노무라가 한우를 추어올리는 와중에 은근히 영우를 비판하는 뼈있는 말이었다. 영우는 한우와 반대로 일본말을 쓰지 않았다. 일본말밖에 할 줄 모르는 일본인에게만 의사소통을 위해 일본어를 사용했다. 실지로 한우보다 몇 배는 더 유창하게 일본어를 구사할 수 있었다.

저녁때가 되어서야 그들은 영우네 집을 나섰다. 나카무라는 일본도(日本刀)를 허리에 차고 턱을 까딱 든 채 거드름을 떨며 걸어 나갔다. 그들이 나가는 기미를 눈치챈 영우가 뒤꼍으로 슬쩍 몸을 피했다. 그들은 종철에게 훌륭한 아들을 두었다고 한마디씩 하는 것을 잊지 않았다.

한우는 요즘들어 부쩍 집안에서 발언권을 행사했다. 벌어오는 사람은 없고 쓰는 사람들만 있는 종철의 집안은 실상 내면적으로 쪼들리고 있었다. 그런 와중에 한우가 매달 제법 많은 돈을 어머니 편으로 보내온 덕분에 가정에 상당한 보탬이 되었다. 저녁을 먹은 뒤 한바탕 놀이판을 벌린 후 밤이 이슥해서야 한우는 아내와 함께 신혼방으로 들어갔다.

미혜는 시원시원하게 몸을 움직여 이불을 폈다. 펴 놓은 이불 안으로 그들은 누웠다. 한우는 그녀의 허리를 힘차게 쓸어안았다. 격렬한 포옹에 미혜의 호흡도 점점 거칠어졌다. 그녀는 전신을 한우에게 맡기고 눈을 감은 채 몸부림치고 있었다.

한우는 행복했다. 일본인의 도움으로 취직하여 좋은 직장에서 중요한 일을 맡았고, 노무라를 비롯한 쟁쟁한 일본인들에게 최상의 칭찬을 받았으니 그 이상 영광일 수 없었다. 더구나 예쁜 얼굴과 풍만한 체격을 가진 미혜를 아내로 맞아들였으니 모든 소원이 성취되었다는 만족감에 젖어 있었다. 한우는 그녀의 등을 손바닥으로 문지르며 노무라가 자기의 강력한 후견인임을 연신 자랑하며 말했다.

"당신은 일본을 어떻게 생각해? 쉽게 말해서 현재 상태에 만족하는지 아니면 불만족스러운지를 묻는 거야."

"그런 건 생각할 필요도 없어요. 현재 일본은 정복자이고 우리는 그들의 노예나 다름이 없잖아요."

"당신도 형님과 비슷한 생각을 가지고 있군. 형님은 조선이 조만간 해방이 될 것이라는 어림없는 꿈속에 살고 있어. 공부는 남보다 월등하게 많이 했으면서 집에서 놀고 있으니 딱한 노릇이고…."

"우리나라는 당신 형님과 같은 원대한 이상을 가진 분을 필요로 하잖아요? 그러나 영웅이나 위대한 사람의 아내는 불행한 것 같아요. 영리한 여자는 원대한 이상을 품은 남자를 대부분 동경하지 않아요. 현실에 반항하는 남자의 아내는 항상 불안과 공포 속에 살아야 하니까요."

"당신은 역시 현명한 데가 있군. 형님은 영웅 심리에 빠져 현실에 저항하고 있어. 그렇다고 일본이 망할 줄 알아? 어림도 없지. 마음을 돌리지 않는 한 아마 평생을 시골에서 무위도식하며 살 수밖에 없을 걸."

한우는 미혜가 형보다 자기를 더 훌륭한 인물이라고 믿어주길 바라고 있었다. 평소에 그는 영우를 대할 때마다 열등감을 가졌다. 자기가 형보다 모든 점에서 달린다는 기분을 없애려고 이따금 영우를 비난하기도 했다.

미혜는 형제간에 사이가 좋지 못함을 어느 정도 눈치는 채고 있었으나 이 정도로 심각한 줄은 몰랐다. 그들 형제간 사이를 좁힐 수 없을까 라는 생각을 하면서 한우의 가슴을 파고들었다.

"나는 시골에서 살고 싶지 않아. 적어도 사람은 도회지에서 인간답게 살아야 해. 앞으로 일 년 이내에 도회지로 이사를 할 생각인데 당신 생각은 어떻소?"

"그것은 저의 꿈이기도 해요."

"나에게 배분될 농토를 팔아서 집을 한 칸 장만해야겠어. 당신도 찬성이라고 하니 도회지에서 좀 더 많은 일본인과의 접촉을 통해 그들을 더 배워야 해. 그들은 우리보다 줄잡아 반세기 이상은 앞서 있어. 이것은 아무도 부정할 수는 없는 사실이야. 당신 눈으로 확인하듯이 그들이 얼마나 계명했고 문화생활을 하고 있는지…."

반만년 동안 우리 민족은 중국을 배워야 했지만 이제 중국에게는 더 이상 배울 것이 없고 무조건 일본의 모든 것을 배워야 한다고 한우는 확신했다. 후진 민족이 앞서가는 민족을 본뜨고 배우는 것은 당연한 일이다. 덴노헤이카의 영도력이 워낙에 탁월하기 때문에 오늘날 일본이 이처럼 세계의 강국으로 등장할 수 있었다. 그렇다면 조선 사람도 천황폐하를 따르고 그의 명령에 군소리 없이 복종해야 한다고 그는 생각했다.

"나는 직장에서 열심히 일해서 일본인 상사에게 신임을 얻음으로써 동경으로 전근하는 것이 소망이야. 사람으로 태어나서 동경에 산다는 건 엄청난 보람이야. 그곳은 일본 문화의 총본산이고 대동아의 수도니까."

제 말에 도취된 한우는 지금 누워있는 그곳이 동경이라도 되는 양 호기를 내뿜었다. 동경은 한우가 꿈에 그리는 곳이었다. 일본인이 본토인과 조선인을 차별하는 것이 한우에게는 그 어떤 것보다 불만이었다. 완전한 내선일체를 만드는 것이 조선인이 인간 대접을 받는 가장 빠르고 정확한 방법이라고 믿었다.

"당신이 앞으로 몇 년만 참고 기다려 준다면 이 같은 내 소망이 마침내 이루어져 나는 일본과 조선 양국을 주름잡는 인물이 돼 있을 거야. 영우 형은 조선에서만 일하려 하지만 나는 대동아의 일꾼이 될 테야."

"그렇게 되기를 저도 빌겠어요."

그녀는 대답은 그렇게 했지만 사실은 한우의 말을 귓전으로 듣고 있었다. 허황된 망상 같았기 때문이다. 그녀가 바라는 것은 한우의 직장이 있는 중소도시에 아담한 집을 장만하여 바람 없이 순탄하고 안락하게 살아가는 것이었다. 정치성을 띤 일들에 집착하는 것은 안전하지 못하고 위태롭다는 것이 그녀의 생각이었다.

"하지만, 덴노헤이카에 너무 빠지진 마세요. 그 사람이 우리를 탄생시킨 것도 아니고 우리를 잘 살게 하는 것도 아니잖아요?"

"그건 당신이 몰라서 하는 소리야. 사람이란 오랜 옛날부터 어떤 사람이나 사상의 지배를 받고 살아왔고 그것은 인간의 숙명일 수도 있어. 당신과 나는 지금 이 시간에도 정치 속에 살고 있어. 인간은 자신의 시대에 주어진 그 정치나 사상을 긍정하고 순종해야 해. 형은 이것에 저항하고 있기 때문에 지금 위태하고, 나는 인정했기 때문에 이렇게 편안하게 다정한 이야기도 나눌 수 있는 것이라고 생각해."

"너무 순종해도 위태롭고 너무 저항해도 위험해요. 그 중간쯤이 가장 안전해요. 친정 아버지가 노상 말씀하시기를 사람은 중용의 도를 지켜야 한다고 했어요."

그녀는 한우에게 일본에 지나치게 밀착하여 친일을 일삼는 것은 문제가 있다고 조언했지만 한우는 귀담아듣지 않고 오히려 아내를 설득하여 일본에게 충성하는 것이 당연하다고 힘주어 말했다. 미혜는 친정 마을에 일어난 사례를 들며 앞으로 발생할 사태에 대해 늘 조심해야 한다는 뜻을 피력했다.

"그런데 여보 지금 세상이 어떻게 되어가는 거예요? 공출은 해마다 많아지고 살기는 더욱 군색해지니. 전쟁이 불리하게 되어가는 것 아녜요?"

"천만에 당신은 일본인들의 그 강한 단결력과 충성심을 모르오? 천하에 일본을 당해낼 나라는 없소. 왜냐하면 신흥국가니까. 항상 모든 전쟁은 신흥국가가 이기게 마련이야."

"수일 전에 친정 마을에서 말예요. 한 중년 남자가 징용으로 끌려갔대요. 풍문에 의하면 규슈(九州)탄광에서 석탄을 캔대요. 앞으로도 굉장히 많은 남자들이 징용에 나가게 될 것이라고 모두 야단들이에요."

"암, 나가야지. 지금은 곳곳마다 사람이 굉장히 부족해. 젊은이들이 모두 전쟁에 나갔기 때문이야. 전쟁에 이기려면 후방에서 석탄을 많이 캐고 철을 많이 생산하고 곡식을 공급해 주어야 해. 그것들은 모두 황군의 양식과 총알이 되지. 이제 정말로 다리를 쭉 뻗고 잠잘 날이 멀지 않았어. 어쩌면 우리도 이 척박하고 좁은 조선이 아니라 중국이나 필리핀에서 살 수도 있어."

한우는 야자수와 바나나 숲이 우거진 아름다운 아열대 나라에서 정복자가 되어 원주민들을 호령하며 살아갈 일을 상상하며 잠시 들뜬 감정에 휩싸였다. 그의 뇌리에는 로마 제국이 주마등처럼 펼쳐지고 있었다. 그 화려한 의상과 찬란한 문화, 그것은 모두 세계를 정복한 때문이 아니던가. 대동아공영권은 동양의 로마제국이 아니라고 누가 단언할 것인가? 수많은 피정복 민족의 저항이 있었지만 로마제국은 천 년을 번창하며 그 유례가 드문 호화찬란한 문화를 형성했다. 한우는 가슴을 펴고 심호흡을 했다. 미래에 펼쳐질 이처럼 위대한 역사를 도외시한 채 옹색하고 궁상스럽게 조선의 자주독립을 위해 노심초사하는 영우 형이 마땅치 않았다.

척박하고 협소한 조선반도가 무엇이 그리 대단하다고 반만 년 역사를 외치며 해방이니 공산주의니 하는 망상을 갖는 것인지 그는 이해할 수가 없었다. 한우는 입술을 한일자로 꾹 다물고 동경이 로마가 되고 서울이 콘스탄티노플이 되어야 한다고 되뇌이며 눈을 감았다.

갑자기 요란한 사이렌 소리가 일 분간이나 계속해서 울려왔다. 영우는 비로소 오늘 동회가 있다는 것을 상기했다. 가족들이 아침을 먹고 있을 때 반장이 찾아와서는 오늘 긴급한 일로 동회를 열기로 했으니 사이렌이 울리면 한 사람도 빠짐없이 동사로 나오라고 한 전갈이 떠올랐다.

"일제가 오늘은 또 우리에게 무엇을 요구하려고 저러는 것일까?"

영우는 동회에 참석하는 것이 불 속에 뛰어드는 것만큼이나 괴로웠다. 자기 대신 다른 사람을 보내고 싶었지만 누가 가든 한 집에 한 사람은 가야 하는 터이니 자기가 가는 것이 제일 마땅하다고 판단했다. 영우는 흰 구름이 떠가는 하늘을 쳐다보며 골목길을 걸어

나왔다.

동사 마당에는 백여 명에 가까운 사람들이 옹기종기 서 있기도 하고 짚단을 깔고 앉아서 회의를 기다리고 있었다. 영우가 제일 늦게 도착한 탓에 사람들의 시선을 한 몸에 받았다. 특히 순사들의 눈초리는 가시가 돋아 있었다. 마을 사람들은 영우를 반갑게 맞았다. 흡사 영우가 그들의 곤경을 타개해 줄 사람이나 되는 것처럼 말이다. 그들의 이 같은 시선을 읽은 영우의 마음은 납덩이를 삼킨 것 같이 무거웠다.

마루에는 나카무라를 비롯한 두 사람의 순사가 모두 일본도를 허리에 차고앉아 있었고, 그 옆에는 노무라가 무릎을 포개어서 엉덩이를 걸치고 있었다. 순사들이 동회에 참석한 것만 봐도 이번 모임의 목적이 중대함을 넉넉히 추측할 수 있었다. 더구나 그들의 표정이 사납고 매서운 것은 동민들에게 요구하는 사안이 수월치 않음을 짐작게 했다. 미리 공포 분위기를 조성하여 찍소리 없이 그들의 목적을 손쉽게 완수하려는 간계였다. 동민들은 하나 같이 그들의 눈치를 살필 뿐 입을 굳게 다물고 있었다.

"오늘 여러분을 이처럼 오시라고 한 것은 다름이 아니라…"

구장은 말을 더듬거리며 나카무라에게 시선을 주었다. 그는 뾰족한 아래턱을 추켜올렸다. 말을 계속하라는 신호였다. 그제야 구장은 안심했다는 듯 술술 말을 이었다.

"우리 황군은 저 멀리 남양(南洋)을 진격하고 있습니다. 덴노헤이카의 성스러운 군대가 가는 곳마다 적들을 풍비박산으로 만들고 있습니다. 싸우면 이기고 나아가면 점령합니다. 모두가 위대한 천황폐하의 음덕이라 아니 할 수 없습니다. 대동아공영권을 착착 완수해 가고 있는 황군에게 후방에 있는 우리는 무엇을 해야 하겠습니까? 우리가 해야 할 일이란 바로 우리가 가지고 있는 모든 것을 나라에 헌납하는 것입니다. 여러분…."

구장은 마당에 있는 흰옷 입은 백성들을 둘러보며 말하기 어려운 듯 머뭇거렸다. 납덩이같이 무겁고 초조한 정적이 흘렀다. 동민들은 마른 침을 삼키며 무엇을 가져오라고 하려는지 제 나름대로 따져보고 있었다.

영우는 돌담에 몸을 기대고 구장을 바라보았다. 불쌍했다. 차마 훌훌 불어 말을 하지 못하는 그의 고충이 딱했다. 그가 하고 싶은 말도 아니며 그가 필요로 하는 것을 요구하는 것도 아니다. 이 광경을 지켜보던 나카무라가 염소 재채기 같은 잔기침을 두 번이나 했다. 빨리 말을 계속하라는 신호였다.

"위대한 황군의 승리를 후방에 있는 우리는 무엇으로 보답해야 하겠습니까? 우리가 가진 피라도 줘야만 합니다. 대일본제국의 황군은 무기를 더 만들어야 합니다. 그러기 위해 각자 집 안에 있는 놋그릇을 위대한 황군에게 바칩시다! 그 대신 나무 그릇에 밥을 담아 나무젓가락으로 먹어도 밥맛은 조금도 달라지지 않습니다. 위대한 황군이 대동아공영권을 이루고 개선하는 날이면 놋그릇보다 훨씬 좋은 은그릇에 밥을 담아 은수저로 먹게 될 것입니다. 여러분, 집 안에 있는 놋그릇을 전부 나라에 바칩시다."

구장의 말이 끝나자 사람들은 술렁거렸다. 모두 서로의 눈치만 볼 뿐 움직이지 않았다. 그때 마치 결정적 기회를 포착했다는 듯이 삼득이 벌떡 일어나 손을 흔들며 고함에 가까운 목소리로 떠들었다.

"그까짓 놋그릇쯤 아낄 우리가 아닙니다. 제가 지금 집에서 가져오겠습니다."

임삼득은 가슴을 펴고 제일 먼저 힘차게 걸어 나갔고 그의 뒤를 따라 구장이 빠른 걸음으로 따라나섰다. 모든 사람의 시선이 그들의 뒷덜미에 쏠렸다. 그들은 덴노헤이카의 전위대라도 되는 양 우쭐거리며 각자의 집으로 향했다. 두 사람의 빠져나간 마당에는 음산한 먹구름이 피어오르고 있었다. 두 사람의 전위대의 활약을 지켜보던 나카무라가 가늘게 눈을 떴다. 마당에 있는 사람들 모두를 전위행동대원으로 만들 묘안을 생각하고 있었다. 갑자기 나카무라를 지켜보던 마을 사람들이 흠칫 놀랐다. 그는 칼자루를 쥐고 저벅저벅 축담 위를 한동안 거닐다가 마당에 모인 동민들을 날카롭게 쏘아보며 큰기침을 했다.

"에헴!"

마당에 퍼질러 앉아있던 사람들이 불시에 후다닥 일어났다. 울던 아이도 울음을 그친다는 나카무라의 기침 소리는 어마어마한 위력을 발휘하고 있었다. 그때 삼득이 보따리를 짊어지고 동사 마당으로 들어와서는 보라는 듯이 풀어 놓았다. 와르르 쏟아지는 누런 색깔의 놋그릇들. 숟가락, 젓가락, 주발, 양푼, 술잔, 청 놋화로와 화젓가락…. 그리고 조상의 제사를 모실 때 향불을 피우는 향로가 거기에 있었다.

"여러분 이것은 결코 강요가 아닙니다. 다만 여러분이 대일본제국에 얼마나 높은 충성심을 갖고 있는지를 시험할 뿐입니다. 여러분이 협조를 하지 않아도 탓하지 않습니다. 우리 경애하는 덴노헤이카는 여기 하야시(林) 상처럼 위대한 신민을 기릴 것입니다. 하야시 상은 과연 여러분의 본보기가 될 만큼 훌륭합니다. 여러분 가져오고 싶지 않으면 안 가져와도 좋습니다!"

나카무라는 축담을 오가며 아주 부드러운 어조로 말했지만 그의 시선은 사납고 매서웠다. 마치 병아리를 발견한 매의 눈처럼 번득거렸다. 그의 시선에 질린 사람들은 웅성거리며 집으로 돌아가기 시작했다. 영우는 팔짱을 낀 채 꼼짝도 하지 않고 몰려나가는 동민들을 주시했다. 동가 마당 안은 어느새 텅 비었다. 나카무라를 비롯한 순사들과 노무라와 삼득, 그리고 돌담에 기대선 영우밖에 없었다.

텅 빈 동사 마당을 영우 혼자 지킬 수는 없었다. 영우는 그들의 시선을 받으며 집으로 향했다. 우리의 진정한 메시아는 계급해방의 옷을 입은 이데올로기이며 머지않아 찾아올 그 메시아를 위하여 몇 개의 놋그릇을 바치는 것쯤은 참아야 한다고 생각하며 자신의 무력함을 합리화했다. 집에 돌아온 영우는 난처한 일이 생겼다고 아버지에게 말했다. 종철은 영우에게 무척 궁금한 듯 다급하게 물었다. 영우는 난감한 표정으로 힘없이 대답했다.

"놋그릇을 공출로 바치라는 겁니다."

"놋그릇을 가져다 무엇에 쓰려는고?"

"전장을 확대해 놓고 모든 물산이 바닥나자 자국민들은 물론 식민지 백성들이 가지고 있는 물자를 약탈하려는 겁니다. 아마 군함이나 탄피를 만드는 데 사용할 겁니다."

"이러다가는 조선 청년들을 징용에 이어 징병으로 뽑아가서 피를 흘리게 하겠는걸."

"일본의 운명도 몇 년 남지 않았습니다. 결국엔 조선의 백성들을 알거지로 만들어 놓고 파멸하고 말 겁니다. 두고 보십시오. 앞으로 비단 놋그릇뿐만 아닙니다. 청년들이랑 쇠붙이랑 전쟁에 소용되는 것은 모조리 빼앗아 갈 겁니다. 다리 옆에 붙은 난간도 쇠로 된 것이라면 죄다 헐어 갈 거예요. 이 같은 것들은 다 가져가도 좋지만 무고한 동포들을 우리와 무관한 전장에 끌고 가서 피를 흘리게는 하지 말아야 할 텐데…."

종철은 영우의 암울한 안색을 응시하며 한숨을 쉬었다. 영우와 한우가 징용이나 징병으로 끌려가는 환영이 떠올랐기 때문이다. 영우 말대로 놋그릇뿐만 아니라 모든 것을 죄다 가져갈지라도 그의 아들들은 데려가지 말기를 조상님들에게 빌었다.

"아버지 어떡할까요?"

"그들의 말을 거역할 수가 있나? 달라면 줘야지, 이런 것들은 거리낌 없이 내주겠다만…."

영우는 못다 한 아버지의 다음 말을 상상했다. 생각만 해도 소름이 끼치는 일이다. 소름이야 끼치든 말든 언젠가는 들이닥치리라는 것을 직감적으로 알고 있었으나 그에 대한 이렇다 할 대비책으니 안타까울 따름이었다. 목 매인 송아지처럼 고삐를 쥐고 있는 덴노헤이카의 처분에 맡길 도리밖에 없는 것인가. 자기 자식의 목에 밧줄을 걸고 그 고삐를 덴노헤이카에게, 오백 년을 지켜온 나라를 총 한 방 쏘지 않고 헌납한 대한제국의 매국 지배층을 조상으로 둔 우리의 죄일까? 영우는 고뇌에 젖어 있는 아버지와 자기 자신 또한 조선조 말 위정자들과 마찬가지로 도리 없이 공범자가 되어 버린 것이 못내 서글프고 한탄스러웠다.

"그렇게 서 있지 말고 어서 가지고 가봐라. 그놈들 눈 밖에 나서 좋을 일 없다."

영우는 아버지의 말 속에서 어떤 공범 의식 같은 것을 느꼈다. 눈 밖에 나면 안 된다고 강조한 것은 스스로 공범자임을 천명한 것이나 다름없다. 어머니가 싸준 놋그릇을 들고 발걸음을 옮기는 내내 영우는 대동아공영권을 이루려는 그들을 위해 총알을 만드는 공정에 참여하고 있는 것만 같은 느낌이 들었다. 한우가 양심적인 공범자라면 자기는 이율배반적인 데다 아주 비열하기까지 한 공범자라고 생각했다. 종이 한 장 차이에 불과하다고 말할 수도 있지만 그 차이의 폭은 작은 것이 아니라고 자책했다. 그러나 조국은 자기와 같은 비양심적인 공범자를 더욱 필요로 한다고 자위하며 놋그릇이 담긴 보자기를 들고 동사를 향해 터벅터벅 걸어갔다.

"말세야 말세. 밥그릇까지 뺏어가야 전쟁을 할 수 있다니…, 말세가 아니고 이게 뭔가?"

"그런 소리 함부로 하지 마. 우리 약한 백성은 세월을 따라 살 수밖에 없어."

굴원의 「어부사」가 연상되었다. '창랑지수가 흐리면 발을 씻고, 창
랑지수가 맑으면 갓끈을 씻는' 무력한 백성의 행렬이었다. 그들은 입
으로, 영우는 마음속으로 「어부사」를 읊조리며 삼삼오오 걸어갔다.

"와르르 와르르."

각양각색의 놋그릇을 마루 위에 쏟아 놓자 작은 산을 이루었다.
그 산이 올라갈수록 나카무라의 입은 벌어졌고 영우의 이마에는
주름살이 깊어졌다. 놋그릇 더미 속에 삼득이 가져온 향로를 비롯
한 제기들이 유난히 마을 사람들의 시선을 끌었다.

"여러분!"

놋그릇 등을 강탈하듯 내다 바치고 참담한 심경을 애써 삭이며
귀가하려던 사람들이 또 무엇을 가져오라는 거냐는 투로 어정쩡하
게 멈추어 섰다.

"나카무라 순사님으로부터 여러분의 충성심에 대한 치하의 말씀
이 있으시겠습니다."

구장은 나카무라에게 자리를 비켜 주었다. 그는 왼손으로 일본
도를 쓰다듬으며 구장이 서 있던 약간 높은 자리로 올라가서 건방
을 떨며 마당 안 사람들을 둘러보며 말했다.

"에…, 여러분들이 이처럼 위대한 대일본제국에 충성을 바치는
것을 보고 덴노헤이카의 충복의 한 사람으로서 감사의 말씀을 드
리지 않을 수 없습니다. 여러분들이 직접 보신 바와 같이 이것은
강요에 의한 것이 아니고 여러분 자신들 스스로가 헌납한 것입니

다. 우리 위대한 덴노헤이카는 결코 인민들에게 강제로 물건을 거두지는 않습니다. 앞으로 더욱더 많은 충성을 기대하면서 심심한 감사를 표하는 바입니다."

나카무라 순사가 물러나자 노무라가 그 자리에 올라 또 일장 연설을 했다.

"내가 사랑하고 존경하는 동민 여러분. 여러분은 진실로 대일본제국의 신민입니다. 조선이 곧 일본이요, 일본이 곧 덴노헤이카입니다. 대동아공영권의 완성을 눈앞에 둔 상황인지라 우리에게 더 많은 고난과 애로가 따르고 있습니다. 세계사를 재편성하는 미증유의 성전인 만큼 쉽게 이루어질 까닭이 없습니다. 이런 모든 장애를 극복하고 승리의 그 날을 맞이하게 되면 여러분은 대동아의 주인이 될 것입니다. 여러분이 가진 모든 것을 위대한 덴노헤이카에게 기꺼이 바치십시오. 그러면 준 것보다 수십 배, 아니 수백 배를 되돌려 받게 될 것입니다. 여러분!"

연설을 마친 노무라는 오만방자하게 고개를 까딱하고 온갖 거드름을 부리며 물러났다. 그들이 뱉어낸 말은 단순히 피정복자들을 이용하려는 허세만은 아니었다. 그것은 그들에게 강철 같은 신념이었다. 대동아공영권의 실현은 필연적인 역사의 귀결이라고 그들은 단정했다. 노무라가 서 있던 자리에 다시 구장이 올라와서 연설을 시작했다.

"여러 동민의 헌납에 구장으로서 감사를 드립니다. 우리는 대일본제국의 신민임을 기뻐해야 합니다. 특히 나카무라 상이나 노무라

상처럼 높으신 분들이 이처럼 칭송을 해주시니 이보다 더한 기쁨이 어디에 있겠습니까. 그리고 또 여러분들은 내일부터 모든 일을 제쳐 놓고 솔광이를 채집해야 합니다. 여러분들이 채집한 솔광이는 황군을 태우고 대동아의 넓은 땅을 달릴 자동차의 연료로 쓰일 것입니다. 각 호마다 일할 수 있는 식구에 비례해서 솔광이를 따와야 합니다. 앞으로 이틀 후에 여러분들이 채집한 솔광이를 가지고 이곳으로 나오십시오. 에…, 오늘 동회는 이것으로 마칩니다."

구장이 말이 끝나자 나카무라를 비롯한 일인들은 이제 할 일을 다 했다는 듯이 의기양양한 걸음으로 동사 마당을 뒤로했다. 영우는 으스대며 걸어가는 그들의 뒷모습을 쏘아보고 있었다. 일본인들과 이들에 아부하는 골수 친일 무뢰배들이 사라진 후 사람들은 영우에게 우르르 몰려와 세월이 어떻게 되어 가느냐고 물었다. 그는 허탈한 웃음만 지을 뿐 아무 말도 하지 못했다.

3

덴노헤이카의 영장

구름 한 점 없는 하늘에는 태양이 대지를 향하여 후끈한 볕을 퍼붓고 있었다. 마당을 어슬렁거리던 누렁이도 더위를 피해 처마 밑 그늘로 기어들어가 쭈욱 몸을 뻗고 누웠다. 바짝 달구어진 마당 안 흙은 끈적끈적하고 후덥지근한 열기를 내뿜었다. 앞다리에 머리를 올려놓고 비몽사몽 졸고 있던 검둥이는 대문 쪽을 응시하는가 싶더니 갑자기 고개를 쳐들고 벌떡 일어나 꼬리를 치며 달려 나갔다. 파랗게 질린 얼굴을 한 채 마당 안으로 들어와 곧장 사랑방 쪽으로 걸어온 영우는, 이마에 맺힌 땀방울을 손등으로 훔치며 마루에 털썩 주저앉았다.

"아버지!"

사랑방에서 오수를 취하던 종철이 눈을 비비며 일어났다. 핏기가 없는 영우의 얼굴을 본 그는 눈을 둥그렇게 뜨며 방문 앞으로 나와

앉았다. 영우는 아버지를 멍하게 보기만 할 뿐 입을 열지 못했다.

"무슨 일이냐? 너 얼굴이 왜 그러냐?"

영우는 너무나 끔찍한 일이라는 듯 무슨 말부터 먼저 해야 좋을
지를 망설이는 것 같았다. 종철은 바짝 긴장한 채 아들이 말하기
만을 기다렸다. 얼마 동안 무겁고 불안한 침묵이 그들 부자를 겹겹
이 둘러쌌다. 영우는 호흡을 가다듬으며 적당한 말의 실마리를 찾
고 있었다. 가능한 한 아버지에게 충격을 주지 않으려는 마음에서
였다.

"한우에 관한 일인데…."

"한우에 관한 일이라니?"

종철은 짚이는 데가 있어서 금세 얼굴빛이 달라졌다. 그는 불길
한 예감을 떨치지 못하고 갑자기 벙어리라도 된 것 마냥 멀뚱하게
영우를 바라보고 있었다.

"아버지 어떡하면 좋지요?"

영우는 이마에 흐트러져 내린 머리칼을 쓱 쓰다듬어 올리고 주
머니를 뒤적거려 징병 영장을 아버지 앞에 펼쳐 놓았다. 종철은 힐
긋 그 영장에 시선을 주다가 재빠르게 눈을 돌렸다. 입가에 가느
다란 경련이 일고 있었다. 네깟 놈들이 놀라면 어찌할 것이며 감히
이 명령을 거역할 수나 있겠느냐고 마룻바닥에 놓인 영장이 호령을
하고 있는 것 같았다. 휘갈긴 일본어로 작성된 영장은 이른바 위대
한 덴노헤이카의 추상같은 호출이었다. 덴노헤이카로 포장된 사이
비 박제신화가 그 속에서 도도한 기염을 내뿜고 있었다.

"한우에게 연락하러 가겠습니다."

영우는 영장을 집어 주머니에 넣고 집을 나왔다. 마치 한우에게 알리면 무슨 좋은 수라도 있는 듯이. 거의 뛰다시피 잰걸음으로 신작로를 따라 걸어갔다.

'나는 지금 소위 덴노헤이카의 심부름을 하고 있는 것이 아닌가?'

영우는 갑자기 감전된 사람처럼 자갈이 두껍게 깔린 신작로 가운데에 딱 멈추어 섰다. 등줄기를 타고 내리는 땀이 그의 윗도리를 적셔 몸에 찰싹 달라붙게 했지만 더위 같은 것은 안중에도 없었다. 영우는 머리를 설레설레 흔들며 다시 걷기 시작했다. 두 다리에 힘이 쭉 빠져 걸음걸이가 휘청거렸다. 그는 손수건을 꺼내 들고 목덜미에 주르르 흘러내리는 땀을 닦았다. 정신없이 신작로를 달려와 한우를 만난 영우는 아무 말 없이 영장을 건네주었다.

"뭐예요?"

한우는 형이 준 그 영장을 받으며 영문을 모르겠다는 표정을 지었다. 영우는 눈으로 그 영장을 가리켰다. 영장을 받아 쥔 한우는 영우의 안색을 살폈다.

"읽어봐."

영장을 펼쳐 본 한우의 시선은 한동안 움직이지 않았다. 영장을 쥔 손이 바르르 떨렸다. 영우는 한우의 표정을 유심히 바라보았다. 영장을 받은 동생의 심경이 어떠한지 궁금했다. 진정으로 그가 덴노헤이카를 숭앙하는지 가늠할 수 있는 기회라 믿었기 때문이다.

영우는 이 영장을 계기로 그들 사이에 놓인 건널 수 없는 깊고 넓은 강의 폭을 조금이나마 좁힐 수 있지 않을까 하는 기대를 품고 있었다. 그러나 영우의 기대는 산산조각처럼 부서지고 말았을 뿐 아니라, 사이비 신화의 산 제물이 된 한 인간의 어처구니없는 모습을 접하자 절로 탄식이 나왔다.

한우는 동아시아를 정복 중인 황군의 일원이 되어 마침내 세계사의 중심 무대로 뛰어들게 되었다고 생각했다. 그러나 직장을 버리고, 사랑하는 아내를 버리고, 집을 떠나게 되었다는 사실은 그의 마음을 어수선하게 했다. 천황폐하의 신민으로서 대동아공영권 구축을 위해 성스러운 전장으로 나가는 시점에서 신변잡사에 불과한 아내와 부모 때문에 전전긍긍해서는 안 될 일이라고 스스로를 다그치듯 입술을 앙다물었다.

"형님은 이 영장을 어떻게 생각하세요?"

"어떻게 생각하다니?"

영우는 빙그레 웃고 있는 한우의 얼굴을 바라보며 되물었다.

"저는 이제 영광의 길을 향해 본격적으로 달려갈 것입니다. 그 길은 험하기는 하겠지만 우리 젊은이가 아니면 누가 가겠습니까. 덴노헤이카야말로 대동아공영권을 구축 하는 성군이 아닙니까. 허무맹랑한 하느님 대신 가장 확실하고 구체적인 천황 폐하의 십자군으로 저는 다시 태어난 것입니다. 형님, 제가 집을 떠난다고 너무 상심하지 마시기 바랍니다. 미구에 닥쳐올 동양의 로마제국이나 다름없는 대동아의 번영이 기다리고 있으니까요. 형님은 물론 제 말이 불쾌하게 들리시겠지만, 형님은 형님대로의 이상이 있고 저는 저대로의 이상이 있어요. 이제부터 우리 서로 비난하지 말기로 해요. 형님이 공산주의가 조선을 근대화시킬 유일한 사상이라고 믿듯이 저는 일본이 우리를 번영의 길로 인도할 것이라 확신해요! 누구의 이상이 적중할는지는 시간이 해결해 줄 겁니다."

영우는 입을 다물었다. 한우의 말은 단호했다. 영우로 하여금 한마디도 대꾸할 틈을 주지 않겠다는 듯 기세등등했다. 영우의 신화가 공산주의라면 한우의 신화는 덴노헤이카였다. 신화의 대상은 비록 다르지만 각자 그것을 믿는 밀도는 크게 다르지 않았다. 각자의 신화를 신봉하는 것은 그것이 비록 말똥구리라 할지라도 한우의 말대로 비난할 필요가 없을지도 모른다.

"형님은 덴노헤이카가 우리의 지도자가 아니고 일본의 우상이라고 반박하시겠죠? 그렇다면 저는 형님에게 이렇게 물어보겠습니다. 공산주의는 우리 것입니까? 분명히 우리 것이 아닙니다. 공산주의는 기독교 문명인 유럽을 중심으로 탄생하여 독일과 소련 등지에서 급진적으로 발전한 것 아닙니까? 그러니 결국은 똑같은 겁니다. 단지 덴노헤이카의 대동아공영권은 공산주의보다 훨씬 현실적이고 실질적이라는 점에서 훌륭하다는 것입니다."

"여기서 너하고 지금 토론하고 싶은 기분이 아니야. 어서 잔무를 처리하고 집으로 가자."

"오늘은 우선 집으로 갔다가 다시 나와야죠. 기일이 일주일이나 있으니…"

한우는 영장을 펴들고 입대 일자를 재확인했다. 영우는 영장을 보고 있는 한우를 응시하며 복잡한 상념을 모두 떨쳐버리고 오직 동생이 일본군으로 참전한다는 사실만 염두에 두기로 했다. 무더기로 죽어나는 판에 한우라고 꼭 살아서 돌아올 것 같지가 않았다. 부질없이 최악의 경우만 상상한다고 자신을 나무라며 마른 침을 삼켰다.

"형님 여기서 잠깐 기다리세요. 일터에 잠깐 들렀다 오겠어요."

한우가 안으로 들어간 사이 영우는 선창가로 걸어 나갔다. 비릿한 생선 냄새가 코를 찔렀다. 공판장에는 고등어가 산더미처럼 쌓여 있었다. 왕왕대는 소음에 귀가 멍했다. 영우는 수만 마리의 고등어 더미를 물끄러미 바라보았다. 숱한 사람들이 고등어를 장만하느라 또는 소금 간을 하느라 분주하게 움직이고 있었다. 영우는 선창가를 뒤로 하고 다시 한우의 직장이 있는 쪽으로 걸어갔다.

그들이 집에 도착한 것은 오후가 훨씬 넘은 저녁나절이었다. 한우가 왔다는 소문이 퍼지자 제일 먼저 찾아온 사람은 노무라와 나카무라 순사였다. 그들은 한우가 가족들과 이야기할 틈도 주지 않고 들이닥쳐 대화를 가로챘다.

"미야모토 상 축하하네! 이렇게 영광스러운 일이 세상 어디에 또 있겠나?"

노무라가 악수를 청하며 말했다. 그의 표정에는 조금도 거짓이 없었다. 진실로 영광스럽게 생각하는 것 같았다.

"감사합니다."

한우는 힘차게 노무라의 팔을 흔들며 말했다. 나카무라는 이미 한우를 위대한 황군으로 대하고 있었다.

"위대한 황군의 아버지인 종철 어르신께 이 나카무라 순사가 경하를 드립니다. 황군의 아버지에게는 앞으로 무한한 영광이 찾아올 것입니다."

여느 때의 나카무라가 아니었다. 그는 스스로 자기가 누리고 있는 정복자의 권위와 특권까지 내려놓고 몸을 낮추었다. 이른바 황군의 가족들에게 바치는 그들의 교활한 선심 공세였다. 함부로 쳐다보지도 못할 고약한 위세를 가진 나카무라가 이처럼 굽실거리는 것을 보자 종철은 이것이 꿈은 아닌가 하고 생각했다. 그러나 이는 엄연한 현실이었으며 진절머리나게 간악한 함정이었다.

영우는 그들의 하는 양을 지켜보고 있었다. 그들은 감탄하지 않을 수 없었다. 늙고 교활하기 짝이 없는 여우를 연상하게 했다. 영우 눈에는 사람의 간을 뽑아 먹으려고 화려한 옷을 입고 세상 선한 얼굴을 하고 나타난 여우로만 보였다. 영우는 자신의 간을 뽑아 먹을 여우들의 둔갑에 속아 마치 영웅이나 된 듯 우쭐거리는 한우가 그저 철딱서니 없어 보이고 가엽기 그지없었다.

한우는 재갈을 먹이고 보기 좋게 털을 깎은 한 마리의 말이었다. 금빛 찬란한 안장을 채우고 꽃무늬가 호화로운 비단으로 등허리를 두른 말이었다. 그렇게 치장한 말은 사람이 보기에는 근사하고 늠름하다. 하지만 말에게는 차라리 아무런 장식도 없이 눈곱이 더덕더덕 붙어있을망정 자유로운 게 더 나은 게 아닐까. 영우는 나카무라가 한우에게 재갈을 물리고 털을 깎으려 한다고 생각하고 으스스 몸을 떨었다. 게다가 한우는 그런 자기 자신을 영광스럽게 받아들이고 있으니 영우로서는 망연자실하지 않을 수 없었다.

며칠 동안 한우는 영웅이 되었고 그에 걸맞게 대접을 받느라 눈코 뜰 새 없이 분주했다. 그의 어깨에 걸쳐 있는 안장은 더욱 휘황찬란한 빛을 발하고 있었다. 노무라가 닦아주고 나카무라가 만져주고 또 면서기들이 이런저런 덧칠을 해주었기 때문이다.

한우는 노무라가 베푼 환송연을 마치고 열두 시가 다 되었을 무렵에야 귀가하여 제 방으로 들어갔다. 미혜는 가벼운 잠옷 바람으로 일어나 그를 맞았다. 한우는 잠옷 위로 나타난 아내의 몸매를 훑어보며 앉았다.

"당신…, 울고 있었던 거야?"

미혜는 그 말에 자지러들 듯 방바닥에 주저앉더니 한우의 무릎 위에 얼굴을 묻었다. 둥그스름한 그녀의 어깨선이 흔들리기 시작했다. 소리를 죽여 울고 있었다. 한우는 들먹거리는 그녀의 어깨를 가만히 껴안았다. 한우의 손이 어깨에 닿자 그녀는 슬픔이 북받치는 듯 더욱 소리를 내어 울었다.

"울긴, 무엇 때문에 그렇게 울어. 그러지 말고 나에게 웃음을 보여줘. 영광스러운 일 아냐? 남편이 위대한 황군이 되었는데…. 얼마나 장한 일이오? 내가 섭섭하게 여기는 것은 우리의 아이를 보지 못하고 가는 것이야. 위대한 황군의 아버지를 가진 아들. 아니 여보, 아들일까 딸일까?"

한우는 눈물 어린 시선으로 아내의 허리 부분을 주시했다. 임신사 개월. 제법 허리통이 굵어진 것 같았다. 아무리 그 스스로 영광스러운 국민으로서의 당연한 의무를 수행하는 것이라 믿기는 했지만 떠나는 마당에 살을 에는 슬픔이 일어나지 않을 수는 없었다. 영원한 이별의 순간인지도 모른다는 불길한 예감이 마음속에서 연기처럼 피어올랐다. 그렇다면 아내의 뱃속에서 곰실거리고 있는 생명은 어떻게 될 것인가? 아니다. 그럴 리가 없다. 내가 무슨 망령된 생각을 하고 있단 말인가 라고 애써 부인하면서 그녀를 와락 껴안았다. 그녀는 한우의 가슴을 마구 파고들었다.

오랫동안 힘찬 포옹이 계속되었다. 서로의 체온을 느끼며 그것이 모든 불안을 해소해 줄 것이라 믿는 듯한 절박한 몸부림이었다. 그들은 함께 있다는 것을 확인하는 간절한 마음을 체온으로 교환하고 있었다. 아내와 헤어지기가 싫었다. 언제까지라도 이렇게 포옹하고 싶었다. 만일 영장을 받지 않았더라면…, 얼마나 좋았을까? 그는 영웅도 아니었고 대일본제국의 신민도 아니었으며 이한우일 뿐이었다. 한우는 그녀의 검고 부드러운 머리칼 속에 얼굴을 묻었다. 머리카락 냄새, 그것은 차마 떠나기 싫은 고향의 흙냄새와 같았다.

"여보, 오늘 밤이 우리에게 주어진 마지막 밤이야. 일 초 일 분이라도 보람 없이 보낼 수는 없어. 일 초를 육십 개로 쪼개어 육십 초를 만들어야 할 우리가 이렇게 울고만 있을 수는 없어. 이 밤을 우리 생애의 최고의 밤으로 장식합시다. 축포도 터트리고 꽃잎을 뿌리고 깃발을 흔들어야 해. 자, 당신의 눈을 보고 싶소."

한우는 포옹을 풀고 아내의 고개를 쳐들었다. 눈물로 얼룩진 휴지처럼 구겨진 얼굴이었다. 새빨갛게 충혈된 두 눈, 그 속에는 절망과 체념이 괴어 있었다.

"오늘 밤은 모든 것을 잊읍시다. 일본도 조선도 없어. 오직 이 지구 상엔 우리 두 사람만 존재하는 거야."

그녀는 벽에 걸린 거울을 내려서 벽에 기대 놓고 얼굴을 비추었다. 헝클어진 머리와 얼룩진 눈물 자국이 완연했다. 그녀는 얼굴을 매만지기 시작했다. 금싸라기 같은 귀중한 시간을 울면서 지나가게 할 수는 없다고 다짐하며 뺨에 묻은 눈물 자국을 손수건으로 정성껏 닦아 내었다.

"내일 반드시 떠나셔야 해요?"

그녀는 거울 속으로 한우를 보면서 정해진 대답이 돌아올 줄 뻔히 알면서도 물었다.

"그게 무슨 말이야?"

"내일 안 갈 수는 없느냔 말이에요."

한우는 그녀의 말뜻을 알지 못하고 한참 동안 침묵했다.

"당신도 없는데 나 혼자서 애기를 낳으란 말예요? 싫어요. 난 당신 곁에서 우리 애기를 낳고 싶어요. 당신은 나에게 애기를 가지게 해놓고 어떻게 그렇게 무책임하게 떠날 수가 있어요?"

"내가 가고 싶어서 가는 것이 아님을 당신도 잘 알 텐데, 이상한 말을 하고 있군 그래?"

"여보!"

미혜는 정색을 하고 돌아앉아 한우의 얼굴을 노려보았다. 어떤 결기가 느껴지는 눈동자였다.

"우리 지금 도망가요. 일본의 힘이 미치지 않는 곳으로 가요. 네? 이 밤이 지나면 당신과 나는 헤어져야 해요. 당신은 그처럼 쉽게 나와 이별할 수 있다고 믿어요? 아무도 없는 무릉도원 같은 곳으로 함께 가요. 당신은 내 말을 약한 여자가 기분에 들떠서 지껄이는 것쯤으로 여겨서는 안 돼요. 우리만의 세계를 찾아서, 그곳에서 애기를 낳고 살아요. 당신과 함께 있을 수 있는 곳이라면 난 어디든지 좋아요. 독사가 득실거리는 밀림도 좋고, 시베리아 벌판이라도 좋아요. 사람에게 가장 중요한 것은 자신의 행복이에요."

한우는 아내의 손을 잡았다. 그녀의 두 눈은 샛별처럼 빛났고 어떤 난관이라도 뚫고 나갈 수 있다는 결연한 의지로 불타고 있었다.

"당신은 지금 흥분했어. 마음을 가다듬고 찬찬히 생각해 봅시다. 도망갈 수도 없지만 또 도망을 간들 어디로 간다는 말이오? 사람은 어떤 정치 체제 속에서 살아갈 숙명을 타고났어. 설사 우리가 이곳을 떠난다고 하더라도 우리가 가는 그곳에도 또 다른 덴노헤이카는 있어. 전쟁은 나쁜 수단이지만 전쟁이 없으면 역사가 존재하지 않아. 로마제국도 전쟁으로 이루어졌어. 대동아공영권이 이룩되는 그날, 나는 대일본제국의 영웅이 되어 당신 앞에 나타나겠어!"

그녀의 눈 속에 반짝이는 광채가 차차 사라졌다. 뛰어오를 말처럼 긴장되었던 몸가짐이 물에 담긴 우거지처럼 힘없이 풀어졌다. 가느다란 한숨이 그녀의 입술 사이에서 나왔다. 물론 자기의 말이 실행하기 어려운 데도 남편에게 강요하고 있는 줄은 그녀도 알고 있

었다. 그러나 이처럼 허무하고 무기력하게 자기의 생활을 빼앗겨서
는 안 된다는 반항이 치솟았다. 만일 한우가 그녀의 말에 동조했더
라면 그녀는 보따리를 꾸릴 준비를 했을 것이다. 그녀는 이때만큼
한우에게 환멸을 느껴본 적이 없었다. 두들겨 팬다고 그대로 맞고
만 있는 한우가 무능한 남자라고 그녀는 생각했다.

"당신이 나를 보내기 싫은 만큼, 아니 그 이상으로 나는 당신 곁
을 떠나기 싫어. 하지만 내일의 영광과 번영을 위하여 오늘을 희생
합시다. 전쟁이 끝나면 개선장군으로 당신 앞에 나타나겠소. 당신
은 당신의 남편인 내가 우리 민족의 역사를 바꿀 위대한 황군임을
잊지 말았으면 하오. 당신은 위대한 황군의 아내가 되지 않았소?"

"여보! 도대체 무엇이 위대한 황군이란 말이오. 남의 나라를 침
략하고 수많은 여성들을 과부로 만들고 있는데 무엇이 그렇게 위대
하단 말이오!"

미혜는 한우에게 경멸에 찬 시선을 퍼부으며 쏘아붙였다. 아내의
말에 정곡을 찔린 한우는 그녀의 시선을 피했다.

"위대한 황군이란 말은 나카무라나 노무라가 지껄일 말이지, 당
신이 할 말은 아니에요."

그녀는 말을 뚝 자르고 한우의 가슴 속으로 얼굴을 묻었다. 참았
던 울음이 터져 나왔다. 그녀는 흐느끼면서 잘못했노라고 몇 번이
고 한우에게 사과를 했다.

"당신이 흥분한 탓이오. 나는 당신의 마음을 이해하고도 남아.
나를 사랑하기 때문에 한 말이란 걸. 어쨌든 우리에게 남은 시간을

울지 말고 싸우지 말고 보내야지. 그런데 지금 몇 시나 되었을까."

한우는 손을 내밀어 시계가 든 책상 서랍을 열려고 했다. 그녀는 한우의 팔을 꽉 움켜잡으며 말했다.

"시계를 보지 마세요!"

그는 팔을 다시 끌어들이고 이불 위에 벌렁 드러누워서 눈을 감았다. 졸음이 왔다. 며칠 동안 이곳저곳으로 다니며 영웅 노릇을 하느라고 피곤해서였다. 한우는 그 자신도 모르는 새에 깊은 잠 속으로 빠져들었다.

이튿날 아침 안방에서 가족들 모두가 모여서 밥상을 받았다. 밥을 먹는 시늉을 하고 있다는 것이 가장 정확한 표현이었다. 괴로운 침묵이 계속되었다. 밥그릇에 밥이 그대로 담긴 채로 밥상이 밖으로 나갔다. 상민은 아장아장 걸어서 할아버지에게 안겼다가 할머니 품 안으로 방긋방긋 웃으며 달려갔다. 종철은 식솔들을 둘러보다가 한우를 보며 무겁게 입을 열었다.

"누구도 원망할 사람이 없다. 이제야 일본을 나무랄 수도 없고. 말하자면 너희들이 시대를 잘못 타고난 죄지 뭐겠냐. 집안 걱정은 하지 말고 부디 몸조심해라. 전쟁이 끝나면 평화가 오는 법이지만 지금은 난세라 어쩔 도리가 없다. 그저 난세에는 몸조심이 상책이다. 난세가 끝나면 치세가 온다. 치와 난은 무상한 것이다. 그러나 너는 비록 일본의 총칼을 들지라도 조선인임을 잊어서는 안 된다. 애비로서 떠나는 너에게 당부하고 싶은 말이다."

"네, 명심하겠습니다. 모두 너무 걱정하지 마세요. 떠나는 저의 마음은 기쁘니까요."

아무도 한우의 말에 대꾸하지 않았다. 영우 어머니는 연방 손수건으로 눈물을 찍어내고 있었다. 미혜와 은숙은 고개를 푸욱 숙이고 방바닥을 내려다보고 있었다. 미혜의 눈 속에는 눈물이 가득 고였다.

검둥이가 컹컹 요란하게 짖어댔다. 나카무라를 비롯한 순사 일동과 노무라와 구장, 그밖에 마을 사람들 몇 명이 마당 안으로 들어오고 있었다. 한우는 후다닥 일어나 마루로 나왔다. 나카무라를 비롯한 세 명의 순사들은 일렬로 서서 한우에게 동시에 거수경례를 부쳤다. 한우는 마루에서 우둑하니 그들을 내려다보고 있었다. 정복을 입고 일본 칼을 찬 순사 네 명은 마당에 나란히 서 있고, 한우는 높은 마루에서 그들을 보고 있는 광경은 마치 한우가 부하들의 사열을 받는 것 같았다. 아들을 가진 사람들이 자기의 아들을 황군에 보내고 싶은 충동을 일으키기에 충분한 극적인 장면일 수도 있었다. 한우는 그 순간 모든 슬픔과 괴로움을 잊었다.

"시간이 임박했습니다. 이제 떠나셔야 합니다."

여전히 부동자세를 취하고 있는 나카무라가 말했다. 그것은 명령이 아니었다. 부하가 상관에게 보고하는 투의 말이었다. 나카무라의 눈에는 한우가 조선인으로 보이지 않고 위대한 황군의 한 사람으로 인식되었다. 황군에 대한 절대적인 존경, 천황의 분신을 대하듯 하는 나카무라의 태도는 그의 심장에서 묻어나온 것이었다. 그것은 한우로 하여금 슬픔을 느끼지 않게 하는 한편 의연하게 떠나는 데 원동력이 되었다.

가족들 모두가 눈물을 글썽거릴 때도 한우의 표정은 의기양양했다. 신작로 양편으로 늘어선 마을사람들의 전송을 받을 때에도 마찬가지였다.

"덴노헤이카 반자이…."

생사를 예측할 수 없는 길을 떠나는 한우는 일장기를 쥔 마을사람들의 환호성과 순사들의 호위를 받으며 신작로 길로 올라갔다. 그가 어릴 때부터 수없이 오르내리던 길이다. 신작로를 닦은 사람은 마을 사람들이지만 닦으라고 명령한 사람은 일본인이었다. 그 신작로를 한우는 영우와 함께 걷고 있다. 앞으로도 수많은 사람의 발자국이 생겼다가 지워질 것이고 사람들은 또 해마다 부역에 동원되어 자갈을 깔 것이다.

그들이 면소재지 소학교 마당에 도착했을 때에는 사람들이 빼곡하게 모여 있었다. 한우는 가슴과 머리에 일장기를 두른 채 우레와 같은 박수를 받으며 행사장 안으로 들어갔다. 한우와 함께 황군으로 징발된 네 사람의 조선인 청년을 위해 마련된 거창한 환송식이었다.

쟁쟁한 지방 인사들이 기라성처럼 줄을 지어 앉아 있었다. 면장, 지서장, 우편국장과 이들 관서의 직원들과 면서기 일동, 소학교 교장과 교사들, 그 밖에 지방 유지들을 비롯한 이른바 지역사회를 움직이는 인사들과 동원된 지역민들이 운집해 있었다. 영우에게는 지루하고도 지루한 식이 끝나자 대기하고 있던 트럭으로 머리와 어깨에 일장기를 두른 네 명의 장정이 올랐다.

"다이닛뽄테이코쿠 반자이(大日本帝國 萬歲)…."

"덴노헤이카 반자이…."

요란하고 우렁찬 만세 소리가 터져 나왔다. 영우의 귀에는 소학교 운동장에 모인 사람들이 외치는 날조된 만세 소리가 지각을 뚫고 폭발하는 화산의 굉음만큼이나 크게 들렸다. 펄펄 끓는 용암이 강물처럼 흘러내리고 있었다. 시뻘건 용암은 낮은 곳으로 흘러 자라나는 곡식을 죽이고 집들을 부수고 들을 메우며 한반도 방방곡곡을 불바다로 만들고 있었다.

처절한 절규가 산천을 뒤흔들었다. 주검, 주검, 존재하는 것은 주검밖에 없었다. 넘실거리는 도도한 용암의 흐름. 골짜기를 메우고 산을 허물더니 마침내는 바다로 흘러갔다. 소나비처럼 쏟아져 내리는 불똥은 모든 것을 죽였다. 영우는 우리와 전혀 무관한 우상 덴노헤이카가 소학교 운동장 안에서 죽음을 향해 돌진하는 용암을 굽어보며 회심의 미소를 짓고 있을 것이라고 생각하며 눈을 감았다.

한우 일행이 탄 트럭이 교문을 천천히 빠져나갔다. 한우는 군중들 속에 자기의 형 영우가 있다는 사실도 망각하고 있었다. 영우는 한우가 자기를 보아주기를 고대했지만 한우는 끝내 영우를 보지 않았다. 한우는 대일본제국만세를 외치는 군중들을 보고 있었다. 벌겋게 충혈된 얼굴이었다. 트럭이 시가로 들어가자 일장기의 물결이 펄럭거렸다. 만세 소리는 그치지 않았다. 영우는 멀어져 가는 트럭을 응시했다. 그의 눈 속에도 눈물이 고였다. 트럭이 일으킨 뿌연 먼지가 바람에 휘날렸다. 트럭은 경적을 울리며 속도를 내어 덴노 헤이카의 용암이 분출되는 분화구를 향하여 달려갔다.

한우가 가고 없는 집 안은 웃음을 잃었다. 종철은 사랑방에 웅크리고 앉아 담배만 피웠고 영우 어머니는 아들 생각에 눈물을 흘렸다. 미혜는 점점 무거워지는 몸을 힘겨워하며 넋 나간 여인처럼 그날그날을 견디고 있었다. 가족들의 관심은 그녀에게 집중되어 너나없이 정성껏 위해 주었다. 그러나 그것이 그녀의 마음을 달래지는 못했다.

뱃속에서 자라고 있는 아기가 꿈틀거릴 때마다 그녀는 뼈저리게 고독을 삼켰다. 그녀의 몸 안에 남편의 생명이 자라고 있다는 사실, 이것만이 그녀에게는 유일한 기쁨이었다. 그 기쁨에도 슬픔이 절반 이상이나 섞여 있었다. 부디 아이를 낳기 전에 전쟁이 끝나서 남편이 돌아오기를 그녀는 빌고 또 빌었다. 아이는 아버지가 있는 데서 낳는 것이 그녀의 바람이자 소원이었다.

한우가 떠난 후 두 장의 편지가 왔다. 마지막 편지가 온지도 석 달이 넘었다. 그녀는 우편배달부를 기다리는 것이 일과의 전부였다. 하루걸러 홀숫날에 오는 배달부를, 학대받는 민중이 메시아를 고대하는 마음처럼 초조하게 기다렸다. 배달부가 오는 날이면 그녀는 아침부터 대문간에 나가서 신작로를 주시했다. 한우가 걸어간 그 신작로였다. 가물가물한 신작로에 배달부가 가방을 둘러메고 산모퉁이를 돌아 점찍은 듯 나타나면 그녀의 마음은 설레기 시작했다.

　허리가 약간 굽은 노경의 배달부의 윤곽이 뚜렷해지면 그녀의 가슴은 설레다 못해 마구 방망이질을 해댔다. 배달부가 그녀의 집으로 통하는 골목 근처에 올 때쯤이면 그녀의 심장은 멈추는 듯 조용해졌다. 그러다가 배달부가 골목 안으로 들어오지 않고 그냥 지나치기라도 하면 전신의 맥이 풀려 멍한 표정으로 얼마간 배달부의 뒤로 시선을 주다가 한숨을 뿜어내며 힘없이 집 안으로 들어오곤 했다. 그녀가 대문에서 배달부를 기다리는 광경을 가족들은 아무도 보지 않으려 했다. 어쩌다가 눈길이 그리로 가더라도 곧 시선을 돌렸다.

　박제인 사이비 신화를 무정란인 줄도 모르고 고이 품에 안고 떠난 한우의 뒤에는 이처럼 고독과 비애의 그림자가 짙게 깔려 있었다. 신화의 그늘이란 원래 음산한 분위기이기 십상이다. 그럼에도 한우의 경우는 뒷맛이 더욱 나빴다. 엄청나게 크고 두꺼운 응어리를 남기고 떠난 탓이리라. 그 응어리는 망치로 두들겨도 부서지지 않는 두껍고 단단한 철옹성의 장벽이 되어 종철네 집안을 에워싸고 있었다.

　하늬바람이 세차게 불어대는 밤이었다. 열한 시가 지났건만 미혜는 잠을 이루지 못하고 램프 불을 환하게 밝혀 놓고 커다란 방안에 우두커니 앉아있었다. 그녀의 검고 외로운 그림자가 길게 벽까지 뻗어 있었다. 구들목은 따뜻했지만 방안 공기는 싸늘했다. 그녀 혼자 거처하고 있기 때문일까. 방안은 냉랭한 찬바람이 일었다.

"아직 안 자?"

두어 번 문을 가볍게 두드린 후, 살그머니 방문을 밀며 은숙이 들어왔다. 미혜는 깜짝 놀라서 그녀를 바라보았다. 은숙은 부드럽게 웃고 있었다.

"형님! 어서 들어오세요."

미혜는 반갑게 그녀를 맞았다. 혼자 긴 겨울밤을 세우는 것이 가장 괴로운 고역이었다. 해가 서산에 걸치고 황혼이 찾아오면 그때부터 미혜는 암울한 고독 속으로 빠져들었다.

"방이 싸늘하네. 군불을 적게 넣었나?"

은숙은 손바닥으로 방바닥을 쓰다듬었다.

"그쪽은 추워요. 구들목으로 오세요. 여긴 아주 훈훈해요."

은숙은 그녀의 말대로 구들목으로 가 앉아서 이불 속으로 다리를 뻗었다.

"해산달이 언제지?"

"음력으로 정월이에요."

"어머 그럼 두 달밖에 남지 않았네…, 동서는 이번에 아들을 낳을 거야."

미혜는 방그레 웃었다. 두 뺨에 오목하게 파인 보조개가 예뻤다. 핏기가 없는 핼쑥한 얼굴이지만 램프 불이 돌아 비치는 방안에서는 청초한 느낌을 주었다.

"동서! 마음을 넓게 가져야 해. 자꾸 생각하면 몸에도 해롭고 뱃속 아이한테도 안 좋아. 무슨 일이든 시작이 있으면 끝이 있는 법이잖아. 모두 전쟁이 곧 끝날 거라고 그래. 아버님 말씀처럼 동서나 나나 모두 다 시대를 잘못 타고 태어났어. 어쩔 수 없는 일이지 뭐…, 그저 꾹 참고 모든 슬픔을 눌러 삼키며 살아갈 수밖에 없지 않겠어?"

"형님, 슬픔은 삼키지 말고 몰아내야 합니다. 시대를 잘못 타고 태어났긴 했지만 시대 타령만 하고 있을 수는 없어요. 인종(忍從)은 미덕이 아녜요. 적당한 경우엔 자신의 행복한 삶을 위하여 용감하게 행동할 필요가 있습니다. 그이는 손가락 하나 움직여 보지도 않고 순순히 코를 꿴 소처럼 끌려갔어요. 운명이라고 돌리기 전에 무능했다고 저는 생각해요."

"어차피 재갈에 물린 걸 어떡하겠어. 어느 날 소들이 모여서 회담을 했대. 도살장으로 끌려가서 아무런 반항도 없이 죽을 게 뭐 있느냐고. 그랬더니 그 중 늙고 지혜 있는 소가 말하기를, 반항을 하면 인간들이 더욱 악독한 수단으로 우리를 죽일 것이라고. 그래서 결국 회의는 유회가 되고 말았대. 바로 이런 경우가 아닐까?"

"형님은 그래 우리 조선인을 소에다 비교하세요? 우리는 소가 아니고 사람이에요."

"일제가 오라고 영장을 발부했는데 가지 않을 수 있을까? 해외로 망명이나 하면 몰라도…."

"바로 그겁니다. 나 같으면 망명이라도 하겠어요. 가는 것까지는 또 이해할 수 있어요. 어처구니없는 것은 그이가 덴노헤이카를 자기의 진정한 영도자로 여겼다는 것이고, 그의 명령을 어기는 것을 반역 행위로 보았어요. 이게 글쎄 말이 됩니까?"

"설마 그랬을라고? 마지 못해 그렇게 가장을 한 것이겠지."

은숙은 남자다운 강인한 성격을 미혜에게 느꼈다. 에누리 없이 남편을 공격할 수 있는 그녀의 용기에 놀라지 않을 수 없었다. 그녀의 말이 아니라도 한우의 그 같은 잘못된 소신을 은숙은 오래전부터 알고 있었다. 남자는 어떤 것이든 굵직한 그 무엇에 미치는 동물임을 그녀는 알고 있었다. 그것은 마치 일부 여성들이 남성을 의지하고 따르는 것과 비슷했다. 여성들이 생각하기에는 한 푼어치의 가치도 없는 것에 남성은 종종 자기의 생명을 거는 것조차 주저하지 않았다.

신을 만드는 것은 여성이 아니라 남성이다. 신화 속으로 들어가 살기를 갈구하는 것도 대체로 남성이 많았다. 미혜가 한우를 공박하는 것은 바로 엉터리 같은 신화 속으로 무엇 때문에 제 발로 걸어 들어가느냐는 데 있었다.

신화란 결국 무지개와 같아서 아무리 잡으려고 뛰어가도, 뛰어간 만큼 멀어지게 마련인 것이 아닌가. 그 빛깔은 누구든지 잡아보고 싶은 욕망을 일으키게 하고도 남는다. 미녀를 탐하는 남자들의 마음, 그것이 바로 신화를 만들고 그 신화에 심취하는 것과 동일한 것으로 볼 수도 있다. 동서 간에 한 사람은 강경하게 또 한 사람은 은근하게 남성의 그 같은 비현실적 사유를 꾸짖고 있었다.

신화가 없어지는 날, 그날은 모든 남성이 죽는 날이다. 자기가 남성임을 확인하고 끝내 남성의 지위를 보전하려는 피눈물 나는 노력의 일환일까. 신화가 사멸하는 날, 그날은 관념적 역사의 종말을 고하는 날일지도 모른다. 수없이 많은 신화가 만들어졌다가 퇴색하거나 또는 소멸했다. 생성된 신화를 파괴하고 역사의 뒤안길로 보내는 것도 역시 남성이다.

"그런데 이이는 왜 아직 들어오지 않을까?"

은숙은 미간을 곱게 찡그리며 중얼거렸다. 매끈하고 단아하게 다듬어진 그녀의 오뚝한 콧날이 찬 기운을 뿜고 있었다.

"여태 들어오시지 않았어요? 밤늦도록 무얼 하시고 계세요?"

"확실히는 모르지만 공산주의인가 뭔가 하는 조직을 만드는 것 같아. 한 식구끼리니까 말하는 거지만….."

"만일 그 일이 탄로가 나면 위험한 것 아녜요?"

"위험한 정도가 아니야."

미혜는 고개를 숙여 깊은 사색에 잠겼고, 은숙은 착잡한 표정이 드러난 그녀의 얼굴을 응시했다. 푸석한 머리칼이 그녀의 이마를 반쯤 덮고 있었다. 얼마간의 침묵이 흐른 후 미혜는 고개를 들고 은숙의 오뚝한 콧날에 눈길을 주며 말했다.

"그러고 보면 우리는 그들의 첩이나 다름없지요. 정실부인은 공산주의와 덴노헤이카고…. 형님은 그렇게 생각하지 않아요? 이건 농담이긴 하지만 우리 둘 다 시집을 잘못 온 거 아녜요? 전 아무래도 시집을 잘못 온 것 같아요."

"동서의 말을 듣고 보니 과연 우리는 그들의 첩일 수도 있겠는걸. 하지만 시집이야 잘못 왔다고 할 수 없을 것 같아. 안 그래?"

"두고 봐야 알죠."

과연 두고 봐야 할 일이기도 했다. 그러나 은숙은 자기는 누구보다 훌륭한 남편을 만난 여인이라고 자부하고 있었다. 비록 남편의 하는 일이 마음에 차지는 않았지만 무지개 같은 이상을 품고 야망에 몸을 불사르고 있는 영우가 마음에 들었다. 야망이 없는 남성은 소금이 들어있지 않은 음식과 같다고 그녀는 생각했다.

"형님. 부질없는 일에 정열을 기울이지 못하게 하세요. 그러다가 만일 탄로가 나면 어찌하겠어요. 한 여성을 불행하게 만드는 남성이라면 그런 사람은 전 남자로서의 자격이 없다고 봐요. 아무리 인물이 미끈하고 똑똑해도 말예요. 자기의 아내를 행복하게 만들어 놓은 다음에 어떤 일이든 해도 괜찮다고 봐요."

"내가 하지 말란다고 안 할 사람 같으면 오죽이나 좋을까…."

"형님. 노력해보세요. 남성을 움직이는 데는 여성의 힘이 절대적이라고 전 믿고 있었는데 쉽지는 않더군요. 저는 그이더러 멀리 외국으로 도망가자고 했어요. 그런데 그이는 전혀 내 말을 듣지 않았어요."

"남자들은 선천적으로 소견이 좁고 어린애 같은 여자들이 무얼 알겠느냐, 이렇게들 생각하는 것 같아. 하긴 참새들이 봉황의 뜻을 알 수야 없지만."

"형님은 우리 여자들이 참새고 남자들은 봉황이라 여기시는 거예요? 그런 의식은 버려야 합니다."

은숙은 귀밑머리를 쓰다듬어 올렸다. 미혜는 남성 의존적인 은숙의 견해에 동조할 수 없었을 뿐 아니라, 그 같은 의식을 가진 그녀를 딱하다는 듯이 쳐다보았다. 높은 곳에서 아래를 내려다보는 그런 눈빛이었다. 은숙은 미혜 앞에서 형편없이 오그라드는 자신을 되돌아보며 동서의 지나치리만큼 강인한 모습에 두려움을 느꼈다. 자의식이 강한 여성을 경원하는 전통적 풍토에서 이 같은 여성을 일컬어 팔자가 드세다고 낙인을 찍는 것이 일반적이었다.

　미혜는 일찍부터 종철가의 남자들이 신봉하는 신화와 대결하는 자세를 취하고 있었다. 신화가 없는 사회, 그것이 그녀가 바라는 소망이었다. 사이비 신화가 없는 안온한 무풍지대에서 오붓하게 범상한 갑남을녀로 살아가는 것이 진정한 행복 아닐까? 신화는 피와 땀을 요구하는 것이다. 한 사람의 귀중한 생명의 피를 흘리게 하고도 태연할 수 있고, 보상 없이 많은 땀을 흘린 이가 있다 할지라도 그것들은 모두 신화라는 이름으로 모조리 묵살당하기 십상이다. 신화는 결국 인간의 피와 땀을 착취하기 위한 수단으로 날조된 것이라고 그녀는 생각했다.

　"그이는 덴노헤이카의 노리개가 되고 있음에도 불구하고 이를 깨닫지 못했어요. 어쩌면 영원히 깨치지 못할지도 몰라요. 그래도 형님은 남성을 봉황이라 여기시겠어요? 우리 아녀자들보다도 어리석고 유치해요. 허 그놈 착하다고 말하고 머리만 쓰다듬어 줘도 좋아하면서 그것이 얼마나 어리석은 짓인 줄도 모르고 즐겨 하는 어린아이와 같아요. 물론 남자들이라고 죄다 그런 것은 아니죠. 대부분의 남자는 이런 부류라고 봐요."

"남자들을 우습게 볼 수 있는 동서의 용기가 부러워. 나는 이상하게도 남자 앞에 가면 위축이 되어서 하고 싶은 말도 제대로 못해. 우선 떡 벌어진 어깨와 굳센 골격 그리고 고개를 쳐들어야만 얼굴을 볼 수 있는 큰 키, 이런 모든 것들이 나로 하여금 꼼짝 못하게 위축시키는가 봐."

미혜는 피식 웃고 말았다. 그 말은 일리가 있다는 뜻이었다. 여성의 신화는 남자라는 말인가, 남자가 과연 여성의 신화가 될 수 있는가? 그렇다면 신화는 남성만이 가지는 유일한 것이라 할 수 없다.

"대문 소리가 났어요."

은숙은 미혜의 말을 듣고 문밖으로 귀를 기울였다. 저벅저벅 하는 발걸음 소리가 들려왔다. 영우가 돌아온 것이다. 은숙은 후딱 몸을 일으켜 옷깃을 여미며 방을 나왔다. 반가운 얼굴로 나가는 은숙의 뒷모습을 보는 미혜의 얼굴에 그늘이 엄습했다.

"늦으셨군요."

영우는 신발을 벗고 방안으로 먼저 들어갔다. 이불이 깔린 구들목으로 두 손을 넣었다.

"날씨가 꽤 춥죠?"

영우는 입이 얼어서 말을 제대로 할 수가 없었다. 살을 에는 듯한 매서운 하늬바람을 맞으며 삼십 분 동안이나 신작로를 걸어왔으니 입이 얼어버릴 만했다. 한참 동안 영우는 꼼짝 못하고 몸을 구부려 도사리고 앉아 있었다. 얼었던 몸이 다소 녹은 뒤에야 영우는 고개를 들고 아내를 보았다.

"상민이는 어딜 갔어?"

"할아버지에게 갔어요. 오늘부터 할아버지와 함께 잔대요. 아버지는 왜 아직 안 오느냐고 몇 번이나 물었어요."

"상민이가 그렇게 말했어? 아마 그게 아니고…, 당신이 나에게 하고 싶은 말이겠지."

영우는 일어나서 웃옷을 벗으면서 빙그레 웃었다. 귀밑까지 빨개진 은숙은 그런 것이 아니라고 우겼으나 영우는 그녀의 말을 믿는 눈치가 아니었다.

"바람이 어찌나 찬지 그냥 귀가 떨어져 나가는 것 같았어."

"동서가 당신 보고 뭐랬는지 아세요? 동서와 나는 당신과 도련님의 정실부인이 아니고 첩이라고 했어요."

영우는 눈이 휘둥그레졌다. 도무지 납득이 되질 않는 뚱딴지같은 말이었기 때문이다. 복수할 좋은 기회를 포착한 그녀는 그녀로서 할 수 있는 가장 신랄한 말을 고르고 있었다. 영우는 그 말이 무슨 뜻이냐고 채근했다. 그러나 그녀는 쉽사리 입을 열지 않았다. 모처럼 잡은 기회를 허술한 말로 때워버리기 싫었고, 그 다음으로 그녀는 남편에게 가슴속에 간직하고 있던 말을 하고 싶었던 것이다.

"당신이 첩이라니…, 그게 무슨 뜻이야?"

"나보다 당신이 더 잘 알고 있을 것 아녜요?"

"내가 그걸 어떻게 알아? 당신은…, 그래 당신이 정말 나의 첩이라고 생각하는 거야."

"그래요. 나는 당신의 첩이에요. 당신은 저와 이중 결혼을 하셨어요, 당신은 너무 지나친 말을 한다고 여기겠지만, 아마 당신도 마음에 찔리는 바가 있을 거예요."

"그 말을 계수님이 했다는 거야?"

"동서의 말이기도 하고 저의 말이기도 해요."

영우는 아무 말도 않고 담배 한 개비를 꺼내어 입에 물었다. 은숙은 성냥을 찾아 영우에게 주었다. 영우는 순식간에 성냥을 그었다. 화약 냄새가 코를 찔렀다.

"당신은 한우가 이른바 위대한 황군으로 나간 사실을 어떻게 생각하고 있소?"

영우의 표정은 심각했다. 얼핏 들으면 지금까지의 화제와 전혀 관계없는 질문 같았으나, 곰곰이 생각해 보니 그런 것도 아니었다. 흔히 중대한 말을 할 때는 단번에 주제에 접근하지 않고 부수적인 말부터 시작하여 몇 구비를 돌아 비로소 본론으로 들어가는 것이 그의 화법이었다.

"그야 억울하고 분한 일이죠. 하지만 도련님뿐만 아니라 거의 대부분의 사람들이 당연한 것으로 받아들이지 않나요? 피할 수도 없고 거역할 수도 없는 명령이잖아요."

"만일 조선이 일본의 속국이 아니라면 이런 일이 있었겠어?"

"그야 물론…, 도련님이 황군이 될 이유도 없었겠죠."

"바로 그 점이요. 우리에겐 상민이가 있어. 상민이뿐 아니라, 앞으로 또 다른 아들이 생길지도 모르잖아. 만에 하나 상민이가 황군으로 끌려나갔다고 상상해 봐."

"그것은 참을 수 없는 일이에요."

"그렇지. 그래서 나는 이렇게 밤이 깊도록, 우리의 아들들이 다시는 황군으로 나가지 않게 할 절실한 일을 하고 있는 거야. 한우를 비롯한 조선의 청년은 어리석은 조상 탓에 명분도 이해관계도 없는 전장으로 내몰리고 있어! 나는 상민에게 어리석은 아버지가 되지 않으려고 위험을 무릅쓰고 노력하고 있어. 그렇다면 당신들이 말하는 정실부인을 내가 갖게 된 근거가 이 정도면 충분하지 않아?"

은숙은 남편을 설복하려던 자기가 도리어 설복을 당하고 있음을 깨달았다. 무슨 핑계를 붙이더라도 남편의 말을 반박하고 싶었으나 영우의 말 어디에도 반박할 허점이 없었다. 그녀가 대응할 말을 찾고 있을 동안 영우는 다시 말을 이었다.

"나는 한우가 황군으로 나간 후, 더욱더 내가 하는 일이 보람 있는 것이라고 느꼈어. 나카무라를 비롯한 일본 관헌들의 태도에 소름이 끼친 건 물론이고. 우리 백성들은 그들의 간계에 우롱당하고 있어. 우롱과 농락을 당하면서도 그런 사실조차 느끼지 못하고 있는 순하고 착한 백성들이야."

영우는 대학시절 읽었던 《장자》 한 편과 나카무라가 부동자세로 한우에게 경건하게 거수경례를 부치는 광경이 한꺼번에 떠올랐다. 제물로 사용할 황소가 있었다. 사람들은 그 황소를 깨끗한 물로 말끔하게 씻어 주었다. 그리고 좋은 음식을 먹이고 비단옷을 입혔다. 그 황소는 대단히 만족하여 똥이 묻고 파리가 들끓는 다른 소들을 보고 비웃었다. 진흙 논 속에 쟁기를 끌고 사람들에게 꾸지람을 받아 가며 논을 갈고 있는 소들을 보고, 무엇 때문에 저렇게 고된 일을 하느냐고, 비단으로 잘 차려입은 소는 핀잔을 주면서 세상에 있는 모든 소들 중에서 자기가 제일 행복하고 위대한 소라고 주장하며 거드름을 피웠다. 그로부터 삼 일 후 그 소는 도끼에 찍혀 죽었고 살은 토막토막 잘려서 제상 위의 재물이 되었다. 나카무라는 그 소에게 좋은 옷을 입히고 기름진 음식을 먹인 제관이었고, 제상 위에 놓인 토막 난 소고기는 조선 청장년들이었다.

은숙은 이미 영우의 손아귀에 쥐어진 예쁜 구슬이 되어있었고 남편 영우는 곧 그녀의 개인 신화로 다시 자리 잡았다. 그녀는 남편의 신화와 관계없이 그의 품속에 안주하고 싶었을 뿐만 아니라 언제까지나 그곳을 벗어나고 싶지 않았다. 만일 용기를 내어 남편을 벗어나게 되더라도 그녀는 갈 곳을 몰라 헤매고 있을 것이다. 남편의 품속은 한없이 따뜻하여 모든 바람과 위험을 막아주었다. 그녀는 신화를 품고 있는 영우의 가슴 속으로 파고들었다. 포근했다. 마음이 착 가라앉았다. 마치 어머니의 품속 같았다. 그녀는 눈을 감고 세상에 있는 온갖 행복들이 영우와 자신의 품에 안기고 있다고 믿고 싶었다.

"우리는 이럴 때일수록 정신을 똑바로 차려야 해. 자칫 한눈을 팔았다가는 귀신도 모르게 덴노헤이카에게 먹히고 말거야. 살점이 토막으로 잘려 그들의 제단에 놓이지 않도록 하기 위해 나는 공산주의를 인민의 마음에 심고 있어. 이제 그 싹이 돋아날 때가 머지 않았어. 공산주의는 곧 나의 생명이야. 이 세상에 존재하는 어떤 사람이라도 나에게 공산주의를 앗아가지 못해. 이 말은 당신이 기억해둬야 할 거야. 만일 누가 이것을 내게서 탈취해 간다면 이영우는 죽고 말아. 당신과 나는 아니 조선의 인민 전체가 공산주의의 안락한 울타리 안에서 격양가를 부르며 살날이 머지 않았어."

"그렇지만 공산주의에 정실 자리를 내주고…, 당신의 첩이 되고 싶지는 않아요."

영우는 자가당착에 빠져 잘못된 논리를 아내에게 전개하고 있었다. 공산주의는 현재까지 인간이 창조한 이데올로기 가운데 관념적이고 권위적인 이념 중에 하나라는 사실을 그는 까맣게 모르고 있었다. 마치 종교인이 자기가 믿는 종교의 모순을 모르는 것처럼. 언젠가 한우가 영우에게 말한 것과 같이 한우가 왜왕과 대동아공영권의 망상을 인정했듯이, 영우는 공산주의를 영원불변의 진리라고 맹신했다. 한우는 영우를 난폭한 이교도 취급을 했고 영우는 한우를 미신을 믿는 야만인으로 보았다. 그들이 서로를 이교도라 보는 데는 의견의 일치를 보고 있는 셈이었다.

"어머님은 하루에도 몇 번이나 우시는 걸요. 어서 도련님이 집으로 오셔야 할 텐데. 집안에 웃음이라곤 찾아볼 수 없어서 미칠 것 같아요. 아버님은 사랑방에서 잘 나오시지도 않고."

영우는 두 손으로 머리를 움켜잡았다. 억울하고 분했다. 웃음을 잃은 가족들의 얼굴이 하나하나 그의 망막에 나타났다 사라졌다. 그 찡그리고 불안한 얼굴들은 사이비 신화가 휩쓸고 지나간 자취였다. 왜인들이 조선인의 마음과 영혼을 완전히 장악하기 전에 일본이 빨리 망해야 하는데…, 영우는 감고 있던 눈을 떴다. 남폿불이 너무 밝았다.

"밤이 깊었어요."

은숙은 일어나 램프 불을 껐다. 깜깜한 방안, 어둠이 모든 것을 녹였고 암흑은 모든 색깔을 검은색 하나로 통일시켰다. 검정색은 모든 색채의 모체가 아닐까. 꽃무늬가 촘촘한 푸르고 붉은 벽지의 화사함도 짙은 어둠 속으로 죄다 녹아들었다.

함박눈이 펑펑 쏟아지고 있었다. 우람한 종철의 기와집 지붕에도 하얗게 눈이 쌓였다. 백작약을 연상시키는 굵은 눈송이가 공간을 어지럽게 누비며 흩날렸다. 쌓이고 쌓이는 눈송이, 그것은 모든 추악한 오물을 덮으며 온 누리를 아름답게 장식했다. 마당 안을 이리 뛰고 저리 뛰던 검둥이가 쏜살같이 대문을 넘어 밖으로 뛰어나가며 컹컹 짖어대었다. 검둥이와 함께 마당으로 나가 장난치려는 상민을 종철이가 붙들어 무릎에 안고 있었다.

"계십니까."

영우는 방문을 열었다. 일본도를 찬 나카무라가 마당 가운데서 눈을 맞으며 서 있었다. 나카무라의 모자 위에 소복이 눈이 쌓이는 중이었다.

"이렇게 눈이 오시는데 무슨 일로…, 좌우간 어서 들어오십시오."

영우는 마루에 나와서 나카무라에게 손짓을 했다. 나카무라는 눈을 툭툭 털며 처마 밑으로 들어섰다. 종철은 그를 사랑방으로 안

내했다.

"하이, 하이."

나카무라는 공손하게 대꾸하며 신발을 벗고 마루 위로 올라섰다. 사랑방 문이 열리자 나카무라를 본 상민은 겁에 질려서 안방으로 달아났다. 쿵쿵 마루를 울리는 상민의 발걸음 소리는 영우의 가슴 깊숙이 울려 퍼졌다.

"어르신께 축하 인사를 드리기 위해 이렇게 찾아왔습니다."

방에 앉자마자 나카무라가 하는 말이었다. 종철은 가슴이 철렁 내려앉았다. 영우도 마찬가지의 심정이었다. 그들의 축하란 곧 엄청난 비극을 말하기 때문이다. 종철은 불안과 공포가 어린 눈으로 영우를 보았다. 영우에게 징병은 아니지만 징용 영장이 나온 것은 아닌가 하는 표정이었다.

"위대한 황군의 아내가 옥동자를 낳았다는 소문을 듣고 축하를 드리러 왔습니다."

"날씨도 춥고 게다가 이렇게 눈이 오는데, 일부러 찾아주시니 무어라 감사를 드려야 할지…. 며느리가 아들을 낳아 온 식구가 기뻐서 어쩔 줄 모르고 있기는 합니다만 이렇게 추운 날씨에 눈을 맞으며 찾아오시다니."

종철은 진심으로 나카무라에게 고마워했고 그를 반가운 방문객으로 맞이하고 있었다. 그가 일본인 순사라는 사실을 종철은 잠시 망각하고 손자의 탄생을 진심으로 축하하러 온 손님으로 여겼다.

"어르신 별말씀을 다 하십니다. 황군의 아내가 옥동자를 낳았는데, 춥고 눈이 오는 것이 문제가 되겠어요? 남편을 황군으로 모시고 있는 어르신의 며느님에게 축복을 드립니다. 앞으로 덴노헤이카의 배려가 있을 것입니다. 우선 여기 조그마한 예물을 드립니다. 위대한 황군의 아내에게 드리십시오."

나카무라는 종이에 정성 들여 싼 선물 꾸러미를 종철에게 주었다. 한 켤레의 여자 고무신이었다. 그것은 귀한 선물이었다. 모든 생활필수품이 배급제이던 때에 실로 귀중한 물건이었다. 한 마을 전체에 불과 두서너 켤레의 고무신이 배급으로 간혹 나올 정도이니 값진 선물로서 손색이 없었다.

"내가 직접 황군의 아내를 만나 치하를 드리고 싶지만 그럴 수는 없고…, 어른신과 미야모토 상에게 대신 말씀을 드리는 겁니다."

"감사합니다."

영우는 방바닥에 길게 뻗어 있는 일본도에 시선을 주며 이렇게 말했다. 그는 나카무라가 무서웠다. 이처럼 철두철미한 신화의 대행자가 있을 수 있을까? 자기의 심장이 나카무라의 손아귀에 놓고 있는 것 같았다. 아버지 앞에 단정하게 꿇어앉아 있는 양처럼 순해진 나카무라를 대하고 있자니 다정다감한 하나의 인간으로 보고 싶지 않은 심정을 애써 억눌러야만 했다. 만일 허리에 찬 일본도만 없었어도 좀 더 정겨운 말을 했을 것이다. 단정하게 꿇어앉아 있는 나카무라가 교활한 승냥이로 비쳤지만 그의 예상 밖의 행동에 어안이 벙벙하고 혼란스러웠다.

"위대한 황군의 형님인 미야모토 상은 동생의 몫까지 집안일을 돌보느라 수고가 많겠습니다."

"수고랄 게 있습니까.…, 하는 수 없는 일이죠."

"고등교육을 받은 미야모토 상 같은 분이 좀 더 큰일을 도모하지 않으시고 이런 시골에서 살고 계십니까?"

영우는 가슴이 섬뜩했다. 나카무라가 혹시 무슨 낌새를 알아챈 건 아닐까. 영우는 마음을 가다듬으며 침착하게 대답했다.

"덴노헤이카에게 충성하는 방법은 여러 가지가 있지 않겠소? 나카무라 선생처럼 후방에서 일하는 경우도 있고 동생 한우처럼 전선에서 싸우는 경우도 있고요, 이들 중 저는 시골에서 아버지를 도와 황군이 먹을 식량을 생산하기로 결심했답니다."

"오호! 과연 위대한 황군의 형님다운 결정을 하셨네요."

"고맙습니다."

영우는 거짓말을 해야 하는 자신의 처지가 가여웠다. 자신의 원대한 계획을 위하여 일시나마 이 자의 비위를 맞출 수밖에 없다고 자위했으나 마음은 천근만근 무겁기만 했다. 영우는 마음속으로 스스로를 '공범자'라고 중얼거렸다. 변명할 여지가 없는 공범자였다. 그가 앉아있는 구들장이 땅속으로 꺼져 내리고 있는 것 같았다. 눈앞에 뿌연 안개가 몰려왔다. 안개는 동서남북 사방에서 몰려왔다. 시야가 흐려졌다. 불과 일 미터 앞을 분간할 수 없는 짙은 안개였다. 그 짙은 안개 속에 나카무라가 앉아 있었다. 그는 양과 이리, 그 두 짐승의 얼굴을 갖고 있었다. 나카무라는 일본도를 휘두르며 함정을 파고 있었다.

"편지는 종종 옵니까?"

"벌써 편지 끊긴지 넉 달이 다 돼 갑니다. 어떻게 되었는지 걱정스럽습니다."

"걱정하실 것 없습니다. 위대한 덴노헤이카가 한우 상을 잘 보호하고 있으니까요. 천황폐하의 군대는 패배를 모릅니다. 자, 그럼 이만 실례하겠습니다. 위대한 황군의 아내에게 안부 전해 주십시오."

나카무라가 일어서자, 종철과 영우도 따라 일어났다.

"이처럼 찾아와 선물까지 주시니 감사하기 이를 데 없습니다."

"제가 감사 받을 일을 한 것 같지는 않습니다. 당연히 해야 할 의무이니까요. 감사는 위대한 황군인 한우 상에게 드리십시오."

눈은 여전히 멈추지 않고 내렸는지 한층 더 두껍게 쌓여 있었다. 신발 끈을 졸라맨 나카무라는 마당으로 내려서서 종철에게 거수경례를 붙이고 꼿꼿한 자세로 뒤를 돌아 나부끼는 눈송이를 뚫고 집밖으로 걸어 나갔다. 두 개의 발자국이 나카무라를 따라 마당 밖으로 사라졌다. 뿌드득 뿌드득 눈을 밟는 나카무라의 구둣발 소리가 점점 멀어졌다. 영우는 나카무라가 만든 발자국에 눈이 내려 쌓일 때까지 한동안 섬돌 아래 우두커니 서 있었다.

4

대동아공영권의 부도수표

담장 밑 꽃밭에 개나리가 노랗게 피었다. 이파리가 없는 앙상한 가지에 숱하게 많은 꽃망울이 다닥다닥 매달려 있었다. 어미 닭은 열세 마리의 노란 병아리를 거느리고 모이를 쪼고 있었다. 어미 닭은 엉덩이를 실룩거리며 땅을 두 발로 파 해쳐놓고 꾹꾹 새끼들을 불러 모았다. 흩어져 있던 병아리들이 머리를 앞으로 쑤욱 내밀며 어미 닭에게 다투어 모여들더니 어미가 준 모이를 먹었다.

  종철은 상민과 상식을 두 무릎에 앉혀놓고 마당 구석에 놀고 있는 병아리들을 하염없이 바라보고 있었다. 상민은 상식의 목 언저리를 어루만졌다. 상식은 목을 움츠리며 키득키득 웃어 재꼈다. 상민은 키득거리는 상식과 함께 빙글빙글 웃다가 할아버지 무릎에서 내려왔다.

  "할아버지. 개나리 꺾어 상식이에게 줄 테야."

상민은 손가락으로 개나리를 가리키며 말했다. 종철이 고개를 끄덕여 승낙하자 상민은 뽀르르 마당으로 달려갔다. 상민이가 달려들자 어미 닭은 날개를 벌리며 깃털을 곤두세우고 높은 소리로 꾹꾹거리며 대항하려는 자세를 취했다. 병아리들은 어머 닭에게 달려가 펼친 날개 속으로 몸을 숨겼다.

그때 영우가 대문을 박차고 마당 안으로 황급히 들어왔다. 어미 닭은 꼬꼬댁꼬꼬댁 하면서 날개를 펴고 병아리들을 훨씬 단단하게 감싸 안았다. 상민이 황급히 달려온 아버지를 보았지만 영우는 아들을 거들떠보지도 않고 단숨에 종철에게 달려갔다.

"한우가…."

새파랗게 질린 얼굴로 영우는 가쁜 숨만 몰아쉴 뿐 말끝을 여미지 못했다. 종철은 상식을 안은 채 벌떡 일어섰다. 거의 동시에 건넛방에 있던 미혜도 버선발로 달려 나왔다. 영우의 절망적인 표정을 본 그녀는 얼굴에 핏기가 싹 가시고 두 눈은 초점을 잃은 채 마당 한가운데 석상처럼 우두커니 멈춰 섰다. 한동안 누구도 아무 말을 못하였다. 영우가 입을 뗄 때까지 기다리는 눈치였다. 미혜는 안절부절 어찌할 바를 몰랐다.

"아주버님…, 상식이 아버지가 어떻게 되었다는 거예요. 네?"

석상처럼 서 있던 자세를 무너뜨린 미혜가 먼저 영우에게 한 발짝 다가서며 떨리는 목소리로 물었다. 영우는 그녀의 얼굴을 차마 정면으로 볼 수가 없어서 눈을 다른 데 두고 간신히 입을 열었다.

"한우의…."

"한우의, 한우의 뭐가 어쨌다는 거냐?"

종철은 아래턱을 후들후들 떨면서 영우에게 되물었다. 종철이의 질문이 끝나기도 전에 대문간에 웅성거리는 소리와 함께 여러 사람의 발걸음 소리가 들려왔다. 영우를 제외한 가족 모두의 시선이 대문 쪽으로 쏠렸다.

"한우의 유골입니다."

종철은 산이라도 무너지듯 마루 위로 털썩 주저앉았다. 미혜는 억지로 버티고 서 있던 두 다리의 힘이 쭉 빠지고 눈앞이 희끄무레해졌다. 마침내 그녀는 마당에 풀썩 주저앉았다. 은숙이 달려가 그녀를 일으켜 세웠다. 그녀는 은숙에게 전신을 의지하면서 생기를 잃은 뿌연 눈으로 대문 쪽을 바라보았다.

면서기로 보이는 양복 차림의 청년이 커다란 일장기를 바람에 펄럭이며 앞장서서 대문 안으로 들어왔고, 그 뒤로 나카무라를 비롯한 순사 여섯 명이 일본도를 차고 열을 지어 들어왔다. 그들이 마당 안으로 들어오자 곧이어 여섯 명의 장정들이 상여를 꾸며 그 위에 과연 한우의 것이 맞는지 왜인들이 조작한 것인지도 확인할 수 없는 유골을 안치하고 마당으로 들어왔다. 일본이 의도적으로 민심을 오도하기 위해 날조한 허상일 가능성이 농후한 상여였다.

새빨간 일장기가 기괴한 기운을 뿜고 있었다. 장정들은 모두 가슴에 일장기를 둘렀고 상여 위에도 작은 일장기가 수도 없이 달려 있었다. 상여 바로 뒤를 따라 삼십여 명이 넘는 소학교 학생들이 손에 손에 일장기를 쥐고 따라 들어왔다. 어느새 넓은 마당 안은 수많은 사람들로 빽빽이 들어찼다. 어미 닭은 흩어진 병아리들을 불러 모으느라 연신 꾹꾹거리면서 마당 구석으로 피해갔다.

한우의 유골이 왔다는 기별을 받은 것은 어제였다. 영우는 가족들에게 일단 비밀로 부치고 면사무소에서 면장과 일본 순사들과 향후의 일들을 논의했다. 유골이 도착하면 성대한 장례식을 면민 모두가 참석한 가운데 개최하고 유골은 야스쿠니신사에 안치하는 쪽으로 논의가 흘러갔으나, 영우가 그것만은 안 된다고 곡진하게 아니 거의 빌다시피 하여 중단시켰다. 집으로 온 유골이 정말 한우의 것이지 누구도 단정할 수 없었으나 그렇다고 여겨야 하는 처지였다.

일본열도와 가까운 동해안 구룡포항에는 당시 어업에 종사하는 일본인들이 집단으로 거주하고 있었는데 그들은 동해가 굽어보이는 언덕에 야스쿠니신사를 지어 조선 사람들을 반강제로 참배케 했다. 또 그곳에 심상소학교를 세워 일본 학생과 일부 조선인 학생도 다닐 수 있게 했다. 영우는 조촐하게 가족장으로 장례를 치르겠다고 거듭 주장하여 간신히 허락을 받았다. 그는 한우의 시신을 문중 선산에 안장하는 것이 순리라 판단했으나 일본인과 일부 친일부역 조선인 끄나풀들은 한우의 장례를 성대하게 치름으로써 황군으로 전사하는 것이 가문의 영광이자 일본제국주의의 영웅이라는 논리로 포장하고 선전하고자 했다.

"으앙…"

저들이 표현에 따르면 위대한 황군의 아들인 상식이 수많은 사람이 마당에서 웅성거리자 어린 마음에 놀라 울음을 터뜨렸다. 아이가 울기 시작하자 마당 안에 있던 사람들의 눈길이 상식에게로 쏠렸다. 웅성거리는 소음이 뚝 그치고 모두 입을 다물었다. 상식은 울음을 그치지 않고 계속해서 더욱 악을 쓰며 울어댔다. 사람들은 숨을 죽인 채로 울음소리를 듣고 있었다.

은숙이 달려가 아이를 안고 달래었지만 그래도 아이는 울음을 그치지 않았다. 할 수 없이 그녀는 상식을 미혜에게 안고 갔다. 미혜는 아이를 받아 안아 저고리를 풀어헤쳐서는 젖을 물렸다. 따뜻한 봄볕 아래 그녀의 하얀 가슴이 눈부시게 빛났다. 아이를 안고 젖을 먹이면서 미혜는 마루 위에 정중하게 놓여 있는 정방형의 유골함을 응시했다. 저것이 남편의 유골이라니 도무지 믿기지 않는다는 눈빛이었다.

그때까지 넋 나간 사람처럼 서 있던 영우 어머니는 마루 위에 놓인 아들의 유골함으로 걸음을 옮기며 울부짖기 시작했다. 영우는 유골함을 어루만지며 통곡하는 어머니에게로 걸어갔다. 들썩거리는 어머니의 어깨에 손을 올려 놓고 빨간 히노마루의 일장기에 싸인, 그들의 말에 따르면 한우의 유골이 들어있다는 정방형의 관을 하염없이 바라보았다. 얼마 후 햇볕이 내리쬐는 마당 안에서 간단한 의식이 거행되었다. 마당에 몰려있는 사람들을 도열시켜 질서를 잡았다. 기미가요 제창이 끝난 후 나카무라의 조사가 이어졌다.

"위대한 덴노헤이카의 신민인 이한우 상은 영광스럽게 이곳에 개선하여 돌아왔습니다. 여기 모인 여러분들은 위대한 황군의 넋에

경의를 표해야 하며, 위대한 황군의 남은 유족에게 경하를 드려야합니다. 덴노헤이카는 결코 이들을 잊지 않을 것입니다. 한우 상은 죽지 않고 살아서 여러분들의 가슴 속에 생동하고 있습니다. 죽어서 돌아온 것이 아니고 살아서 영광스럽게 개선한 것입니다. 여러분들은 이처럼 영광스럽게 개선한 영웅 미야모토 한우 상에게 고개 숙여 명복을 빌어야 합니다. 장중하고 성스럽게 장례식을 하려고 했으나, 한우 상의 형인 영우 상의 간곡한 요청으로 이처럼 간소하게 거행하게 된 것을 아쉽게 생각합니다. 그러나 영우 상의 말로는 덴노헤이카의 신민이면 응당 해야 할 일을 수행하다가 성스러운 죽음을 당한 한우 상에게 거창한 장례식은 필요가 없다고 한 충성스러운 말씀이 있었음을 이 자리에서 공개합니다. 위대한 황군인 영웅 미야모토 한우 상…”

나카무라의 장광설은 그치지 않고 계속되었다. 황군이 되어 죽으면 누구나 영웅이 될 수 있는 어설픈 사이비 신화의 광장에서 연출되는 희극이었다. 영웅이 없는 신화는 음악이 없는 춤과 같은 것일까. 대동아공영권의 신화는 수백만 명의 영웅을 만들었다. 영웅이 많으면 많을수록 그 신화는 생명이 없는 박제일 뿐 아니라 품위까지 잃게 된다. 영웅과 바보만이 살아갈 수 있는 공간. 그것이 바로 왜왕과 왜인들이 군림하고자 하는 박제신화의 광장이다.

종철은 아들의 유골 옆에 우두커니 서서 먼 산을 바라보고 있었다. 열을 올려 웅변을 토하는 나카무라의 말은 한마디도 그의 고막을 울리지 못했다. 아들 하나를 잃었다는 사실 말고 종철에게 중요한 것은 없었다. 그러나 그의 옆에 일장기로 덮인 한우의 유골이 있음을 느끼는 순간 눈을 감았다. 종철은 세월을 원망했다. 이 세상 그 누구도 막을 수 없는 어마어마한 힘을 가진 세월이 풍파를 일으켜 한우를 비명에 가게 했다고 생각하고 싶었다. 덴노헤이카의 망령을 조선반도로 끌어들인 매국노들이 한층 더 저주스러웠다.

위대한 영웅 미야모토 한우 상 운운하는 나카무라의 말이 들려왔다. 종철은 아들의 유골이 들어있다는 목관을 바라보며, 돈을 벌어 가져다주며 자신만만하던 한우의 얼굴이 떠올랐다. 종철의 눈에는 눈물이 고였다. 지루한 나카무라의 연설이 끝나자 의식은 빠르게 진행되었다. 장정들은 다시 한우의 유골상자를 매고 문중묘지에 묻기 위하여 영우를 따라나섰다.

마당을 빽빽하게 메운 사람들이 그 상여의 뒤를 따라 빠져나갔다. 이윽고 마당 안이 텅 비다시피 하고 종철을 비롯한 가족들과 마을의 노인네들 몇 명과 아낙들 여섯이 남았다. 아낙들은 미혜를 부축하여 방안으로 들어갔다. 그녀는 남편의 유골을 따라가려고 버둥거리다가 기진맥진해 있었다.

위대한 영웅 이한우의 아내, 그것은 한 사람의 청상과부를 의미하는 비통한 언어였다. 제멋대로 덧칠이 된 영웅은 자신도 모르게 제 아내인 한 여성의 운명을 처참하게 뒤엎었다. 극에 달한 슬픔은 눈물샘을 마르게 하는 것일까. 그녀는 한 방울의 눈물도 흘리지 않았다. 방안에 들어가서야 은숙은 그녀의 저고리 고름을 매어주었다. 그 사이 부산스러운 주변의 상황에도 아랑곳하지 않고 배불리

젖을 먹은 상식은 미혜의 품을 빠져나와 사람들 사이로 아장아장 걸어 나갔다.

"모두가 팔자소관이야. 쯧쯧…, 저렇게 젊은 나이에."

귓밥이 도톰하게 쳐진 아낙 하나가 측은한 얼굴로 미혜를 바라보면서 탄식했다. 팔자소관이란 말 한마디로 모든 복잡하고 서러운 사실들이 간단명료하게 정리되었다. 어떠한 불행도 합리화할 수 있는 사람들이 전가의 보도처럼 쓰는 말이었다. 그녀는 입술을 꼭 다물고 초점 없이 눈을 굴리며 실신한 사람처럼 맞은편 벽을 멀거니 바라봤다. 얼마 후 아들이 자신의 품에 없다는 사실을 알고 약간 당황하는 어조로 말했다.

"상식이 어디 갔어요?"

미혜는 은숙에게 시선을 돌리며 꺼져가는 목소리로 말했다. 은숙은 그 말이 끝나기가 무섭게 마당으로 달려 나가 싱글벙글 웃고 있는 상식을 안고 들어왔다. 그녀는 아들을 받아 안고 아들의 얼굴을 유심히 바라보았다. 그녀의 두 눈에 비로소 눈물이 핑 돌았다. 상식은 여전히 웃는 얼굴로 그녀 가슴을 작은 손으로 만지작거렸다.

그녀는 상식을 꼭 껴안고 그 뺨에 자기의 볼을 부비다가 눈물을 가득 머금고 창문 쪽으로 눈을 돌렸다. 창 너머에서 금방이라도 얼굴을 쑤욱 내밀며, "여보 내가 돌아왔소" 라는 남편의 다정한 음성이 들려 올 것만 같았다.

"죽은 아들도 아들이지만 젊은 며느리를 앞으로 어떡하지?

"아직 삼십도 안 된 젊은 나이에 저렇게 홀로 되었으니, 세월이 하는 일을 원망할 수도 없고…."

"우리 늙은이가 한 해라도 더 살면 살수록 험한 꼴만 당할 것 같기도 하나…, 며느리에게 상식을 키우면서 여기서 계속 살자는 말도 못하겠고…."

"그렇다고 개가를 하라고는 더욱 못할 노릇 아니요?"

대청마루 위에 걸린 괘종시계가 새벽 한 시를 알렸다. 만뢰는 죽은 듯이 고요한데 오직 일정한 간격을 두고 흔들리는 시계소리만 째깍째깍 그들의 고막을 울리고 있었다.

"욕심 같아서야 개가하지 않고 손자 놈 키우면서 우리랑 살면 좋겠지만 그건 지나친 욕심이겠지?"

"그 앤 아직 너무 젊어요."

종철은 가슴이 터질 것 같이 답답한 마음을 참지 못하고 방문을 열었다. 시원한 바람이 방안으로 들어왔다. 호롱불이 검은 연기를 흘리며 바람에 펄럭거렸다. 그는 하늘을 쳐다보았다. 구름 한 점 없는 맑은 하늘에는 하현달이 허공에 걸려 있었고 드문드문 굵은 별들이 빤짝거리고 있었다.

한참 동안 달과 별을 쳐다보던 종철의 눈길이 불이 환하게 켜진 미혜의 방으로 옮아갔다. 아직도 잠을 이루지 못하고 있구나, 하는 생각이 그의 가슴을 아프게 했다. 지금쯤 한우를 생각하고 울고 있을까 아니면, 상식과 더불어 놀고 있을까. 종철의 마음은 그저 쓰라리기만 했다. 영우 어머니도 고개를 내밀고 환하게 불이 켜진 둘째 며느리 방을 응시하며 긴 한숨을 내쉬었다.

"평생 저렇게 밤중에도 불을 밝히고 있을 것 아니오. 저 광경을 어떻게 견디며 살아야 할지. 영감이나 나나 팔자가 드세지 뭐요? 젊고 미래가 창창한 아들을 먼저 저승으로 보냈으니. 자식이 부모의 임종을 지켜야 하는데, 우리는 반대로 자식의 임종을 부모가 지켰고 청상과부가 밤중에 밝혀놓은 불빛을 보고 한숨을 쉬어야 하니, 이런 모진 팔자가 또 어디에 있겠어요?"

영우 어머니는 다시 방문을 열고 미혜의 방을 보았다. 아직도 불이 켜진 채였다. 그녀는 부스스 몸을 일으켰다.

"어딜 가오?"

"애들 방에 가보고 오겠어요."

그녀는 신을 찾아 신고 마당으로 내려섰다. 초가을 서늘한 바람이 그녀의 머리칼을 까불었다. 검둥이가 꼬리를 엉덩이와 함께 휘저으며 그녀에게 다가와서 치마폭에 감겼다. 그녀는 검둥이를 밀치며 사뿐사뿐 마당을 가로질러 미혜의 방문 앞에서 잔기침을 했다.

"누구세요?"

가냘픈 미혜의 목소리가 환한 창살을 뚫고 울려 나왔다. 그녀는 침을 꿀꺽 삼키고 자기가 온 것을 알렸다.

"어머, 어머니세요. 들어오세요."

방문이 열리고 생기 없는 며느리의 얼굴이 나타났다. 영우 어머니는 소리 없이 방으로 들어갔다. 그녀는 일어나 앉아 헝클어진 머리를 매만졌다. 상식은 깊은 잠에 빠져 있었다. 영우 어머니는 잠든 상식의 곁으로 바싹 다가가 앉았다.

미혜는 시어머니의 표정을 이상하다는 듯이 바라보았다. 상식을 내려다보고 있는 영우 어머니의 얼굴에는 형언할 수 없는 측은함과 애틋함이 묻어났다. 잠든 아이의 얼굴에서 눈을 뗀 영우 어머니는 방안을 두루 둘러보았다. 미혜도 시어머니의 시선을 따라 함께 방안을 훑었다.

"방이 춥지 않니?"

"괜찮아요."

"초가을 환절기에는 몸을 조심해야 한다. 자칫하면 감기 걸리기 쉬워."

영우 어머니는 그녀의 부스스하게 부푼 머리칼을 눌러주면서 이렇게 말했다. 시어머니의 손길을 머리에 느낀 그녀는 눈시울이 화끈하게 달아올랐다. 울컥 치솟는 울음을 입술을 깨물며 참았다.

"새벽 한 시가 지났어. 일찍 자야지. 잠을 설치면 몸에 해롭다."

영우 어머니는 상식의 이불깃을 매만져 눌러주고 그녀의 방을 나갔다. 시어머니를 배웅하고 방으로 들어온 그녀는 선 채로 책상 위에 세워진 사진을 주시했다. 사각모를 쓴 한우의 사진이었다. 싱그럽고 밝게 웃고 있는 청년의 얼굴이었다. 숨결이 느껴지는 생동하는 모습이었고, 따사한 체온조차 풍겨오는 것 같았다. 저 티 없이 맑은 미소 속에 무슨 불행이 깃들어 있었기에 그처럼 젊은 나이에 광기 어린 남의 제단에 피를 뿌렸단 말인가. 한우의 죽음은 한우 혼자만의 것이 아니었다. 미혜와 이상식 모자, 이 두 사람의 운명을 뒤흔든 비통한 사고였다.

며느리의 방을 나간 영우 어머니는 마당을 할 일 없이 한 바퀴 휘돌아 방으로 들어갔다. 들어오는 아내를 종철은 아래위로 훑어보았다. 영우 어머니는 방문 앞에 앉아서 유리창으로 미혜의 방을 응시하다 이내 불이 꺼지자 비로소 안도의 한숨을 내쉬었다.

"그 왜, 나카무라라는 순사 있잖아요?"

"그자가 어쨌다는 건가."

종철은 눈살을 찌푸리며 반문했다. 말만 들어도 분통이 터진다는 표정이었다.

"영감이 들에 나가고 없는 사이에 그 사람이 다녀갔어요. 요즘 어디 불편한 일이라도 없느냐고 아주 친절하게 말하고 상식을 안고 어르다가 과자 한 봉지를 주고 갔어요."

"그놈이 우리 손자를 안다니 고약한 녀석 같으니라고, 정말 사탕 바른 비상을 주는 놈이군 그래."

"영감도 괜히 그런 말씀 하지 마세요. 얼마나 고마운 일이에요? 나야 그저 송구스러워서."

가뜩이나 마음속에 울분이 부글부글 들끓던 차였던지라 아내의 그 말은 종철의 마음을 극도로 자극했다. 괘종시계가 세시를 알렸다. 그들은 자리에 누워서 잠을 청했지만, 몸을 뒤척이며 둘 다 잠을 이루지 못했다. 한참이 지나고 아내의 가느다랗게 코 고는 소리를 듣고서야 종철은 눈을 감았다. 초가을의 스산한 바람이 문풍지를 가볍게 흔들었다.

먼동이 터 오를 무렵이었다. 바람은 불지 않았지만, 옷깃으로 스며드는 쌀쌀한 냉기가 으스스 몸을 떨게 하는 날씨였다. 종철의 집 넓은 마당에서 머슴 하나가 벼가 담긴 가마니를 끙끙거리며 묶고 있었다. 영우는 묶인 가마니를 달구지 위에 올리느라고 하얀 입김을 연신 내뿜었다. 일제에 공출을 바치는 날이었다. 종철에게 할당된 벼는 모두 서른세 가마였다. 오늘 하루 만에 면사무소로 가져가서 검사를 받자면 자연스레 일찍 서두르지 않을 수 없는 처지였다.

종철은 마당 안을 거의 채우다시피 늘어서 있는 나락 가마니를 응시했다. 자기의 가장 소중한 보물을 막무가내로 내놓아야 하는 참담한 심정을 다스리기라도 하듯 그는 벼 가마니 사이를 오락가락하며 기인 장죽을 입에 물고 담배 연기를 연거푸 내뿜었다. 입김과 연기가 뒤범벅이 된 채로 그의 입안을 빠져나가 싸늘한 새벽 공기 속으로 하얗게 흩어졌다.

"달구지로 세 번이나 왕복해야 할 테니 어서 서두르게."

머슴은 영우와 함께 힘을 모아 달구지 위에 나락 가마니를 올리기 시작했다. 종철은 달구지를 매고 있는 황소에게 걸어가서 목덜미를 쓰다듬다가 부엌에서 서성거리는 영우 어머니를 보자 분풀이할 데가 생겼다는 듯이 고함을 질렀다.

"임자는 뭘 한다고 부엌 안을 할 일 없이 오락가락하는 거야?"

종철의 우렁찬 목소리가 집 안을 쩡 하고 울렸다. 영우 어머니는 아무 대답도 하지 않고 침울한 기색으로 달구지 옆으로 다가왔다.

"어머니는 들어가세요. 이제 끝났으니까요."

영우는 사람 좋게 웃으며 말했다. 아버지가 화가 나서 하는 말이니 귀담아듣지 말라는 의미가 담긴 웃음이었다. 영우는 아버지의 심정을 이해할 수 있었다. 온갖 정성을 기울여 지어 놓은 곡식을 삼십여 가마니나 손수 운반하여 바쳐야 하는 상황이니 화가 나지 않을 도리가 없을 것이라 생각했다.

"검사를 통과할 수 있을까? 통과가 안 되면 어떡하지, 그 빌어먹을 놈의 검사는 뭐가 그리 까다로운지. 공출로 바치는 것도 감지덕지해야 할 놈들이 검사니 뭐니 하면서 도리어 기세등등하니…, 나 원 참 기가 막혀서…."

종철은 달구지 판자에다 장죽을 탁탁 두들겨 재를 털어내면서 혼잣말로 투덜거렸다. 영우는 입을 다물고 달구지 뒤에서 막대기를 돌려 철사를 조였다.

"검사에 무난하게 통과할 겁니다. 올해 수확한 것 중에 제일 좋은 나락이잖아요?"

"글쎄다. 제발 군소리 없이 통과되어야 할 텐데…."

종철은 머슴의 말을 확인하려고 묶지 않은 가마니 속에서 한 줌의 벼를 움켜잡아 손바닥 위에 올려놓고 자세히 들여다보았다.

"출발합시다."

영우는 머슴에게 착 가라앉은 어조로 이렇게 말하고, 소고삐를 잡아서 그 끝으로 잔등을 찰싹 때렸다. 공출 벼를 가득 실은 달구지는 삐걱거리며 대문을 벗어나고 있었다. 머슴은 벼 한 가마니를 짊어지고 달구지 뒤를 따랐다. 골목을 나와 신작로에 들어서자 띄

엄띄엄 가마니를 진 사람들이 걸어 올라가고 있는 것이 보였다.

마을을 상당히 멀리 벗어나서야 해가 떠올랐다. 차가운 하늘과 대지에는 찬란한 아침 햇살이 가득 찼다. 서리가 하얗게 내린 마른 풀잎에도 벼를 베어낸 그루터기에도 햇빛은 찾아들었다. 푸른 하늘에는 티끌 하나 없는데, 싸늘한 하늬바람에 영우의 머리털을 흩날렸다. 여태까지 영우는 말 한마디 없었다. 마치 벙어리가 된 듯 담담한 얼굴이었다. 똑바로 앞길만 노려보며 조심스럽게 소를 몰고 있었다.

이 마을 저 마을에서 나온 사람들이 어느덧 장사진을 이루어 면사무소로 가는 신작로를 걷고 있었다. 흰옷을 입은 수많은 사람의 행렬이었다. 벼 가마니를 짊어진 사람, 소 등에 나락 가마니를 싣고 몰고 가는 사람, 가마니를 가득 실은 달구지를 끄는 사람, 숱한 사람들의 행렬이었다.

앞서가던 사람은 걸음을 늦추고 뒤에 오던 사람은 걸음을 재촉하여 얼마 후에는 그야말로 장사진을 이루었다. 하나의 거대한 집단처럼 무슨 시위라도 하듯이 면사무소를 향해 가고 있었다. 그들의 얼굴에는 웃음기라고는 찾아볼 수가 없었고 걱정이 가득한 표정은 딱딱하게 굳어 있었다.

"공출을 바치고 나면 반년 양식도 안 되는데…, 나머지 반년은 무얼 먹고 산다지?"

"걱정할 것 없네."

"뭐라고?"

사십 대의 중년 남자가 짝지를 짚고 걸음을 멈추며, 걱정 없다고 역설적인 말을 한 비슷한 연배의 사내에게 반문했다.

　"이런 사람을 봤나 놀라긴 왜 놀라나. 그 왜 콩깻묵과 썩은 좁쌀이 있잖은가?

　걸음을 멈추었던 사람이 장탄식을 하더니 다시 허리를 구부려 걷기 시작했다. 모두 잠잠했다. 익살이 넘치는 유머였지만 그것을 두고 웃는 사람은 없었다.

　"이 사람들아 불평을 말게나. 우리 약한 백성들이 불평한다고 콩깻묵을 안 먹을 수야 있나…, 모두가 나라가 하는 일 아니야? 나라가 시키는 일에는 그저 따를 수밖에 없는 거여."

　"그래 자네 말이 맞네. 몇 년만 고생하면 모두 이밥에 고기반찬을 먹을 수 있다고 하잖던가…, 기대해 봐야지."

　"그깟 콩깻묵 먹는 게 문제가 아니야. 언제는 우리가 잘 먹고 산 적이 있었나. 징용이니 징병이니 하면서 자식들이나 불러가지 말았으면 그런 다행이 없겠네."

　"자식이 있으면 황군에 보낼 만도 하지. 아주 융숭한 대우를 해주더군. 부모로서야 그런 영광이 또 어디에 있겠나? 나랏일에 자식 보내고 영광도 얻고 말이야."

　"하긴 그럴 수도 있겠네만, 자네야 자식이 없어서 하는 소리지, 아들 가진 부모들의 마음은 그렇지 않네."

　"건넛 마을 강 첨지는 아들을 황군에 보내고 제 세상을 만난 듯이 뻐기던데?"

"그러나저러나 세상이 빨리 좋아져야 할 텐데. 이래서야 어디 살 맛이 나야 말이지. 공출이니 징병이니 징용이니 하면서 우리를 괴롭히고만 있으니…."

"쓸데없는 소리들 작작하게! 검사나 무사히 통과해야지."

"그게 걱정이야 걱정."

그들은 제각각 한 마디씩 투덜대며 무거운 볏가마를 짊어지고 면사무소를 향해 마치 엄청난 자장에 끌린 것처럼 꾸역꾸역 신작로를 따라 걸어가고 있었다.

"이 사람 영우!"

영우는 깜짝 놀라며 자신에게 말을 걸어온 사람에게 시선을 주었다. 등에 진 짐이 유달리 무거워 보이는 노인이었다. 단 하나 있던 아들을 징용에 보내고 쓸쓸하게 사는 가난한 농부이자 영우 아버지의 소작인이기도 한 노인이었다. 종철가의 마지막 남은 단 한 사람의 소작인이었다. 십 년 전만 해도 근방 몇 마을의 가구 중 상당수가 종철가의 소작인이었으나 지금은 논밭이 줄어 머슴을 두고 자영을 하고 있었다.

"자네는 왜 취직도 않고 이 모양으로 지내고 있나? 내지에 가서 대학까지 졸업한 사람이…."

"글쎄 말이야, 나도 묻고 싶었던 말이야."

듣고 있던 사람들이 이렇게 맞장구를 치면서 관심을 표했다. 영우에게는 가장 대답하기 곤란한 질문이었다. 그렇지만 어떤 식으로든 대꾸를 하지 않을 수 없다고 생각한 영우는 허전한 미소를 지으며 말했다.

"농사짓는 것만큼 편한 일이 또 어디 있겠어요? 게다가 세월도 어수선하고…, 세월이 좋아지면 취직을 해야죠."

"세월이 좋아지기를 어떻게 바라나? 세월이야 노상 이런 거지 뭐. 한일합방인가 뭔가 할 때 내 나이가 서른 살이었네. 지금보다 그때가 살기 좋았다고 볼 수는 없네. 그저 그런 거야. 그때도 아전이나 포졸이 찼던 육모 방망이가 순사의 일본도만큼이나 무서웠지…."

그 노인은 다분히 회상조의 체념 섞인 어투였다. 노인의 말 한마디 한마디가 영우의 심장을 쿡쿡 찔렀다. 티끌만큼도 흥분하지 않고 남 이야기하듯 담담하게 쏟아 내는 노인의 말은, 일제강점기 이전 조선 백성의 삶을 단적으로 드러낸 경구나 마찬가지였다.

"아따 이 영감이 별소리를 다 하는구먼. 세월은 돌고 도는데 언제까지 이 모양일 줄 아는가. 모르긴 해도 불원간 전쟁이 끝날 거여. 대일본제국이 전쟁에 질 것 같은가?"

"같은 값이면 일본이 이겨야지. 그래야 우리 조선 사람도 셈이 펼 것 아닌가?"

갈수록 태산이라더니 영우의 마음은 점점 깊이를 알 수 없는 심연 속으로 빠져들어 갔다. 조선 사람의 마음속 깊이 스며든 왜왕을 전제로 한 사이비신화의 위력에 그는 새삼스레 놀라지 않을 수 없었다. 영우는 일반 백성들이 이 같은 느낌을 갖는 것을 나무랄 수만은 없다고 생각했다.

그들 일행이 면사무소 앞에 도착했을 때, 벌써 산더미 같은 벼

가마니가 군데군데 우뚝 솟아 있었다. 검사를 받고 있는 사람, 자기 차례를 기다리는 사람들이 이리저리 뒤섞여 말 그대로 아수라장을 이루고 있었다. 영우는 이리 밀리고 저리 밀리며 검사관의 상소리까지 들어가면서 검사를 받았다. 그는 벼 가마니를 공출로 빼앗겨 허탈하기 짝이 없는 심정을 애써 삼키며 다시 신작로를 타고 귀갓길에 올랐다.

"앞으로도 두 번이나 왕복을 해야 하다니…, 에잇 빌어먹을 놈의 공출!"

머슴은 빈 지게를 달구지 위에 벗어 놓으면서 투덜거렸다. 영우는 암담한 마음을 달래기 위해 담배를 꺼내 머슴에게 권하고 자기도 피워 물었다. 그들이 뿜어낸 담배 연기가 바람을 타고 허공으로 흩어졌다.

"상민아, 네 가슴에 달린 그 붉은 천은 뭐지?"

영우가 밥을 먹다 말고 상민의 가슴에 붙어있는 붉은 헝겊 조각을 보면서 물었다. 상민은 가슴을 펴며 자랑스럽게 대꾸했다.

"아까(赤)예요."

"아까라니?"

"오야마다이쇼(御山の大将) 놀이에 아까라는 게 있어요."

지금까지 아버지는 그것도 모르고 있느냐는 투였다.

"오야마다이쇼?"

"네, 전 아직 어리다고 시로(白)나 구로(黑)는 안 줘요. 학교에 들어가면 구로나 시로를 달 거예요. 나중에 다이쇼를 해보고 싶어요. 아까나 구로, 시로들을 많이 거느리니까요."

영우는 어이없다는 표정으로 종철을 보았다. 아들과 시선이 부딪친 종철은 그런 것이 무어 대수로울 게 있느냐는 눈빛이었다. 영우는 아버지와 얽혔던 시선을 풀고 상민의 가슴에 달린 붉은 천으로 돌렸다.

"상민아. 내일부터 결코 오야마다이쇼 놀이를 하는 데 가서는 안 된다. 알겠니?"

"싫어요. 이게 얼마나 재미있는 놀인데요. 아버지는 괜히 알지도 못하면서…."

사실 이 오야마다이쇼 놀이는 요즘 들어 부쩍 아이들의 관심을 모았다. 이른 아침이면 마을 어린이들은 모조리 모래밭으로 나와서 이 놀이를 하다가, 아침 식사 때가 되면 열을 지어 우렁찬 일본 군가를 부르며 마을로 들어오곤 했다.

"그 다 소용없는 소리야. 못 가게 한다고 걔가 안 가겠니? 억지로 집 안에 붙들어 놓을 수는 있겠지만 그건 차라리 가게 하는 것보다 더 해로워. 산꼭대기에서 부은 물은 골짜기로 쏟아져 내려오기 마련이야. 게다가 초여름 이른 아침 공기는 오죽 좋으냐. 애들 건강에도 도움이 될 거야."

영우는 아버지 말이 옳다고 생각했다. 어쩌면 자기 혼자서 백만 대군을 맨주먹으로 막으려고 버둥거리고 있는지도 모르겠다는 생각이 들자, 일시에 밥맛이 싸악 달아나는 것 같았다. 그는 숟가락을 팽개치듯 밥상 위에 놓았다.

"전쟁은 어떻게 돼가고 있다니?"

숟가락을 내던지는 아들에게 종철이 이렇게 말을 걸었다. 영우는 밥상을 밀어내며 확신에 찬 어조로 대답했다.

"금명간 결판이 날 겁니다. 일본이 승리하든 망하든 둘 중의 하나긴 합니다만. 승리보다는 패색이 더 짙어요. 일본의 패망 징조는 요즘 종종 나타나는 비행기들을 보아도 알 수 있어요. 그것들은 제가 보기에 분명히 일본 본토를 폭격하러 가는 미국 비행기입니다. 요즘 방공훈련을 무시로 해대는 것만 봐도 예측할 수 있습니다."

"그렇기도 하다만…."

종철은 아들의 말에 전적으로 확신이 안 간다는 표정이었다. 그의 생각으론 일본이 그렇게 쉽게 망할 것 같지가 않았다.

"그렇다면 오죽이나 좋겠냐만, 죽은 놈만 불쌍하지…."

영우는 갑자기 달라지는 아버지의 안색을 보고 고개를 숙였다. 어디서 어떤 상태로 죽었는지도 모르는 한우가 노상 종철의 머릿속을 떠나지 않았다. 한우를 생각할 때마다 정방형의 유골 상자가 눈앞에 선하게 떠올랐고, 천황을 위한 영광스러운 전사라고 떠벌리던 나카무라의 말이 그를 항상 괴롭혔다.

"무슨 일이야?"

종철은 입에 물었던 담뱃대를 쑤욱 뽑으며 영우를 보았다. 갑자기 요란한 사이렌이 연달아 울려왔기 때문이다. 영우는 다급하게 연속적으로 울어대는 사이렌 소리를 들으면서 고개를 갸웃거렸다.

"아마 또 방공 훈련을 하는 모양이에요. 일본이 최후의 발악을 하는 겁니다!"

영우의 말이 끝나기도 전에 이곳저곳에서 고함소리가 터져 나왔다. 파멸이 가까웠다는 영우의 말을 증명이라도 하는 듯이.

"구슈케호(空襲警報)!"

"구슈케호!"

요란한 사이렌 소리와 웅성거리는 소음이 온 마을을 공포의 분위기로 몰아넣었다. 정말 비행기의 폭격이 있을 것 같은 절박한 상황이 연출되고 있었다. 이 골목 저 골목에서 사람들이 퉁탕거리며 신작로로 달려나갔다. 그들의 손에는 물통이나 모래포대가 쥐어져 있었다. 무거운 사다리를 둘러매고 달려나가는 사람도 있었다. 사이렌 소리는 그치지 않고 구슈케호라는 카랑카랑한 함성과 뒤섞여 온 마을을 벌집 쑤셔 놓은 것처럼 아수라장으로 만들었다.

영우는 마지못해 느릿느릿 마루로 나왔다. 검은 연기가 뭉게뭉게 피어오르고 있었다. 영우는 서둘러 마당으로 내려왔다. 정말 공습을 당한 것으로 한순간 느꼈기 때문이다. 마당으로 내려와서 그는 비행기 소리는 물론이고 폭발음도 들리지 않았음을 두세 번 확인한 뒤 주머니에 손을 찔러넣고 천천히 대문 쪽으로 걸어 나갔다.

마을을 관통하는 신작로 남쪽 바닷가 폐가에 일부러 불을 질러 불꽃과 함께 검은 연기가 구름처럼 피어오르고 있었다. 마치 진짜 공습을 당한 것처럼 분주하게 숨을 헐떡이며 달리고 있는 사람들을 보며 영우는 고소를 금치 못했다. 그는 현장으로 나가고 싶지 않았지만 순사들의 눈에 나면 자신이 벌이고 있는 일에 지장이 생길 것 같아 건성으로 참여했다.

사람들은 두 편으로 나뉘어 한 편은 바닷물을 길어다 불을 끄고, 다른 한 편은 불타는 폐가 옆 노무라의 창고에 사다리를 걸치고 불이 옮겨붙는 것을 예방하는 훈련을 했다. 폭탄이 떨어져 화재가 발생했다는 가정하에 순사의 지휘를 받으며 모두 열심히 훈련에 임하고 있었다. 영우도 그들과 함께 물을 퍼 나르고 모래를 지붕으로 옮겼다. 짚더미에 붙었던 불이 꺼지자 공습경보 해제를 알리는 사이렌이 울렸다.

나카무라는 휘두르던 칼을 칼집에 다시 꽂고, 훈련을 성공적으로 완수했다고 판단했는지 만족스러운 미소를 지었다. 나카무라의 미소가 사라지기도 전에 북쪽 하늘에서 은은한 비행기 프로펠러 소리가 들려왔다. 사람들의 시선이 일제히 그 소리가 나는 쪽으로 쏠렸다. 잠시 후 십여 대의 비행기가 편대를 지어 파란 하늘의 구름 위로 윤곽을 나타내는가 싶더니 순식간에 마을 뒤 뇌성산(磊城山) 마루 위로 폭음과 함께 웅장한 위용을 드러냈다. 동해를 건너 일본 본토를 폭격하러 가는 미국의 B29 편대가 틀림없었다.

"비행기다!"

누군지 모르지만 날카로운 목소리로 이렇게 부르짖자, 모두 질급하고 뿔뿔이 흩어져 각자의 집으로 선불을 맞은 멧돼지처럼 달려갔다. 누구랄 것 없이 가족의 이름을 소리쳐 불러대며 우당탕 퉁탕 땅바닥을 치며 뛰어갔다. 나카무라는 일본도를 뽑을 경황도 없이 방공호 안으로 피하라고 고함을 지르며 주재소 쪽으로 허둥지둥 뛰어갔다. 순식간에 그 많은 사람들이 종적을 감추었다.

그 사이에 비행기는 이미 신라와 고려, 조선조 왜구의 침략을 알리기 위해 봉홧불을 올렸던 석성이 지금도 일부가 남아 있는 뇌성산을 벗어나, 큼직한 동체를 뽐내며 유유히 동해바다를 가로질러 일본 쪽으로 날아가고 있었다. 영우는 혼비백산 줄행랑을 치는 나카무라의 뒤꽁무니를 보고 웃다가 집으로 달려갔다.

마침 은숙과 미혜가 상민과 상식을 데리고 마을 뒤 뇌성산 기슭으로 피난을 가려고 대문을 나서다 영우를 만났다. 영우는 아들과 조카를 두 팔로 안고 다시 집 안으로 들어갔다. 너무나 재빠른 영우의 행동에 아들들을 빼앗긴 그녀들은 아래위 흰옷을 입은 채 엉거주춤 대문가를 서성거렸다. 어디서 어떤 경로를 거쳐 나온 말인지는 몰라도 흰옷을 입으면 비행기가 조선 사람임을 알고 폭격을 하지 않는다는 소문이 나돌았기 때문에, 마을 사람들은 앞다투어 흰옷을 챙겨 입었다. 전투기 편대는 총알 한 방 쏘지 않고 굉음을 내며 유유히 동해 건너 일본 쪽으로 날아가고 있었다.

"일본의 심장부 도쿄를 폭파하고 잿더미로 만들어 버려라! 천황과 흉악한 일본제국주의자들의 대본영에 폭탄을 퍼부어다오!"

바다를 가로질러 날아가는 비행기를 보고 영우는 입안말로 이렇게 외쳤다. 그의 표정은 희망에 부풀어 들뜬 기색이 완연했다. 비행기가 나타날 때마다 영우는 항상 이처럼 환호작약했다. 비행기가 시야에서 사라지자 상민과 상식을 내려놓았다. 상민은 사촌 동생 상식의 손을 잡고 깡충깡충 뛰면서 마당 안으로 들어갔다.

"세상이 뒤집힐 모양이야…."

마루에 앉은 종철은 환한 얼굴로 이렇게 말했다. 요즘 쉴 새 없이 출현하는 미국 비행기들로 사기가 오른 영우는 앞으로 전개될 시국에 관해 이야기가 하고 싶어졌다. 이 벅찬 기쁨과 희망을 다른 사람과 더불어 나누고 싶었던 것이다. 누가 말하지도 않았는데 종철을 중심으로 영우, 어머니와 두 며느리 그리고 상민과 상식도 대청마루에 빙 둘러앉았다.

"아버지, 세상이 바뀌고 있어요. 송두리째 모든 것이 달라지고 있어요. 일제가 망할 날도 이제 멀지 않았어요. 텐노헤이카의 망령은 영원히 우리 조선 땅에서 사라지고 말 겁니다. 텐노헤이카가 물러간 조국산하에 우리는 이제 진정한 민족의 얼이 서린 불세출의 이념과 영도자를 옹립해야 합니다. 모두가 추앙하는 이념이나 인물을 중심으로 뭉치지 못하는 국민은 오합지졸에 불과합니다."

"과연 네 말대로라면 이제야말로 좋은 세상이 올 것 같기도 하다마는…, 죽은 놈만 가련하지. 한우는 운을 잘못 타고났어."

영우는 미혜를 보았다. 그녀는 상식의 손을 잡은 채 먼 산마루를 응시하고 있었다. 비록 눈길은 산봉우리를 향하고 있었지만, 그녀는 사실 산을 보고 있는 것이 아니었다. 겹겹이 남녘으로 치달리고 있는 산봉우리들 위로 한우의 얼굴이 환영처럼 피어올랐다. 어느 이름 모를 이국땅 산골짜기에 쓰러져 죽은 한우의 시체 위에 뭇 까마귀들이 지저귀고 있을 것만 같았다. 영우의 시선이 고뇌에 찬 미혜의 눈과 마주치자 그들은 동시에 고개를 돌렸다. 영우는 가슴이 갈기갈기 찢어지는 것 같은 아픔을 참으며 전투기 편대가 사라지고 없는 동남쪽의 빈 하늘을 멍하니 바라다보았다.

"무슨 일이 있어도 일본 놈들이 쫓겨 돌아가는 꼴을 봐야 할 텐데…!"

"일본 놈이 쫓겨 간다고 세월이 좋아질까?"

영우 어머니가 모든 것을 체념한 사람처럼 힘없는 어조로 중얼거렸다. 일본이 조선에서 나가더라도 무슨 뾰족한 수가 있겠느냐는 비관적인 생각을 그녀는 하고 있었다.

"아녜요. 어머니. 일본이 나가기만 하면, 그때부터 우리 조선은 평화스럽고 안락한 생활을 하게 될 겁니다."

영우는 자신만만하다는 듯이 말했다. 아들의 신념에 찬 말을 듣고도 그녀는 여전히 안색을 바꾸지 않고 무덤덤한 표정이었다.

"이제 덴노헤이카로 날조된 왜왕의 식민 통치는 종말을 고하고 있습니다. 여태까지는 우리 조선 사람들이 그들의 지배를 받아 왔습니다. 하지만 이제는 우리와 전혀 관계가 없는 왜왕의 허황된 망령으로부터 해방될 것입니다. 앞으로는 참다운 민족의 꿈과 얼이 서린 우리의 핏줄 속으로 녹아들 수 있는 이념이 필요합니다. 그것은 바로 다름 아닌 공산주의입니다."

"공산주의?"

"네, 앞으로 우리 조선을 통치할 유일무이한 이념입니다. 일본도의 살기 어린 위협에 짓눌려 억지로 떠받들었던 덴노헤이카 대신 가장 진보적이고 완벽한 사상인 공산주의가 우리를 지상천국으로 틀림없이 인도할 것입니다."

종철은 아들의 뜬구름 같은 휘황한 말이 도무지 이해되지 않았다. 전혀 납득이 가지 않는 외국어처럼 생소해서 아들의 말에 어떤 반응을 보여야 할지 막막했다. 하지만 아비로서 그저 머리를 끄덕이기만 했다. 아들이 신처럼 받드는 공산주의가 도대체 어떤 것인지 알고 싶은 충동이 일어나 영우를 응시하며 물었다.

"공산주의가 도대체 무엇인지는 모르겠다만…, 이제야 짐작이 가기는 한다. 네가 맨 날 밤늦게 논의하는 공산주의란…."

영우는 아버지의 말이 끝나기도 전에 열을 올려 설명하기 시작했다. 이 차제에 아버지에게 제대로 동의를 얻고 협조를 받고 싶었기 때문이었다.

"공산주의란 문자 그대로 모든 재산을 공동의 것으로 한다는 뜻입니다. 지금까지 세계의 역사는 재산을 어느 특정 계급에 속한 사람만 독차지했기 때문에, 사회가 불안했고 갈등과 고통에 찬 생활을 강요받아왔습니다. 또 문화적 혜택은 그들 재산을 가진 사람만 누렸기 때문에, 재산을 갖지 못한 대다수의 대중은 도둑질과 협잡 사기 등의 범죄에 연루되었습니다. 조선조는 양반만 재산을 독차지하여 일반 백성은 밥을 굶고 살아야 했어요. 조선이 일본에게 그처럼 쉽사리 나라를 빼앗긴 이유가 여기에 있었습니다. 그러나 봉건 왕조가 소멸한 뒤에도 옛날 왕족이나 양반이 누렸던 모든 권세를 재산가들이 누리고 있어요. 다시 말하면 요즘의 재산가는 과거 왕족이나 귀족과 같은 번영을 누리고 있다는 말입니다. 그들은 현대판 양반이고 귀족입니다. 일제강점 후에는 일본 놈들이 귀족의 자리를 차지하여 모든 영화를 누리고 있습니다."

"그러면 토지도 모두 공동의 소유로 한다는 것이냐? 만일 공산주의 나라가 된다면 말이다."

"그렇습니다."

"천불생무록지인(天不生無祿之人)인데 모든 토지를 공동으로 하다니…, 그러면 무슨 귀천이 있나? 상하와 빈부귀천은 인간의 숙명이다. 능력과 소양에 따라 응분의 대가를 받게 마련인데, 덮어놓고 평등만 외치면 인생의 근본을 왜곡시켜 오히려 사회를 불공평하게 만든다. 부지런하고 절약하는 사람은 돈을 모아 토지를 장만할 것이고 게으른 사람은 허구한 날 술타령이나 하고, 그래서 귀천이 생기는 것 아니더냐. 우리 집안만 하더라도 그렇지. 너의 삼대 조 할아버지가 알뜰하게 돈을 모아서 토지를 장만하여 지주가 되었지 않느냐? 그러던 것이 나에게 와서 겨우 논 사십 마지기로 줄고 말았지만…. 조상이 물려준 그 많은 토지를 지키지 못한 나는 조상에 죄를 지은 거야. 물론 너희들 공부시키느라고 그랬지만 말이다. 너는 네 할아버지 덕분에 남들 가기 힘든 대학까지 졸업한 거다."

아들의 말에 호락호락하게 설복되지 않고 종철은 도리어 영우가 맹신하는 공산주의를 비판했다. 영우는 일순간 아버지에게 심한 반항심이 치밀어 올라온 탓에 잠시 마음을 가라앉혀야 했다. 종철이 영우의 의견에 반대한 일이 한 번도 없었던 것이 더욱 그를 자극했는지 모른다. 지금까지 영우의 말이라면 무엇이든 들어주고 찬성한 종철이었다.

"방금 아버지께서는 부지런히 일하고 절약해서 돈을 모아 토지를 장만한다고 말씀하셨는데, 그렇다면 현재 아버지가 가지고 계신 모든 땅은 스스로 일하여 모은 돈으로 장만한 것입니까?"

종철은 깜짝 놀라 영우를 바라보았다. 어두운 밤길을 걷다가 갑자기 뒤통수를 얻어맞은 심정이었다. 종철은 대동아공영권을 이룩하기 위해 헌신하다가 비명에 간 한우보다 한층 더 아리송한 공산주의라는 이념에 중독된 영우를 보고 경악했다.

"물론 그 할아버지 덕분에 저나 한우나 정우가 공부를 할 수 있었어요. 그 점에 대해선 선대 할아버지께 감사한 마음을 갖고 있습니다. 그러나 지주였던 아버지 덕택으로 공부를 했으니 속죄하는 의미에서라도 공산주의를 이 땅에 실천할 의무가 있습니다. 우리는 가난한 인민의 피를 빨아 쌀밥을 먹고 살았으며 우리 형제가 공부를 할 수 있었습니다. 저 두지를 보십시오. 저는 저것을 볼 때마다 가난한 농민들의 울분 소리가 들려오는 것 같아서 괴로웠어요."

"그렇다면 너는 지주인 할아버지와 아버지를 가졌다는 사실이 부끄럽다는 뜻이냐? 저 두지 때문에 가난한 농민들의 울분 소리가 들려오다니 그건 또 무슨 소리냐."

"부끄럽다고는 생각하지 않습니다. 그렇다고 영광스럽다고 여기지도 않습니다. 할아버지와 아버지 세대에서는 공산주의란 말조차 들어보지 못했을 테니까요. 하지만 가난한 인민들에게 미안한 마

음은 가져야 한다고 봅니다. 그리고 이제 공산주의를 안 이상 그
이념대로 실천하지 않으면 죄를 짓는 겁니다. 아버지께서는 춘향전
을 읽어 보셨을 줄로 압니다."

"네 조부 때부터 《열녀춘향수절가》를 소장하고 있는 것은 너도
알고 있는 사실 아니냐. 그런데 뜬금없이 그런 건 왜 묻느냐?"

은숙은 거침없이 쏟아내는 남편의 말에 조마조마하여 그만하라
는 뜻으로 눈짓을 보냈지만 영우는 아내의 눈짓을 묵살하고 이번
에야말로 평소 아버지에 대해 품고 있던 불만과 그 마음속 깊은 곳
에 공고하게 깔려 있는 봉건적 의식을 타파할 필요가 있다고 생각
하고 다시 결연한 어조로 말을 이었다.

"저 두지는 바로 남원 부사 변학도가 베풀던 생일잔치의 모태나
다름없다고 저는 봅니다. 아버님은 그 잔치에 암행어사 이몽룡이
지은 시를 기억하실 것입니다."

영우는 흥분을 가라앉히고 호흡을 가다듬어 이몽룡의 시를 읊
조렸다.

금준미주천인혈(金樽美酒千人血)
옥반가효만성고(玉盤佳肴萬性膏)
촉루락시민루락(燭淚落時民淚落)
가성고처원성고(歌聲高處怨聲高)

"황금 잔에 가득한 좋은 술은 천 사람의 피요, 옥쟁반의 기름진

음식은 만백성의 고혈이라, 휘황한 촛대에 떨어지는 촛농은 민초들의 눈물이며, 노랫소리 높은 곳에 인민들의 원성만 자자하네."

종철은 영우가 읊조리는 《열녀춘향수절가》의 시구를 가만히 듣고 있다가 인간의 천성을 거역하는 실현 불가능한 신기루 같은 이상에 포로가 된 아들의 모습을 딱하다는 듯 내려다보며 빙그레 웃었다. 영우는 역정을 내지 않는 아버지의 모습에 용기를 내어 계속 말을 이었다.

"요즘 세상에도 또 다른 춘향전이 나올 충분한 이유가 있다고 저는 생각합니다."

"너는 역시 양반의 아들이야. 양반의 아들은 어쩔 수 없는 것 같아. 네가 가진 생각이 바로 경국제민의 의지가 아니냐?"

"아버지, 이 조선 땅에서 다시는 탐관오리 변학도의 생일잔치 같은 연회가 벌어져서는 안 되고 이런 시구가 또다시 나오지 않도록 우리 지식층 젊은이들이 힘을 모을 것입니다. 그러자면 공산주의를 우리 조선에서 실현하는 방법밖에 없습니다."

"오냐 알겠다. 네가 하는 일이니 어디 나쁘겠냐마는. 우리 나이든 내외는 그저 너희들을 위한 거름이 되는 것으로 만족한다. 우리는 이미 늙었고 죽을 날이 머지않은 몸이니 뭐라고 할 말이 있겠냐? 모쪼록 한우의 전철을 밟지 않도록…."

종철은 아장아장 걸어오는 상식을 무릎에 앉히면서 추연한 낯빛으로 한우를 그리는 듯 상식을 내려다보았다. 영우 어머니는 상식을 볼 때마다 눈물을 글썽이며 긴 한숨을 내쉬는 것이 습관이 되어 있었다.

"아버지."

영우는 낯빛을 가다듬어 정색을 하고 종철의 얼굴을 응시했다. 종철은 상식의 발가락을 손가락으로 헤아리며 영우를 보았다.

"미리 아버님에게 양해를 받아 두어야 하겠기에 이런 말씀 드리는 것입니다. 머지않아 우리집으로 많은 청년들이 드나들 것입니다."

"무슨 일로?"

종철은 짐작은 갔지만 모른 척 하고 반문했다.

"제가 인근 마을의 청년들을 모아 조직을 만들었습니다. 이야기 할 장소가 마땅치 않아서 우리집을 회합 장소로 정했습니다. 순사 들의 눈을 피하기에 우리 집만큼 적당한 데가 없었기 때문입니다."

"몇 명이나 될 것 같으냐? 그리고 그 청년들이 누군지는 알고 있 어야 할 것 아니냐."

"모두 십여 명 가량 됩니다. 대표적인 사람은 김오식, 장병수, 오 창식입니다. 이들을 중심으로 굳게 뭉친 조직입니다.

"음, 그 친구들이 벌써 너처럼 공산주의를 믿는 사람이 되었다는 말이지?"

"네. 아주 열성적으로 참여하고 있습니다."

"매사에 신중해라. 아직은 일본사람들 세상이다."

"저의 계산은 치밀합니다. 일 처리를 결코 허술하게 하지 않을 것 입니다. 안심하셔도 됩니다. 아버지."

영우는 이렇게 자신 있게 말하고 몸을 일으켜 뒤꼍으로 걸어갔다. 영우가 기쁨이 충만한 얼굴로 예의 두지 옆을 지나 장독까지 갔을 때 은숙도 영우를 따라가고 있었다. 인기척을 느낀 영우는 걸음을 멈추고 뒤를 돌아봤다. 뽀로통한 아내의 얼굴을 본 영우는 못 본 척 고개를 돌려 장독대를 돌아 모란밭으로 들어갔다.

영우는 아내가 따라오고 있다는 사실도 잊고 자기가 손수 구덩이를 파고 모종을 옮겨 심은 수십 그루의 모란들을 흐뭇한 마음으로 바라보았다. 이미 꽃이 진 지 오랜 모란은 잎들만 무성한 채 뜨거운 햇빛을 듬뿍 받고 있었다. 푸르다 못해 검은빛이 감도는 이파리들에서 영우는 발랄하고 싱싱한 젊음을 느꼈다. 꽃이 만발할 때도 좋거니와 이처럼 꽃봉오리가 다 떨어진 후 잎들만 무성한 모란도 흥취를 불러일으켰다. 그는 시간이 한가할 때면 이렇게 모란밭을 찾아와 흐뭇한 유열에 잠겨서 심신의 위안을 받았다. 그가 모란을 좋아하는 이유는 특히 그 붉은 꽃과 푸른 이파리의 강렬한 조화 때문이었다.

"올봄에 옮겨 심은 것들도 모두 살았군요."

은숙은 영우 곁으로 바짝 다가서며 남편의 주의를 끌었다. 영우가 그녀의 얼굴을 바라보자 은숙은 퉁명스럽게 쏘아붙였다.

"당신 아버님께 그렇게 말하는 법이 어디 있어요? 아버님이 공산주의를 달가워하지 않는다고 해서 그처럼 당돌한 어투로 따져 들어서는 안 된다고 봅니다. 제가 보기에 당신에게는 아버님보다 공산주의가 더 중요한 것 같은 인상을 받았어요. 아버님이나 저보다도 그것이 더 중요한 거예요?"

"왜 또 그런 되지도 않은 말을 하고 있는지 모르겠군."

영우는 모란 잎사귀를 손으로 움켜잡아 아래로 휘었다. 이파리에 비해 마치 죽은 것처럼 볼품없는 가지들이 뻗어 있었다. 이처럼 나약한 가지에서 어떻게 그 붉은 꽃과 푸른 이파리를 만들어내는지 의아심이 들 만큼 못나고 생기 없는 등걸이었다.

"당신은 우리 조선과 조선인의 모든 명운을 혼자 다 짊어지고 가야 한다는 사명감에 빠져 있는 사람처럼 보여요. 분수를 벗어난 지나친 사명감은 도리어 자기 몸을 해칩니다. 극단을 선택하지 않으면 직성이 풀리지 않은 모양이죠? 극단은 항상 위험을 동반합니다. 어쩐지 저는 지나치게 한 곳에 몰두하는 사람을 보면 자신도 모르게 겁이 덜컥 납니다."

"극단과 극단 사이의 중간은 가장 경계해야 할 곳이야. 당신은 잠자코 내가 하는 일에 구경이나 하고 있어. 나중에 꽃가마를 타게 될 거야."

영우는 얼굴 가득 미소를 머금고 능쳤다. 그는 아내의 말을 소견이 좁은 여자들이나 하는 말이라고 귓전으로 흘렸다. 그녀는 남편이 자신의 말을 진지하게 받아들이지 않은 것을 알고 그의 곁을 떠나 모란밭 사이로 난 길을 따라 흙담 쪽으로 천천히 걸어갔다가 영우 곁으로 되돌아와서 하다 만 이야기를 계속 이어갔다.

"당신은 돌아가신 한우 도련님에게 덴노헤이카를 신주 모시듯 한다고 비난하셨죠? 공산주의가 당신에게는 바로 덴노헤이카 아닌가요. 한쪽으로 과도하게 치우치지 말고 중도의 길을 걸으세요, 극단에는 항상 함정이 있어요!"

"당신은 아무 걱정도 하지 말고 나를 지켜보기만 하면 돼, 이제 조선의 해방이 목전에 와 있어. 내가 날개를 달고 날 수 있는 세상이 다가오고 있다는 말이야."

영우는 자신만만한 어조로 단언했다. 은숙은 아무런 대꾸도 하지 않고, 사방으로 가지를 쭉쭉 뻗은 팔뚝만 한 굵기의 모란 포기 앞에 멈추어 섰다. 영우가 심혈을 기울여 가꾼 모란 군락의 어머니 격인 가장 오래된 모란이었다.

5

해방공간의 이전구투

1945년 8월 15일 밤 8시가 지나 오성과 병수 그리고 창식이 영우를 찾아왔다. 영우는 그들을 방안으로 불러들인 후 몇십 년 만에 처음 만난 사람들처럼 굳은 악수를 나누었다. 손을 잡고 흔드는 그들의 팔뚝에는 힘이 넘쳐났다. 일제가 만든 허황한 신화가 조선에서 종언을 고한 감격의 날이었다. 아침 이슬처럼 허망하게 창졸간에 사라진 시대착오적인 신화에 그들은 조종을 울려 보내며, 잠시 말을 잊은 채 벅찬 감격을 불태우고 있었다.

　"우리 생애의 최고의 감격스러운 날을 맞았는데 이렇게 방구석에만 있을 수가 있나, 밖으로 나가야지."

　병수는 영우의 팔을 난폭하게 잡아당기며 이십대 청년처럼 흥분하며 외쳤다.

　"거짓말이 아닐까?"

신중한 오성은 도무지 믿을 수 없다는 듯이 고개를 갸웃거렸다.

"오늘 열두 시에 왜왕이 직접 방송을 했대. 연합국에 무조건 항복을 한다고. 이미 나카무라를 비롯한 순사들은 종적을 감추고 주재소 안은 텅 비어 있다네. 여기에 있는 일본 놈들 전부 문을 잠그고 짐 꾸리기에 바쁘대. 의심할 여지가 없는 해방이야. 조선이 해방이 되었다는 말이야!"

좀처럼 흥분하지 않고 언제나 침착하던 창식도 말의 순서를 잃고 떠들어댔다. 영우는 입술을 꽉 다물고 향후 벌어질 일에 대해 대처할 바를 궁리하고 있었다. 병수는 엉덩이를 들먹거리며 밖으로 나가고 싶어 안달을 했다. 영우는 턱밑까지 차오르는 흥분을 가라앉히며 말했다.

"자, 흥분을 가라앉히고 앞으로 우리가 할 일에 관해 생각해보세. 오늘로 덴노헤이카는 조선에서 확실한 사형선고를 받았으니…"

그러나 앞으로 과연 나라가 어디로 어떻게 나아갈지 도무지 짐작조차 할 수 없었다. 온 국민이 자의 반 타의 반으로 떠받들던 덴노헤이카 신화가 물러난 공간에 또 다른 요상한 신화가 등장하는 것은 아닌지 영우는 불안했다. 그가 불안하게 생각하는 이유는 일본의 패망이 연합국에 의한 것인 만큼, 미국과 소련이 조선을 여하히 처리할 것인지 알 수가 없었기 때문이다. 영우는 다시 말을 이었다.

"덴노헤이카가 군림하던 자리에 우리 겨레를 소생시킬 진정한 민족의 지도이념을 올려놓아야 해. 그것이 지금부터 우리가 해야 할 일이야."

"그것은 바로 공산주의라고 생각해."

"그렇지."

"당연히 그렇게 될 거야. 그것은 필연이야!"

처음에는 오성이, 다음은 병수, 그 다음은 창식이 주고받는 말들이었다. 영우는 일제가 축출된 조국강산에 오색이 찬연한 무지개가 걸려 있는 것 같은 황홀한 기분에 빠져들었다. 그들은 왜왕이 쫓겨간 자리에 또 하나의 새로운 우상을 앉히기로 의견을 모았다. 이미 공산주의만이 이 나라를 다스릴 수 있는 유일무이 절대 통치이념이라 굳게 믿었다. 영우는 득의의 미소를 지으며 의기양양한 어투로 열변을 토했다.

"앞으로 우리는 얼마 동안은 아무런 행동도 하지 말고 사태를 관망하기로 하세. 성급하게 몸을 움직였다간 실패하기 십상이지. 역사는 반드시 우리가 생각하는 방향으로 돌아갈 거야. 그러다가 적당한 기회가 왔다고 생각되면, 박차고 일어나 주먹을 움켜쥐고 싸우는 거지. 투쟁이 없으면 승리는 있을 수 없어. 철통같이 뭉쳐서 우리의 이상을 실현시켜야 해. 이것은 사명이야. 36년 동안 우리는 우리와 전혀 상관없는 괴이한 신화의 굴레 속에서 신음하고 있었어. 그러나 지금 그 굴레가 벗어졌어. 오늘 이후부터 우리는 절대로 우리의 목을 졸라매는 굴레를 만들어서는 안 돼! 행복한 자유인이 되는 길은 공산주의밖에 없어. 우리 조선은 일제 때문에 너무나 엉망진창이 되어 버렸어. 거기에 우리는 질서를 심어야 하고 새로운 지도이념을 공고하게 구축해야 해. 앞으로 사태를 예의 주시하면서 우리가 일할 수 있는 상황이 도래하면 함께 일어나 싸우는 거야. 찬란한 영광이 우리를 향해 손짓하고 있어!"

희화와 같은 가짜 신화가 소멸된 공간에 영우는 또 하나의 검증되지 않은 외래 신화를 한반도에 심으려 핏대를 올리고 있었다. 영우네 사랑방에 모인 네 사람의 가슴속에는 그들이 잘 알지도 못하는 공산주의란 신화가 파종되어 무럭무럭 자라고 있었다. 그들은 일제가 물러난 해방공간에 행복과 영광이 충만한 조국의 미래를 상상하며 밤이 깊도록 술을 마시며 해방의 기쁨을 만끽했다. 일본도 쫓겨났으니 앞으로는 거리낌 없이 조직을 확충하여, 향후 자신들의 활동 정도에 따라 받게 될 논공행상의 지분을 축적하자고 영우는 몇 차례나 강조했다.

"미야모토 상, 어서 오십시오."

노무라는 영우가 그의 집 현관으로 들어서자 꺼져가는 목소리로 말했다. 영우는 미야모토 상이라 부르는 노무라의 말이 아득한 옛날에 자기를 불렀던 호칭처럼 느껴졌다. 불과 며칠 전까지만 해도 모두들 미야모토라고 했는데…, 갑자기 먼 옛날에 듣던 소리 같아 스스로도 이상하다고 느꼈고 이렇게 불리는 것이 마지막이라 생각하니 감개무량했다.

"무슨 일로…?"

영우는 핏기없는 노무라의 얼굴을 보면서 담담하게 물었다. 노무라로부터 자기 집으로 좀 와달라는 전갈을 수차례 받았지만 응하지 않다가 마지막으로 떠나기 전에 한 번만 보고 싶다는 부탁을 받고 나서야, 영우는 하는 수 없이 지난날 정의를 생각해서 그의 집을 찾은 것이다.

"아시다시피 우리는 이제 떠나야 합니다."

노무라는 방안을 오락가락하며 딱 부러지게 말을 맺지 못할 뿐 아니라 목이 매이는 듯 말을 잇지 못했다. 영우는 그가 말을 계속할 때까지 입을 다물고, 아담하게 꾸며진 정원에 서 있는 소나무에 눈길을 주었다. 꾸부정하게 기울어져 뻗어 올라간 운치 있는 나무였다. 돗바늘처럼 뾰족한 솔잎이 불어오는 해풍에 한들거렸다. 이미 그 소나무는 조선 본래의 소나무가 아니었다. 일본인의 취향에 맞도록 잘리고 구부려진 일본 미학의 소나무였다.

그러나 그 뿌리는 푸른 하늘을 머리에 인 조선의 흙 속에 박혀 있다고 생각하고 다시 노무라에게 시선을 돌렸다. 그는 바싹 마른 입술에 침을 바르며 떠듬떠듬 떨리는 목소리로 중얼거렸다. 벌겋게 충혈된 두 눈동자를 보자 영우는 쾌감과 연민을 함께 느꼈다.

"미야모토 상은 내가 아끼던 한우 군의 형이고 또 앞으로 이 나라를 이끌 인물이기 때문에 나의 모든 재산을 위임할까 합니다. 고맙게도 미야모토 상이 행패를 부리려는 사람들을 말려서 별 탈 없이 돌아갈 수 있게 된 것도 있고…."

노무라는 조선과 조선인을 착취해서 일군 집안 가득 진열된 가구와 살림살이를 두고 가기 아쉬워 눈물을 흘리며 둘러보고 있었다.

"노무라 상, 제가 청년들을 저지한 것은 어떤 보상을 바라고 한 행위가 아닙니다. 우리가 일본을 조선으로 불러들인 것이 아니고 일본이 총칼을 앞세워 강제적으로 침탈해 온 것이 사실이지만, 패망하여 떠나는 사람들에게 물리적 폭력을 행사하는 일이 능사는 아니라고 여겼기 때문입니다."

"어쨌든 미야모토 상이 아니었으면 우리 일본인들은 모두 폭행을 당해 병신이 될 수도 있었는데…, 여하튼 얼마나 고운지 모릅니다."

"아까도 말씀드렸다시피 마을 청년들을 말린 것은 지극히 당연한 일을 한 것으로 노무라 상의 감사를 받을 까닭이 없습니다. 이제 일본은 제자리로 돌아간 것입니다. 일본의 장래를 위해서도 다행입니다. 과대망상증은 자기 몸을 해치는 것이니까요. 아시겠지만 나도 일본에서 대학을 나온 사람입니다. 모쪼록 이제 선량한 이웃이 되기를 바랍니다. 그런데 언제 떠날 예정이지요?"

"부두에 발동선이 기다리고 있어요. 나는 미야모토 상을 만나고 떠나려고…."

"그래요?"

"조선 사람들이 내 재산을 두고 어찌나 못살게 구는지…. 허나 나는 아무에게나 나의 모든 재산을 줄 수는 없다고 생각해요. 그래서…, 미야모토 상에게 나의 전 재산을 위임코자 합니다."

노무라는 하염없이 넓게 펼쳐진 동해의 수평선에 잠시 눈길을 주는가 싶더니 초조한 기색으로 서랍을 열고 펜을 끄집어내었다. 노무라는 부들부들 떨며 흰 종이 위에 자기의 전 재산을 영우에게 위임한다는 내용의 글을 썼다. 영우는 애초 상상도 못한 일이라 멀뚱하게 파들파들 떨며 글을 쓰고 있는 노무라의 손을 주시했다. 그는 재산을 위임한다는 말을 수도 없이 강조했다. 다시 올 수도 있다는 암시 같았다.

"제가 그것을 꼭 맡아야 하는지도 의문입니다만."

"네, 누구보다 저는 미야모토 상이 저의 모든 재산을 맡을 자격이 있다고 믿습니다. 막상 이렇게 쓰고 나니 마음이 가벼워졌습니다."

노무라는 펜을 던지고 위임장을 영우에게 주었다. 영우는 노무라가 건네준 서류를 받아 쥐고 읽었다. 극히 간단한 내용이었지만 그 속에 영우는 온갖 것을 보고 있었다. 기세등등하던 노무라의 권위가 한 장의 위임장으로 깨끗이 막을 내린 것이다.

"감사하다는 말은 않겠습니다. 왜냐하면 당연히 받을 것을 받았기 때문입니다. 당신의 재산 모두가 우리 조선의 것이기 때문입니다. 여기에 있는 물건들은 모르긴 해도 일본에서 가져온 것은 거의 없을 겁니다."

영우는 위임장을 방바닥에 놓았다. 노무라는 영우의 말을 듣는 둥 마는 둥, 주머니 속에서 두툼한 서류 뭉치와 열쇠 꾸러미를 방바닥에 놓인 위임장 곁에 던졌다. 열쇠뭉치가 방바닥에 부딪혀 철커덕 하며 부딪히는 소리는 노무라의 폐부를 뒤흔들었다. 짜릿한 통증이 그의 전신을 주무르며 스쳐갔다. 노무라는 오만상을 찌푸리며 이제 할 일을 다 했다는 듯이 의자에서 몸을 일으켜 영우를 노려보았다. 영우의 시선과 얽혀 얼마 동안 그대로 있었다. 일순간 그들은 서로를 경계하는 긴장감이 감돌았다. 영우의 시선을 감당하지 못한 노무라는 시선을 풀고 방바닥에 뒹굴고 있는 위임장과 서류뭉치 그리고 열쇠 꾸러미를 바라보았다. 두고 떠나기에는 너무나 아까운 것들이었다.

"미야모토 상이 나의 전 재산을 보관하여 잘 운영하길 바랍니다. 우리가 다시 돌아올 때까지…. 십 년 안에 꼭 돌아올 것입니다"

"다시 돌아온다고요?"

"그럼요, 앞으로 십 년 후 반드시 우리는 돌아옵니다."

"십 년 후…."

영우는 이렇게 노무라의 말을 되씹으며 착잡한 마음으로 웃었다. 떠나는 사람치고는 너무나 당돌하고 자신이 넘치는 어조였다. 또다시 그들이 이 땅을 찾아오겠다니. 그것은 실로 어림없는 수작이라고 영우는 생각하고 야무진 말로 노무라를 윽박질렀다.

"십 년 후에는 우리가 일본으로 넘어갈 것입니다. 만일 우리가 가게 되면 결코 당신들처럼 쫓겨나지 않을 겁니다. 허황된 꿈을 버리는 것이 피차간 좋습니다. 대동아공영권은 결국 하나의 잠꼬대가 아니었던가요? 무사히 고국으로 돌아가시기를 바랍니다. 여하간 십 년 동안 우리 서로 기다려 봅시다."

영우는 방바닥에 있는 등기문서와 열쇠 꾸러미를 주머니 속에 넣고 일어났다. 노무라는 그제야 정신이 난 듯 재빨리 현관으로 나가 신발을 신었다. 신발을 신은 노무라는 이십여 년간이나 정들어 살던 집을 한 바퀴 둘러보고는 뚜벅뚜벅 신작로로 걸어 나갔다. 영우는 바지 주머니에 든 열쇠를 헤아리며 그의 뒤를 따라 나왔다. 노무라는 신작로를 걸으면서 똑바로 앞만 바라보았다. 의식적으로 신작로 양편으로 즐비한 그의 창고들을 보지 않으려는 것 같았다. 여섯 걸음의 간격을 두고 영우가 그의 뒤를 쫓고 있었다.

선창에는 발동선이 통통 소리를 내며 연기를 뿜어올리고 있었다. 노무라가 배에 타기만 하면 곧 출발할 기세였다. 삼십 마력의 중유 엔진을 장착한 별로 크지 않는 발동선이었다. 저렇게 작은 배로 거친 현해탄을 건너가겠다니…, 영우는 매우 위태로운 항해가 될 것 같은 느낌을 받았다. 연통으로 뿜어져 나오는 검은 연기를 응시하며 서 있던 영우는 자기 옆에 인기척을 느끼고 돌아보았다. 간사한 웃음을 흘리며 임삼득이 다가오고 있었다. 그는 근 이십 년씩이나 노무라의 집사 노릇을 하면서 원님 덕에 나팔 불 듯 마을을 호령하던 자다.

"지긋지긋한 일본 놈들이 삼십육계를 놓았으니 이제는 영우처럼 똑똑한 사람들의 세상이 왔지 뭔가? 내 비록 보잘 것 없지만 앞으로 자네가 하는 일이라면 무엇이든 돕겠네."

영우는 삼득이 제일 앞장서서 공출로 바치던 향로와 촛대 등의 제기가 떠올랐고, 그의 얼굴에 침이라도 뱉고 싶은 충동이 울컥 치밀어 올랐다.

"노무라 상이 뭐라고 하던가?"

"그건 왜 물으시죠?"

영우는 우뚝 서서 똑바로 삼득의 얼굴을 아니꼽다는 듯이 노려보았다. 삼득은 정색을 하고 신중한 표정으로 간신히 입을 열었다.

"노무라 상을 만났으면 무슨 말이 있었을 텐데."

"무슨 말이라뇨?"

"노무라의 재산 문제라든가….."

"노무라의 재산과 어떤 관계라도 있나요?"

"그야, 없지만서도…."

"없지만서도 어쨌다는 겁니까? 노무라는 자신의 모든 재산을 제게 넘기면서 위임장을 써 주었어요. 여기에 모두 들어있습니다."

영우는 열쇠가 들어 있는 주머니를 툭툭 쳤다. 철커덕철커덕 하는 소리에 삼득의 시선이 그곳으로 빨려들었다. 영우의 주머니 속에 모든 창고의 열쇠와 등기 서류가 들어 있는 것을 확인하자 그의 눈에 광채가 돌았다. 삼득이 노무라에게 갖은 아양을 떨어도 내주지 않던 보물들이었다. 나중에는 그것들을 달라고 협박을 했는데도 내어줄 기색이 없자 마을 청년들을 동원하여 테러를 시도하려 했다. 때마침 나타난 영우의 만류로 청년들은 흩어졌던 것이다.

그때 영우가 나타나지만 않았어도 꿀꺽 삼킬 수 있었다고 그는 생각했다. 그런데 그 서류들이 영우 놈 손아귀로 넘어가 있을 줄이야…, 생각만 해도 아깝고 원통한 일이었다. 그러나 상대가 영우인만큼 공갈이나 협박이 통할 리 없다는 것을 깨닫고 교활하면서도 비굴하게 아첨을 떨기 시작했다. 노무라와 영우는 삼득을 묵살하고 발동선이 기다리는 선창으로 향했다.

노무라가 뱃전에 오르자 십여 명의 일본 사람을 태운 발동선의 선원들이 줄을 잡아당겨 갑판에 닻을 끌어올린 뒤, 배를 천천히 후진하여 부두로부터 한 오 미터쯤 벗어났다.

"땡, 땡."

기관실에서 두 번의 종이 울리자 뱃고물에 하얀 물결을 일으키며 배가 뒷걸음치기 시작했다. 후진하던 배의 선수가 수평선 쪽을 향하자 선장실에서 전속력으로 전진하라는 신호를 기관실로 보냈다.

"땡 땡 땡 땡."

연거푸 다급한 종이 울리자 연통에서 시커먼 연기가 솟아오르며 배가 앞으로 움직이기 시작했다. 부글부글 솟아오르는 물결을 뒤로 한 채 발동선은 점점 더 빠른 속도로 육지를 벗어났다. 뱃고물을 정점으로 커다란 삼각형의 물결이 출렁거렸다. 영우는 스크류에서 뒤집혀 솟아나는 하얀 물결을 바라보며 손을 흔들었다. 노무라와 그들 일행에게 보내는 마지막 인사였다.

모여 있던 사람들이 모두 흩어지고 나자 선창에는 영우와 임삼득만 남아 있었다. 영우는 물결을 뒤집으며 해안으로부터 점점 멀어지는 노무라 일행을 태운 발동선을 만감 어린 시선으로 응시했다. 배가 수평선까지 멀어지자 소용돌이치던 포말들은 사라져 언제 그랬냐는 듯 바다는 제 모습으로 돌아와 있었다. 영우는 잔잔해진 바닷물을 보면서 괴멸한 일제와 그 상징이었던 천황을 떠올렸다. 스크류가 일으킨 물이랑과 마찬가지로 일본의 허황한 망상은 거품처럼 사라졌고, 비록 많은 상처를 입기는 했지만 한국은 다시 본연의 모습으로 제 자리를 찾게 되었다.

빈손으로 왔다가 맹랑하게 떠나버린 덴노헤이카라는 신화는 검은 연기만 남긴 채 동해 저 너머 멀리 사라졌다. 노무라와 그 일행을 실은 배가 멀어진 바다에는 무심한 갈매기 떼만 날고 있었다. 발동선이 멀어져 주먹 정도의 크기로 보일 무렵 영우는 고개를 돌렸다. 삼득은 만면에 비굴한 웃음을 담고 영우를 보고 있었다. 영우는 헛구역질이 나는 것을 애써 참으며 그의 시선을 무시한 채 뚜벅뚜벅 선창을 뒤로 했다. 무어라 말을 붙이려던 삼득은 닭 쫓던 개 신세가 되어 한동안 쭈뼛거리다가 마음을 고쳐먹고 간교한 걸음으로 영우의 뒤를 따라갔다.

일본의 사이비 박제신화가 빠져나간 이 진공상태에 신선한 공기를 불어 넣어야 한다고 영우는 마음속으로 다짐하면서 힘차게 신작로 위로 뛰어올랐다. 뜨거운 팔월의 태양은 머리 위에 이글이글 녹아내렸고 시원스러운 갈바람이 비릿한 바다 내음을 싣고 와 그의 콧속을 간지럽혔다. 끼익끼익 소프라노의 고음을 지르는 갈매기의 울음소리가 푸른 하늘 위로 퍼져 나갔다.

영우는 무심코 바지 주머니에 손을 찔렀다. 쇠붙이의 딱딱한 감촉이 손끝에 느껴지자 놀라며 숫자를 헤아려 보았다. 모두 아홉 개의 열쇠였다. 아홉 개의 창고가 자기 손아귀 안에 들어있다고 생각하니 야릇한 기쁨이 솟아올랐다. 그러면서도 이것들을 구체적으로 어떻게 처리할 것인가에 대해서는 창졸간에 벌어진 일이라 이렇다 할 엄두가 나질 않았다.

그는 신작로 좌우에 육중한 자물통을 단 채 우뚝 서 있는 창고들을 보면서 노무라가 거주했던 집 안으로 들어갔다. 그는 혹시라도 사람들이 무단 침입하여 기물을 파손하거나 약탈하는 일이 없도록 망치와 못을 찾아 현관문을 비롯한 모든 문이란 문은 단단하게 봉쇄했다.

그는 노무라의 집을 봉쇄한 후 다시 신작로로 나와 걷다가 이윽고 그의 집으로 통하는 골목길로 접어들었다. 발 없는 소문이 천리를 간다더니 수많은 사람이 골목 어귀에 다다른 그를 둘러싸고, 정말 노무라의 전 재산을 위임받았느냐고 물어댔다. 영우는 그렇다고 간단하게 대답하고는 담담한 표정을 지으며 그들을 헤치고 재빨리 집 안으로 들어갔다.

방으로 들어가 문을 닫고 걸상에 앉아서 서류 뭉치와 열쇠 꾸러미를 책상 위에 올려놓았다. 어디서부터 어떻게 처리해야 좋을지 얼른 윤곽이 잡히질 않았다. 마을사람들이 궁금해하는 저간의 사정을 모르는 바 아니었으나 우선은 스스로 전체적인 상황을 추스린 후 대응해도 급할 것 없다는 생각이 들어 오해를 무릅쓰고 자신만의 공간으로 찾아든 것이다. 노무라가 자신에게 넘긴 재산은 결코 그의 것이 아니고 엄연히 조선의 재산이라 재삼 환기한 그는 서류를 한 장 한 장 점검했다. 그가 상상했던 것 이상으로 노무라의 재산은 엄청나게 많았다. 조선인에 대한 일제의 가렴주구에 다시 한번 놀라지 않을 수 없었다.

정치망에 관한 서류들을 비롯하여 지예망 두 틀과 이에 따른 등기문서는 영우가 예측한 것이었지만, 무엇보다 그를 놀라게 한 것은 노무라의 소유로 되어있는 논이 무려 3만여 평에 이른다는 사실이었다. 빈 손 빈 몸으로 건너온 그들이 그동안 무슨 재주로 이렇게 엄청난 규모의 재산을 손에 넣었는지 이해할 수 없었다. 물론 정치망 한 틀에서 나오는 수입이 천석 군의 수입보다 많다고는 알려져 있었지만 그럼에도 노무라의 재산은 상상을 초월하는 규모였다.

영우는 노무라가 일제의 관권이라는 허울 좋은 이름을 앞세워 착취를 일삼아 재산을 늘렸으리라는 짐작을 하면서도 그들의 발달된 어업 기술도 재산 증식에 일조한 점을 인정하지 않을 수 없다고 느꼈다. 그러나 곧 자신의 생각이 틀렸음을 깨달았다. 노무라가 가진 어장은 모두 과거 조선인이 원시적인 방법으로 고기를 잡던 곳이었다. 노무라는 단지 그것들을 합법적으로 등기를 했다는 명목을 앞세워 조선인의 생활 터전을 앗아갔다고 강조한 아버지의 이야기가 떠올랐기 때문이다. 노무라는 일제의 관권을 무기로 조선인의 재산을 야금야금 긁어모아 하나의 커다란 장원을 구축함으로써 영주 노릇을 했지만, 몇몇 조선인으로부터는 솔직하고 양심적인 사람이라는 평판을 얻은 위인이기도 했다.

영우는 턱을 괴고 노무라의 재산을 어떻게 처리해야 좋을지 여러 가지로 궁리했다. 앞으로 생길 정부가 이런 귀속 재산을 어떻게 처리하게 될 것인지조차 알 수 없는 상황이었다. 그들이 남기고 간 재산을 두고 갖은 추태가 연출되고 있는 판이었고 심지어는 난투극이 벌어지기도 했다. 행인지 불행인지 노무라의 재산을 영우가 맡은 탓에 자질구레한 소란은 일어나지 않았다. 만일 영우 아닌 다른 사람이 맡았다면 어마어마한 사태가 벌어졌을 것이다.

이 엄청난 재산을 어떻게 처리한단 말인가. 이것을 기회주의자들처럼 나 혼자 꿀꺽 삼킬 수는 없지 않은가. 만일 내가 모두 차지한다면 그것은 시대를 역행하는 행위며 나아가서는 조선 인민에게 죄를 짓는 행위다. 그는 이를 어찌해야 좋을지 두 번 세 번 생각하느라 한참 동안 벽을 응시하고 있었다. 두툼한 책들이 꽂혀있는 서가에 시선이 멈추었다. 주로 경제학 관련 일본 서적들이었다. 왼쪽으로부터 한 권씩 훑고 있던 그의 시선이 한 곳에 고정되었다. 순간 그의 눈이 반짝하고 빛났다. 영우의 시선이 멈춘 곳은 일어판 《자본론》과 그 해설서였다. 그의 표정은 마치 오랜 고심 끝에 비장의 전략을 찾아낸 장수의 얼굴처럼 환하게 밝아졌다.

노무라가 살던 일본식 팔조 다다미방에는 이십 명 가까운 마을 사람들이 영우를 중심으로 무릎을 맞대고 빙 둘러앉았다. 그들의 시선은 모두 영우의 입술에 집중되어 있었다. 하나 같이 서로 싸움이라도 한판 치른 사람들 마냥 초조한 표정으로 입을 꽉 다물고 있었다. 그들이 영우를 바라보는 시선은 판결문을 낭독하기 직전 판사를 주시하는 피고의 그것처럼 불안과 기대가 뒤엉켜 있었다. 거기 앉아 있는 사람들은 과거에 너나없이 노무라의 토지를 경작하던 소작인들이었다. 삼득은 마치 영우 다음으로 자기가 가장 권한이 센 사람이라는 듯 그의 곁에 바짝 붙어 앉아 있었다.

영우는 그들을 한 바퀴 빙 둘러보고 안주머니에서 노무라가 주고 간 논문서를 꺼내어 방바닥 위에 놓았다. 앉아 있던 사람들의 시선이 일제히 그 논문서에 쏠렸다. 모두 호흡을 죽이고 한마디 말도 하지 않았다. 깊은 동굴 속 같은 고요가 방안에 감돌았다. 영우는 꿀꺽 침을 삼키고 조심스레 입을 열었다.

"이처럼 여러분들을 오시라고 한 것은 다름이 아니라, 이미 알고 계시다시피 노무라가 떠나기 전에 그가 자신의 모든 재산을 저에게 맡기고 갔기 때문입니다. 따라서 제게는 노무라의 전 재산을 처리할 권리가 있습니다."

영우는 이렇게 말하고는 논문서를 뒤적거렸다. 그들이 제각각 무어라 한마디씩 웅얼거린 탓에 방안은 웅성웅성 술렁이기 시작했다. 영우는 손을 들어 그들의 입을 막은 뒤 말을 계속했다.

"먼저 이 자리에서 밝혀둘 것은 노무라의 전 재산은 막말로 저 혼자 다 차지해도 아무도 이의를 제기할 수 없다는 사실입니다. 그가 자신의 재산에 관해 제게 위임한다는 내용의 위임장을 써주고 갔기 때문입니다. 일본의 재산을 물려받은 사람들 모두 자기 소유라 주장하고 있는 실정이 아닙니까? 그러나 전 그렇게 하지 않겠습니다. 제가 알기로는 여기에 계신 분들은 평생을 두고 자기 명의의 토지를 경작해 본 일이 없습니다. 여러분은 과거 제 아버지의 소작인이었다가 일제가 조선을 강점함에 따라 새 지주로 등장한 노무라의 소작인이 아니었습니까?"

"그야, 내 육십 평생에 내 땅이라고는 한 뼘도 가져 본 일이 없었네. 참으로 불쌍한 팔자지."

남루한 흰 바지저고리를 입은 노인이 한숨을 쉬며 탄식하는 말이었다. 그러나 그 말 가운데는 저항 의식이라고는 찾아볼 수 없었다. 그 노인뿐 아니라 둘러 앉아있는 사람들 모두 자기가 팔자를 잘못 타고난 소치로 체념하는 듯 했다. 영우는 머리를 끄덕이며 안타까운 기색으로 말을 이었다.

"제 아버지가 과거에는 지주였습니다만 이제 지주들은 응분의 심판을 받아야 한다고 생각합니다. 그들은 바로 여러분의 기생충이나 다름없었습니다. 손톱 밑에 흙 한 톨 끼어 본 일 없고 노동의 땀 한 방울 흘리지 않았습니다. 오로지 그늘 밑에 앉아 부채를 흔들며 지시만 하다가 때가 되면 이밥만 먹고 살아온 수탈자였습니다. 이제부터는 이 땅에서 지주라는 존재가 영원히 사라져야만 여러분 모두 사람답게 살 수 있습니다. 여태 노무라의 것으로 되어 있던 토지를 여러분에게 공평하게 나눠드리기 위해 이렇게 오시라고 한 것입니다."

"사람은 그저 공부를 해야 하는 법이야. 글자를 모르는 우리는 여태 버러지나 다름없어서 언감생심 어찌 사람대접받기를 기대나 했겠는가? 그러나 과연 자네는 제대로 배운 사람답구만 그래."

삼득이는 입에 침이 마르도록 간사를 떨었다. 사실 삼득의 말은 방안에 앉아 있는 모든 사람이 하고 싶었던 말을 대변하는 것이기도 했다. 그러나 영우는 그 말이 삼득의 입을 통해 나온 탓에 못내 불쾌했다. 계속해서 말을 이으려는 삼득을 영우는 손을 들어 멈추게 하고 좌중을 향해 자신의 의견을 계속 피력했다.

"앞으로 조선에서는 대다수의 사람을 희생시켜 부귀영화를 누리는 귀족들만을 위한 정치는 결코 없을 것입니다. 조선시대에는 왕을 비롯한 소수의 양반을 위하여, 일제 때는 조선에 온 일본인과 그들에게 아부하는 친일파 몇 사람을 위하여 저나 여러분은 억지로 종노릇을 했습니다. 지금은 상황이 바뀌어 백성 모두가 골고루 부귀영화를 누릴 수 있는 역사로 바뀌었습니다."

"그렇게 된다면야 오죽이나 좋겠는가마는 어디 세상이 그렇게 쉬 돌아가겠는가?"

"세월에 속으면서 살아가는 거지."

그들은 입을 모아 하나같이 비관적인 말들을 쏟아냈다. 오늘이 어제 같고 내일이 오늘 같은 거지 무슨 변화가 얼마나 있겠느냐는 생각들이었다. 미래에 대한 기대를 상실한 사람들이었다. 지금까지 그렇게 살아왔기 때문에 앞으로도 그렇게 살아갈 수밖에 없지 않겠냐는 오천 년의 타성을 영우는 목격하는 중이었다. 그들을 향해 이렇게 무기력한 마음을 가지고 살아서는 안 된다고 꾸짖을 수만은 없었다. 조상으로부터 장구한 시간을 두고 내림을 받은 패배 의식이었기 때문이다. 그것은 수많은 사탕발림으로 위장된 저질 신화들이 스쳐간 자리에 타다 남은 잿더미나 다름없었다.

땅속 깊이 지층을 이루며 쌓여 왔고 어쩌면 앞으로 끊임없이 쌓이고 쌓인 신화가 타고 남은 재였다. 그것은 오랜 과거부터 이 땅을 거쳐간 신화의 오물이라고 영우는 생각하고 있었다. 높고 푸른 하늘을 이고 있는 이 대지 위에 쌓이고 쌓인 이 재들을 모조리 휩쓸어 버려야 한다고 그는 되뇌었다. 공산주의만이 그 역할을 다할 수 있다고 믿었다.

영우는 또 하나의 신화를 이 가난한 농민들에게 심으려 하고 있었다. 자기가 심으려는 이 신화야말로 재를 남기지 않을 가장 알차고 참다운 신화라고 확신했다. 그는 공산주의가 만백성을 현대판 고대 노예제 사회로 퇴행시킬 수 있음을 모르고 있었다.

"오늘 저는 여러분에게 그 공산주의의 이론을 실천하려고 합니다. 여러분이 지금까지 경작하고 계신 노무라의 토지를 모두 나누어 드리려고 합니다. 이것이 바로 공산주의입니다. 여러분이 감사의 말을 하고 싶으시다면 제게 하지 마시고 공산주의에 하시기 바랍니다. 그럼 지금부터 여러분들께 각자 경작하고 계시는 논 문서를 나누어 드리겠습니다. 그러나 다섯 마지기 이상 경작하시는 분들께는 다섯 마지기에 해당하는 것만 드리겠습니다. 최대한 모두가 골고루 나누어 갖자는 의도이니 양해하시기 바랍니다."

"이 사람아, 자네 같은 사람이 이 세상에 또 어디 있겠나? 참으로 고맙고 고마운 일이어서 이 은혜는 평생을 두고 잊지 않을 것이고 자식에게도 유언으로 남기겠네. 남들은 일본사람 명의의 재산을 서로 빼앗고 더 많이 가지려고 아귀다툼을 하는 판인데. 정말 고맙구만, 고마워!"

"자네야말로 우리를 제대로 사람대접하고 살맛 나게 해주는 생명의 은인일세. 자네 말대로 공산주의인가 뭔가에 고맙다고 해야겠네. 그거야말로 우리를 살리는 하느님이지 뭔가."

그들은 공산주의란 말을 난생 처음 들어보았으나 그것이 구세주처럼 여겨졌다. 모두 기뻐서 싱글벙글 웃으며 흥분을 감추지 못하고 있는데, 딱 한 사람 삼득이만이 잔뜩 심술이 난 아이처럼 불만 가득한 얼굴로 입맛을 다셨다. 그는 노무라의 논을 열 마지기나 부치고 있었기 때문이다. 게다가 그는 어제까지만 해도 하루에도 몇 번씩 영우를 찾아와 노무라의 재산을 단둘이 갈라서 모두 차지하자고 졸라대던 차였다.

그로서는 자기의 요구가 사리에 어긋나지 않는다고 보았다. 그도 그럴 것이 삼득은 노무라 밑에서 모든 일을 처리하던 최측근으로서, 노무라의 지시에 따라 어장이면 어장, 토지면 토지 등 재산에 관한 거의 모든 일을 좌지우지하던 마름이었다. 그러나 영우는 단호하게 그의 요구를 거절했다. 게다가 논 다섯 마지기를 뺏기게 생겼으니 영우를 갈아 마시고 싶은 심정이었다. 하지만 영우의 의견에 따르지 않을 수 없었다.

"이제부터 여러분들은 자신의 논을 가지게 되었으니 열심히 일하며 보람찬 생활을 누리시기 바랍니다. 다시 말씀드리지만 여러분이 토지를 얻게 된 것은 제가 아니라 공산주의의 은혜라는 점을 꼭 기억하시기 바랍니다."

영우는 여기에서 말을 끊고 그들에게 논문서를 골라서 나누어 주었다. 논문서를 받아 쥔 그들은 도무지 꿈만 같아서 반신반의하는 표정들이었다. 손등이며 바닥이 터서 갈라지고 마디가 굵직굵직한 손에 쥐어진 등기서류가 덜덜 떨리는 듯 했다. 생전 처음 만져보는 재산에 관한 문서들이었기 때문이다. 그 검고 울퉁불퉁한 손들은 평생을 두고 자신의 땅이 아닌 남의 땅을 경작하며 살아왔다.

그들은 모두 하나같이 배운 것이 없었다. 비록 논문서를 보고 있었지만 그것이 진짜인지 가짜인지 구별할 수 있는 사람은 별로 없었다. 말하자면 어떤 종류의 것이든 거기에 글씨만 적혀 있으면 그들은 그것이 논문서이려니 하고 받아들일 사람들이었다.

"앞으로 정부가 수립되면 조만간 일본인 명의의 재산에 대해 어떤 조처가 있을 것입니다. 하지만 지금 여러분이 들고 계신 논문서는 분명히 여러분의 소유로 될 것입니다. 여러분은 여러분의 토지를 갖게 된 것입니다. 이제 모든 것이 끝났습니다. 그러나 아직 돌아 가지 마십시오. 곧 동민들이 모두 이곳으로 몰려올 겁니다."

"동민들이 이곳으로 몰려온다고?"

이마에 유달리 깊은 고랑이 진 사십 대 남자가 눈동자를 불안하다는 듯 굴리며 물었다. 논문서를 다시 빼앗아 가는 것이 아니냐는 의구심이 서린 안색이었다. 영우는 그의 내심을 짐작하고 빙그레 웃으며 대꾸했다.

"노무라 명의의 어장에 관한 처리 방안을 동민들과 협의하고자 합니다."

"그 어장들을 어떻게 하려고 마을 사람들을 모으기로 했나?"

삼득은 소스라쳐 놀라서 입을 다물지 못했다. 그에게는 과히 청천벽력과 같은 충격적인 말로 들렸다. 영우가 토지는 분배할지언정 설마 노다지가 쏟아지는 어장까지 같은 방식으로 처리할 줄은 상상도 못했기 때문이다. 그 어장들만은 최소한 자기를 비롯한 몇몇 연고자들과 협의할 줄로 믿고 있었던 터였다. 영우도 최소한의 욕심이 있는 사람일 테니 보물단지나 다름없는 어장들을 실성하지 않은 이상 토지처럼 분배하지 않을 것이라 믿고 있었다.

"여기에 앉아 계시는 여러분들도 어장주인의 자격을 얻게 될 것입니다. 공생회란 조직을 만들어, 거기에서 노무라의 어장들을 관리하게 하려고 합니다. 공생회원은 이 마을에 사는 사람들 모두가 될 겁니다. 어장에서 나오는 이익은 마을 사람 전체에게 골고루 분배할 작정입니다. 원칙적으로 한 호 당 한 주씩 갖게 될 것이고 공생회 일을 보는 사람은 그 능력에 따라 추가 보수를 받도록 할 것입니다. 이런 식으로 제 능력이 미치는 데까지 공산주의를 실천하고자 합니다. 그래서 이 마을 전체가 골고루 혜택을 받아 잘살고 못사는 사람의 차이를 최소한 줄여보고 싶습니다."

"자네는 그래 재물에 대한 욕심도 없는가?"

백발이 성성한 노인이 논문서를 보물처럼 소중히 간직하며 아무래도 납득이 안 간다는 기색으로 물었다.

"돈에 대한 욕심은 인간이 가지는 욕망 중에서 가장 천한 거라고 저는 믿습니다. 돈을 벌어야겠다, 돈이 이 세상에서 제일 귀중하다, 자고로 부하고 나서 귀가 따른다는 등등의 이런 말을 저는 정말 싫어합니다. 그렇게 인식된 돈은 사람이 살아가는 방법의 경지를 뛰어 넘어 목적으로 변하고 말았습니다. 이런 동물적인 탐욕을 저도 과거에는 가졌습니다만 공산주의를 알게 된 뒤부터 재물에 대한 집착은 버렸습니다."

"음…."

삼득은 신음 소리를 내며 벌떡 몸을 일으켰다. 하루아침에 부자가 될 기회를 분하게도 영우 때문에 놓치게 되었다고 앙심을 품은 채, 그는 분주하게 신발을 찾아 신고 밖으로 달려나갔다. 영우는 허둥거리는 그의 걸음걸이를 바라보며 득의의 미소를 지었다. 미소 짓는 영우의 얼굴에는 그가 맹신하는 또 하나의 환상적인 신화의 그림자가 짙게 드리워져 있었다.

해방의 기쁨은 날이 갈수록 퇴색되어 갔다. 우리 민족에게 하늘이 준 기회를 잡지 못하고 어물어물 넘기고 있는 서글픈 상황이 연출되고 있었다. 삼팔선은 시간이 흐를수록 굳어지고 사실상 두 개의 나라가 되고 말았다. 신탁이니 반탁이니 하고 떠들다가 지쳤는지 그것조차 흐지부지되고, 모든 일이 국민과 격리된 채 괴이한 방향으로 흘러가고 있었다. 남북이 협상을 한다는 소문이 퍼지자 사람들은 한 가닥 기대를 걸었지만 그 협상조차 실패했다는 소식을 전해 들은 뒤로는 자포자기 상태에 이르렀다. 소위 남북협상이 하나의 사기극에 불과했음을 깨닫는 데는 긴 시간이 필요하지 않았다.

한 나라를 두 동강으로 갈라놓고 공산주의니 민주주의니 하는 이데올로기의 나팔을 아무리 불어 보았댔자, 그것은 하늘에 방황하는 뜬구름처럼 허무하기 이를 데 없지 않은가. 영우는 돌아가는 시국 상황에는 완전하게 지쳐 있었지만 공산주의에 대한 믿음은 한결 강고해졌다. 미군정 기간의 혼란 속에도 공산주의는 남한 사회 구석구석을 파고들어 세력을 확장하고 있었다. 영우는 노무라가 살던 집 현관에 [○○ 인민위원회] 라는 간판을 걸어놓고 김오식, 장병수, 오창식 등과 어울려 거미줄 같은 조직망을 펼치고 있었다.

그 지방에서 영우라는 이름은 새로운 신화의 상징으로 사람들에게 각인되고 있었다. 실질적으로 동해를 낀 해변 수십 개 마을을 다스리는 지배자로 영우는 군림했다. 영우의 인망은 높았다. 대학을 졸업한 인텔리였다는 것보다도 노무라의 재산을 모든 사람에게 분배하여 현실적인 도움을 주었기 때문이었다. 그는 공생회 회장, 인민위원회 위원장, ○○군 남로당 조직책 등등의 어마어마한 감투를 머리에 쓴 새로운 신화의 대행자였다.

공산주의는 덴노헤이카가 쫓겨난 한반도에서 유행병 같은 기세로 백성들 속으로 침투했다. 진공상태에 기선을 잡아 뛰어든 새로운 신화, 그것은 과히 파죽지세로 사람들의 마음을 정복하고 있었다. 공산주의란 신화를 놓고 이것을 지지하느냐 반대하느냐 둘 중 하나를 선택해야 할 처지에 사람들은 놓여 있었다. 공산주의와 겨룰만한 어떤 이데올로기도 해방공간의 국민에게 제시되지 않은 상태였다. 특히 당시 지식인 계층과 청년들은 공산주의를 그들의 신념으로 받아들이는 것이 일반적인 풍조였다.

"날아가는 까마귀야! 시체 보고 우지 마라…"

이런 종류의 노래들과 〈적기가(赤旗歌)〉가 청년들의 입에 즐겨 오르내렸으며, "미국아 믿지 마라, 소련아 속지 마라, 중국아 중흥한다, 일본아 일어난다"는 등의 도참적인 말도 떠돌았다. 소위 혁명의 열기를 함축한 유언비어가 유포되었는데 급기야 살벌한 분위기를 풍기는 노래들은 청년들을 전투적인 기질로 변화시켰다. 영우는 과거 노무라가 앉았던 그 자리에 올라서서 새로운 신화를 주창하는 기수 노릇을 하였으며 시간이 흐를수록 그에 대한 권위가 높아져 인근에서 영우에게 도전할 사람은 아무도 없었다. 지난 과거가 일제의 힘을 빌린 노무라의 왕국이었다면 지금은 공산주의를 등에 업은 영우의 왕국이라 해도 과언이 아니었다.

"1948년 12월 1일"

이날은 영우를 비롯한 공산주의자 혹은 사회주의자들의 머리 위에 불덩이가 떨어진 날이었다. 국가의 안전을 위태롭게 하는 반국가활동을 규제함으로써 국가의 안전과 국민의 생존 및 자유를 확보하기 위한 국가보안법이 제정되고 시행된 것이다. 이는 대한민국 정부가 일본 제국의 치안유지법을 기반으로 자유 민주적 기본질서를 위태롭게 하는 반국가 단체 활동 규제의 전면에 나선 것을 의미했다. 또 공산당은 국가의 안전을 해치는 불법 정당이라 선언한 것이나 마찬가지였다.

영우는 노무라의 집 현관에 걸었던 간판을 눈물을 머금고 떼어내었다. 공산주의란 신화에 된서리가 내렸으니 도리가 없었다. 그러나 그들에게는 계속 활동할 수 있는 공간과 시간이 남아 있었다. 그것은 밤이었다. 모든 사람이 잠들었을 때 그들은 더욱 열심히 움직였다.

사람들은 삼팔선이 불원간 없어질 거라고 믿고 있었다. 그러나 만일 그것이 국경선으로 확정되어 굳어질 경우 자신들은 독 안에 든 쥐의 신세를 면치 못할 것임을 예상한 영우는 불안에 떨었다. 그러나 그는 낙심하지 않았다. 공산주의를 위해 자기의 생명을 바쳐도 아까울 것이 없다는 신념을 갖고 있었기 때문이다. 공산주의는 반드시 승리할 운명을 타고난 것이며 역사적인 필연이라고 그는 가슴속 깊이 확신하고 또 확신했다.

공산당이 불법화된 그날부터 경찰과 그와 연계된 각종 조직이 영우를 비롯한 소위 그의 동지들을 압박하기 시작했다. 나카무라가 위세를 떨쳤던 주재소는 지서가 되고 지서에는 지서장을 비롯한 아홉 명의 순경이 상주했다. 그들의 주된 일은 과거 남로당 당원들의 동태를 살피는 것이었다.

사태가 예상외로 어려운 국면으로 치닫자 탄탄하리라 믿었던 조직망에도 균열이 생겼다. 많은 사람이 영우에게 등을 돌리고 떠나기 시작했다. 그들 중 약빠른 사람은 경찰의 박해를 피해 대도시로 꽁무니를 빼는 경우도 있었다. 도회지로 가지 않고 남은 사람들은 머지않아 북한의 도움을 받아 남한에 공산당 정부가 수립될 것이라 확신하고 있었다.

경찰들의 박해가 점점 심해지자 그들 중 일부는 산속으로 들어가 빨치산이 되기도 했다. 더불어 이영우라는 이름의 견고하던 권위가 허물어지고 있었다. 차츰 영우를 원망하는 사람들의 수도 늘어갔다. 영우의 꼬임에 빠져 무작정 덤벼들었다고 후회하는 이들도 있었다.

공산주의로 뭉친 조직과 구성원 간의 연대가 허물어지는 것을 온몸으로 느낀 영우는 암담한 현실을 애써 외면했다. 오히려 그는 영광의 그날까지 그것을 수호하겠다는 의지를 줄기차게 불태우고 있었다. 공산주의를 위하여 모든 것을 바치자! 이것은 영우가 무너져 가는 자기의 마음을 채찍질하는 넋두리였다.

신변에 위협을 느낀 영우는 폭풍을 피하기 위해 서울에 거점을 만들 필요가 있음을 느끼고 시국에 관한 이야기를 밤늦도록 주고받다가 동지들과 헤어진 뒤, 그의 집 바로 옆에 있는 조촐한 초가집으로 들어가 가족들 몰래 하자(夏子)의 방으로 들어갔다. 하자의 부모도 영우가 딸의 방을 드나든다는 사실을 알면서도 묵인하고 있었다. 하자의 집안은 두 대를 걸쳐 종철가의 소작인으로 있었지만 종철가가 워낙 후하게 대해 주어 친척 이상으로 가깝게 지내는 사이였다. 하자는 영우의 기척을 이미 알았기 때문에 기다렸다는 듯이 다정하게 그를 맞았다.

영우는 모든 오뇌를 털어버리기 위해 오직 그녀의 감각적인 육체를 탐하는 데 열중했다. 하자 역시 영우에게 길들여져 있었기 때문에 능동적으로 영우에게 밀착하여 과감하게 애정의 불꽃을 태웠다. 한 차례 폭풍이 지난 후 영우는 무슨 말을 하려다 잠시 머뭇거렸다. 하자는 중요한 말을 하려는 영우의 기미를 알아채고 나직한 목소리로 비성을 섞어 말했다.

"오빠 나한테 할 이야기가 있는 것 같은데 뭐죠?"

"긴 이야기는 생략하고…, 내가 돈을 마련해 줄 테니 빨리 여길 떠나 서울로 가. 전에 간혹 말했던 자하문 밖 세검정 근처의 자두 밭을 사서 내가 상경할 때까지 조용하게 살고 있어. 몇 년 뒤 나도 서울로 올라가야 할 것 같아…."

하자 역시 서울로 가고 싶었던 차라 영우의 제안을 흔쾌히 수락했다. 소작인의 딸로 고향에 살기보다 넓은 서울에서 양심의 가책을 덜 받으며, 존경하는 영우의 연인으로 그런대로 멋있게 살게 된 점이 그녀에게는 무엇보다 기뻤다. 영우는 하자의 어깨를 감싸 안으며 말을 이었다.

"내가 준 이 돈이면 아마도 700평 정도의 자두 과수원은 살 수 있을 것이다. 얼마 전 서울 친구에게 부탁을 해 놓았으니, 그 친구를 만나면 모든 것이 순조롭게 처리될 거야, 그렇게 살다가 좋은 남자를 만나면 시집을 가도 무방해…, 매입한 땅의 명의는 하자 앞으로 등기를 하고. 알겠지?"

"저에겐 오빠밖에 없어요, 절대로 그런 일은 일어나지 않아요, 저는 평생 오빠 곁에 있을 겁니다. 왜냐하면 그것이 저에겐 최상의 행복이기 때문이에요."

영우는 미리 준비해온 돈다발을 그녀에게 준 뒤 조심스럽게 하자의 방을 나와 홀가분한 마음으로 귀가를 서둘렀다. 그는 일 년 전 친구와 함께 자하문 밖에 점찍어 놓은 과수원을 생각하고 들뜬 마음을 가누지 못한 채 뚜벅뚜벅 발걸음을 옮겨 집으로 들어갔다.

며칠 후 서북풍이 휘몰아쳐 동해의 파도가 높게 출렁이던 날, 하자는 영우가 준 돈을 가슴에 품고 이십여 년간 나고 자란 고향을 떠났다. 그녀는 붉은 댕기를 팔락이며 신작로를 따라 마을에서 멀어지고 있었다. 어스름 달밤에 영우와 손잡고 거닐던 길이기도 했고, 엄마와 친구들과 책보자기를 어깨에 메고 수없이 왕래한 추억이 많은 신작로였다.

하자는 영우가 준 돈과 그의 친구에게 전달할 편지, 주소가 적인 쪽지 등이 든 가방을 꼭 쥔 채, 희망과 두려움이 교차하는 마음을 가다듬으며 걸어갔다. 마을이 점점 멀어지자 그녀의 검은 눈동자에 눈물이 고이기 시작했다. 마음을 단단히 먹어야 한다고 혼자 입안말로 되뇌이며 야무지게 걸었다. 가방을 신주처럼 움켜쥐고 걸어가는 하자의 뒷모습이 산모롱이를 돌아 시야에서 사라지고, 무심한 흰 구름만 서녘 하늘에 떠 있었다.

포항을 거쳐 대구에서 기차로 서울에 도착한 하자는 영우가 준 주소를 들고 그의 친구를 찾아갔다. 서울로 갈 때 하자는 자신도 모르는 사이에 영우의 아이를 잉태하고 있었다. 그 친구는 이미 영우에게 전갈을 받고 자하문 밖 야산에 영우가 오래전에 봐두었던 과수원을 매입하고 그 과수원에 딸린 집을 약간 수리하여 하자를 그곳에 살게 했다. 그 역시 공산주의 세례를 받은 인물이었고 영우와는 형제처럼 지내는 사이였다.

"이 자식이 빨갱이 고수란 말이지?"

호출장을 받고 지서 안으로 들어간 영우를 보고 지서 주임이 이렇게 욕설을 퍼부었다. 며칠 전에 새로 부임한 주임이었다. 지서 주임이 한 번씩 바뀔 때마다 영우는 반드시 홍역을 치렀다. 생전 처음 보는 짐승을 마주한 듯한 눈으로 영우의 전신을 위아래로 훑어보던 주임의 고함소리가 다시 울려왔다.

"네가 이영우란 놈이냐?"

"그렇습니다."

"이 새끼 아주 뻔뻔스럽구만. 엊저녁에 동쪽 산 위에 불을 지른 놈이 바로 너였겠다? 여기는 신성한 대한민국의 지서야. 빨갱이를 소탕하는 성스러운 관청이란 말이다! 바른대로 말해야지 거짓말을 했다가는 뼈다귀가 가루가 될 줄 알아!"

"저는 그런 짓은 하지 않는 사람입니다. 요즘은 여기 계시는 순경들도 아시다시피 바깥출입이라고는 일체 하지 않고 있습니다. 그리고 공산주의 운동 역시 하지 않고 있습니다."

"말이 많은 걸 보니 네놈은 분명히 빨갱이임에 틀림없어. 요즘은 공산주의 운동을 하지 않는다…, 그러면 과거에는 했다는 말이지? 이 새끼가 왜 대답을 못해. 김순경! 이 새끼가 지금 인민위원회에 왔다고 착각하는 모양인데, 정신이 좀 나도록…."

주임의 말이 끝나기도 전에 김순경의 주먹이 영우의 아래턱을 강타했다. 영우는 자기도 모르는 사이에 두 손으로 얼굴을 감쌌다. 몸을 움츠리는 영우의 동작이 김순경의 마음을 더욱 자극한 모양으로, 그의 주먹은 연거푸 피스톤처럼 영우의 얼굴을 후려쳤다. 수십 번이나 영우의 얼굴을 구타한 김순경은 주먹이 아팠던지 잠시 주먹질을 멈추고 나직하게 말했다.

"사실대로 말해!"

"저는 불을 지르지 않았습니다."

영우는 낙숫물처럼 줄줄 흘러내리는 코피를 손바닥으로 닦으며 야무진 어조로 대답했다.

"이 새끼는 빨갱이 고수라 그 정도론 안 돼! 몽둥이로 넋이 나갈 만큼 조져!"

영우의 붉은 피를 본 주임은 제물에 악에 받쳐 버럭 소리를 질러 댔다. 밀림 속에서 울부짖는 야수처럼 지서가 떠나가도록 포효했다. 김순경은 몽둥이를 꼬나 쥐고 흉포한 미소를 지으며 영우를 노려보았다. 다른 순경들은 의자에 앉아 서커스의 곡예를 구경하듯 담배를 입에 물고 빙글빙글 잔인한 웃음을 흘리고 있었다. 김순경은 몽둥이를 높이 쳐들고 영우의 오른쪽 어깨를 향하여 힘껏 후려쳤다.

"윽!"

날카로운 외마디 비명을 지르며 영우는 시멘트 바닥에 풀썩 꼬꾸라졌다. 김순경은 몽둥이를 다시 쳐들고 이번에는 꼬꾸라져 있는 영우의 왼쪽 어깨를 더욱 힘차게 휘둘렀다. 영우의 머리가 터져 피가 흐르자 시멘트 바닥이 흥건하게 물들기 시작했다. 모로 쓰러져 있는 영우의 모양을 본 지서장은 그제야 눈짓으로 김순경의 몽둥이를 멈추게 했다. 보다 못한 순경 하나가 솜과 붕대를 가져와 출혈을 막았다. 영우는 전신을 파고 드는 고통을 참으며 상체를 일으켰다.

"이것은 그저 혀끝으로 맛을 본 것에 불과해. 나는 다른 지서주임과 달라. 빨갱이라면 씨도 안 남기고 모조리 죽여 버리는 대한민국 경찰의 경사라는 사실을 미리 알아 둬! 엊저녁에 산불을 지른 놈이 네가 아니라면 네가 네놈의 졸개들에게 시켜 한 짓이 분명해. 과거에 빨갱이 짓을 했노라고 네 주둥아리로 직접 말했어. 빨갱이가 한번 되기만 하면 그것은 아편과 같아서 뗄 수가 없어. 네놈은 아편 중독자야. 공산주의는 곧 아편이야 아편. 아편을 떼는 방법은 몽둥이찜질과 유치장밖에 없어."

주임은 지서 안을 왔다 갔다 하면서 영우에게 설교를 했다. 김순경은 속 시원히 한바탕 몽둥이를 휘두르고 나서는 가슴이 후련하다는 듯 유유히 담배 연기를 날리고 있었다. 영우는 피로 얼룩지고 일그러진 얼굴로 입술을 깨물고 있었다. 붕대를 다 감은 순경은 영우를 부축하여 의자에 앉혔다. 상고머리의 급사 아이는 시멘트 바닥에 얼룩진 피를 닦아내고 있었다.

영우가 의자에 앉자 김순경은 굉장한 인심이라도 쓰는 양 영우의 코앞으로 담뱃갑을 내밀었다. 영우는 고개를 흔들었다. 김순경은 다시 담뱃갑을 영우 코앞으로 더 가까이 들이밀었다. 영우 역시 입술을 앙다물며 머리를 돌렸다. 김순경의 눈꼬리가 삐딱하게 올라갔다. 베푼 호의를 무시당했다는 분노의 빛이 얼굴에 어렸다. 영우는 눈을 감았다. 전신을 엄습하는 고통을 참으려는 몸부림이었다.

"동경에서 대학까지 나온 놈이 취직도 하지 않고 시골에서 빨갱이 고수 노릇이나 하고 있으니…, 동경에서 배운 것이 빨갱이 짓뿐이겠냐 이 새끼야. 무식한 시골 사람들을 감언이설로 꼬드겨서 공산주의 심부름꾼으로 만들어 놓고 마치 영웅이라도 된 것처럼 허영심에 사로잡혀 마음대로 까불고…"

영우는 눈을 감은 채 끝내 묵비권을 행사하고 있었다. 그들과 말하고 싶은 의욕이 없었다. 그는 묘한 심정에 사로잡혀 있었다. 그것은 '그래 다시 그 잘난 몽둥이를 휘둘러라! 내 고스란히 맞아 줄 테니!' 하는 일종의 오기였다. 지서 주임이 바뀔 때마다 당하는 일이지만 이번에는 이전과는 비교도 할 수 없을 정도로 심하게 봉변을 당했다. 그만큼 새로 부임해 온 주임이 난폭하다는 증거였다.

"저 새끼를 당장 유치장에 처넣어!"

주임의 말이 떨어지자 영우에게 붕대를 감아 출혈을 막아주던 순경이 그를 부축하여 유치장 안으로 데리고 들어갔다. 영우는 시멘트 바닥에 주저앉았다. 엉덩이에 느껴지는 차가운 감촉, 사방을 분간할 수 없는 암흑, 그곳은 지구의 일부분이 아니고 어떤 유성의 동굴 속 같았다. 세평 남짓한 사방이 시멘트벽으로 둘러싸인 공간, 그곳은 맹수들이 울부짖는 밀림과 다르지 않았다. 영우는 엉덩이 걸음으로 몸을 놀려 벽을 찾았다. 등허리에 느껴지는 딱딱한 물체, 그것은 세상의 끝이었다. 영우는 상체를 벽에 기댄 채 전신이 갈기 갈기 찢겨 토막이 날 것만 같은 고통을 참느라 안간힘을 썼다.

영우는 깔려있는 가마니 위로 몸을 눕혔다. 시멘트 바닥보다는 그래도 한결 편안했다. 아직도 귓전을 맴돌고 있는 주임의 말을 곱

씹어 보았다. 과연 산불을 지른 사람은 자신이라고 느꼈다. 그는 산불이 병수와 창식의 소행임을 알고 있었다. 그렇다면 내가 지금 마땅히 받아야 할 벌을 받고 있는 것이 아닐까. 산불을 질러 잠자는 사람들을 불안에 떨게 하는 소행은 기릴 만한 것이 못 된다.

그러나 그것은 숭고한 목적을 위하여 마지못해 하는 필요악이 아닐까. 아니다. 그것은 뭐라 변명을 해도 통하지 않을 만행이 아니냐. 깨진 머리의 상처에서 오는 통증이 그의 생각을 단절시켰다. 갑자기 소름 끼치는 공포가 엄습했다. 얼마 전 아내가 한 말을 들었더라면 이런 봉변은 당하지 않았을 텐데 라는 생각이 퍼뜩 떠오르자 영우는 고개를 저었다. 못난 생각을 하고 있는 것 같아서였다.

은숙은 영우에게 모든 것을 버리고 고향을 떠나라고 몇 번이나 간청했다. 그러나 영우는 그럴 수는 없다고 한마디로 거절했다. 자기가 뿌린 씨는 자기가 거두어야 한다는 책임감에서였다. 이미 영우와 함께 일하던 몇몇 사람들은 경찰의 박해를 피하기 위해 재산을 정리한 후 가족들을 데리고 고향을 떠났다. 이들 중에는 오식이도 포함되어 있었다.

아무리 생각해 봐도 신상에 어떤 위험이 닥칠 것만 같았던 그였다. 영우는 오식이가 종적을 감추었다고 해서 그를 비난하지 않았다. 현실적으로 가장 처절한 신화로 추락해 버린 공산주의를 위험을 무릅쓰고 사람들에게 강요할 의사는 그에게도 없었다.

영우는 그날 밤 9시가 가까워서야 유치장에서 불려 나왔다. 주임의 일장 훈시를 듣고 나서야 절뚝거리며 귀가할 수 있었다. 주임의 표정은 누그러져 영우에게 존댓말을 쓰는 등 은근했다. 영우가 처음 지서 안으로 들어갔을 때와 나왔을 때 그의 안색을 비교하면 거의 하늘과 땅 차이였다.

그 사이에 무슨 일이 있었기에 그런 변화가 생긴 것인지 어떤 다리를 놓아야겠는데, 너무나 엉뚱했기 때문에 불과 몇 시간 만에 달라진 주임의 마음을 쉽사리 이해할 도리가 없었다. 영우는 절뚝거리는 데다 머리에는 흰 붕대까지 두르고 있었지만 애써 태연한 표정을 지으며 집 안으로 들어섰다. 하지만 그의 머리에 감긴 흰 붕대는 그가 아무리 태연한 척 해봐야 지서 안에서 어떤 무시무시한 일이 있었는지를 간접적으로 대변하고 있었다.

영우를 맞은 가족들은 넋이 빠져 달아난 산송장 모양으로 기가 막혀 멍하게 놀란 눈으로 그를 바라보고만 있을 뿐 한동안 아무도 말을 못했다. 지금까지 지서를 처갓집 다니듯 들락거리던 영우였지만 이런 꼴로 돌아오기는 처음이었다. 영우가 호출장을 받고 지서에 들어가면 종철은 엄청난 돈을 순경에게 골고루 뇌물로 바쳤다. 그래서 그 호출장은 보증수표라고 경찰들은 일컬었다. 그들에게 돈만이 아니라 쌀을 비롯하여 고추장, 된장 같은 부식도 간단없이 가져다 바쳤다. 그들에게 쌀이 떨어지고 용돈이 궁할 경우 영우에게 호출장 한 장만 발부하면 만사가 해결되었다.

"여보, 당신을 볼 면목이 없소."

영우는 이불을 덮어 주는 아내에게 이렇게 말했다.

"내가 이 지경에 이를 줄은 차마 상상도 못했어…, 나는 씻을 수 없는 죄인이 되고 말았어. 내가 사기를 친 것도 아니고, 그렇다고 도적질을 한 것도 아닌데…, 하지만 또 어떤 봉변을 당할지는 알 수 없지만 결코 내가 가진 사상에 후회하지는 않소."

머리의 상처를 간호하던 은숙은 그 정도가 너무 처참해서 입을 딱 벌리며 눈을 감았다. 도저히 눈을 뜨고 볼 수 없을 만큼 심했기 때문이다.

"여보, 이런 것쯤은 약과야. 앞으로 두고 봐. 이보다 더욱 처참한 일들이 닥쳐올 거야. 여기를 떠나면 이런 꼴을 당하지는 않겠지. 그러나 다른 사람은 여기를 떠나더라도 나는 떠날 수 없어. 내가 저지른 행동의 대가가 어떤 것이든 나는 그것을 외면할 수 없어."

"저로선 고향을 떠나자고 다시 말하고 싶지만 당신이 들어주지 않겠죠. 여하튼 용기를 잃으면 안 돼요."

"생각하면 나는 당신에게 불행만 가져다준 것 같아, 게다가 앞으로 더욱 당신을 괴롭힐 것 같으니, 면목이 없어…."

"이제부터는 모든 것을 버리고 새 출발 하세요. 네?"

"모든 것을 버리라니. 나더러 산송장이 되라는 말이오. 언젠가는 그날이 올 것이요. 좋은 세상이 올 때까지 나는 싸울 것이고 초조하게 기다릴 것이요. 하나 현재와 같은 산불을 지르는 따위의 야만적인 행동에는 반대야, 반대!"

"알겠어요, 제가 괜한 말을 한 것 같아요. 다시는 그런 말을 하지 않을게요. 자… 다시 눈을 감으세요."

마치 어머니가 보채는 아이를 달래듯이 은숙은 흥분하기 시작하는 영우에게 부드럽게 말했다. 영우는 그녀의 가슴에 푸욱 안기고 싶은 충동이 치솟았다. 따사로운 정이 흐르는 포근한 사람의 가슴에 안겨 영우는 통곡이라도 하고 싶었다.

"앞으로 그들이 무슨 짓을 저지를지 걱정이야. 빨치산들이 과격한 병수의 통제 아래 있으니 말이야. 만일 내가 이렇게 봉변을 당했다는 사실을 병수가 알면 그 성질에 경찰을 보복하겠다고 난리일 텐데 그도 걱정이야. 일을 더 벌이기 전에 나를 찾아와 준다면 그렇게 못하도록 당부라도 할 텐데…."

"정말 그이는 너무 과격해요. 일주일에 세 번꼴로 밤중에 찾아오니까요. 모르긴 몰라도 내일쯤 또 돈과 쌀을 가지러 산에서 내려올 거예요."

그녀는 돈과 쌀이라는 말에 특히 힘을 주었다. 그들은 처음에는 마을 사람들에게 돈과 쌀을 공급받았지만 지금은 마을 사람 그 누구도 자의로 대어주지 않았다. 그래서 그들은 공갈과 협박을 하여 강제로 돈이나 쌀 그밖에 필요한 것들을 갈취해갔다. 그들의 요구를 들어주지 않는 사람에게는 밤중에 몰래 협박장을 방안으로 넣기도 했다. 거기에는 참으로 무시무시한 문구가 나열되어 있었다. 형편이 조금 넉넉한 사람들은 이중으로 곤란을 당했다.

경찰들에게도 돈이나 쌀을 주어야 하고 빨치산들에게도 주어야 하니 살림이 거덜나기 일보직전이었다. 지서의 호출을 받으면 취조실에서 넋이 나가도록 두들겨 맞는 것이 다반사였다. 빨치산들에게 협박장을 받고도 돈이나 쌀 등을 헌납하지 않으면, 그들이 밤중에 내려와 뾰족한 죽창으로 당장 죽여 버리겠다고 협박했다. 어떻게 알았는지 경찰은 협박받은 사람들을 지서로 호출하여 빨갱이 짓을 했노라 덮어씌웠고, 빨치산들은 지서에서 곤욕을 치른 그들에게 찾아와서 반동분자라고 윽박질렀다.

"사람들 모두가 빨치산을 원수처럼 여기고 있지만 나는 그럴 수가 없어. 비록 그들의 소행이 마음에 차지는 않지만 우리 집에 쌀이 있고 돈이 있는 한 그들을 돕는 것이 나의 의무야. 그리고 그들의 가족들을 경찰로부터 보호해야 해. 내가 계속해서 공생회 회장직에 있는 한 돈은 궁하지 않아. 나는 부자가 되기보다는 높은 이상을 가지고 가난하게 살고 싶어."

"전 당신의 그런 점이 싫기도 하지만 좋기도 해요. 그러나 사람은 자기 몸을 돌볼 줄 알아야 해요. 자기 몸이 있고 나서야 이상도 있는 거예요. 당신은 그 점을 명심했으면 좋겠어요."

"자신이 믿는 그 이상을 위해서라면 사내는 자신의 몸 하나쯤 희생할 각오가 되어있어야 한다고 보오."

은숙은 붕대를 감다 말고 영우를 내려다보았다. 성큼하고 날카로운 그의 콧날이 유달리 그녀의 망막에 박혔다. 그녀는 튼튼하고 견고한 감옥의 담을 생각했다. 은숙은 영우의 날카로운 콧날 속에서 또 하나의 한우를 발견했다. 그들이 존숭하는 신화를 위하여 자신의 일신을 초개같이 여기는 남성들의 어리석음을 그녀는 개탄했다.

영우가 지서에서 봉변을 당한 사흘 후였다. 그날은 음력 그믐이었다. 게다가 구름에 먹물을 쏟아부은 듯 칠흑 같이 어두운 밤이었다. 열두 시가 조금 지났을까? 마을 뒤 가파른 산 중턱에서 한 방의 총소리가 적막 속에 잠겨 있던 밤공기를 사정없이 흔들어 놓았다.

단잠에 취해 있던 사람들은 놀라 잠에서 깨어 부들부들 떨면서 문고리를 안으로 잠그고 이불을 머리 위까지 뒤집어썼다. 아닌 밤중에 홍두깨라더니 총소리가 났다는 것은 아무래도 심상한 일이 아니었다. 또 무슨 기절초풍할 변괴가 일어날 것만 같은 공포가 마을을 감쌌다. 총소리가 난 후 마을은 다시 정적 속에 잠겼다. 폭풍 전야란 이런 경우를 두고 하는 말인 듯 적막한 고요가 마을을 짓눌렀다.

지서 안에 있던 순경들과 사택에서 잠자고 있던 순경들은 부랴부랴 가족들을 깨워 허둥지둥 뺑소니를 쳤다. 순식간에 지서 안은 텅 비어 적막한 기운이 감돌았다. 잠시 후 다시 총소리가 메아리를 남기며 울려옴과 동시에 연달아 십여 발의 총성이 사위를 뒤흔들었다. 팔십 도로 깎아질러 가파르기 그지없는 마을 뒷산이 금방이라도 무너져 내릴 것 같은 소리였다.

총소리가 그치자, 마을의 개란 개는 모조리 짖어대기 시작했다. 마을 사람들은 빨치산이 내려왔다고 즉각적으로 깨달았다. 그러나 그들은 이불 속으로 오들오들· 떨며 파고들 뿐 창밖을 내다보지도 못했다. 산불을 지르는 것은 자주 보아 왔지만 이렇게 야밤에 총소리가 울리기는 처음이었다.

개 짖은 소리에 섞여 비단 폭을 찢는 것 같은 비명소리가 간간이 들려왔다. 골목길을 우당탕거리며 달리는 발걸음 소리가 칠흑의 밤을 뚫고 지나갔다. 마을은 졸지에 대한민국의 공권력이 증발하고 빨치산들의 독무대로 바뀌어 버렸다. 단 한 명의 관중도 없는 캄캄한 무대에서 그들 빨치산은 제 세상을 만난 듯 야수처럼 동분서주하고 있었다.

갑자기 마을 안이 환해졌다. 사람들은 또 빨치산이 산불을 질렀겠거니 생각했으나 사실은 지서가 불타고 있었다. 숱한 사람들이 끌려가 봉변을 당했던 유치장에도 불길이 일었다. 활활 타고 있는 지서를 남겨두고 얼마 후 빨치산들은 으스대며 마을을 떠나 산속으로 돌아갔다. 그들이 전부 가버린 후에도 지서는 저 혼자 어둠을 밝히며 타올랐다. 지서가 불타는데도 불구하고 아무도 나와서 불을 끄는 사람이 없었다. 새벽녘이 되어서야 지서는 완전히 불타없어지고 쌓인 잿더미 위로 연기만 피어올랐다. 하룻밤 사이에 지서는 주춧돌만 남기고 잿더미로 변했다.

먼동이 터오고 나서 얼마 후 지서장이 제일 먼저 잿더미로 변해버린 지서를 찾아왔다. 그는 푸석한 머리를 바람에 휘날리며 팔짱을 끼고 지서 주위를 초조하게 어슬렁대다가 유치장이 있던 곳에서 걸음을 멈추었다. 그의 옷은 흠뻑 젖어 마치 물에 빠진 생쥐 모양을 하고 있었다. 총소리가 들리자 주임은 엉겁결에 바닷물 속으로 뛰어들어 헤엄을 쳐서 바위섬에 올라가 밤이 새기를 기다렸다.

주임은 눈의 흰 창을 희번덕거리며 주춤주춤 뒤로 몇 발자국 물러서서 그곳을 노려보고 있었다. 나뒹구는 시체 주변은 피가 흘러나와 흙을 붉게 물들여 놓았다. 경찰관의 시체였다. 김순경과 최순경의 시신임을 확인한 주임은 그 자리에 풀썩 주저앉았다. 흙투성이, 피투성이가 된 그들이 입고 있는 검은 경찰복 가슴팍에 달린 비둘기 모양의 배지가 유달리 그의 신경을 자극했다.

민간인으로서 맨 처음 불타버린 지서에 찾아온 이는 삼득이었다. 삼득은 실신한 사람처럼 멍하게 서 있는 주임 곁으로 다가가 천하에 이런 고약한 짓이 어디에 있느냐고 분개했다. 그는 재빨리 가마니 두 장을 가져와서 두 구의 시체를 덮었다.

그로부터 한 시간이 지나자 완전무장을 한 군인들을 가득 실은 트럭 한 대가 질풍처럼 마을 안으로 들어왔다. 그들은 잿더미로 변한 지서와 두 사람의 경찰관 시체를 보고 나서 치를 떨면서 총을 꼬나 잡고 빨치산을 찾으러 산 위로 올라갔다. 마을 사람들은 아무도 얼굴을 내밀지 않고 집 안에 틀어박혀 앞으로 닥쳐올 일들 상상하며 겁을 집어먹고 떨고 있었다.

적지 않은 사람들이 지서로 불려가 문초를 받고 몽둥이찜질을 당하리라는 것을 예측했기 때문이다. 지서가 불타고 경찰관 두 명이 학살당했는데 마을 사람들이 무사할 리 만무했다. 이보다 덜한 사건 때도 마을 사람들 몇몇이 피해를 보았는데 이처럼 참혹한 사건이 터졌으니 그들이 감내해야 할 수난은 상상을 초월할 만큼 혹독할 것이 분명했다.

사태가 얼마간 진정된 뒤 동사무소에 마련된 임시 지서에 최초로 잡혀 온 사람은 종철이었다. 종철은 지서가 불탔다는 말을 듣고 진

작에 호출장이 날아들 것이라 예측한 터라 옷을 갈아입고 기다리고 있었다. 종철은 지서가 불탄 후, 영우에게 집에서 나가 피신하라고 지시했다. 자기가 없으면 아버지가 대신 지서로 불려가 매를 맞을 것을 안 영우는 떠나지 않으려 했으나 아버지의 호통에 마지못해 야음을 타 모처로 몸을 숨겼다.

"이 빌어먹을 영감쟁이 빨갱이 새끼는 어디에다 숨겨두고 혼자 오는 거야, 응? 이놈의 영감탱이를 그냥…."

주임은 종철이가 나타나자 철천지원수를 대하듯 험악한 인상으로 핏대를 올리며 대번에 뺨을 한 대 올려붙였다. 철썩하는 소리와 함께 종철은 눈앞에 불꽃이 튕기는 것 같아서 한걸음 뒤로 주춤 물러섰다. 그들은 영우가 주축이 되어 지서를 불태우고 경찰관들을 살해한 것이라 믿었다. 영우가 욕을 당한 것이 불과 사흘 전이고, 영우를 몽둥이로 잔인하게 구타한 바로 그 김순경이 무참하게 살해되었기 때문이다.

"이 망할 놈의 영감쟁이! 왜 대답이 없느냐 말이다. 빨갱이 새끼는 어디다 감춰두고 왔어, 응? 영우란 놈이 잡히기만 하면 김순경이 당한 것처럼 대갈통을 부셔 버릴 테다!"

"영우는 엊그저께 처가에 간다고 하고…."

종철은 가슴이 후들후들 떨려 말을 여미지 못했다. 주임은 발을 동동 구르고 목덜미에 핏대를 곤두세우며 바락바락 악을 썼다.

"엊그제 처가에 갔다고? 내 그럴 줄 알았어. 처가에 간다고 하고 산속으로 들어가서 빨갱이 놈들을 데리고 내려와서 이 지경으로 만든 거 아니야?"

"아닙니다. 주임님. 우리 영우는 그렇게 악독한 짓을 할 위인이 못됩니다….".

"이 똥개 같은 영감쟁이가 어디라고 주둥아리를 함부로 놀려? 아들의 행방을 말할 때까지 이놈을 개 패듯 두들겨!"

주임의 말이 끝나자 네 사람의 경찰관이 종철을 넘어뜨리고 정말 죽일듯이 짓이기기 시작했다. 발길로 면상을 차기도 하고 가슴팍을 짓밟고, 동료들의 죽음을 분풀이하듯 사납고 사정없는 발길질로 종철의 전신을 유린했다. 그들은 씩씩 거칠게 호흡을 하며 서로 경쟁이라도 하듯 두들겨 팼다. 그들의 발길이 올 때마다 그는 비명을 질렀다. 순식간에 종철은 피투성이가 되었다. 그의 일생을 두고 처음 당해 보는 일이기도 하거니와 육십 노인이 아들뻘 되는 젊은 경찰관들에게 몰매를 맞았으니 실신하는 것도 당연했다. 집에서 나올 때 새로 갈아입고 온 흰옷이 창졸간에 피와 흙으로 뒤범벅이 되었다.

"이제 그만, 물 가져와!"

주임은 분을 절반이나마 풀었다는 듯이 다소 침착한 어조로 말했다. 급사가 날라 온 물통을 받아 쥔 주임은 얼굴을 하늘로 향하여 기절해 있는 종철에게 한꺼번에 쏟아부었다. 찬물 세례를 받은 종철은 꿈틀거리며 고개를 좌우로 흔들었다. 다섯 군데의 혹이 돋아난 일그러진 얼굴로 그는 주임을 보다가 다시 눈을 감았다.

"구석방에다 집어넣어!"

주임은 텅 빈 물통을 던지며 퉁명스럽게 말했다. 경찰관 두 사람이 종철에게 다가와 하나는 머리를 하나는 다리를 쥐고, 마치 짐짝을 다루듯 들어서 동사 방바닥에 던졌다. 흠뻑 젖은 옷이 보기 흉하게 몸에 달라붙어 있었다. 방바닥에 팽개쳐진 종철은 몸을 오그리며 고통에 겨운 신음을 했다.

"일어나. 여기는 네놈의 안방이 아니야. 바른대로 말하면 보내주겠지만 그렇지 않으면 여기서 뒈질 줄 알아!"

방으로 따라 들어 온 주임이 눈꼬리를 추켜올리며 악을 썼다. 종철은 상반신을 일으켜 세우고 머리를 푸욱 수그렸다. 나팔처럼 부풀어 오른 입술과 이마에 난 혹으로 망가진 얼굴을 주임에게 보이고 싶지 않았기 때문이다.

"영우가 있는 곳을 말해. 말하지 않으면 이거야!"

주임은 몽둥이를 종철이의 눈앞에 불쑥 내밀었다. 그는 반사적으로 얼굴을 뒤로 물리며 이쪽으로 밀고 들어온 몽둥이를 보았다. 전신이 돌처럼 굳어지는 것 같았다. 워낙 일그러진 얼굴이라 표정을 읽기 어려울 정도였다.

"빨리 입 열지 못해? 몽둥이찜질을 더 해야 순순히 말하겠어?"

주임은 어금니를 깨물며 종철의 무성한 턱수염을 오른손으로 잡고 흔들었다. 울퉁불퉁하게 부어오른 종철의 얼굴이 수염을 따라 앞뒤로 흔들거렸다. 그는 눈을 감고 결코 뜨지 않았다. 수염이 턱에서 송두리째 뽑혀 나갈 것 같았지만 이를 악물고 참았다. 화가 머리끝까지 치밀어 오른 주임은 무려 여덟 번이나 수염을 잡고 흔들었다.

"빨갱이 자식을 가진 영감쟁이가 받는 벌로서는 아직 약과야, 약과…. 경찰서를 잿더미로 만들고, 경찰관들을 죽인 빨갱이의 소행을 네놈도 양심이 있다면 옳다고는 못할 거야! 그놈들은 화적떼들이고 네놈의 아들이 바로 화적떼 두목이야. 두목이란 말이야."

"우리 아들은….'

"이놈의 영감쟁이가!"

주임은 입을 열어 영우를 변호하려는 종철이의 턱수염을 힘껏 잡아당겨 입을 막았다.

"네놈의 눈으로 거적에 덮인 경찰관들의 시체를 봤고, 어제만 해도 멀쩡히 서 있던 지서가 잿더미로 변했는데, 그래도 영우 자식이 한 짓이 아니라고 우길 테야? 이 양심도 없는 고약한 늙은이 같으니라고."

주임은 종철의 턱수염을 놓고 몽둥이를 집어 들었다. 그때 경찰관 하나가 주임을 찾아와 귓속말을 했다. 주임의 얼굴빛이 순식간에 밝아졌다.

"내가 다시 올 동안 생각해 보고 있는 곳을 말해야지 그때까지 숨기면 골통을 부숴 버릴 테다!"

주임은 이렇게 엄포를 놓고 벌떡 일어나서 바깥으로 나갔다. 종철은 얼얼한 아래턱을 만지며 땅이 꺼질 것 같은 한숨을 내쉬었다. 그러나 아들을 피신시킨 것은 잘한 일이라 생각했다. 얼마 후 자기는 지서를 나가게 될 것이라고 믿었다. 왜냐하면 집을 나오기 전에 막내아들 정우에게 많은 돈을 쥐어 주며 주임에게 은밀하게 전달하라고 일러두었기 때문이다. 그만한 돈이면 자기가 무사하고도 남을 것이라 믿었다.

몇 대의 걸쳐 이 고장의 위엄과 권위의 상징이었던 종철가의 패퇴는 일본 유학에서 공산주의를 배워온 영우로 말미암아 끝 모를 나락으로 치닫고 있었다. 그 와중에 은숙과 미혜 역시 심하게 위축되어 전전긍긍하고 있었다. 멋모르는 아이들조차 기가 죽어 마을 출입을 삼갔다. 이 같은 위기와 공포에서 벗어날 수 있다면 어떤 일이라도 마다하지 않을 상황이었다.

숨 막힐 듯한 집안 분위기기를 견디다 못한 미혜는 가벼운 옷차림으로 초여름 따사로운 햇볕을 받으며 골목을 빠져나와 우물가로 향했다. 훈훈한 바람이 불어와 그녀의 치마폭을 날려 아름다운 육체의 선이 선정적으로 드러났다. 시국도 어수선하고 마을에 기쁜 일도 없어 모두 외출을 자제하는 편이어서 평소 왕래가 많던 우물로 가는 길에도 인적이라고는 없었다. 뇌성산 바로 아래 있는 이 우물은 심한 한발에도 마르지 않고 겨울에는 따뜻하고 여름에는 어름처럼 차가운 물이 샘솟는 것으로 유명했다.

아낙네와 처녀들이 물을 길러 수시로 드나들었기 때문에 나뭇짐을 진 남정네들이 일부러 돌아가는 못이기도 했다. 미혜 또한 자연스럽게 돌담을 양쪽으로 끼고 우물로 통하는 골목길을 걷고 있었다. 삼십 대 초반의 풍만한 미혜의 자태는 살벌하고 침잠된 마을 분위기와는 너무나 대조적이었다.

그때 골목 언저리에 종철가 대신 마을의 세도가로 등장한 임삼 득이 나타나 치마가 바람에 휘날려 드러난 미혜의 육감적인 몸매를 훔쳐보다가 그녀에게 바짝 다가와 하복부의 선을 주시하며 다정하게 말을 걸었다. 그의 음란한 시선이 자신의 하체 부분에 맴돌고 있음을 알았지만 이상하게도 별로 싫지가 않고 오히려 짜릿한 쾌감이 스쳐 갔다. 수년 동안 독수공방을 한 과부의 처지이니 어쩌면 당연한 감정일 수도 있었다. 평소 삼득이 자기에게 흑심을 품고 있다는 것도 그녀는 이미 알고 있었던 터였다.

"어디 외출하시는 모양이죠? 요즘 걱정이 많으실 겁니다. 제가 도움이 될 수도 있습니다만…."

"하도 답답해서 바람이나 쐴까 하고…."

평소 그녀가 자기에게 호감이 있음을 알고 있는 삼득은 대담하게 그녀의 손을 잡고 골목길 가장자리 대마밭 속으로 재빠르게 끌고 들어갔다. 미혜는 엉겁결에 어른 키만큼 자란 빽빽한 대마밭 속으로 저항하지 않고 끌려갔다. 위기에 처한 그녀의 집안에 혹시라도 도움이 될 수도 있다고 자위하며 삼득에게 몸을 맡겼다. 밀생하여 주위의 시선이 완전히 차단된 대마밭 속에서 삼득은 미혜의 터질 듯한 유방을 마음껏 애무했다. 그녀는 가슴을 맡긴 채 가쁜 숨을 몰아쉬며 자신도 모르는 사이에 그의 목을 감싸 안았다.

삼득은 그녀의 풍염한 하체를 바라보며 회심의 미소를 지었다. 그가 항상 열등감을 가졌던 종철가의 둘째 며느리를 소유하게 되었다는 사실이 그로 하여금 환희에 들뜨게 했다. 오랫동안 종철가와 적대 관계에 있는 삼득의 몸을 받아들인 미혜는 삼득이보다 더 열광하고 있었다. 종철가 가문의 뼈아픈 굴욕과 봉욕이 진행되고 있었지만 정작 당사자인 미혜는 열락에 찬 교성을 내지르며 환락의 심연으로 빠져들고 있었다. 무성한 수목이 우거진 뇌성산 숲속 곳곳에서 무심한 뻐꾹새만 울고 있었다.

6

좌익과 우익의 분란

1950년 6월 25일. 북한의 인민군이 공산주의 신화를 강요하고 이른바 적화통일을 이루기 위해 남한 동포들 가슴에 총부리를 들이대며 침략을 자행한 날이었다. 북한은 인민군이라 했지만 대한민국의 시각으로는 인민을 억압하는 야만적 침략군에 불과한 반인민군이 삼팔선을 순식간에 무너뜨리고 파죽지세로 진격해 온 것이다.

　다발총을 쥔 인민군들이 소련제 탱크를 앞세우고 삼팔선 이남을 넘어왔다. 며칠만에 부모형제의 시체가 산을 이뤘다. 그들이 강점한 조국 산하에는 이미 공산주의 신화가 독버섯처럼 번져 있었다. 공산주의 신화는 악덕 위정자가 국민을 노예로 만들기 위해 교묘하게 변형한 술책임을 가슴으로 느낀 백성들은 북한군의 탱크와 소위 해방군임을 자처한 그 반인민군을 피해 남부여대 하고 남으로 남으로 물밀 듯이 내려오고 있었다.

조국 해방이라는 허울 좋은 구호를 외치며 수도 서울을 유린한 뒤 동족 학살을 무소부지로 자행하면서 일사천리로 내달아 낙동강을 사이에 두고 국군 및 참전 유엔군과 대치했다. 북한군은 태평세대가 온 것으로 착각하고 무사안일에 빠져 평온한 삶을 누리고 있던 한반도 남쪽을 잔혹하게 침탈했다.

사태가 하루가 다르게 급변했다. 그러자 소위 인민군과의 내응을 차단하기 위해 한때 잠잠하던 과거 남로당원들에 대한 검거가 강도 높게 진행되었다. 영우의 신변을 우려한 종철은 사랑방으로 두 아들을 불러 모았다. 하늘에는 비행기가 우레와 같은 폭음을 울리며 연신 날아다녔다. 종철은 피우던 담배를 화롯전에 털며 영우에게 말했다.

"지금 세상은 난세다. 이런 난세에는 그저 일신을 보중하는 것이 상책이다. 그러니 너도 이렇게 집에 있을 게 아니라…, 몸을 피하는 것이 어떠냐?"

영우는 죄지은 사람처럼 고개를 숙였다. 영우에게도 인민군은 구세주가 될 수 없었다. 공산주의를 위하여 무고한 동족을 살육하는 그들의 처사에는 동조할 수 없었던 것이다. 물론 조국이 공산주의의 깃발 아래 통일되는 것은 그도 고대하는 바였으나, 동족상잔을 감수해야만 가능한 것이라면 포기하는 것이 옳다고 생각했다.

공산주의도 민족이 있고 난 후에 비로소 가치가 있는 것이다. 백성들이 말을 듣지 않으면 알아들을 때까지 설득할 일이지, 총부리를 앞세우고 강요해서는 안 된다고 영우는 믿었다. 수백만의 동족을 공산주의를 위하여 처단한다…. 그것은 생각만 해도 몸서리를 치게 했다. 그러나 이왕 내친김에 하루라도 빨리 통일이 되었으면 하는 바람도 약간은 있었다.

"형님은 어서 집을 떠나야 해요. 형님이 그처럼 선망하던 인민공화국은 기껏해야 동포의 피를 흘리게 했을 뿐이에요. 이것이 바로 그 실체입니다. 이제야 마각이 드러난 거지요. 여하튼 형님은 살아야 해요. 그러자면 한시라도 빨리 집을 떠나야 합니다."

"……"

"형님은 소위 인민공화국이 천인공노할 반민족적인 만행을 서슴없이 벌이고 있는데도 공산주의만이 이 나라를 구제할 수 있다고 믿으시나요? 가령 그들이 총칼로 대한민국 사람들을 학살한 자리에 인민 공화국을 세운다 해도 저는 저항할 겁니다. 아무리 번지르르한 선전을 한다 해도 그자들이 공산주의라는 이념 사수를 위해 동족을 학살한 죄는 역사에 길이 남을 것입니다."

"공산주의는 네가 생각하는 그런 것이 아니야!"

순간 발끈한 영우가 정우를 쏘아보며 퉁명스럽게 말했다. 정우는 공산주의에 중독된 형을 딱하다는 듯이 노려보며 말을 이었다.

"형님이 뭐라고 해도 또 어떤 말로 변명을 해도 공산주의는 결국 이 나라에서 동족을 학살하는 일밖에 한 것이 없어요. 형님은 제가 중학교에 다닐 때, 우익 단체에 가입하여 좌익 학생과 싸운다고 저를 꾸짖었죠? 모든 국민을 평등하게 한다는 구실로 실지로는 모든 국민을 가난하게 만들 뿐이고 공산당 당원만이 제 세상을 만난 듯 쏘다닐 뿐입니다. 프롤레타리아 독재란 간판을 걸고 실지로는 공산당 독재를 자행하여 이른바 인민들을 현대판 노예로 만들어 놓고 당원은 이십 세기의 새로운 귀족으로 행세하고…."

"그렇다면, 이곳의 자본가는 이십 세기의 새로운 귀족이 아니란 말이냐? 네 말대로 한다면 말이다."

"물론 둘 다 이십 세기의 새로운 귀족이지요. 그러나 그 두 귀족을 비교한다면… 자본가와 당원 말입니다. 저는 단연 자본가를 택하겠습니다. 적어도 자본가에게는 휴머니티가 있지만 공산당 당원에게는 강철처럼 싸늘한 조직만 있을 뿐이죠. 그들은 오천 년 우리 민족의 전통을 여지없이 부숴 버렸지만 자본가는 그런 파괴를 저지르지 않았습니다. 사람이 정치적으로 누구에게든 지배를 받게끔 만들어진 존재라면 저는 싸늘한 그들의 조직망 속 세포가 되기는 싫어요. 공산주의는 인간의 개성을 말살하고 소위 인민들을 아메바와 같은 천편일률적인 단세포로 만들어 버렸습니다. 그런 의미에서 저는 공산국가란 고대에 소멸되었다가 다시 살아난 신흥 노예국가와 다르지 않다고 봅니다."

"너는 공산주의가 무엇인지도 모르면서도 마구 주워들은 소리로 비판만 하는구나. 《자본론》을 읽어 본 적은 있니?"

"읽어 보지 못했어요. 그러나 그것은 구태여 읽어 보지 않아도 뻔합니다. 이론이야 오죽 좋겠어요. 그러나 그것은 이론일 뿐이지 실천과는 아무런 관계도 없어요. 공산주의를 아는 방법은 지금 공산국가가 자행하고 있는 실상을 보면 알 수 있잖아요?"

영우는 입을 다물었다. 자기가 아무리 열을 올려 말해 보았자 효력이 없을 것 같았기 때문이다. 인민군의 남침을 근거로 들이대는 판이니 할 말이 없었다. 그러나 영우는 동생에게 지고만 있을 수 없다고 생각하고 평소에 곰곰이 생각하고 있던 문제를 끄집어냈다.

"너는 이번 전쟁을 그처럼 간단하게 규정하지만 좀 더 두고 봐야 그 실상과 진면목을 알 수 있을 거야."

"그러면, 형님은 우리 국군이 북침을 했다는 말인가요?"

"아니, 그렇게 단정하지는 않아. 앞으로 수십 년이 지나서 사가들이 정확하게 진상을 규명할 것이지만 나의 추측으로는 모종의 음모가 있는 것 같아. 음모라도 아주 어마어마한 국제적인 음모 말이야."

"국제적인 음모란 말이죠?"

정우가 싸늘하게 웃었다. 영우를 비웃는 것이다. 무슨 사건이든지 공산주의에 유리한 해석만 하려는 형님이 가엾다는 표정이었다.

"물론, 형님은 그렇게라도 생각해야만 속이 편하겠죠. 국제적인 음모란 무엇을 말하는 것인지는 몰라도 그것은 공산주의자들의 딱한 변명에 불과한 거예요."

"그것은 우리 모두 죽고 난 뒤 적어도 반세기 이후에나 결판날 문제야."

"애들아! 지금 그런 소리를 할 때가 아니다. 앞으로 우리 집안에 닥쳐올 일을 생각해야지."

두 아들의 언쟁을 듣고 있던 종철이 화제를 바꾸었다. 서로 다른 생각들을 하고 있는 아들들이 종철에게는 커다란 비극으로밖에 보이지 않았다. 세 아들 모두가 의견의 합치가 없고 서로를 원수 대하듯 헐뜯는 모습은 그에게 가장 괴로운 일이었다. 어쩌면 그렇게 서로가 전혀 상이한 사상들을 가졌는지 개탄스러울 따름이었다.

어느 아들의 사상이 옳은지 그로서도 판단을 내리기 힘들었다. 영우의 이념에도 일리가 있는 것 같고, 한우와 정우의 신념도 일리가 있는 것 같았다. 단지 일리가 있다고 생각할 뿐이지 누구의 사상도 종철의 마음에 꼭 차는 것은 없었다.

그는 아들들의 그런 마음가짐을 억압하고 반대할 의사는 없었고 되어 가는 대로 둘 수밖에 없다고 생각했다. 방관하고 있으면서도 그는 노상 불안에 싸여있었다. 마치 세 아들이 열 길이 넘는 연못에 끼인 살얼음판을 걷고 있는 것 같아서 항상 조마조마했다. 이미 한우는 그 살얼음판을 무모하게 걷다가 비극을 당하지 않았던가.

"아버지 말씀대로 형님은 오늘 밤이라도 어서 집을 떠나세요."

"어디가 좋을까?"

"제 생각으론 먼저 지서가 불탔을 때 형님이 피신했던 그 산골짝 외딴집이 적합할 것 같아요."

"그래? 네 생각은 어떠냐?"

영우는 머리를 숙이고 깊은 생각에 잠겨 있었다. 도대체 뭐가 어떻게 돌아가고 있는지 선명하게 느껴지지도 않았다. 그의 머릿속은 혼돈 그 자체였다. 가족들을 비롯하여 수많은 사람에게 씻을 수 없는 죄를 짓고 있다는 죄책감에 빠져 있었다. 그래서 가족들에게도 자기의 주장을 떳떳하게 펴지도 못하는 처지였다. 그가 이처럼 풀이 죽고 만 가장 큰 원인은 자기 때문에 아버지가 지서에서 몰매를 맞았다는 점이었다.

"형님은 어떻게 하시겠어요?"

"글쎄. 어떡할까…."

"남의 일처럼 머뭇거리지 말고 빨리 결정하세요!"

정우는 답답하다는 듯 형을 노려보며 일침을 놓았다. 이처럼 긴박한 상황에 미적거리는 형의 태도가 못내 답답했다.

"정우 말대로 영우 네가 결정할 문제야. 그리고 한 가지 말해둘 것은, 피신할 장소를 정하고 나서 절대로 여자들에게는 말하지 말아야 한다. 너의 아내에게도 가르쳐 주지 말아야 한다."

가족들이 알고 있으면, 혹시 핍박을 당할 경우 모두 불게 될 수도 있다고 생각한 종철의 신중한 배려였다.

"그럼, 그곳에 가 있겠습니다."

"결정을 했으면 오늘밤에라도 당장 떠나거라. 아무도 안 보는 밤길을 타는 게 나을 것 같다."

"그래요. 아버지 말씀대로 지금 당장 떠나세요. 집안사람들 걱정은 마시고…."

정우는 성급하게 독촉했다. 비록 이념으로는 서로가 적이지만 정우는 형이 무사하기를 간절히 바랐다. 그것은 피가 이데올로기를 앞선다는 보편성의 발로였다.

"떠날 준비를 하겠습니다."

영우는 사랑방을 나왔다. 캄캄한 밤하늘엔 별빛만 총총하게 빛나고 있었다. 그가 마당에 내려서자 비행기가 북쪽 하늘로 날아갔다. 파란불 빨간 불을 교대로 반짝이며 서쪽 하늘에 나타나서, 북녘 하늘로 우렁찬 폭음을 퍼뜨리며 날아가는 무스탕 편대였다. 영우는 비행기가 발산하는 불빛을 따라 한참 동안 시선을 움직이다가 그의 방으로 들어갔다.

"여보, 며칠동안 내가 여기를 떠나 있어야 할 텐데 옷가지 좀 챙겨 줘."

"네?"

은숙은 상희에게 젖을 먹이다가 깜짝 놀라며 소리쳤다.

"빨리 준비해 줘."

영우는 상희를 빼앗듯이 받아 안고 퉁명스럽게 말했다. 그녀는 잠자코 농을 열고 옷가지를 챙기기 시작했다. 영우는 상희의 뺨에 자기의 볼을 문지르면서 방안을 오락가락했다. 나는 이 아이에게 아버지 구실을 못 하고 있구나. 조금만 기다려 다오. 그러면 너희들에게 훌륭한 아버지가 되도록 하마. 영우는 이렇게 입안말로 우물거렸다.

"당신에게는 그저 미안할 뿐이요. 내 곧 돌아오리다. 그동안 부모님 잘 모시고 아이들을 부탁하오."

영우는 보퉁이를 쥐고 방을 나왔다. 가족들 모두가 마당에 나와서 떠나는 영우를 전송했다. 영우는 어둠 속에 희끄무레하게 드러난 그들의 얼굴을 둘러보고 대문을 나섰다. 동해바다의 은은한 파도 소리가 영우의 귓전을 때렸다. 영우는 뒤돌아보지도 않고 골목길을 빠져나왔다. 그를 보내는 은숙의 눈에는 눈물이 가득 고여 있었다.

"이노옴…, 영우야!"

"영우란 놈, 천벌을 받을 그놈을 당장 이리 내놔라!"

한 무리의 사람들이 종철의 집 마당 안으로 덜어오며 고함을 쳤다. 오십이 갓 넘은 건장한 중늙은이를 앞세우고, 할머니 네 명과 백발이 성성한 영감 세 사람이 허겁지겁 달려 들어오며 악에 받친 어조로 부르짖었다. 종철은 피우던 담뱃대를 방바닥에 팽개치고 벌떡 일어나서 마루로 나왔다. 정우와 은숙과 미혜, 그리고 영우 어머니가 놀라 방문을 열어젖혔다.

"네 이 늙은 놈, 영우는 어디다 감춰두고 그렇게 서 있어, 응?"

오십 대의 건장한 남자가 다짜고짜 신을 신은 채 마루 위로 올라가 종철이의 멱살을 부여잡고 흔들어댔다. 종철은 너무나 뜻밖의 일이라 멱살을 잡힌 채 어쩔 줄 몰라 넋을 잃고 있었다.

"우리 아들 살려내라! 우리 아들 살려내! 빨갱이 고수인 영우는 피둥피둥 살아있고 죄 없는 우리 아들만 죽었단 말이다!"

삼베 치마저고리를 입은 할머니 하나가 마당 가운데 퍼질러 앉아 땅바닥을 주먹으로 쾅쾅 두드리며 목 놓아 울기 시작했다. 그러다가 마당으로 내려서는 영우 어머니를 보자 미친 사람처럼 머리채를 휘감아 잡았다. 비취색의 옥비녀가 땅 위에 떨어지고 풀어진 머리채는 삼베 치마저고리를 입은 할머니 손에 친친 감겼다. 머리카락을 휘감아 잡은 노인은 영우 어머니의 머리채를 흔들었다.

"이년, 이 늙은 년이 빨갱이 아들을 두어서 죄 없는 우리 아들을 고기밥이 되게 했지! 지금 우리 아들은 바닷속에 빠져 있는데 네 년의 아들은 살아있겠지, 하늘도 무심하지. 네 이년, 너 죽고 나 죽자!"

두 늙은이는 마당에 엎치락뒤치락 뒹굴고 있었다. 제 어머니를 안으려고 달려드는 정우를 노인 하나가 기다란 장죽으로 머리통을 힘차게 내리쳤다. 정우는 반사적으로 두 손을 머리로 가져가며 자기 머리를 때린 장죽을 잡아 힘껏 당겼다. 그 바람에 노인은 제풀에 꺾여 바닥으로 쓰러졌다.

"이놈! 빨갱이 괴수 동생 놈 이놈! 우리 아들을 죽이고 나까지 죽이려 드는구나! 이놈!"

노인은 벌떡 몸을 일으켜 있는 힘껏 정우를 밀쳐냈다. 밀쳐냈다기보다 내동댕이쳤다고 해야 할 것이다. 그 기세에 놀란 정우는 노인을 피해 비실비실 뒤꼍으로 뒷걸음쳤다.

"하나 있는 외아들을 죽이고 혼자 남은 나는 어떻게 살라고. 어떻게 살아야 하냐고…."

"죄는 천상가비가 짓고 벼락은 고목나무가 맞는다더니 영우란 놈은 죽지 않고 무고한 내 아들만 죽었어. 하늘도 무심하지…."

늙은이 하나가 마루 위에 엎드리며 목을 놓아 울어 대었다. 종철은 마룻바닥에 털썩 주저앉았다. 그들은 아들들이 죽자 분풀이를 하려고 이렇게 떼를 지어 종철의 집으로 몰려와 행패를 부리는 것이었다. 그 아들들은 과거 영우와 함께 일하던 청년들이었다. 미처 몸을 피하지 못하고 경찰들에게 잡혀서 오늘 아침 수장을 당했는데, 그 수장 당한 청년 네 사람의 가족이 영우의 집으로 몰려온 것이다. 경찰은 어제 네 사람을 지서로 끌고 갔다가 오늘 아침 발동선에 싣고 바다로 나갔다. 손과 발을 묶고 그 묶인 끈에다 커다란 돌덩이를 달아서 바닷물에 집어 던져 수장했다. 그들은 아들들이 실려 간 선창으로 몰려갔다가 그들은 실었던 발동선이 먼바다에서 빈 배로 돌아오자 분하고 억울한 마음을 가눌 길 없었다. 경찰에게 덤빌 수는 없는 노릇이었고 원인을 제공한 영우네로 찾아와 이렇듯 통한의 발버둥을 치는 것이다.

종철의 멱살을 잡고 흔들던 사람은 종철을 밀어붙이고 마당으로 내려와 사방을 두리번거렸다. 그러다가 장작더미로 달려가 큼지막한 도끼를 집어 들고 달려왔다. 도끼를 잡은 사람은 성큼 마루 위로 올라가서 무작스럽게 기둥을 패기 시작했다. 쿵쿵하는 소리는 모든 사람의 간담을 서늘하게 했다. 도끼에 찍혀서 흩어지는 파편이 사방으로 흩어졌다. 굵은 기둥이 도끼를 맞아 모서리 한쪽이 이지러졌고 그것을 내려칠 때마다 집 전체가 울렸다.

"이놈의 빨갱이 고수 집, 기둥뿌리를 뽑아 버리겠어!"

그는 있는 힘을 다하여 씩씩거리며 기둥을 패고 있었다. 너무나 흥분한 탓에 도끼날이 허공을 가르며 정확하게 박히질 못하였다.

"우리 집안을 망하게 한 놈의 집구석이니 기둥뿌리를 통째로 뽑아도 싸지 않!"

두 눈의 핏발이 선 노인이 몽둥이를 집어 들고 뒤꼍으로 달려갔다. 뒤꼍 처마 밑에서 오들오들 떨고 있던 은숙과 미혜가 사색이 되어 모란밭 속으로 숨었다. 몽둥이를 잡은 노인은 장독대로 달려들자마자 그중에서 제일 큰 항아리에다 몽둥이를 휘둘렀다.

"와그르르…"

독이 부서지고 독 속에 가득 담겼던 간장이 콸콸 쏟아져 내렸다. 거무스름한 간장이 흘러내려 작은 시냇물을 이루었다. 간장이 쏟아져 내리는 걸 본 그는 더욱 흥분하여 남은 장독들을 차례차례 때려 부쉈다. 와그르르 독이 깨지는 소리와 기둥을 패는 도끼질 소리가 합쳐져 넓은 종철의 집 안을 뒤흔들었다. 뒤꼍에서 흘러나온 간장은 마당에까지 흥건히 고였다.

종철의 가족들은 그림자도 비치지 않았고, 집 안을 휩쓰는 사람은 그들뿐이었다. 한바탕 행패를 부리고 난 그들의 얼굴도 허탈했다. 가슴이 후련해지기는커녕 더욱 괴로운 표정을 짓고 있었다. 그들은 마루에 주저앉거나 마당 가운데 앉은 채로 맥이 빠져 가쁜 숨만 내쉬었다.

"영감! 갑시다. 이런다고 죽은 아들이 돌아오겠어요?"

상민과 상식은 할아버지의 손을 잡고 그 자리에 우두커니 서서 집 안을 둘러보았다. 아이들은 낯선 사람들이 서 있기도 하고 앉아 있기도 한 광경에 겁에 질린 모습이었다. 마당에 흥건하게 고여 진동하는 간장 냄새에 상민은 코를 실룩거렸다. 상민과 상식을 본 그들은 비실비실 일어나 대문 쪽으로 걸어갔다. 종철은 한바탕 소란을 피운 뒤 허탈한 모습으로 집을 나서는 그들을 바라보며 한숨을 길게 내쉬고 입안말로 중얼거렸다.

"쯧쯧. 저 사람들을 어쩌나? 경찰이 멀쩡한 자식들을 잡아다가 고기밥으로 만들어 버렸으니…. 그런데 과연 그들을 죽게 한 것이 영우란 말인가?"

그들의 모습이 시야에 사라지자 종철은 먼 산을 바라보며 탄식했다. 천벌을 받을 놈이라고 악을 쓰던 그들의 절규가 되살아났다. 영우가 한 짓이 천벌을 받을 만큼 악독했단 말인가? 지금쯤 깊은 물속에 잠들어 있을 그들은 남로당원이었기 때문에 수장을 당했다. 그 청년들을 남로당원으로 만든 것은 영우다. 그렇다면 영우는 엄연히 살인자가 아닌가? 그는 번뇌로 얼룩진 두 눈을 감았다. 산천이 찢겨 나갈 듯한 폭음이 귓전을 따갑게 때려왔다. 무스탕 두 대가 낮게 날아와 북녘 하늘로 순식간에 사라졌다. 종철은 오만상을 찌푸리며 두 손으로 귀를 틀어막았다.

경찰관 두 사람과 씨아이씨(CIC) 대원 두 사람이 각각 어깨에 총을 메고 종철의 집 마당 안으로 쓱 들어왔다. 두 사람의 순경은 어깨에서 총을 내려 받들어 총 자세로 잡고 날카롭게 집 안을 둘러보았다.

그들이 심상찮은 기색으로 집 안으로 들어서는 것을 보자 종철의 가족들은 어쩔 줄 몰라 사색이 되어 부들부들 떨기만 했다. 지서에 잡혀가기만 하면 열 명 중 아홉은 수장을 당하거나 총살을 당하는 살기등등한 판국이었다. 생살여탈권을 쥐고 있는 무시무시한 사람들이 집 안에 들어왔으니 종철의 가족들이 떠는 것은 너무나 당연한 반응이었다.

당시는 그들의 말 한마디가 판사의 사형선고보다 훨씬 위력적인 세태였다. 그때 마침 정우는 변소에서 무심히 나오는 길이었다. 정우를 맨 먼저 발견한 순경 하나가 총부리는 들이댔다. 정우는 흙빛이 된 얼굴로 걸음을 멈추었다.

"니가 이정우지?"

순경 바로 옆에 서 있던 얼굴이 갸름하고 허리에 권총을 찬 씨아이씨 대원이 섬뜩하고 냉랭하게 물었다. 정우는 와들와들 떨기만 할 뿐 대답을 못했다.

"김순경! 이 자가 이영우의 동생 이정우 분명하지?"

"네, 그렇습니다."

씨아이씨 대원은 정우임을 확인하자 재빨리 포승을 꺼내어 그의 팔을 뒤로 젖히고 꽁꽁 묶었다. 포박이 끝난 뒤 정우의 가슴에 들이 댄 총부리가 거두어졌다. 정우는 자신을 겨눈 총부리가 가슴팍에서 사라지자 한결 마음을 놓는 기색이었다.

"데리고 갑시다."

얼굴이 갸름한 씨아이씨 대원이 득의의 미소를 지으며 눈짓을 했다. 그들은 정우를 둘러싸다시피 하고 대문을 나가려던 참이었다. 그때까지 혼이 나간 사람들처럼 멍하니 보고만 있던 종철네 식구들이 술렁대며 정우 주위로 몰려들었다. 정우는 그들에게 끌려가면서도 시선은 아버지에게 향하고 있었다. 나를 살려달라는 애원이 섞인 눈빛이었다. 아들의 시선을 접한 종철은 두 다리의 힘이 빠져 그 자리에 풀썩 주저앉고 말았다.

"여보시오, 우리 정우는 아무 죄도 없습니다. 우리 정우는 아무 죄도 없어요. 철없는 막내둥이예요."

영우 어머니가 포승을 잡고 가는 씨아이씨 대원에게 애원하며 왈칵 달려들었다. 씨아이씨 대원을 잡고 늘어지려는 그녀를 순경이 총신으로 가로막았다. 가슴께에 총대가 부딪혀 영우 어머니는 땅바닥으로 엉덩방아를 찧었다.

"영우가 빨갱이이면 동생 놈도 틀림없이 빨갱이일 거야. 영우를 찾아서 지서로 보내면 이 자식을 돌려보내겠지만…, 그렇지 않으면 영우까지 기어이 찾아내어 두 놈을 한꺼번에 물속에 처넣을 줄 알아. 영감도 이만하면 무슨 뜻인지 알아들었을 테니 빨리 영우를 지서로 출두시키는 게 좋을걸!"

종철이 무어라 답하기도 전에 그들은 정우를 데리고 빠른 걸음으로 골목 밖으로 사라져 버렸다. 어쩔 수 없는 일이었다. 아무리 발버둥을 치며 제지해도 소용이 없었다. 종철은 체념한 듯 눈을 감았다.

"정신을 차려야지. 정신을 차려야지."

마당에 널브러지다시피 앉아 울부짖는 시어머니를 미혜가 일으켜 세우느라 애를 쓰고 있었다. 종철은 그들을 못 본 척하고 마루 위로 올라갔다. 상민과 상식은 은숙의 치마폭을 부여잡고 오들오들 떨고 있었다. 멀쩡한 사람도 저놈이 빨갱이 짓을 했다고 누군가가 말 한마디만 하면 가차 없이 죽는 판에 이영우의 동생이란 이유 하나만으로도 정우는 죽어야 할 충분한 근거가 되었다.

어차피 그들 중 하나가 죽거나 아니면 둘이 모두 죽임을 당할 수도 있는 긴박한 상황이었다. 그들 형제 중 한 사람이라도 살아난다면 그것을 다행한 일이 아닐 수 없다. 그렇다고 해서 영우가 어디에 있으니 정우를 풀어 달라고 말할 수도 없는 처지였다. 종철은 어떻게 해야 좋을지 갈피를 잡을 수 없었다. 정우가 잡혀간 것은 엄연한 사실이고 만일 영우가 나타나지 않으면 정우가 죽는다는 것 역시 명약관화했다. 응당 죽을 사람은 영우지만 정우를 살리기 위하여 영우를 죽게 하는 것 또한 못할 노릇이었다.

종철은 방으로 들어가 누웠다. 천장이 빙글빙글 돌아가고 있었다. 아니 자신의 몸이 길게 동그라미를 그리며 돌고 있었다. 씨아이씨 대원의 말이 거짓말이 아님을 깨달았다. 그들에게는 정우 하나쯤 죽이는 것은 식은 죽 먹기보다 더 쉬운 일이었다. 또 그것이 그들의 권한이기도 했다. 사람 목숨이 파리 목숨보다 못한 적은 오천 년 역사를 두고도 처음 있는 일이다. 빨갱이란 말 한마디면 거뜬히 한 사람을 죽일 수 있었다. 그 말이 거짓이라도 상관없었다. 평소에 감정이 나쁘던 사람 하나를 앙갚음하는 빌미로 이용되기도 했다.

영우와 정우, 이 두 아들을 놓고 하나를 택해야 하는 말도 안 되는 상황 속에 종철은 놓여 있었다. 영우의 거처를 알고 있는 사람은 종철과 정우 둘밖에 없었다. 종철은 후다닥 몸을 일으켰다. 이러고 누워있을 때가 아니라고 깨달았기 때문이었다. 일어나기는 했지만 어떻게 해야 할지 뾰족한 수가 없었다. 정우가 잡혀서 집을 나갈 때 자기를 바라보던 그 애절한 시선이 떠오르자 그는 다시 방바닥에 주저앉았다.

정우를 붙잡아 가두고 때리면 영우의 거처를 알 수 있다. 만일 그래도 영우의 있는 곳을 모르면 정우를 영우 대신 죽이면 된다. 이것이 씨아이씨 대장과 지서장이 세운 계획이었다. 그들은 이렇게 계획을 세워 놓고 만족했다. 정우를 죽이는 것은 좀 무엇하기도 했지만 영우가 나타나지 않으면 죽일 수밖에 없다고 그들은 생각했다. 이 지방에 남로당 당원을 도맡아 조직을 운영한 빨갱이 고수를 잡는 것은 그들에게 보람 있는 일이었다. 후방에 있는 빨갱이들을 잡아서 처리하지 않으면 북한군과 내통하여 후방을 교란할 것이고 나아가서는 대한민국이 망하게 될 것이라는 게 당국자의 생각이었다.

은숙은 정우가 잡혀간 뒤로도 같은 자리에서 계속 와들와들 떨면서 서 있었다. 막연하기는 하지만 정우가 잡혀가면 영우도 잡힐 것이다. 그러면 남편은 죽는다. 이런 생각을 하고 있었다. 그녀는 정우가 영우의 소재를 모르기를 간절히 바라고 있었다. 자기도 남편이 있는 곳을 모르는데 정우가 알 턱이 없다고 부인해 보았지만 꼭 정우가 알고 있을 것만 같았다.

그녀는 전신을 부들부들 떨고 있었다. 오로지 남편이 잡히지나 않을까 하는 두려움밖에 없었다. 솔직히 말해서 정우가 잡혀간 것 자체는 그녀에게 이차적인 문제였다. 그녀는 오로지 남편이 잡히지 말기를 하느님에게 빌고 또 빌었다. 아무래도 정우가 남편이 있는 곳을 알고 그것을 실토할 것만 같았다.

"죄도 없는 정우가 잡혀가다니, 이런 일이 어디 있느냐."

영우 어머니는 땅이 꺼질듯 한숨을 내뿜으며 울먹거렸다. 이 말은 싸늘한 비수가 되어 그녀의 심장 깊숙이 박혔다. 죄를 지은 영우는 잡혀가지 않고 죄 없는 정우가 억울하게도 잡혀갔다는 말로 그녀에게 들렸다. 그녀는 어머니가 평소에 막내둥이인 정우를 영우보다 더욱 사랑했다는 사실을 떠올렸다.

"애들아."

종철은 사랑방 문을 열고 가족들을 불렀다. 여전히 핏기가 가신 핼쑥한 얼굴이긴 했지만 당황하는 기색은 없고 침착한 표정이었다.

은숙은 시아버지가 어떤 해결책을 갖고 있을 거라 생각해선지 큰 기대를 가지고 제일 먼저 사랑방으로 들어갔다. 미혜가 뒤를 따르고 맨 나중에야 몇 번이나 재촉을 받은 영우 어머니가 들어왔다.

"너희들은 밖에 나가 놀아라. 삼촌은 잠깐 지서에 갔다가 곧 돌아올 테니…, 아무 걱정하지 말고."

종철은 어른들의 눈치만 살피고 있는 상민과 상식을 내보냈다. 방안에는 괴로운 침묵만 흐르고 있었다. 사람의 내장을 녹이는 것 같은 침묵의 순간이었다.

"물에 빠져도 정신을 차리라고…, 이런 때일수록 모두 정신을 바짝 차려야 한다. 자칫 잘못 하다가는 아들 둘을 한꺼번에…. 어떻게 하면 좋을지, 의견이 있으면 누구든 말해봐라. 내가 할 수 있는 일이면 무엇이든 할 테니."

해결책을 말하는 것이 아니라 해결책을 묻고 있었다. 은숙은 마지막 매달렸던 끄나풀이 툭 하고 끊어져 마치 자기의 몸이 깊은 심연 속으로 떨어지고 있는 것 같은 절망감에 사로잡혔다. 아무도 입을 여는 사람이 없었다. 종철은 그들에게 신통한 해결책을 바라고 한 말이 아니었다. 자기 자신에게 하는 말이었다. 영우가 있는 곳을 정우가 알고 있다는 사실은 차마 입밖에 내지도 못했다.

영우가 있는 곳을 말하고 그곳으로 사람을 보내어 어서 피하라고 하고 싶었지만 그렇게 되면 영우를 살리기 위해 정우를 죽이는 결과를 초래하게 되니 차마 그럴 수는 없었다. 모든 선택은 정우에게 맡기는 수밖에 없다고 종철은 생각했다. 죽음보다 더 잔인한 고문에 정우가 과연 불지 않고 배길 것인지 염려스러웠다. 정우는 필연 형님이 있는 곳을 불고 말 것이다. 그러면 영우는 잡혀가 죽을 것이다…, 종철은 덜덜 떨리는 손으로 담뱃대를 찾아 쥐었다. 담배를 피우고 싶어서가 아니었다.

"저 새끼가 영우 동생이냐? 형이 빨갱이 고수이니 저놈도 틀림없는 빨갱이야. 당장 가마니 속에 집어넣어 바닷물 속으로 처넣어버려!"

정우가 지서 안으로 끌려 들어가기가 무섭게 씨아이씨 대장이 고함을 쳤다. 정우는 가슴이 철렁 내려앉았다. 이제 영락없이 죽었구나 하는 심정이었다. 핼쑥하게 질린 얼굴이 이제는 노랗게 뜬 색으로 변했다.

"영우가 있는 곳을 대기만 하면 살려주겠지만 그렇지 않으면 네

놈은 물귀신이 될 줄 알아. 빨갱이 동생쯤은 눈썹 하나 까딱하지 않고 죽일 수 있어. 나는 너 같은 빨갱이 놈들을 죽이려고 여기로 파견되어 온 거야. 알겠어? 빨갱이 아닌 놈도 죽일 수 있는 내가 빨갱이를 못 죽일 것 같아, 응?"

"아닙니다, 아닙니다. 저는 빨갱이가 아닙니다, 빨갱이가 아닙…."

정우는 손을 묶인 채로 푹 고꾸라졌다. 말을 마치기도 전에 씨아이씨 대장이 구둣발로 정강이를 깠기 때문이다.

"이곳에 들어온 놈은 빨갱이 아닌 놈이 없어. 어디라고 함부로 주둥아리를 놀리고 지랄이야? 빨갱이 비슷한 놈까지 모조리 없애 버려야 우리 자유대한민국이 평화롭게 돼."

이렇게 혼잣말처럼 뇌까린 대장은 정우를 연행해 온 얼굴이 갸름한 씨아이씨 대원에게 눈짓을 했다. 그는 정우를 낚아채 취조실 안으로 끌고 들어갔다. 그는 정우를 힘껏 밀어붙이고는 쾅 하고 취조실 문을 닫았다. 정우는 취조실 시멘트 바닥에 넘어졌다.

"일어나! 빨리 일어나지 못해 새끼야?"

씨아이씨 대원은 콘크리트 바닥에 뒹구는 몽둥이를 쥐어 들며 벼락같은 목소리로 고함을 질렀다. 세평 정도 크기의 취조실 안이 쩌렁쩌렁 울렸다. 정우는 비틀거리며 일어났다.

"여기는 빨갱이를 잡는 곳이야. 지옥으로 통하는 관문이기도 하지. 나는 빨갱이를 죽이라는 명령을 받은 대한민국의 씨아이씨 대원이다! 내가 죽인 사람만 해도 열 명이 넘어. 내 비위를 건드리면 너는 열한 번째로 죽게 될 놈이야 알겠어?"

"네, 압니다, 압니다."

"이 자식이 정신이 나갔나? 정신이 나게 해줄 테다."

"악, 으윽."

정우는 나무둥치가 넘어지듯 콘크리트 바닥에 자빠지고 씨아이씨 대원은 흰 이빨을 잔인하게 드러내며 빙긋이 웃었다

"새삼 말해두지만 너의 목숨은 내 손아귀에 달려 있다. 너를 죽이고 살리는 것은 내 마음이다. 나는 너의 하느님도 될 수 있고 염라대왕도 될 수 있어! 너는 대한민국 국민도 아니고 소위 인민공화국의 인민도 아니야."

그는 몽둥이로 정우의 이마를 쿡쿡 찌르며 점점 기세를 돋우었다. 정우는 자기를 씨아이씨 대원이라고 말하는 그를 보았다. 자기의 목숨이 오로지 저 갸름한 얼굴을 가진 씨아이씨 대원의 수중에 있음을 느끼는 순간 전신에 오싹 소름이 돋아났다.

"그러니까 어서 네 형 놈이 숨어 있는 곳을 말해라. 네가 빨갱이가 아니라는 것을 우리도 알고 있다. 살고 싶다고 했지? 형 있는 데를 대기만 하면 너는 살 수가 있고 따라서 네 형도 잘하면 살 수 있어. 그렇지 않으면 둘 다 죽는 거야!"

그는 교활하게 웃고 있었다. 너 같은 애송이 하나쯤이야 흙 주무르듯 주무를 수 있다는 자신만만한 태도였다. 정우는 그제야 어느 정도 정신을 가다듬을 수 있었다. 정우는 그의 말이 속임수임을 알고 있었다. 그래서 그는 절대로 형님이 있는 곳을 말해서 안 된다고 자기 자신을 타이르고 있었다.

"오늘 새벽에 네 형한테 쌀을 가져다주고 왔지? 우리가 다 알고 있어. 이러니 거짓말을 할 수가 있겠어? 말하지 않으면 네 형 대신 물귀신이 될 줄 알아."

정우는 고개를 숙였다. 그의 말대로 먼동이 트기도 전에 쌀을 가져다주고 왔기 때문이다. 영우가 죽고 없어야만 노무라의 모든 어장이 자기 것이 된다고 생각한 임삼득이 이 사실을 씨아이씨 대장에게 밀고해서 정우가 지서로 잡혀 온 것이다. 삼득은 누구보다 영우를 미워했다. 영우 때문에 자기가 부자가 못 된 것이라고 믿었다.

그의 생각대로 영우만 없었다면 노무라의 어장은 모두 그의 소유로 될 수도 있었다. 권세의 추이를 예리하게 판단하는 삼득은 해방이 되자 과거 노무라에게 바쳤던 정성을 지서장에게 바치고 그의 신임을 얻은 뒤, 지서장을 등에 업고 실지로 인근 마을을 호령하고 있었다. 그러다가 육이오사변이 터지자 지서장보다 씨아이씨가 더 세다는 것을 알아차리고 이제는 씨아이씨 대장에게 갖은 아첨을 떠는 중이었다.

"좋은 말 할 때 불어. 형님이 있는 곳을 말하기만 하면 너는 살 수 있어. 뭐 그리 망설일 게 있어? 더구나 니가 형님에게 쌀을 가져다주고 온 것도 알고 있는데."

"쌀을 가져간 건 사실이지만. 양식이 떨어져 굶고 있다는 친척집에 가져…."

"어라, 이 자식 봐라. 지금 누굴 놀리는 거야? 이 새끼가 좋은 말로 해서는 안되겠구만. 다리 몽둥이를 분질러 놓아야만 불겠다는 거야 뭐야!"

그는 몽둥이로 정우의 가슴팍을 쥐어박았다. 손이 뒤로 묶여 있어 정우의 몸짓은 자유롭지 못했다. 끝내 벽에 머리가 부딪치고 비틀거리다가 모로 쓰러졌다. 누워있는 정우의 몸 위로 몽둥이가 춤을 추었다. 그때마다 정우는 짐승 같은 소리를 지르며 몸을 굴렸다. 그는 장작을 패듯 사정없이 정우를 두들기고 있었다. 정우는 이리 뒹굴고 저리 뒹굴며 울부짖었다. 흡사 우리에 갇힌 맹수의 울부짖음 같았다.

"말하겠습니다. 말하겠습니다."

씨아이씨 대장은 몽둥이를 허공으로 빙그르르 던졌다 다시 잡아 의자에 앉았다. 그는 한바탕 도리깨질을 한 농부처럼 이마에 번지르르한 땀을 흘리고 있었다. 그는 뒹굴고 있는 정우 앞으로 몽둥이를 던져놓고 손수건으로 땀을 훔쳤다.

"자 어서 말해봐! 괜히 고집을 부리니까 매를 맞잖아. 불지 않고 배겨날 것 같아?"

정우는 차가운 콘크리트 바닥에 얼굴을 비비며 울고 있었다. 그로서도 이유를 알 수 없는 눈물이었다. 그저 분하고 원통했다. 맞았기 때문에 아파서 우는 것도 아니었다. 자꾸만 눈물이 나왔다. 씨아이씨 대원은 정우가 흐느껴 우는 것을 굽어보며 유유히 담배를 피워 물었다. 그는 담배연기로 동그라미를 그리며 장난을 했다. 담배 한 대를 맛있게 피우고 나서 담배꽁초를 구둣발로 짓이겨 끄더니 다시 몸을 일으켜 취조실 안을 뚜벅뚜벅 거닐면서 은근한 말투로 정우를 협박했다.

"형님 대신 물귀신이 되고 싶지는 않겠지? 네 형 놈은 빨갱이 짓을 했으니 죽어 마땅하지만 네가 죽으면 애매하잖니? 이런 상황에서는 형이고 지랄이고 없는 거야. 네가 살아야 형도 있는 법이지. 설사 네가 형 있는 곳을 말해서 그가 잡혀 오더라도 내가 책임을 지고 살려줄게."

정우는 울음을 그쳤다. 형님이 있는 곳만 말하면 이곳을 나갈 수 있다는 그 말이 꿈같이 달콤하게 들렸다. 이 지긋지긋한 곳을 빠져나가는 것이 그에게는 최대의 소망이었다. 죽음의 그림자가 오락가락하는 소름이 끼치는 이곳을 나갈 수만 있다면 모든 것이 해결될 것 같았다. 형은 잡히기만 하면 죽는다. 이런 생각이 문득문득 그의 뇌리를 스치고 지나갔다. 그러나 자기의 목숨과 형의 목숨을 바꿀 수는 없지 않은가. 그들 중 누구든지 한 사람은 죽어야 할 처지였다.

정우가 머뭇거리자 씨아이씨 대원은 다시 몽둥이를 집어 들었다. 그의 손에 쥐어진 몽둥이는 춤을 추기 시작하고 지옥 불 속을 헤매고 있는 것 같은 신음소리가 취조실 안을 가득 채웠다.

"대겠습니다. 대겠습니다. 형님이 있는 곳을…"

"고개 들어!"

그는 탄창에다 탄알을 밀어 넣는 시늉을 하였다. 철커덕 하는 싸늘한 금속성 굉음이 정우의 귓속으로 울려왔다. 시커먼 총구멍이 입을 벌리고 그를 노려보고 있었다. 총구멍이 점점 크게 다가왔다.

그와 동시에 정우의 얼굴은 하얗게 핏기가 가시고 전신이 바들바들 떨리는 것을 알 수 있었다. 권총은 정우의 오른쪽 눈 바로 앞에 와서 멎었다.

"산골짝 외딴집에 있습니다!"

"산골짝 외딴집에? 거짓말이면 정말 네놈은 죽는 거야!"

그는 흐뭇한 미소를 지으며 권총을 정우의 눈가에서 거두어 주머니 속으로 집어넣었다. 눈앞에 권총이 사라지자 정우는 콘크리트 바닥에 쓰러져 목 놓아 울기 시작했다.

사방이 야트막한 산으로 둘러싸인 조그만 분지에 세 칸 정도의 초가집이 뜨거운 햇빛 아래 졸고 있었다. 울창하게 자라 숲을 이룬 대나무밭은 천연의 울타리가 되어 집 주위를 에워싸고 있었다. 싸리로 듬성듬성 얽어 만든 대문이 반쯤 열려 있고 대문 바로 옆에는 살구나무가 한 그루 서 있었다. 지금이 피를 흘리는 전쟁통의 세상이라고는 도무지 믿기지 않을 정도로 태고연한 풍경이었다.

살구나무 그늘에서 낮잠을 즐기고 있던 누렁이가 벌떡 일어나 사납게 짖기 시작했다. 누렁이는 등줄기의 털을 곤두세우며 으르렁댔다. 영우는 갑자기 개가 짖어대는 소리에 놀라 방문을 열었다. 군복 차림의 씨아이씨 대장이 마당 안으로 들어오고 있었다. 영우는 갑자기 감전된 사람처럼 물끄러미 바라보고 있다가 천천히 섬돌 아래로 맨발로 내려섰다.

"이영우 씨! 당신을 모시러 왔습니다."

영우는 그때야 상황을 파악하고 재빠르게 사방을 둘러보았다.

총을 멘 두 명의 순경이 대숲을 헤치고 나왔고 군복 차림의 또 한 사람의 씨아이씨 대원이 사립문 안으로 들어오고 있었다. 영우는 모든 것을 체념한 듯 창백한 안색으로 그들을 맞았다. 씨아이씨 대장이 수갑을 꺼내 영우 앞으로 내밀었다. 영우는 순순히 두 손을 모아 수갑을 받았다. 철컥, 수갑 채워지는 소리가 산새 소리만 들리는 적막한 외딴집 주변을 울렸다. 모든 것에 종언을 고할 순서가 왔다고 그는 느꼈다. 한동안 잠잠하던 북녘 하늘에서 대포 터지는 소리가 다시 우렁차게 울려왔다.

"난 당신이 어떻게 생겼는지 늘 궁금했소. 그런데 막상 대하고 보니 우리와 별반 다를 바 없는 사람이란 걸 알겠소. 한때 이 지방의 실질적인 지배자이던 빨갱이 고수 이영우란 사람이 나에게 잡힌 거요! 일제시대 대학을 졸업한 인텔리며 남로당 조직책의 한 사람인 인간 이영우의 손에 수갑이 채워진 거요. 가능한 한 나는 당신을 정중하게 대하겠소. 앞으로 십리 길을 걸어야 하니 그동안 우리 이야기나 나누며 갑시다."

영우를 가운데 세우고 오솔길을 내려오며 씨아이씨 대장은 적장을 사로잡은 장군 같은 기분이 되어 여유 있게 영우를 대했다. 영우는 머리를 숙이고 땅바닥을 보면서 아무런 대꾸도 하지 않았다. 머릿속에 꽉 차 흐르는 것은 오로지 어제 이제 죽었구나 하는 생각밖에 없었다. 수갑이 채워진 영우는 이미 영우가 아니었다. 그의 망막이나 뇌리에는 죽음의 그림자가 검은 옷을 입고 너풀거렸다.

누구든지 한 번은 죽는다. 사람은 태어날 때부터 이미 사형선고를 받는 것 아닌가. 그러나 죽음을 강요당하기는 싫다. 나는 왜 이 젊은 나이에 죽어야 하는가? 남로당 당원이었다는 사실 하나로 충분히 죽을 이유가 될 수 있을까? 나는 지금 형벌불소급의 원칙에 위배 되는 소급법에 의해 처단을 받는 것이다. 할 일이 많은데 이대로 죽을 수는 없지 않은가? 영우는 두 손목으로 느껴지는 싸늘한 수갑을 인식하고 절망의 나락으로 떨어지는 자신을 실감하고 있었다. 아내가 보고 싶었다. 상민과 상희 그리고 상식이 보고 싶고 아버지와 어머니도 보고 싶었다. 죽기 전에 그들의 얼굴을 한 번이라도 보고 싶었다.

"당신의 국적은 어디라고 생각하오? 대한민국이요, 인민공화국이요? 대한민국 호적에 엄연히 당신의 이름이 있을 테지만 당신은 대한민국이란 국적을 마음속에 갖고 있지는 않았소. 그렇다고 인민공화국이란 국적을 가지지도 않았소. 당신은 허공에 뜬 유령 인간이나 마찬가지인 거요."

"나를 농락하지 마시오."

핏기가 하나도 없는 창백한 얼굴로 영우는 말했다.

"난, 당신을 농락하는 것이 아니요. 당신은 빨갱이 중에도 진짜 빨갱이기 때문에 당신과 토론을 해보고 싶을 뿐이오. 요즈음 수도 없이 잡아들이고 있는 빨갱이는 모조리 가짜 빨갱이요. 그런데 당신은 공산주의 논리에 철두철미한 정수분자가 아닙니까? 나는 당신과 달리 철저한 반공주의잡니다. 우리 아버지는 빨갱이에게 학살을 당했소. 쌀과 돈을 대어주지 않는다고 죽인 거요! 그때부터 나는 빨갱이들을 모조리 제거할 수 있는 직업을 택하기로 했소. 아시 겠소?"

"당신은 반공주의자가 아닙니다. 빨갱이들을 모조리 죽여야겠다 는 복수심에 불타고 있습니다. 당신이 그런 마음을 갖게 된 것은 충분히 이해가 되지만…."

씨아이씨 대장은 새삼스럽게 영우의 옆얼굴을 바라보았다. 영우 에게 정통으로 한 대 얻어맞은 기분이었다. 영우의 말 한마디로 여 태껏 펴 온 자기의 논리가 여지없이 무너졌다고 느끼는 순간 그의 표정은 분노로 일그러졌다. 잠시 침묵이 흘렀다. 다른 사람들은 하 품을 하면서 지루하다는 표정을 하고 터벅터벅 걷고 있었다. 씨아 이씨 대장은 두어 번 잔기침을 한 뒤 다시 말을 걸었다.

"그것은 감정이 아니라 반공주의자가 된 동기라 생각하오. 어쨌 든 나는 이 땅에 공산주의자가 소멸하는 그날에야 비로소 평화가 온다는 신념을 갖고 있소. 당신은 지금 벌어지고 있는 이 더러운 전 쟁을 어떻게 보십니까? 민족사에 유례가 없는 이 추악한 전쟁은 사실 빨갱이들이 벌이고 있는 거 아니오? 우리에게 미국이 있는 한 저들의 야망은 피를 흘릴 뿐 이루어지지 않을 거요."

"민족사에 유례가 없다고 했는데 당신은 신라와 백제 고구려 간 에 벌인 무수한 전쟁을 기억하지 못하는군요. 우리민족사에 이미 그런 일이 있습니다."

"그렇다면 당신은 이 동족상잔의 전쟁이 옳다는 말입니까?"

"결코 옳은 것은 아닙니다. 전쟁을 일으킨 저들을 미워하고 있습니다. 반민족적인 행위라고 믿습니다. 그러나 삼국을 통일하기 위하여 일어난 화랑도라고 그들은 믿고 있겠지요."

"인민군, 아니 괴뢰군을 화랑도와 같다고 생각하는 것은 당신이요? 아니면 괴뢰군들의 생각이요?"

"인민군들이 그렇게 생각할는지도 모른다는 의미입니다."

"당신은 지금 죽음이 기다리고 있다는 사실을 기억하고 있소?"

씨아이씨 대장은 눈꼬리를 말아 올리며 고압적인 어조로 덮어씌웠다. 영우는 논쟁에 빠져들어 잠시 잊고 있던 죽음의 그림자를 다시 느꼈다. 잊었던 것이 아니라 잊은 것처럼 가장하고 허세를 부리고 있었는지도 모른다. 아니 그것을 잊기 위한 몸부림이었다고 하는 것이 더 정확할 것이다. 실지로 영우는 살려달라고 씨아이씨 대장에게 애걸하고 싶은 심정을 참느라고 일부러 과격한 말을 했는지도 모른다. 왜냐하면 애걸해도 아무런 소용이 없을 뿐 아니라 오히려 비굴해지기만 할 것이라 그는 느끼고 있었던 것이다.

"빨갱이 고수 체면치레하느라 더럽게 허세를 부리는군. 빨갱이는 말이 많다더니 수갑이 채워진 꼴을 하고서도…."

"김 군은 아무 말도 하지 마. 그리고 그따위 소리는 그만둬!"

정우를 문초하던 갸름한 얼굴의 씨아이씨 대원의 말에 대장이 핀잔을 주었다. 위로 치켜 올라간 가느다란 씨아이씨 대장의 눈이 영우의 안색을 살폈다. 대장에게 핀잔을 들은 씨아이씨 대원은 찔끔해진 얼굴로 상관의 눈치를 살피고 돌멩이를 논 쪽으로 걷어찼다.

"이영우 씨! 당신은 남의 물건을 훔치지도 않았고 사기를 친 일도 없습니다. 그러나 당신 때문에 수많은 청년이 목숨을 잃었습니다. 그로 인해 여러 명의 과부가 생겨났고 숱한 사람이 절망에 빠졌습니다. 이것은 모두 당신이 책임져야 하는 일입니다. 당신은 그 책임을 어떻게 질 작정입니까? 내가 아는 것만 해도 당신이 만든 청상과부가 현재 열두 명이나 됩니다. 그 과부들의 삶을 당신은 어떻게 하시겠습니까? 당신이 이 지방에 심은 공산주의라는 독버섯은 결국 수많은 사람을 울렸을 뿐입니다. 이 지방뿐만 아니라 영남지방, 아니 남한 전체를 두고 공산주의는 사람들에게 이런 것 말고는 해준 게 없습니다."

씨아이씨 대장은 말을 잠시 끊고 담배를 피워 물었다. 길게 연기를 내뿜다가 영우의 더부룩한 머리칼을 응시하면서 갑자기 생각이 난 듯 담뱃갑을 다시 꺼내 영우에게 내밀었다. 영우는 고개를 흔들었다. 담배는 피우고 싶은데 수갑 때문에 담배를 뽑아내지 못한다는 것을 안 대장이 한 개비를 영우의 입에 물려주자 순경 한 사람이 성냥을 그어 불을 댕겨 주었다.

"게다가 남한에서 공산주의가 한 일이라고는 숱한 동족의 피를 흘리게 한 것입니다. 사회의 계급을 없앤다는 공산주의가 공산당원이라는 새로운 형태의 특권층을 만들어 놓고 이를 지키기 위해 공산주의를 반대하는 사람을 무자비하게 학살하고 있습니다. 빈부의 차를 없앤다는 미명 아래 평등이라는 사기극을 연출하며 사람들을 거지로 만들어 놓고 공산당원만 배에 기름을 채우는 것 아니오?"

"그런 면이 있다는 점은 시인합니다."

"시인한다면서 여전히 공산주의가 정당하다고 말하겠소?"

"지금으로서는 그에 대한 입장을 말할 수 있는 상황이 아니오. 이제 공산주의를 버렸다고 하면 살기 위해 거짓말을 한다고 받아들일 것이고, 아직도 나는 공산주의자라고 하면 허세를 부리는 영웅주의자라고 비난할 것 아닙니까? 내 몸은 이미 내 것이 아니고 당신들 주머니 속에 들어 있잖소?"

"묘한 대답이오. 그러나 아무리 교묘한 말로 자기를 합리화하려해도 당신은 에누리 없는 대한민국의 역적이고 민족의 죄인이란 사실을 은폐할 수는 없소!"

"그것은 아직 너무 이른 판단이오. 어쩌면 당신이 판단할 성질의 것이 아닐지도 모르오. 후세 역사가들이 판단할 문제요."

영우는 입에 물고 있던 담배를 뱉고 길 가운데 떨어진 담배꽁초를 신발로 짓이겨 껐다. 그가 잠시 걸음을 주춤거렸기 때문에 순간 그들은 영우가 도망치려는 줄 알고 신경을 날카롭게 곤두세웠다.

"나는 지금까지 숱한 빨갱이들을 잡아 심문을 하고 처형도 해봤소만 당신 같은 사람은 처음이오. 나는 당신을 내 손으로 체포한 것을 대단히 다행으로 생각합니다. 당신과 앞으로 멋지게 대결해보고 싶소. 대결은 이제부터 시작된 거요. 나의 이러한 태도는 지서 안으로 들어가기 전까지라는 걸 미리 밝혀두오. 나는 당신과 일을 도모한 빨갱이들의 이름을 당신 입으로 낱낱이 불게 할 작정이오. 나는 지금 자유대한민국을 위해 충성을 다하는 중이고 또한 보람으로 여기고 있소."

영우는 입을 다물었다. 공포와 절망이 밀물처럼 전신을 엄습했다. 앞으로 닥쳐올 심한 고문이 죽음보다 더 두려웠다. 고문을 당하기보다는 차라리 일 초라도 앞당겨 죽어버리고 싶은 심경이었다.

그들 일행은 산속 오솔길을 벗어나 신작로로 나왔다. 뜨거운 태양은 마지막 안간힘을 다해 맹렬한 기세로 그 열기를 내리쏟았다. 들판에 곡식들도 생기를 잃고 이파리를 축 늘어뜨리고 있었다. 무더운 팔월의 오후, 북녘 하늘에서 끊임없이 으르렁대는 대포 터지는 소리와 뜨거운 태양이 뒤섞여 삼라만상을 암울하게 짓눌렀다. 신작로로 접어들자 영우는 공포와 절망감이 훨씬 고조되어 어찌할 바를 몰랐다. 저만치 보이는 그가 태어나고 자란 마을도 그에게는 더할 수 없는 공포를 줄 뿐이었다. 그는 자기의 두 손을 구속하고 있는 수갑을 내려다보았다. 팔자형의 강철로 사람이 사람을 구속하기 위해 만든 기구, 그것은 수학의 무한대를 표시하는 기호 같았으나 그에게는 무한대가 아닌 유한대임을 확인케 하는 기구였다.

"허, 그놈의 날씨 빨갱이 놈들 혓바닥처럼 징글징글하게 끈적거리는구만."

"아니야, 빨갱이들 혓바닥은 용광로나 다름없어."

"이렇게 더운데 전쟁을 일으켜 동족을 죽일 게 뭐람. 시원한 나무 그늘 밑에 낮잠이나 자야 할 시긴데 말이야?"

그들은 제각각 한마디씩 더위와 빨갱이들을 잇대어 원망하기 바빴다. 씨아이씨 대장은 입술을 꾹 다문 채 묵묵히 걷기만 했다. 마을에 가까워지면 가까워질수록 영우는 몸이 떨렸다. 지긋지긋한 유치장이나 취조실을 생각하니 눈앞이 캄캄해졌다. 그는 눈을 감았다. 감긴 눈꺼풀이 파들파들 떨고 있었다. 이제 정말 죽는 길 말고는 없는 건가. 어떻게든 살아남을 방도는 없는가. 아버지는 큰돈을 써서라도 나를 살리려 하시겠지. 아니지, 지금은 그런 돈을 써봐야 소용이 없을 거야. 그러면 나는 이제 죽을 수밖에 없는가? 영우는 눈을 커다랗게 뜨고 씨아이씨 대장을 바라보았다. 초점이 없는 시선이었다. 흐려진 망막으로 시커먼 총구멍이 소용돌이쳤다.

이윽고 그들은 마을 안으로 들어갔다. 수갑을 찬 채로 끌려오는 영우를 본 마을 사람들은 비실비실 몸을 피했다. 영우는 머리를 거의 90도로 숙인 채 비틀비틀 걸어가고 있었다. 씨아이씨 대장은 가슴을 한껏 벌리고 의기양양하게 앞장서서 영우를 끌고 지서 안으로 들어갔다.

7

삼류 이데올로기의 폐해

영우가 잡혀 온 그 다음날 오전이 지나서 한 대의 트럭이 마을 안으로 달려오고 있었다. 미혜는 이상한 예감에 끌려 집에서 나와 지서 쪽으로 걸어갔다. 뽀얀 먼지를 일으키며 달려온 트럭은 지서 정문 바로 앞에 멈추어 섰다. 트럭이 일구어 놓은 먼지가 갈바람에 흩어졌다. 그녀는 돌담 옆에 붙어 겁에 질린 표정으로 지서 안을 살펴보았다.

  얼마 후 총을 멘 순경 두 사람이 나오고 씨아이씨 대원들에게 포위되어 여전히 수갑을 찬 영우와 그 밖에 몇몇 사람들이 머리를 숙인 채 끌려 나와 트럭 위로 올라탔다. 그들 가운데는 장병수와 서창복도 섞여 있었다. 차에 오르는 영우를 본 그녀는 쏜살같이 집으로 달려갔다. 돌부리에 걸려 몇 번이나 넘어질 뻔했으나 용하게 몸을 가누어 단걸음에 마당 안으로 뛰어 들어왔다. 그녀는 턱까지 차오르는 숨을 고르느라 말을 못하고 씩씩거렸다. 가족들은 모두가 새파랗게 질린 얼굴로 미혜를 주시했다.

"아주버님이…."

"영우가 어쨌다는 거냐?"

종철이 마당으로 뛰어 내려오며 반문했다. 방에서 수심에 잠겨 웅크리고 누워있던 은숙은 방문을 열어젖히고 맨발로 뛰어나왔다.

"트럭에 올라타는 걸 보았어요."

"트럭에?"

은숙은 맨발로 그냥 바깥으로 달려나갔다. 그녀의 뒤를 따라 종철과 영우 어머니, 미혜가 순식간에 뛰어나갔다. 그들이 헐레벌떡 골목을 나와 신작로에 이르렀을 땐 트럭은 이미 속력을 내어 동구 밖을 빠져나가 질주하고 있었다. 근 이 주일이나 비가 오지 않은 탓인지 자동차 바퀴가 구름 같은 먼지를 일으켜 트럭에 탄 사람들을 식별할 수 없었다. 그들이 넋 나간 사람처럼 안절부절못하는 동안 트럭은 마을에서 점점 더 멀어지고 있었다.

은숙은 트럭을 따라 맹렬한 속도로 달리기 시작했다. 트럭을 구경하던 마을 아낙네들이 그녀를 붙잡고 늘어지는 바람에 그녀는 신작로 바닥에 쓰러졌다. 뒤늦게 달려간 미혜가 허우적거리는 그녀를 붙잡고 질질 끌다시피 하여 집 안으로 데려갔다.

그 와중에 영우 어머니는 말리는 마을 사람들을 뿌리치고 트럭을 따라 신작로 길을 달려가고 있었다. 어찌나 빨리 달렸던지 아무도 그를 따르지 못할 지경이었다. 영우 어머니는 쉬지 않고 계속 달렸다. 트럭은 이미 시야에서 사라졌지만 트럭이 지나간 자리의 희뿌연 먼지를 따라 죽기를 각오한 사람처럼 쫓아갔다. 도중에서 병수 어머니를 만나 그들은 함께 아들들이 탄 차를 따라갔다. 병수 어머니는 아들이 지서에 잡혀 있다는 소식을 듣고 혹시 아들의 얼굴을 볼 수 있을까 하고 오던 길에 죽을 힘을 다해 달려오는 영우 어머니를 만났던 것이다.

그들은 그저 달리고 또 달렸다. 숨이 차올라 말할 겨를도 없었다. 오십 대의 나이에 어디에서 그런 힘이 솟아나는지 젊은이 못지 않은 체력으로 뛰고 있었다. 이 신작로 길을 힘껏 달려가기만 하면 아들들을 볼 수 있다는 일념이 잠재되어 있던 힘을 내게 한 것 같았다. 얼마를 달려왔는지 얼마만 한 시간이 흘렀는지 그들은 인식하지도 못했다.

어느새 그들은 마을에서 십 리나 벗어난 갈림길에 도착했다. 그들이 달려 온 신작로보다 한결 넓은 또 하나의 신작로가 남북으로 뻗어 있는 곳이었다. 어디로 가야 할지 방향을 잡지 못하고 서성거리고 있는 그곳은 공교롭게도 세 갈래의 신작로가 만나는 교차점이었다. 그들은 트럭이 남쪽으로 갔는지 북쪽으로 갔는지 갈피를 못 잡고 허둥대고 있었다.

남북으로 뻗은 신작로 저만치 걸어오는 행인을 발견하고 그들은 다시 그 행인을 향하여 달려갔다. 이마에 깊고 기인 주름살이 패인 사십 대 농부였다. 먼 길을 걸어온 모양으로 얼굴에는 피로한 기색이 역력했다.

"오시는 길에 트럭 한 대 보지 못했습니까?"

병수 어머니가 가슴을 펄떡거리며 다급한 어조로 대들 듯 물었다.

"트럭이요? 보긴 보았습니다만…."

농부는 이상스럽다는 듯 눈을 껌뻑거리며 가쁜 숨을 몰아쉬고 있는 두 여인을 바라보았다.

"벌써… 멀리… 갔겠지요?"

영우 어머니는 호흡을 가다듬으며 이렇게 간신히 말했다. 병수 어머니는 이미 그 농부 곁을 벗어나 그 농부가 걸어 온 남쪽 신작로 위를 달리고 있었다. 이를 본 영우 어머니도 그 농부의 대답을 기다리지 않고 병수 어머니의 뒤를 따랐다.

이슬비가 뿌리기 시작했다. 검은 구름이 겹겹이 사방에서 몰려와 하늘을 뒤덮었다. 무더운 비바람이 그들의 치마폭을 휘날렸다. 그들은 지금 비가 오고 있는 줄도 모르고 밋밋한 고갯길을 올라가고 있었다. 병수 어머니는 맨발이었고 영우 어머니는 왼쪽 신 하나만 신고 있었다. 그들이 내리막길을 달릴 때 영우 일행을 싣고 간 트럭이 부르릉거리며 돌아오고 있었다. 트럭이 굉음을 일으키며 지나갈 때 탑승한 사람이라고는 운전수, 씨아이씨 대원과 경찰들뿐인 것을 확인하고 한층 속력을 내어 뛰었다.

"우리 아들은 어떡하고 저들만 타고 온담?"

그런 생각을 하며 있는 힘을 다해 무작정 달렸다. 달려가서 어쩌자는 건지 그들도 몰랐다. 목구멍까지 차오르는 숨은 그들을 질식시킬 것만 같았다. 심장이 터질 것 같아 더 달리지 못하게 된 병수 어머니가 풀밭에 털썩 주저앉았다. 잠시 풀밭에 앉아있던 그들은 다시 몸을 일으켜 뛰기 시작했다. 뛰고 있다고 생각했지만 실제로는 걷고 있었다. 산모퉁이를 돌아가니 평평한 들판이 나타났다. 들판 한가운데로 강이 흐르고 있었다. 강이라고 하기에는 물이 너무나 적었고 냇물이라기에는 하상이 제법 넓었다.

병수 어머니가 걸음을 멈추었다. 물이 없는 강바닥으로 차바퀴가 꺾어 돌아간 흔적이 보였기 때문이다. 그들은 희미하게 나타나는 차바퀴를 따라 강바닥으로 들어섰다. 양월리 동구 숲 서쪽에 있는 수성리를 끼고 흐르는 강을 따라 논이 펼쳐져 있고, 그 논 남녘에 산이 동쪽으로 뻗어 있었다. 높고 낮은 구릉을 이룬 순한 산이었다. 울퉁불퉁하게 굵고 적은 자갈이 깔린 강바닥으로 그들은 세차게 쏟아지는 비를 맞으며 차바퀴를 따라 허둥지둥 달려갔다.

"여보시오 말 좀 물어봅시다."

병수 어머니가 눈 속으로 들어간 빗물을 훔쳐내며 장대같이 쏟아붓는 빗줄기 속 산발치 논에서 도랑을 치고 있는 농부를 보고 고함을 질렀다. 농부는 고개를 들어 삽자루에 몸을 기대며 그들을 바라보았다.

"이곳으로 들어온 자동차가 있었지요?"

"얼마 전에 들어왔다가 돌아갔습니다만…,"

"혹시 자동차에서 내린 사람 없었어요?"

"사람들이 내렸습니다."

"그 사람들이 내려서 어디로 갔는지 모릅니까?"

농부는 쏟아지는 뿌연 빗줄기 속으로 그들을 유심히 바라보다가, 그들의 시선을 외면한 채 조금 전에 들은 총소리를 떠올리며 탄식 조로 말했다.

"저쪽 산…, 소나무 숲 쪽으로 가보시오."

농부는 혀를 끌끌 차며 다시 허리를 구부리고 논도랑을 치기 시작했다. 그들은 농부가 가리킨 곳을 바라보았다. 그 부근에서 가장 나무가 무성한 산이었다. 저 소나무 숲속으로 우리의 아들들을 데리고 들어가서 어떻게 했다는 말인가? 그들은 서로를 바라보며 그 자리에 멍청하게 서 있었다. 얽혔던 시선이 풀리고 그들의 시선은 다시 그 소나무 숲으로 빨려 들어갔다.

두 사람은 소나무 숲을 향하여 있는 힘을 다해 달려갔다. 병수 어머니는 돌부리에 걸려 두 번이나 넘어졌다가 일어나 악착같이 두 팔을 허우적거리며 뛰어갔다. 그들은 강 언덕을 넘어 별로 가파르지 않은 산을 기어올랐다. 아름드리 소나무가 빽빽하게 들어선 울창한 산이었다. 그들은 소나무 등걸 사이로 몸을 뽑아내며 기어올랐다. 어디선지 청승맞은 청개구리 소리가 들려왔다. 비에 씻겨 내려간 흙은 미끄럽게 짝이 없었다.

두 사람 다 몇 번이나 미끄러져 옷은 진흙투성이가 되었다. 후두둑후두둑 떨어지는 빗소리가 소름을 돋게 했다. 사방을 두리번거리며 아들들을 찾았다. 그러나 보이지 않았다. 저만치 소나무 사이로 공간이 보였다. 그들은 그 공간을 향하여 엉금엉금 기어올랐다. 두 쌍의 무덤이 있는 곳이었다. 십여 평 남짓한 땅을 차지한 무덤 둘레를 소나무 숲이 호위하듯 둘러싸고 있었다. 두 쌍의 무덤은 마치 반듯이 누워있는 여인의 유방처럼 부드러운 곡선을 긋고 있었다. 잔디 위에 엠원 소총 탄피들이 어지럽게 흩어져 있었다.

마침내 그들의 시선이 한 곳으로 모아졌다. 아무런 움직임도 없이 그곳을 응시했다. 거기에는 여섯 구의 시체가 비를 맞으며 누워 있었다. 등을 하늘로 향한 채 납작 엎드려 있었다. 시체들이 엎어져 있는 주변 잔디가 비에 씻기기는 했지만 붉은 빛으로 물들어 있었다. 밋밋하게 경사진 공간 속에 이마를 아래로 둔 채 잠자듯 엎드려 있었다. 그것은 여섯 개의 물체였다. 도저히 사람이라 생각할 수 없는 몰골이었다. 하나같이 흰 수건으로 두 눈을 싸맨 상태였다.

둘은 한동안 참혹한 상황에 넋을 놓고 있었다. 악몽이 아니고서야 있을 수 없는 처참한 광경이었다. 그들은 자신들이 착각에 빠져 있는 것이라 여기며 눈앞에 전개된 참담한 상황을 부정하고자 했다. 그러나 시야에 들어온 여섯 구의 시체가 사랑하던 아들들임을 깨달은 순간 누가 먼저랄 것도 없이 시체 더미로 쏜살같이 달려들어 부디 자신의 아들이 거기에 없기를 고대하며 하나하나 뒤적였다.

시체 속에는 영우도 있었고 병수도 있었다. 영우 어머니는 얼굴을 감쌌던 수건을 풀어 뜨고 있는 아들의 눈을 감긴 후 와들와들 떨면서 망자의 옷깃을 헤치고 가슴에 손을 대었다. 손끝에서 아련하게 식어가는 체온을 느끼며 총살당한 아들의 일그러진 얼굴을 비비면서 그녀는 땅이 꺼지라고 목 놓아 통곡했다. 얼마 후 영우 어머니는 저고리를 벗어 아들의 얼굴을 덮어 주고 비틀거리며 일어났다. 병수 어머니 역시 아들의 시체를 찾아 부둥켜안고 흐느껴 울고 있었다. 아들들의 시신을 안고 오열하는 참혹한 현장에 장대 같은 빗줄기는 속절없이 퍼붓고 있었다.

영우가 죽은 후로는 뻔질나게 드나들던 순경들이 거짓말처럼 발길을 뚝 끊었다. 종철의 집 본채 기와집 용마름 언저리에 붉은 깃발이 펄럭거리고 있었다. 이른바 빨갱이 집이라는 표식을 한답시고 경찰이 꽂아 놓은 깃발이었다. 종철의 가족들은 그 깃발을 애써보지 않으려 했으나 어쩌다 그것을 보게 될 때마다 소름이 끼쳤다.

마을 사람들도 마치 영우네 집에 가지 말자고 약속이라도 한 듯이 얼씬도 하지 않았다. 사람이 죽었는데 아무도 와 보지 않는다고 괘씸하게 생각할 수도 없는 상황이었다. 영우네 집을 들렀으니 너도 필시 빨갱이일 거라고 낙인이 찍혀 지서에 잡혀가면 그것만으로도 충분히 죽을 수 있는 시절이었다. 그러니 영우의 시체를 묻어 주겠다고 찾아오는 사람이 있을 턱이 없었다. 하는 수 없이 종철은 정우와 머슴 두 사람을 데리고 비를 맞으며 혹시 짐승들이 시신을 훼손할까 저어하여 밤길을 걸어 영우가 처형당한 그 산등성이 현장 부근에 가매장을 하고 왔다.

아들과 형의 시체를 손수 묻고 온 그들의 심정은 필설로 형언키 어려울 만큼 참담했다. 특히 정우는 형을 잃은 슬픔과 형이 잡히게 된 것이 바로 자기 때문이고, 따라서 자기가 형을 죽인 것이라는 자책과 번뇌로 고통의 나날을 보내고 있었다. 그러면서도 그는 하필이면 하고 많은 사람 중에서 동생을 고문하여 제 형의 거처를 발설하게 한 것은 너무 잔인하고 비열한 방식이라 생각했다.

영우의 죽음을 누구보다 반가워한 이는 바로 삼득이었다. 이제 눈엣가시처럼 똘똘 말리던 존재가 영원히 사라지고 말았으니 노무라 명의의 재산은 모조리 자기 것이 되었다고 생각하는지 시종 만면에 웃음이 떠나지 않았다. 영우가 붙잡힌 동기는 바로 삼득에게 있었다. 그러므로 삼득이 영우를 죽였다고도 볼 수 있다. 이는 장본인인 삼득이 자신도 어느 정도는 인정했다.

그러나 삼득이 스스로는 대한민국을 위해 애국적인 행동을 했다고 여기며 오히려 흐뭇하게 생각했다. 한술 더 떠서 그는 밤이면 뒷동산으로 은밀하게 미혜를 불러내어 수시로 밀회를 즐겼으며 그녀 또한 양심의 가책에도 불구하고 쾌락의 덫을 벗어나지 못한 채 순응했다. 삼득은 그의 아버지 대부터 종철가에 굽실거리며 살아온 한을 푼다는 심경으로 미혜를 범하고 있었다. 종철가의 며느리를 농락하여 쾌락을 취함과 동시에 부역자의 집안인 종철가에 상처를 입혀야 할 의무가 있노라고 자긍했다.

영우는 죽어 마땅하다. 그들은 죽을 죄를 지은 놈들이니…. 삼득은 그렇게 생각하며 스스로를 합리화했다. 여기서 문제가 되는 것은 삼득이 전혀 반공주의자가 아니라는 점이다. 그는 아무 이념도 없었을 뿐더러 어떤 이념이든 상황 논리에 따라 아전인수하는 파렴치한이었다.

영우가 죽고 나자 과연 그는 공생회 명의로 등기된 과거 노무라의 모든 재산을 씨아이씨 대장과 지서장과 면서기를 등에 업고 슬쩍 자기 명의로 바꿨다. 국군과 인민군의 전선이 오르락내리락하는 사이에 숱한 청년들이 전장으로 나가 언제 죽을지 모를 처지에 놓인 현실에서 벽지 어촌마을의 재산 따위 누구도 관심을 갖지 않았다. 삼득은 이 같은 상황을 재빠르게 포착하고 기습적으로 영우가 관장하던 적산을 모조리 자기 소유로 만들어 버린 것이다. 전쟁만 끝나면 삼득은 방대한 재산가로 등장할 확고한 기반을 구축했다.

그 사이에 인심도 변하여 삼득의 집에는 많은 사람이 드나들고 있었다. 떡을 해서 가져오는 사람, 닭을 잡아 가져오는 사람, 돈을 가져오는 사람들로 문전성시를 이루었다. 삼득의 세 치 혀는 죽어 가는 사람을 살릴 수도 있고 죽지 않아도 될 사람을 죽일 수도 있었다. 그도 그럴 것이 삼득은 씨아이씨 대장과 지서 주임이 지명한 마을 사람들의 사상동태를 살피는 민간인 책임자였기 때문이다.

일제강점기부터 백성들을 지배하던 여러 신화는 교활하기 짝이 없는 임삼득이라는 한 인간이 마음대로 휘두를 수 있는 사욕의 칼로 변질되어 있었다. 그는 영우나 한우 같은 위인을 가장 어리석은 인간으로 취급했다. 신화를 이용할 줄 모르고 그 신화에 이용당하는 부류로 본 까닭이다. 그는 세월을 한탄하는 사람이야말로 인간 중에 가장 어리석고 못난 인간이라 치부했다.

일제 강점기에는 덴노헤이카를 교활하게 이용했고, 해방 직후에는 공산주의를 교묘하게 활용했으며, 공산당이 불법화되자 재빨리 열렬한 반공산주의자로 변신하여 자유민주주의의 기치를 높이 들어 절묘하게 이를 활용했다. 앞으로 또 어떤 신화가 나타날지 모르지만 무엇이든 등장하기만 하면 또 삼득의 도구로 바뀔 것이 틀림없다.

삼득이 이같이 제 세상을 만난 듯 삶을 구가하고 있는 반면, 종철의 집은 납덩이를 삼킨 것처럼 침통했다. 그들은 벙어리가 된 듯 식구 모두가 언어를 잃어버렸다. 꼭 필요한 말 이외에는 누구도 입을 열지 않았다. 철없이 명랑하게 까불어야 할 아이들도 침울한 어른들의 영향을 받아 시무룩한 얼굴이 되어 있었다.

종철의 집으로 찾아오는 사람이 아무도 없는 것과 마찬가지로 그들은 밖으로 나가지 않았고 찾아가는 곳도 없었다. 외부와의 연락이 단절된 하나의 고립된 세계였다. 한우 처와 더불어 또 하나의 과부가 된 은숙은 눈물과 한숨으로 시간을 삼키고 있었다. 이처럼 회색의 슬픔과 실의가 침식하고 있는 집안임을 상징하듯 지붕 위의 붉은 깃발은 오늘도 바람에 팔랑대고 있었다. 팔랑거리는 그 붉은 깃발 위로 전투기가 날카로운 폭음을 터뜨리며 수도 없이 날아다녔다.

미군이 참전을 개시한 이래 낙동강을 사이에 두고 피비린내 나는 싸움을 벌이던 전선은 북으로 치달아 서울을 수복하고 임진강을 경계로 북한군과 대치했다. 얼마 지나지 않아 일사후퇴가 있었는데 그 무렵 입대영장을 받고도 입대기피자가 속출하여 군대 충원이 제대로 이루어지지 않자, 간혹 마을에 트럭이 나타나서는 갑자기 나팔을 불고 징이나 장구를 쳐대면 호기심에 멋모르고 구경나온 사람들 중에서 청소년과 장년층을 강제로 차에 실어 군 장병이나 보급대원으로 충당하기도 했다.

빨갱이란 이름으로 무수한 사람들이 학살을 당하는 한편 그 와중에도 살아남은 청년들은 물론 삼사십 대의 남자들도 보급대란 이름으로 탄약과 군수용품을 운반하러 전선으로 동원되어 아녀자와 노인네만 마을에 남아 고약한 세월을 원망했다. 스무 살 미만의 아들을 둔 부모들은 자신의 아들이 전선으로 동원되지 않도록 하루라도 빨리 전쟁이 끝나기를 노심초사 기다렸다.

과년한 딸을 가진 부모들은 딸을 시집보내지 못해 애를 태우고 있었다. 그 딸들의 남편이 되어줄 청년들이 모조리 전장으로 나가고 없었기 때문이다. 딸을 청년에게 시집을 보내면 청상과부가 되기 십상이니 부모들은 청년에게 딸을 주는 것을 꺼렸다. 첫날밤을 지내고 전선으로 나가 죽은 청년도 있어서, 단 하룻밤 만에 과부가 된 경우도 있었다.

꼬마들은 전쟁놀이에 여념이 없었다. 상민과 상식도 노상 전쟁놀이에 시간 가는 줄 몰랐다. 열 살 남짓한 소년들이 막대기를 어깨에 메고 구령에 맞춰 대열을 지어 신작로를 행진했다. 그들에게는 모두 계급이 있었다. 소위니 일등상사니 이등 상사, 일등 중사, 이등 중사, 하사… 등등의 계급장을 가슴에 붙이고 으스댔다. 일제강점기 시대의 오야마다이쇼 놀이만큼 소년들에게 인기가 있었다. 때로는 모래밭에 진을 치고 실전을 방불케 하는 전투를 벌이기도 했다.

모래밭에 구덩이를 파기도 하고 언덕을 만들어 놓고 그 가운데 들어가 머리만 내어놓고 나무총을 상대에게 겨누고는 입으로 탕 탕 탕 소리치며 돌격했다 후퇴하기도 했다. 녀석들은 총에 맞아 죽는 시늉을 하는가 하면 두 손을 높이 들고 대한민국 만세를 부르며 쓰러지기도 했다. 종철은 상민과 상식이 전쟁놀이를 하지 못하게 말렸음에도 손자들은 할아버지의 간곡한 당부에도 아랑곳하지 않고 하루가 멀다고 전쟁놀이에 몰두했다.

영우의 비참한 죽음에 대한 충격이 다소 가시자 종철의 집안에는 예상된 걱정거리가 생겼다. 그것을 두고 설상가상이라 하는 모양이다. 다름이 아니라 정우가 징집 영장을 받을 나이가 되었던 것이다. 거리를 배회하는 젊은 청년을 보면 즉시 강제로 트럭에 실어다 전선에 배치하는 판에 정우라고 영장이 안 나올 리 없었다. 언제 정우의 영장이 날아들지 그들은 항상 불안했다. 전쟁에 나가면 십중팔구 죽거나 부상을 당하는 실정이었으니 영장이 날아드는 것 자체가 마지막 남은 아들의 생존과 직결되었기 때문이다.

어떤 기적이 일어나 전쟁이 끝나거나 아니면 정우만은 영장을 받지 않고 넘어가기를 가족들은 빌고 빌었다. 그러나 그들의 이런 바람은 허무맹랑한 꿈에 불과하다는 것을 깨닫게 한 사건이 졸지에 찾아왔다. 하늘에는 비행기들이 편대를 지어 간헐적으로 날고 있었고, 신작로에는 군용차들이 일정한 시차를 두고 먼지를 일으키며 질주하고 있었지만, 훈훈한 훈풍이 부는 오월은 마냥 아름답기만 했다. 하늘은 티끌 하나 없이 파랗게 개어있었고 바다는 호수처럼 잔잔했다. 그 잔잔한 수면 위로 갈매기가 한가롭게 멱을 감고 있었다. 종철은 널찍한 대청마루에 앉아서 파란 하늘로 떠가는 뭉게구름을 하염없이 바라보고 있었다.

갑자기 개가 사납게 짖어대기 시작했다. 종철은 꿈에서 깨어난 것처럼 깜짝 놀라 대문 쪽을 쳐다보았다. 총을 멘 순경 하나와 권총을 허리에 찬 씨아이씨 대원 두 명이 사납게 짖어대는 개를 흘겨보며 마당 한가운데로 걸어오고 있었다. 저들이 찾아왔다는 것은 예삿일이 아니란 말인데…, 종철은 엉거주춤 엉덩이를 걸치고 앉았다.

"정우 씨는 집에 없나요?"

총을 벗어 무릎에 올려놓으며 순경이 말했다. 예상외로 부드러운 어조였다. 얼굴에는 웃음기조차 어리어 있었다. 종철의 집에 찾아온 순경의 얼굴이라고는 도저히 믿기지 않았다. 일찍이 그의 집으로 찾아온 순경들의 얼굴은 찬바람이 일 만큼 냉랭했을 뿐 아니라 어조는 위압적이고 비수처럼 날카로웠던 것이 상례였다. 그런데 이번 경우는 전혀 달랐다. 순경들에게도 이런 얼굴과 어조가 있었나 싶을 정도였다.

"어디 놀러 갔나요?"

종철이 그들의 눈치를 살피고 있을 때 정우가 뒤꼍에서 쭈뼛쭈뼛 걸어 나왔다. 정우가 나타나자 그들은 몸을 일으켜 그를 맞았다.

"영광스러운 소식을 전하러 왔습니다."

"영광스러운…, 소식이라고요?"

정우는 그들과 약간의 사이를 두고 마루 끝에 앉았다. 그들도 다시 마루에 앉아 정우를 응시하며 한동안 입을 열지 않았다.

"당신에게 대한민국에 충성할 기회가 왔습니다. 축하드립니다."

이렇게 말한 순경은 주머니를 뒤져 한 장의 종이쪽지를 꺼내었다. 종철과 정우의 시선이 그 종이쪽지에 쏠렸다. 기어이 올 것이 왔구나 하는 체념의 빛이 얼굴을 물들이고 있었다. 새빨갛게 그어진 두 줄의 붉은 선이 그들의 심장 고동을 멎게 했다. 전선으로 나가라는 추상같은 명령이 적힌 징집영장이었다.

온 천지가 노랗게 변한 것 같아서 종철은 눈을 감았다. 일찍이 일제가 한우에게 보냈던 영장이 아련히 떠올랐다. 영장을 발부하는 명분과 목적은 달랐지만 죽음이 기다리고 있는 전선에 나오라는 요구는 같은 것이다. 전자는 덴노헤이카로 과대 포장된 왜왕의 대동아공영권을 위해 참전하는 것이었고 후자는 자유를 수호하기 위하여 동족상잔의 비극의 현장으로 동원되는 것이 목적이었다.

대동아공영권과 자유 수호란 두 개의 명분을 표방한 영장들이었다. 하나는 꼬불꼬불한 일본어로 인쇄되었고 또 하나는 네모반듯한 한글과 한문으로 씌어 있었다. 꼬불꼬불한 곡선과 네모 반듯반듯한 사각형, 이것들은 모두 정체불명의 신화가 발부하는 신체 저당 고지서였다. 돈을 요구하는 것이 아니고 사람의 피를 요구하는 것이다. 한우에게 영장을 전했던 나카무라의 태도가 영웅을 대하듯 하는 조작된 경외감이 있었다면, 정우의 영장을 들고 달려온 순경은 가련하고 딱하게 되었다는 연민의 정이 있었다.

"대한민국에 태어난 청년이면 누구나 가야 할 성스러운 의무가 아닙니까? 괴뢰군을 소탕하고 백두산 영봉에 태극기를 꽂을 일꾼이 된 겁니다. 국민의 의무입니다!"

씨아이씨 대원 하나가 국민의 의무라는 말에 특히 힘을 주었다. 종철은 그동안 계속 눈을 감고 있었고 정우는 영장을 받아 입영 일자를 보고 있을 뿐 그의 말에는 대꾸하지 않았다.

"한마디 일러두는데 애초에 군대를 기피할 생각 같은 것은 안 하는 게 좋습니다. 기피를 할 수도 없지만…."

종철은 이렇게 말하는 씨아이씨 대원의 눈을 노려보았다. 분노가 어린 날카로운 시선이었다. 모든 것이 끝났다는 절망감과 세상에 이런 일이 또 어디에 있겠느냐는 억울함이 엉켜 있었다. 종철의 시선을 느낀 씨아이씨 대원은 고압적인 어투로 그들을 위협했다.

"영감님은 누구보다 빨갱이들의 만행을 잘 알고 있으리라 믿습니다. 영감님이 직접 보아 왔으니까요. 그러니 정우 청년이 출전하여 빨갱이 소탕에 함께해야 하지 않겠습니까?"

"정우 씨, 우리는 분명히 당신에게 영장을 전달했습니다. 이점은 대단히 중요한 사실입니다."

"알겠습니다. 분명히 나는 영장을 받아서 이렇게 쥐고 있습니다. 당신들은 책임을 완수했습니다."

"떠나는 날 트럭이 모시러 올 것입니다. 엉뚱한 마음일랑 품지 마시기를 바랍니다."

씨아이씨 대원이 허리에 찬 권총을 손바닥으로 쓰다듬으며 이렇게 못 박고 마당으로 내려섰다. 그들은 아주 떳떳하다는 듯 가벼운 걸음으로 대문을 나섰다. 한동안 가만히 있던 개가 동네가 떠나가 도록 짖으며 그들의 뒤를 쫓았다. 종철과 정우는 그들의 뒷모습을 멍하게 바라보고 있었다. 그들이 나가자마자 기다렸다는 듯이 은숙 과 미혜가 시어머니를 앞세우고 우르르 정우에게 몰려들었다. 하나 같이 절망에 가득 찬 얼굴들이었다.

"이러고 있을 게 아니라 모두 방으로 들어갑시다, 네?"

정우는 그렇게 말하고 자기가 먼저 방으로 들어갔다. 그들은 자 석에 끌리는 쇠붙이처럼 정우의 뒤를 따라 들어갔다.

"언제든지 한번은 당해야 할 일이기도 하고 매도 먼저 맞는 사람 이 낫다고 하니 차라리 저는 속이 후련합니다. 오늘이야 내일이야 하고 마음을 졸일 필요가 이제 없어졌으니까요. 어차피 한번은 총 을 잡아야 할 몸이니 너무 걱정들 하지 마세요. 국민 된 의무이기 도 하고요."

"어떻게 할 작정이니?"

종철은 정우에게 바싹 다가앉으며 비장한 표정으로 아들에게 다 그쳤다.

"어떻게 하다뇨?"

"군대엘 나가겠느냐 말이다."

"그럼요, 가야죠!"

어림도 없는 말을 하고 있다는 표정으로 정우는 아버지를 쳐다보 았다.

"너는 우리 집 안에 단 하나 남은 아들이야, 너만이라도 우리 늙은 내외의 임종을 지켜야 하지 않느냐 말이다! 군대엘 나가면 살아 돌아온다는 보장이 어디 있어?"

"아버님 말씀이 옳아요. 도련님은 군대엘 가셔선 안 돼요. 물론 어렵고도 위험한 일이긴 하지만 기피하세요. 기피하셔야 해요!"

미혜가 시아버지의 말을 가로채서 결연한 어조로 말했다. 은숙은 묵묵히 정우를 보고 있었고, 어머니는 훌쩍훌쩍 콧물을 들여 마시며 소리를 죽여 울었다.

"기피할 수도 없지만 기피할 성질의 것도 아니잖아요? 청년들이 너도나도 군대를 기피한다면 공산군을 누가 몰아내겠습니까? 물론 저도 전쟁터에는 나가고 싶은 생각이 없습니다. 피비린내 나는 전선으로 가고 싶은 사람은 아마 이 세상에 아무도 없을 거요. 하지만 이것은 우리 청년들의 의무가 아닙니까? 영우 형님은 공산주의자지만 저는 형님과는 반대로 공산주의를 증오합니다. 어쨌든 공산주의가 우리나라에서 종적을 감추어야만 모두 베개를 높이 베고 태평성대를 누릴 것입니다."

"오냐 오냐, 네 말도 일리는 있다마는 너는 기피해야 한다. 우리가 가진 전답을 모조리 팔아서라도 별일이 없도록 할 테니 기피를 해라. 혹시라도 나는 너마저 불행하게 된다면 도저히 살아가지 못할 것 같아서 그런다."

"아버지, 전쟁에 나간다고 모두가 죽지는 않잖아요? 이 전쟁만 끝나면 우리나라는 참으로 평화스럽고 살기 좋은 나라가 될 겁니다.

이 나라에 내가 태어났기 때문에 이 전쟁에 나가야 합니다. 저로서는 전쟁터에 나갈 만한 명분과 보람이 있다고 생각합니다."

종철은 아들의 반응에 할 말을 잃었는지 입을 다물었다. 기피를 강력하게 주장했던 미혜도 입을 벌린 채 말이 없었다. 당사자가 기피 할 생각이 추호도 없으니 더 이상 입영 기피에 대해 왈가왈부할 수 없다고 모두들 체념했다.

"알고 있는 사실이지만 우리 집안은 빨갱이 집안으로 낙인이 찍혀 있습니다. 사실 빨갱이 집안임이 분명하죠. 조국에 대한 끔찍한 죄를 지은 집안입니다. 이 창피한 누명을 벗기 위해서라도 제가 국군이 되어야 합니다. 제가 국군이 되면 영우 형님이 지은 죄를 다소라도 속죄할 명분이 생깁니다. 형님이 저지른 죄를 제가 대신 속죄해야 할 의무가 있습니다. 미국의 청년들까지 우리나라에 와서 북한 괴뢰군과 피를 흘리며 싸우는데 우리가 어찌 피할 수 있겠습니까?"

"네 생각이 정 그렇다면 할 수 없는 일이지만… 그러나 정우야! 나는 전생에 무슨 죄를 지었는지 아들 둘을 모두 비명에 잃었다. 그러니 너만은 붙들고 싶어서 이렇게 요구하는 것이다. 나는 논밭을 팔아가며 자식들을 공부시켰는데 모두 이 지경이 되었으니 그놈들이 못나서 이렇게 된 것이냐? 아니지, 모두가 너무 잘나고 똑똑해서 이 꼴이 된 거야. 나는 바보 천치라도 내 임종을 지켜줄 아들을 곁에 두고 싶다. 사람은 그저 오래오래 살아야 하는 거다. 거지가 되더라도 아들과 함께 살 수 있다면 나는 그것을 택하겠다.

대동아공영권이나 공산주의, 그리고 네가 말하는 자유니 하는 것들은 다 어디에 쓰는 것이냐? 이런 고약한 것들이 우리 집안으로만 몰려 왔다. 사람은 제명대로 살아야 해, 그것이 가장 으뜸가는 복이야."

종철의 뿌연 두 눈 속에 눈물이 번득였다. 가족들에게 눈물을 보이지 않으려고 애쓰는 모습이 역력했지만 흐르는 눈물을 막지 못했다. 아버지의 눈물을 본 정우는 찡하고 가슴이 떨리고 콧마루가 시큰해져 지그시 아랫입술을 깨물었다.

"아버지."

정우는 목이 메어 말을 잠깐 멈추었다가 다시 계속했다.

"너무 상심하지 마세요. 우리 집안에 노상 불행만 찾아오라는 법은 없어요. 이제 모든 불행은 일단락되었어요. 저는 아버지에게 실망을 드리지 않으려고 노력하겠습니다. 머지않아 공산주의는 이 땅에서 완전히 소멸될 것이고 따라서 전쟁도 금방 끝날 겁니다. 그때 저는 의기양양하게 개선장군이 되어 아버지를 뵙겠습니다."

"집 떠날 날짜가 언제냐?"

"오월 이십팔일이니까, 글피가 입대일입니다."

"그렇게 빨리?"

종철은 눈을 커다랗게 뜨며 반문했다. 너무나 빠른 입대 날짜에 식구들 모두 입을 벌렸다. 며칠 후 정우가 집을 떠나야 한다는 냉혹한 사실에 그들은 모두 할 말을 잃었다.

유난히 길게 느껴지는 오월의 하루도 저물어 대지에는 소리 없이 어둠의 장막이 덮이고 있었다. 널따란 종철의 집 안은 마치 사람이 살고 있지 않은 집처럼 아무런 기척도 음향도 없이 깊은 정적이 감돌았다. 그사이 시간은 흘러 정우의 입대일이 이튿날로 다가왔다. 내일이면 정우가 집을 떠난다는 사실이 암울했는지 방마다 불이 켜진 집 안은 쥐죽은 듯 조용했다.

"형님 주무세요?"

미혜가 견디다 못해 은숙의 방문을 두드리며 속삭이듯 말했다. 구름 한 점 없는 밤하늘에는 쏟아져 내릴 듯한 별들만 총총했다. 베개 위에 얼굴을 파묻고 누워있던 그녀는 머리를 들며 방문을 열고 서글픈 미소를 지으며 동서를 맞았다. 미혜는 털썩 방바닥에 주저앉으며 화가 나서 못 견디겠다는 투로 말했다.

"글쎄, 도련님까지 가고 없으면 집안이 뭐가 됩니까? 더구나 전쟁에 나간 사람이 무사히 돌아오기를 바란다는 것은 욕심이고…."

"하는 수 없는 일이지."

"왜 하는 수 없는 일입니까. 좌우간 이 이 씨네 집 아들들은 모조리 어리석기 짝이 없어요. 우리를 첩 아닌 첩으로 만들었다가 이제는 그것도 부족해서 과부로 만들어 놓았으니 이 이상 무모하고 무능한 남자들이 또 어디에 있겠어요? 도대체 대동아공영권이니, 공산주의니, 반공이니, 자유니 하는 어디서 굴러온 것인지도 모를 볼품없는 망령 같은 것을 가지고…, 거기에 빠져서 정신을 차리지 못하다가, 결국에는 우리를 이 꼴로 만들어 놨잖아요! 우리 집안에서 한 번도 아니고 두 번이나 피해를 봤으면 족하지 도련님도 정신을 차려야 마땅하지 않아요. 낮에 도련님이 하신 말씀을 좀 생각해 보세요. 공산주의만 이 땅에서 없어지면 무슨 장한 수나 생길 듯 이 말하지 않았어요? 어쩌면 이 집안 세 아들은 고집이 똑같이 닮았는지 모르겠어요."

미혜는 시퍼런 비수를 휘두르듯 마구 그녀의 남편을 포함한 삼 형제를 질타했다. 그녀의 눈에는 분노의 불꽃이 튕기고 있었다. 생각할수록 분하다는 표정이었다. 그녀는 자신의 비행을 합리화시키기 위해서라도 종철가의 삼 형제를 비판할 필요가 있었던 것일까. 한층 더 격한 어조로 말을 계속했다.

"저들은 그런 물거품 같은 사상을 신주 모시듯 위하면서 자기들이 무슨 선각자나 된 것처럼 뽐냈잖아요. 결국에는 가련한 신화의 제물에 불과했는데 말이에요!"

"동서의 말은 오늘 너무 지나친 것 같아. 나로서는 그들의 잘못이라기보다 그들이 불행한 시대에 태어났기 때문에 어쩔 수 없는 일이라고 생각해. 그들의 잘못이 아닌 것 같아."

"그들의 잘못이 아니면 누구의 잘못이란 말이에요? 이 마을에 다른 남자들을 보세요. 모두 처자를 거느리고 단란하게 잘 살고 있잖아요. 잘되면 자기 탓이고 못되면 조상 탓이란 식의 안이한 생각이에요. 그들은 우리의 이상을 무자비하게 짓밟은 남자들이에요."

"나는 그들이 역사가 필요로 한 인물들이라고 믿어."

"역사가 필요로 한 인물들이 아니라 역사가 필요로 한 제물들입니다! 내가 정우 도련님의 처지에 있다면 망설이지 않고 기피를 택

할 것입니다. 군대를 기피 할 충분한 이유가 있어요. 얼마 전에 안 사실이지만 정우 도련님이 지서에 잡혀갔을 때 말이에요. 그때 도련님까지 죽이려고 했는데…, 임삼득 씨가 간곡히 부탁을 해서 살게 되었대요. 그 사람도 한 가닥 양심이 남아 있었던 모양이에요. 더는 참화를 입어선 안 돼요. 한때 빨갱이로 몰아 죽이려고 한 사람을 이제와서 빨갱이를 무찌르는 국군이 되라고 하다니 이런 법이 어디 있어요? 이래도 국군에 나가야 하나요?"

"상민이 아버지나 상식이 아버지가 우리 둘의 일생을 불행하게 한 것은 분명해. 그러나 그들은 그들대로의 신념이 있었어. 그 신념이 정당하든 부당하든 간에 그들은 신념을 지키려다 인생을 마감했어! 그들이 가졌던 신념은 당시의 사회 현실의 요구에 부응하는 거였다고 봐. 그런 신념이 없는 사람은 평범한 남자일 뿐이지. 그들에게 대동아공영권이니 공산주의니 하는 따위의 신념을 갖게 한 것은 어떤 막강한 힘이 작용했던 것 같아. 우리는 그 굉장하고 거대한 힘 때문에 이렇게 된 거고. 그들에게 죄가 있다면 이상을 품고 보람차게 살고자 했던 마음, 그 마음이 바로 죄라면 죄가 되겠지. 그런데 아까 임삼득에게 씨자를 붙인 것은…"

"아니에요…, 어쨌든 무언가 그들에게 결함이 있었던 거죠. 그들이 남보다 공부를 많이 한 관계로 그런 사상을 가졌겠지만 어쨌든 그들에게 결점이 있었기 때문에 이렇게 되었다고 봐요."

"정말 머리가 터져 나갈 것 같아, 우리 이제 이런 이야기는 하지 말기로 해, 응?"

은숙은 사뭇 애원 조로 미혜에게 말했다. 그녀들이 당했던 일이나 현재 당하고 있는 일들을 생각하면 할수록, 마음속이 난마와 같이 얽히기만 할 뿐 속 시원한 해결책이 나오는 것도 아니었다. 덴노헤이카가 그들에게 무엇을 어떻게 가져다주었는지, 공산주의가 또 무엇을 어떻게 가져다주었는지, 반공이란 이념이 앞으로 그들에게 무엇을 어떻게 가져다줄 것인지, 따지면 따질수록 미궁과 혼돈 속으로 그녀들을 몰아넣었다. 미혜는 평화스럽게 아무런 걱정 근심도 없이 잠자는 상희의 얼굴을 굽어보며 다시 말을 이었다.

은숙은 동서와 대화가 어렵다는 사실을 깨닫고 미혜를 멀거니 응시하고 있었다. 그녀가 품고 있는 남성에 대한, 특히 한우 서방님에 대한 부정적 인식은 도를 넘고 있었다. 자식은 아버지를 닮게 해서는 안 된다는 동서의 생각은 공감하지만 평범한 사람으로 키워야 한다는 미혜의 뜻은 옳지 않다고 생각했다. 그렇다고 해서 아들 상민이가 공산주의자가 되기를 바라는 것은 절대로 아니었다.

그녀는 상민이가 공산주의보다 더 합리적이고 건전한 이상을 가슴속에 품고 한 인간으로서 남자답게 출세하기를 바랐다. 남자라면 공산주의든 무엇이든 간에 어떤 신념을 가져도 좋겠지만 단지 그 이상에 교조적으로 중독되어서는 안 된다고 그녀는 생각했다. 어느 한쪽에도 치우치지 않고 균형감각을 유지하면서, 중용적 시각으로 그 실천 가능성을 모색하는 사람만이 정상적인 인간으로 보였다.

"형수님들이 모두 이 방에 계셨군요."

정우는 덜컥 문을 열고 방으로 들어왔다. 두 사람 다 소스라치게 놀라 고리 눈이 되어 정우를 쳐다보았다. 술 냄새가 일시에 풍겨 왔다. 대춧빛으로 붉어진 정우의 얼굴에 착잡한 미소가 감돌았다.

"술 드셨어요?"

"네 한잔했습니다. 마시고 또 마셨습니다. 취하고 싶었어요. 그래서 친구들이 권하는 대로 한 잔도 사양하지 않고 마셨습니다. 이 마당에 사양할 필요가 있겠어요? 도마 위에 오른 물고기 신세에 기다리는 건 죽음뿐이잖아요."

"도련님은 왜 쓸데없는 생각을 하세요? 군대 간다고 모두 죽는 줄 아세요. 운명은 하늘에 달린 거예요. 인명은 재천이란 말이에요."

은숙은 자신 없는 억양으로 정우를 위로했다. 정우는 흥하고 코웃음을 치며 취기를 빌어 두서없는 말을 늘어놓기 시작했다.

"인명은 재천이라…, 그 하늘은 바로 공산당이에요. 나의 생명은 공산군의 총부리에 달려 있어요. 나에게 총을 쏠 사람은 바로 공산주의자들입니다. 내가 죽고 살기는 그들에게 메인 거죠. 공산주의는 이처럼 나의 운명을 지배하고 있어요. 내가 그들을 죽이느냐, 그들이 나를 죽이느냐, 이것이 나에게 주어진 현재 상황의 전부입니다. 내가 살기 위해서는 그들을 내가 죽여야 하고 그들이 살기 위해서는 그들이 나를 죽여야 합니다."

"그러니까 전쟁에 나가지 말고 기피하세요!"

미혜는 좋은 기회를 잡았다는 듯이 또 기피 문제를 꺼냈다. 정우는 끄윽 트림을 하고서는 나른하게 풀어진 시선으로 둘째 형수를 빤히 처다보며 퉁명스럽게 대꾸했다.

"형수님은 나더러 역적이 되라는 말씀입니까? 우리 집안에 역적은 한 사람으로 충분합니다. 그런데 나까지 기피를 하면 역적이 두 사람이나 되잖아요. 이 세상에서 가장 무거운 죄가 바로 반역죄라는 죄입니다. 나는 역적이 되고 싶지 않아요. 나는 공산군을 죽여야 합니다. 큰형님이 공산주의자였지만 공산주의는 사람을 영혼이 없는 기계로 만드는 고도의 논리체계를 가진 미신입니다. 공산주의는 곧 새로 만들어진 하느님입니다. 이십 세기에 날조된 유령이 나타난 겁니다. 내일이면 정든 집을 떠나 전선으로 갑니다. 피를 흘려서라도 자유를 수호해야 할 의무가 있어요."

"자유가 뭐죠?"

미혜는 발끈해져서 정우에게 대들었다. 퉁명스럽고 차가운 어조였다. 정우는 비스듬히 누워 딴청을 부렸다. 마치 그따위 물음에는 대꾸할 가치가 없다는 태도였다.

"두 분 형수님들은 앞으로 어떡할 작정입니까. 형수님들이 불쌍해서 못 견디겠어요. 이렇게 젊은 나이에…"

"우리 일에는 상관하지 말고 도련님 자신에 대한 문제나 해결하세요. 저는 오히려 도련님이 불쌍해서 못 견디겠어요."

"제가 핏대를 올리지 않게 되었느냐 말예요! 자유의 수호니 공산주의니 하는 물거품 같은 관념의 노예가 되어 지각없이 행동하는 도련님 형제들 틈바구니에 끼어서 죽어나는 사람은 우리니까요. 그런 데다가 도련님까지 자유의 수호를 위하여 어쩌고저쩌고 하고 있으니 복장이 터질 것만 같아요."

"큰형수님은 작은형수의 주장을 어떻게 생각하세요?"

정우는 취한 눈을 정말 궁금하다는 듯이 반짝이며 은숙에게 말 참견을 시켰다. 그녀는 입꼬리를 말아 올려 미묘한 웃음을 지으며 차분히 말했다.

"도련님이 우리를 동정하는 여성으로 만든 원인은 바로 동서가 말한 공산주의니 대동아공영권이니 하는 등의 허상이에요. 그따위 허상들에 도련님만은 형님들처럼 몰두하지 말았으면 해요"

"그 보세요. 형님도 저와 똑같은 견해를 갖고 계시잖아요? 그러니 제발 도련님도 정신 차리세요!"

"사람이 이 지구 상의 다른 동물과 다른 점이 무엇인지 형수님들은 아세요? 그것은 바로 형수님들이 그렇게도 못마땅해 하는 이념을 인간은 가지고 있다는 겁니다. 사람에게 이념 혹은 사상이라 해도 좋겠지요, 그 이념이 없다면 말입니다, 먹고 자고 누기만 하는 저 마당의 개와 무엇이 다르겠어요? 그 관념이 문명과 문화를 이룩한 역사의 원동력이며 역사라는 기계가 끊임없이 줄기차게 돌아가게 하는 기름입니다. 왜왕을 앞세운 대동아공영권 등의 청사진은 일제가 배양한 빛깔 고운 독버섯에 불과했어요. 빛깔만 보고 곱다고 그 버섯을 먹으면 가차 없이 죽습니다. 공산주의 역시 때깔 좋고 먹음직스러운 독버섯입니다. 그래서 두 분 형님은 명분도 없는 개죽음을 당한 거예요. 하지만 자유는 독버섯처럼 빛깔이 곱지는 않지만 예컨대 송이버섯 같은 것입니다. 따라서 독버섯의 씨앗을 뿌리려는 공산 괴뢰군을 쳐부숴야 할 의무가 있고 송이버섯이 자라는 이 대지를 지킬 의무가 있는 겁니다."

"여하튼 도련님의 무운장구를 빌겠어요. 무사히, 부디 무사히 전쟁을 치르고 건강한 모습으로 돌아오시기를 빌겠어요. 많이 취하신 것 같은데 일찍 주무세요. 동서나 나나 웃는 얼굴로 도련님을 보내고 싶어요. 내일이 지나면 당분간 이별일 테지만 그것은 그야말로 당분간의 이별일 뿐이니 건강하게 지내다 오셔야 해요."

은숙은 당분간이라는 말에 힘을 주었다. 정우는 입이 찢어지도록 하품을 했다. 하품의 입을 다문 그는 비틀거리며 일어났다. 미혜도 따라 일어났다. 은숙은 그들을 마루까지 배웅하고 들어왔다. 큰 채 대청마루 위에 걸린 괘종시계가 밤 열두 시를 알리는 괘종소리가 고요한 밤공기를 울렸다. 하늘에는 별들이 저마다 다투어 반짝이고 있었고 먼 북녘 하늘에서는 대포 소리가 늑대울음처럼 울부짖었다. 서쪽 하늘 어디선가에 전투기의 폭음이 우레처럼 밤하늘을 갈랐다.

"그럼 아버지 어머니 건강하게 지내십시오."

종철은 맥이 풀려 대답을 못했고, 영우 어머니는 눈물을 닦아내느라 어쩔 줄 몰랐다. 정우는 허름한 옷을 입고 두 분께 허리를 굽혀 깍듯이 인사를 했다. 인사를 마치고 몸을 돌이키다가 우두커니 서 있는 상민과 상희, 상식을 발견한 그는 세 조카의 머리를 쓰다듬어 주었다. 까까머리로 짧게 깎은 머리칼이 따사한 체온과 함께

266   박제신화

손바닥으로 전해지자 느닷없이 눈시울이 달아올랐다.

비명에 비참하게 죽은 두 형의 혈육들이란 생각이 그의 머리를 움켜잡았다. 어리고 천진난만한 죄 없는 이 소년들에게 아비 없는 자식이라는 낙인이 찍힌 것이 더없이 원통했다. 정우는 그들을 양 팔에 들어 올려 가슴팍으로 끌어안았다. 왈칵 쏟아져 나오는 눈물을 애써 삼키며 다정한 어조로 말했다.

"너희들, 나이가 몇이지?"

소년들은 무언가 확실히 알 수 없는 슬픔을 느꼈는지 얼른 대꾸하지 못했다. 미혜는 삼촌이 나이를 묻는데 왜 대답을 않느냐고 나무랐다. 그제야 상민은 울상이 된 채 정우를 올려보며 말했다.

"열 살."

"일곱 살."

"음, 상민은 열 살이고, 상희는 일곱 살, 상식이는 몇 살이지?"

"난 여섯 살이야."

상식은 정우의 다리에 매달리며 어리광부리는 목소리로 종알거렸다. 종철은 묵묵히 마당에서 이별에 임한 숙질간의 거동을 바라보고 있었다. 정우는 곧 울음이 터질 것 같아서 그들을 떼어 놓고 뚜벅뚜벅 마당을 걸어 나갔다. 가족들에게 눈물을 보이고 싶지 않아 뒤돌아보지도 않고 곧장 빠른 걸음으로 집밖으로 나갔다.

정우의 뒤를 따라 말없이 가족들이 움직이고 있었다. 종철은 마지막 남은 아들의 얼굴을 한 번이라도 더 보아두고 싶어 정우가 뒤돌아보기를 애타게 기다리며 그의 뒤를 따랐다. 은숙과 미혜는 죽지 부러진 병아리 모양을 하고 이끌리듯 따라가고 있었다. 넓은 마당을 지나 대문간에 이르는 동안, 정우는 한 번도 뒤를 돌아보지 않았다. 눈물을 가족들에게 보이고 싶지 않아서였다.

아침 해가 둥그런 선을 그으며 포개어 있는 집들의 지붕 위로 솟아오르고 있었다. 남쪽 하늘에는 부드러운 흰 구름이 양 떼처럼 흩어져 있고. 그 구름 아래로 갈매기 떼가 한가로이 수평선 쪽을 향해 날아갔다. 대문을 넘어선 정우는 걸음을 멈추고 잠시 망설이다가 몰려나온 가족들을 향해 몸을 돌렸다. 가족들의 시선이 정우의 얼굴에 집중되자 솟구친 눈물을 감추려 다시 머리를 숙였다. 신작로에 대기하고 있던 자동차의 요란한 경적이 들려왔다. 정우는 깜짝 놀란 얼굴로 배웅 나온 가족에게 말했다.

"나오지 마시고 이제 집으로 들어가십시오. 어머니 아버지, 형수님들 너무 상심하지 마세요."

정우는 홱 몸을 틀어 뚜벅뚜벅 골목길로 접어들었다. 나머지 사람들은 넋 나간 허수아비처럼 그의 뒤를 바라보고만 있다가 다시 종종걸음으로 따라 나갔다. 종철은 대문 밖으로 몇 발자국 나서다 말고 그 자리에 우두커니 서서 멀어지는 정우를 바라봤다. 정우가 골목길을 꺾어 그의 망막에서 사라지자 주름진 눈에서 막혔던 눈물이 하염없이 쏟아졌다.

그는 마치 망부석처럼 그 자리에서 움직이지 않고 텅 빈 골목길을 훑어보았다. 마지막 남은 아들 하나마저 떠나고 말았구나. 이것이 아들을 대하는 마지막 순간은 아닐까? 저렇게 건강한 모습으로 다시 나타나야 할 텐데 종철은 땅이 꺼질 듯한 한숨을 쉬며 휘적휘적 집 안으로 들어갔다.

골목을 빠져나온 정우가 신작로에 나타나자 기다리고 있던 마을 사람들이 그를 둘러쌌다. 정우와 함께 영장을 받은 청년 세 사람은 이미 트럭에 올라 있었다. 정우는 환송 나온 사람들과 일일이 악수를 나누고 트럭 위로 성큼 뛰어올랐다. 만세 소리는 물론이고 환호 같은 것도 없었다. 여기저기 터져 나오는 곡성, 그것은 사랑하는 아들을 죽음의 계곡으로 떠나보내는 장정들 유가족의 흐느낌이었다.

청년 한 사람이 트럭 위로 뛰어올라 정우를 비롯한 네 사람의 출전 용사들의 가슴에 태극기를 싸매었다. 그들의 가슴을 두른 태극기는 그들을 지켜보고 있는 사람들에게 어떠한 감동도 주지 못했다. 죽음에 대한 예감 혹은 두려움이 태극기를 압도하고 있었다.

징용 일본군으로 끌려가던 조선의 청년들에게 만세를 부르고 손뼉을 치던 바로 그 사람들 아닌가. 그런데 어쩌면 이렇게도 분위기가 역전될 수 있다는 말인가. 정우는 트럭 위에서 마을 사람들을 굽어보며 만감이 교차했다. 한우가 출정할 때의 그 열화와 같던 환호성이 환청처럼 울려 퍼졌다. 정우가 가족과 마을 사람과 석별의 정을 나누고 있는 곳은 바로 한우가 '덴노헤이카 반자이'를 우렁차게 외친 바로 그 자리다.

유족들의 비통한 울부짖음은 한결 도를 더했고 아들 가진 마을 사람들의 표정은 더욱 암울해졌다. 불원간 우리도 저들과 같이 울 때가 올 것이라는 예감 때문이었다. 트럭에 탄 장정들, 가슴에 태극기를 두른 장정들도 소리 없이 울고 있었다. 정우는 잇자국이 나도록 입술을 깨물며 군중 속에 뒤섞인 가족들을 찾았다. 눈물이 눈 속에 가득 고여 가족들의 모습을 찾을 수 없었다.

이윽고 무장을 한 순경 네 사람이 트럭에 올라 네 귀퉁이에 자리를 잡았다. 마치 도주하려는 죄수를 경계하는 간수처럼 순경들은 장정들을 감시했다. 사실 태극기는 순경들의 안중에 없었다. 청년 네 사람이 입대하는 마당에 네 명의 순경이 그들을 감시하는 사태를 나무랄 수만은 없었다. 달리는 트럭에서 뛰어내려 도망치는 청년들이 많았기 때문이다.

장정 중 한 사람이라도 도망을 치게 될 경우 그 책임은 고스란히 순경들에게 돌아갔다. 트럭에 발동이 걸렸다. 검은 연기가 연통에서 뿜어 나왔다. 이윽고 기어를 바꾸는 금속성 소리와 함께 트럭이 구르기 시작했다. 끝내 만세 소리는 없었고 민망할 정도로 울부짖는 유가족들의 곡성만 마을을 감쌌다.

트럭은 먼지를 일으키며 마을을 벗어나고 있었다. 부연 먼지로 가득 찬 신작로, 그곳은 모든 비극이 들어오고 나간 길이었다. 한우도 이 신작로를 거쳐 전선으로 나갔고 영우 또한 트럭에 실려 이 신작로를 따라 떠나갔다. 신작로는 일본인의 명령으로 조선인이 닦은 길이었다. 이 신작로를 따라 떠났다가 영영 돌아오지 못한 조선인이 얼마나 많았던가. 조선인이 아닌 한국인 신분으로도 이 신작로를 따라 걸어서든 차에 실려 가서든 불귀의 몸이 되어 이 세상에서 자취를 감춘 경우 또한 셀 수 없이 많았다. 일본인이 오갔고,

조선인이 오갔고, 한국인이 오고 간 이 신작로는 모든 것을 기억한 채 굽이굽이 들판을 가로질러 서쪽으로 뻗어 있었다.

　신작로는 해마다 부역으로 동원된 마을 사람들이 자갈을 깔고 보수를 하여 원래의 형태를 유지하고 있었지만, 그 위를 오가는 사람들의 모습은 놀랄 만큼 변모했다. 한우는 일장기를 가슴에 두르고 떠났고 정우는 태극기를 가슴에 두르고 떠났다. 영우는 아무것도 두르지 않은 채 수갑을 찬 맨몸으로 끌려가 다시는 돌아오지 못했다.

　마을 사람들은 태극기를 가슴에 두르고 떠난 청년들이 다시 이 신작로로 부디 살아서 돌아오기를 간절히 빌면서 각자의 집을 향해 뿔뿔이 흩어졌다. 삼삼오오 힘없이 걸어가는 그들의 머리 위로 전투기가 산천을 무너뜨릴 기세로 폭음을 퍼뜨리며 날아갔다. 비행기는 이미 사라지고 없었지만 하늘을 찢는 금속성 여음은 그들의 고막을 먹먹하게 했다.

　전투기의 여음도 트럭이 일으켜 놓은 먼지도 바람에 날아가 버리고 신작로만 텅 빈 채 남았다. 그로부터 남쪽의 백사장을 낀 동해의 푸른 물결은 무심하게 출렁거렸고, 그 물결 위에는 속세의 일은 내 알 바 아니라는 듯 갈매기들이 날개를 파닥거리며 한가로이 물장난을 치고 있었다.

　시간은 모든 것을 삼키고도 무슨 일이 있었냐는 듯 태연하게 흘러갔다. 정우가 트럭에 실려 간 신작로에는 다시 수많은 사람이 오갔고, 동해 바다는 변함없이 철썩거리고 있었다. 바닷가에서는 벌

거숭이 꼬마들이 알몸으로 뛰어다니며 물장구를 쳐댔다. 정우의 입대 후에도 그의 뒤를 이어 출정하는 마을 청년들을 실은 트럭이 여러 차례 신작로를 지나갔다.

그럴 때마다 신작로 양쪽에는 그들을 떠나보내는 유족들의 곡성이 시차를 두고 진동했고 그 신작로로 전쟁터의 청년들이 가족에게 보낸 편지를 담은 가방을 둘러맨 늙은 우편 배달부가 하루 걸러 한 번씩 오르내렸다. 아들을 군대에 보낸 가족에게 그 늙은 배달부는 어떤 날은 구세주가 되었다가 어떤 날은 저승사자가 되었다.

배달부가 오는 날이면 마을 사람들은 신작로로 몰려나와 혹시나 전쟁터에 있는 자기 아들이나 남편 또는 동생에게서 편지가 왔을까 하고 마음을 졸이곤 했다. 배달부가 나타나면 그들은 편지를 보낸 이의 이름을 마구잡이로 불러대며 아우성을 쳤다. 그때 우쭐해지는 사람은 그 배달부뿐이었다. 그 깡마른 배달부는 이 마을에서 가장 인기 있는 사람이 되어 있었다. 그는 워낙 갖가지 사연의 편지를 전달했고 또 극적인 장면을 많이 보아 온 터라 이제는 어떤 상황을 만나도 거의 돌부처처럼 담담해지기에 이르렀다. 처음에는 편지를 받은 사람과 함께 웃고 울기도 했다. 배달부는 전사 통지서를 전해주기도 했고 무사히 살아있으니 안심하라는 기쁜 소식을 전해주기도 했다.

늙은 배달부를 기다리는 것은 종철과 그의 가족이라고 예외가 아니었다. 배달부가 오는 날이면 종철은 마당 안을 서성거리거나 골목길을 오락가락하며 초조해했다. 그러다가 정작 배달부가 나타나 동구 안으로 들어올라치면 방으로 들어가 바깥 동정만 살폈다. 배달부가 그의 집까지 걸어올 시간을 헤아리고 있다가 대문간에 다다를 시간이면, 사랑방 봉창 문으로 얼굴을 내밀고 대문 쪽을 바라보았다. 그러다가 끝내 배달부가 나타나지 않으면 봉창 문을 닫고 담뱃대를 빨았다.

벌써 수년 전 일이지만 한우가 이른바 위대한 황군으로 출정을 했을 때도 그와 비슷한 행동을 했다. 그러나 그때와 지금의 심정은 비교할 수 있는 게 아니었다. 그때는 그런대로 어떤 여유 같은 게 있었지만, 지금은 막다른 골목에 몰린 쥐처럼 초조한 심경을 가누기 어려웠다. 정도의 차이는 있었으나 은숙과 미혜도 편지를 기다리기는 마찬가지였다. 정우 어머니는 배달부가 오는 날이 아닌데도 하릴없이 골목을 들락날락하며 노상 신작로를 바라보았다.

정우가 떠나간 후 세 번째 편지가 온 지도 벌써 한 달이 넘었다. 온 가족이 혹시 그동안 무슨 일이 벌어진 것은 아닐까 하는 두려움에 떨면서 편지를 기다렸다. 그러나 배달부는 번번이 그들을 아랑곳하지 않고 마을로 들어왔다 가기만을 반복했다.

어른들은 언어를 잃어버린 사람들처럼 묵묵히 제 할 일만 했다. 이미 웃음이 자취를 감춘 지 오래인 집 안이지만 정우가 떠난 후로 더 심해졌다. 정우가 떠난 지 오 개월 동안 얼굴을 펴고 웃은 사람은 아무도 없었다. 가능한 한 가족들 간에도 서로 만나기를 꺼렸다. 식사 때나 일할 때 만났다가는 그것이 끝나기 무섭게 자기 방으로 들어가기에 바빠 서로 무엇을 하는지 알지도 못했고 알려고도 하지 않았다.

　마을 뒤 깎아지른 듯이 가파른 뇌성산에는 무성하게 우거진 잡목들이 갖가지 고운 자태를 뽐내며 물들어 있었다. 실로 보는 이로 하여금 황홀경에 빠지게 하는 아름다운 풍광이었다. 뇌성산 단풍은 이 마을의 자랑이기도 했다. 그러나 지금은 마을 사람들 누구도 그 아름다움을 느끼지 못했다. 아름다움을 느끼지 못한다기보다 아예 쳐다보지도 않는다는 말이 더 정확했다.

　멋들어진 단풍을 바로 뒤에 둔 종철네 집안은 방마다 문에 바람이 들세라 꼭꼭 닫혀 있었고, 마루 아래 섬돌 밑에는 여자 고무신만 한 켤레씩 덩그러니 놓여 있었다. 정우 어머니가 들어가 있는 안방, 은숙이 거처하는 아래채 큰방, 미혜가 있는 작은방 이렇게 그녀들은 각자 방 한 칸씩을 차지하고 있었다. 무거운 정적과 쥐죽은 듯이 고요한 집 안으로 상민과 상식이 막대기를 총처럼 단단하게 쥐고 뛰어 들어왔다. 마당 안으로 들어온 소년들은 양쪽으로 갈라져 상민은 변소 옆에 있는 짚더미 뒤로 숨고, 상식은 맞은편 장작더미 뒤에 배를 깔고 누워 막대기 끝으로 서로를 겨눈 채 소리쳤다.

　"탕! 탕!"

　상식은 고사리 같은 손가락으로 방아쇠를 연거푸 당기는 시늉을 하면서 목청을 돋우어 총소리를 연발했다. 상민이도 지지 않고 입총을 쏘아 댔다. 어느새 마당 안은 하나의 조그마한 전쟁터로 변했다. 손자들이 입으로 내는 총소리에 놀란 종철이 봉창 문을 열고 얼굴을 내밀었다. 할아버지가 보고 있다는 것을 안 상식은 우쭐해

져서 허리를 꾸부정하게 구부리고 돌격하는 자세로 막대기를 힘껏
잡으며 상민이 편으로 달려갔다. 상민은 상식의 가슴을 향해 막대
기를 들어 겨누고 길게 소리를 내어 총을 쏘았다.

"타아앙."

"앗…!"

상식은 막대기를 땅바닥에 던지고 오른편 팔을 왼쪽 손으로 덮
어 잡으며 마당 바닥에 그대로 넘어져 뒹굴었다.

"이놈들, 그게 무슨 고약한 짓이냐?"

종철의 분노에 찬 고함이 터져 나왔다. 상식은 깜짝 놀라서 벌떡
일어나 옷에 묻은 흙을 툭툭 털고 울먹거렸다. 상민은 막대기를 내
던지고 다람쥐처럼 대문 밖을 뛰어 달아났다. 상민이 대문을 나가
자 곧이어 늙은 배달부가 대문 안으로 들어왔다.

"편지 왔습니다."

그 소리가 끝나기도 전에 거의 동시에 네 개의 방문이 덜컥덜컥
열리는가 싶더니 네 사람 모두 마루로 뛰어나왔다. 가장 먼저 나온
은숙이 편지를 쥐고 들어오는 배달부를 향해 신발을 거꾸로 질질
끌며 뛰어가 편지를 빼앗듯이 손에 쥐었다. 편지를 빼앗긴 배달부
는 멋적은듯 느릿느릿 대문을 지나 골목길로 접어들었다.

"어디서 온 편지냐?"

대청마루에 나온 종철이 사뭇 떨리는 목소리로 물었다.

"도련님이 보낸 편지예요!"

은숙은 환하게 밝아진 얼굴로 감격에 찬 어조로 말했다. 정우 어

머니와 미혜가 편지를 쥔 그녀를 둘러쌌다. 그녀는 편지를 누구에게 빼앗길 새라 꽉 움켜쥐고 마루 위로 올라갔다.

"어서 뜯어 읽어 보아라."

"네."

은숙은 콧소리가 섞인 어조로 가볍게 대답하고 편지를 뜯었다. 편지를 뽑아내는 그녀의 손끝이 떨고 있었다. 그녀는 편지를 펼쳐 꿀꺽 마른 침을 삼키고 읽어 내려갔다.

"아버지 전상서, 오랫동안 글을 올리지 못하여 대단히 죄송합니다. 아버지를 비롯하여 어머니와 두 분 형수님들도 무고하시고 어린 조카들도 건강한지 궁금합니다. 저는 적의 총알이 폭우처럼 쏟아지는 전선에서 자유대한민국을 수호하기 위해 조국의 원수인 북한군들과 싸우다가 왼팔에 가벼운 부상을 입어…, 병원에서 치료를 마치고 지금은 평안하게 지내고 있습니다. 어쩌면 조만간 식구들을 뵙게 될 것 같습니다."

은숙은 편지를 다 읽고 마루 위에 놓았다. 그들은 정우가 어느 정도의 부상을 당했는지 제각각 상상하고 있었다. 왼팔에 가벼운 부상을 입었다는 말로 미루어 상태가 그다지 심하지 않은 것 같아 모두 기뻐했다. 전쟁터가 아니고 병원에 있다니 무엇보다 마음이 놓였다. 하지만, 부상이 어느 정도인지 알 수 없는 상황이라 그들은 기쁨과 불안이 섞인 표정으로 한동안 침묵했다.

"맨 마지막 부분에 뭐라고 썼지?"

"네, 어쩌면 곧 아버님을 뵙게 될지 모른다고 했습니다."

"제대하고 집으로 온다는 말인가."

종철은 이렇게 말하고 사랑방으로 들어가 돋보기를 가지고 나와 코에 걸고 불길한 예감을 떨치지 못한 채 정우의 편지를 펼쳐 읽어 내려갔다. 편지를 읽는 종철이의 표정은 착잡했다. 편지를 몇 번이고 처음부터 다시 읽은 뒤에야 마루 위에 내려놓았다. 안경을 코에 건 채로 그는 서쪽 하늘을 응시했다. 도대체 부상이 어느 정도라는 것인지를 생각하는 눈치였다. 유달리 높고 푸른 하늘이 그의 안경에 수채화처럼 어른거렸다.

8

국군과 인민군의 허와 실

방안에 틀어박혀 있던 가족들이 또 무슨 비극이 생긴 것이냐는 듯 두려움에 지친 표정으로 마루로 나왔다. 그동안 그들이 겪은 일들은 하나같이 충격적인 사건밖에 없었기 때문에 웬만한 것에도 깜짝깜짝 놀라기 일쑤였다.

　"삼촌이 집으로 오고 있어요."

　"뭐라고? 정우가 온다고? 그게 정말이냐?"

　종철은 허둥지둥 마루를 내려오며 아무래도 믿기지 않는다는 듯이 어린 손자에게 연거푸 다짐하는 것이었다. 마루에 나와 있던 정우 어머니와 두 며느리는 환성을 지르며 마당으로 내려왔다.

　"삼촌이 지금 골목 안으로 들어오고 있어요."

　그들의 시선이 한꺼번에 골목이 보이는 대문 쪽으로 쏠렸다. 시선이 미처 이르기도 전에 우르르 대문 쪽으로 달려갔다. 대문간으로 몰려나간 그들은 장성처럼 우뚝 서버렸다. 정우가 골목길을 걸어 들어오고 있었다. 정우가 아닌 다른 사람이 걸어 들어오고 있었다. 도저히 정우라고 볼 수 없는 청년이 터벅터벅 몸을 움츠리고 걸어오고 있었다.

그들이 넋 나간 사람처럼 멍하게 걸어오는 정우를 보고 있는 동안, 정우는 마치 지뢰가 매설된 땅 위를 조심스레 살피는 걸음걸이로 주춤주춤 그들에게로 접근했다. 집 떠날 때 정우가 아닌 괴이한 모습으로 돌아온 그에게 제일 먼저 뛰어간 사람은 어머니였다. 하얗게 세 버린 그녀의 머리칼이 바람에 흩날렸다.

"정우야."

그녀는 기쁨과 절망이 뒤섞인 목소리로 아들의 이름을 부르며 달려가 와락 정우를 껴안았다. 아들을 껴안은 그녀의 오른팔이 싸늘하고 딱딱한 쇠붙이에 닿자 깜짝 놀라며 껴안으려던 팔을 자신도 모르게 풀었다.

"어머니…."

정우는 자기를 안으려던 두 팔을 푸는 어머니의 어깨를 오른손으로 감싸 안으며 감격에 겨웠으나 비통한 목소리로 어머니를 불렀다. 정우는 울고 있었다. 그는 왼팔과 한쪽 눈을 잃고 가족의 품으로 돌아왔다. 피가 흐르는 팔목 대신 정우의 어깨에는 쇠붙이가 달려 있었고 하늘거리는 소맷자락 밑으로 두 개의 갈고리가 번뜩였다.

공산주의자들의 남침과 긴 전쟁으로 말미암아 정우는 왼팔과 눈하나를 자유 수호의 상징인 반공신화의 제단에 바치고 온 것이다.

종철은 그래도 정우가 죽지 않고 살아서 돌아온 것만도 다행이라 생각하려 했지만 심정은 더없이 괴로웠다. 불구의 몸으로 돌아온 정우를 이상한 시선으로 봐서는 안 된다고 가족들이 깨달은 것은 한참이나 지난 후였다.

정우는 근 일 년 만에 보는 가족들의 얼굴이었건만 기쁨보다 괴로움이 앞섰다. 그가 신작로를 걸어 집으로 들어올 때 자기를 보고 놀라고 실망할 가족들을 어떻게 대면할 것인지가 무척이나 두려웠다. 눈에 익은 들판과 산들이 정다운 모습으로 그를 맞았지만 정우는 그 고향 산천을 정다운 눈으로 볼 수가 없었다.

"나는 네가 살아서 내 곁으로 돌아온 것만으로도 여한이 없다. 너는 그 정도의 부상을 가지고 낙담하거나 비관하지 말고 꿋꿋하게 살아갔으면 한다. 네에겐 아직 성한 두 다리가 있고 멀쩡한 오른팔과 눈 하나가 남아 있지 않느냐…. 뭐든 볼 수 있고 만질 수 있으며 어디든 걸어 다닐 수 있다. 상이군인이라 비관하지 말고 마음 단단히 먹고 힘차게 살아야 한다. 너는 내 아들이고 상민과 상식과 상희의 삼촌이고 조국에 몸 일부를 바친 자랑스러운 내 아들이다."

종철은 정우에게 용기를 가지고 살아야 한다고 당부했다. 그것은 종철이 정우에게 이르는 말이라기보다 스스로에게 하는 말이었다. 정우는 묵묵히 그러나 처절한 심정으로 아버지의 말을 경청했다.

상식은 할머니 곁에 바짝 붙어 앉아 정우의 소매 밖으로 삐져나온 두 개 스테인리스 갈고리와 오른쪽 눈을 가린 사각형의 검은 안대를 겁에 질린 눈으로 보고 있었다. 상민이 자기의 갈고리 손을 보고 있다고 느낀 정우는 치부를 감추듯 그것을 주머니 속으로 넣으며 말문을 열었다. 그 음성은 일 년 전과 조금도 다를 바 없었다. 굵고 탁 트인 중저음은 그대로였다. 그런 정우의 음성을 들은 가족들은 비로소 정우가 자신들의 곁으로 돌아왔음을 실감하고 기쁨을 느꼈다.

"저는 이런 모양을 하고 아버지와 어머니를 비롯한 모든 가족을 대하기보다는 그때 차라리 죽어버렸어야 했다고 생각했습니다. 사실은 몇 달 전에 집으로 돌아올 수 있었는데도 이런 꼴을 보이기 싫어 차일피일 미루었습니다. 이제부터는 아버지 말씀대로 새 출발을 하도록 노력하겠습니다.…."

"암 그래야지! 사람의 몸은 죽으면 썩는 게 아니냐. 불구가 된 몸을 한탄하지 말고 이제부터 너의 말마따나 마음을 단단히 먹고 의연하게 살아 보자꾸나."

"그러나 아버지 저는 제가 이처럼 보기 흉한 불구가 된 것은, 저를 불구자로 만든 것은 바로 공산주의자들이란 사실을 결코 잊을 수 없습니다. 저의 운명은 그놈들이 송두리째 뒤집어 놓았습니다."

"아무튼 모두 지나간 일이야. 과거에 얽매여 살아가는 것만큼 어리석은 일은 없다. 우선 이 아버지를 보아라. 너도 알다시피 우리 집안은 조상 때부터 지주였다. 그러나 지금은 겨우 논 삼십여 마지기밖에 남지 않았고…, 내가 직접 경작도 하고 있다. 세상사는 성주괴공(成住壞空)의 법칙에 따른 흥망성쇠 그 자체다."

종철은 화려했던 과거를 회상하며 우수에 잠겼다. 은숙과 미혜는 정우를 눈을 마주하고 정면으로 보기가 껄끄러운지 머리를 푹 숙이고 있었다. 두 사람은 신수가 남달리 헌앙했던 시동생의 일 년 전 모습을 연상했다.

"하지만…, 아버지! 아버지의 세 아들은 하나같이 아버지에게 비극과 환멸만 안겨주었습니다. 저는 지금 울고 싶은 심정입니다. 저만이라도 아버지께 실망을 주지 않도록 해야겠다는 마음을 먹고 있었는데 보시다시피 팔 하나와 눈 하나를 잃은 불구의 몸이 되어 나타났습니다. 공산주의는 아버지에게 아들 하나를 앗아가고 또 한 아들은 병신으로 만들었습니다."

"너희들 잘못이 아니다. 너희들이 못나서 그렇게 된 게 아니야. 어쨌든 지난 일은 말하지 말자. 너는 이제 유일한 내 아들이다. 우리의 임종을 지킬 유일한 아들이다. 군대에도 다녀왔으니…, 안심할 수 있는 진짜 아들이 되어 돌아왔다는 뜻이다."

정우는 자신이 끓는 물 속에 잠겨 있는 것만 같아서 벌떡 일어나 밖으로 나왔다. 집 안을 한 바퀴 돌아본 후 그가 거처하던 방으로 들어갔다. 책상 위에는 책들이 잘 정돈되어 꽂혀 있었다. 지난날 성했던 자기의 몸이 새삼스레 간절히 그리워졌다. 그는 의자에 앉았다가 일어나 무심코 거울을 들여다보았다. 한쪽 눈을 가린 검은 눈가리개와 의수를 착용한 자신의 끔찍한 몰골을 확인하곤 재빨리 거울을 외면했다.

전선에서는 수많은 청장년이 피를 흘리고 있었고 하늘에서는 폭탄을 싣고 한반도 어디쯤에다 퍼붓기 위해 날아가는 폭격기의 굉음이 그치지 않았지만, 그에 아랑곳하지 않고 찾아온 봄의 따사로운 햇살에 대지는 아지랑이가 피어오르고 새싹이 돋아나고 있었다. 정우가 부상자의 몸으로 집에 온 지도 어느덧 이 주일이 지났다. 그동안 꼼짝 않고 주는 밥만 먹으며 방안에서 뒹굴던 정우는 상민과 상희 그리고 상식이가 마당에서 노는 걸 보고 방에서 나왔다. 예의 그 갈고리 손을 주머니에 찌른 채 아비 잃은 혈육에게 보내는 인자한 미소를 담고 소년들에게로 걸어갔다.

"얘들아."

정우는 다정한 목소리로 조카들을 불렀다. 마당에서 놀고 있던 조카들이 정우를 맞았다.

"거기서 뭐 하니?"

상식은 겁먹은 얼굴로 슬금슬금 뒷걸음질쳤다. 눈을 가린 안대와 의수는 아이들에게 공포를 불러일으켰다. 지난날, 그들을 귀여워해 주었고 또 아버지처럼 따랐던 그 정우 삼촌이 아니었다. 소년들은 자기의 삼촌은 지금 전선에서 용감하게 싸우고 있는 씩씩한 국군 용사지, 팔과 눈이 이상하고 무기력한 사람이 아니라는 몸짓이었다.

"오늘 날씨도 유난히 따뜻한데 뒷동산으로 놀러 가지 않을래? 삼촌이 예쁜 꽃도 따주고 돌아오는 길에 너희들이 좋아하는 엿도 사줄게. 어때? 삼촌하고 놀러 안 갈 거야?"

잔뜩 경계와 두려움에 찬 얼굴을 한 조카들을 바라보며 참담한 심경으로 정우는 말을 이었다.

"삼촌하고 뒷동산에 올라가자. 너희들이 원하는 것은 무엇이든 사줄 것이고 너희들이 하자는 대로 다 할 테니 같이 가자, 응?"

정우는 성한 왼손을 내밀며 조카들에게 나직하고 부드러운 목소리로 호소했다.

"네…, 같이 가요."

상민은 간신히 대답을 해 주었지만 상희와 상식은 주춤주춤 뒷걸음쳤다. 상민은 하는 수 없다는 표정으로 손을 내밀었다. 정우는 내밀었던 손을 멋쩍게 늘어뜨리고 눈을 들어 푸른 하늘을 쳐다보았다. 이 광경을 처음부터 지켜보던 종철이 아들을 불렀다.

"정우야. 사랑으로 좀 들어오려무나."

정우가 종철의 앞에 앉자, 그는 부풀어 오른 담배를 화롯전에 누르고 난 뒤 길게 연기를 빨아들였다가 한숨과 함께 내뿜으며 천천히 말문을 열었다.

"너는 단 하나밖에 없는 내 아들임을 명심해라. 너는 자신의 소신대로 행동한 훌륭하고 모범적인 청년이다. 나라를 위하여 자기 몸을 희생한 충신이며 반공을 몸소 실천한 국군이야. 그런데, 왜 바깥출입은 도통 하지도 않고 집 안에만 틀어박혀 있어? 나라를 위하여 싸우고 돌아온 자랑스러운 군인인데 말이다. 흡사 무슨 죄라도 짓고 온 사람처럼 그러고 있으니…. 앞으로 외출도 하면서 좀 활발하게 살았으면 한다."

"아버지, 어린 조카들도 싫어하고 무서워하는데 이런 몰골로 어디를 나다니란 말입니까. 같은 피가 흐르는 조카들도 꺼리는 제가 누구를 만나겠습니까? 저를 위로하시는 말씀인 줄은 알지만…, 역으로 위로와 동정의 말을 들으면 저는 더더욱 분통이 터집니다."

"그 심정을 모르는 바 아니나 진정한 남자는 역경을 극복하고 위기를 기회로 만드는 의지를 가져야 하는 거야. 비록 팔과 눈 하나를 조국에 바쳤지만 그 대신 많은 것을 가진 대장부가 아니냐? 어젯밤에 네 어머니와 상의를 했는데 너를 장가보내기로 했다."

"저를요?"

정우는 깜작 놀라며 큰소리로 반문했다. 전혀 생각해 본 적이 없는 문제였다. 결혼은 그 자신도 원했던 것이지만 지금은 자신이 원한다고 될 성질의 것이 아님을 누구보다 잘 알고 있었다. 이 세상 어느 여인이 불구가 된 사내의 아내가 되려고 할 것인가. 설혹 아내가 된다손 치더라도 마지못한 경우거나 일종의 동정과 연민임에 불과할 것 같았다. 남에게 특히, 여성에게 동정이나 연민의 정을 받는 것이 그로서는 죽음보다 더 싫었다. 차라리 평생을 외롭게 홀로 지낼지언정 여인에게 동정을 받고 싶은 마음은 추호도 없었다.

"아버지, 저를 결혼시킨다는 말씀입니까? 저 같은 놈에게 시집을 올 여인도 없겠지만 불행하고 참혹한 저의 세계 안으로 아무것도 모르는 여성을 끌어들이는 일은 제 양심이 허락하지 않습니다. 아버지도 이씨 집안의 며느리라는 죄로 아비 잃은 자식들을 데리고 시부모를 모시면서 자신의 젊음을 외롭고도 속절없이 보내고 있는 두 형수를 보고 계시지 않습니까?"

정우는 잠시 말을 끊었다가 괴로운 표정으로 두 형수의 방을 바라보며 말을 이었다.

"세상에서 가장 불행한 여인들입니다. 우리 집안에 불쌍한 여인은 두 명이면 충분합니다. 그런데, 또 다른 여자를 아내로 맞아들여 불행하게 할 권리가 제게 없습니다."

"너의 형수들이야 네 형들이 비운에 죽었기 때문에 홀로 되었고, 따라서 어쩔 수 없이 외롭게 살아가고 있는 것이지만 너야…."

"아버지!"

정우는 종철의 말을 가로막고 격앙된 어조로 외쳤다.

"아버지는 정우가 살아있다고 생각하십니까? 정우는 이미 반년 전에 죽고 없습니다. 저는 정우가 아니에요, 정우가 아니란 말입니다. 저는 도저히 정우일 수 없고 정우여서도 안 됩니다. 상민과 상희와 상식이조차 저를 삼촌으로 보지 않고 피하는 상황입니다."

"너는 금쪽같이 소중하고 유일한 내 아들 정우야!"

"아버지의 세 아들은 이미 모두 죽고 없습니다. 대동아공영권의 허상을 갈망했던 한우 형도 끌려가서 죽었습니다. 공산주의를 최상의 이념으로 간직했던 영우 형도 잡혀가서 죽었고 자유란 이념을 추구했던 저도 끌려가서…."

"너는 지금 못할 말을 하고 있다!"

종철은 버럭 고함을 질렀다. 안면 근육이 꿈틀거렸다. 광대뼈가 약간 나온 얼굴에 분노가 경련을 일으키며 스쳐갔다. 솟아오르는 분노를 삼켜야 할 입장임을 깨달은 종철은 지그시 눈을 감았다.

가뜩이나 자기 학대와 열등감에 빠져 있는 아들에게 말 한마디도 함부로 해서는 안 된다고 느꼈기 때문이다. 잠시 긴장된 침묵이 흘렀다.

"너는 그 빗나간 자격지심을 버려야 한다. 자격지심을 버리란 말이다. 알아듣느냐? 너마저 이 늙은 애비를 실망시킬 작정은 아니겠지. 너는 우리 늙은 내외의 임종을 지켜야 할 의무가 있다. 모든 의무 가운데 가장 중요한 의무란 걸 명심해라."

정우는 아무 대꾸도 하지 않았다. '예, 명심하겠습니다'라고 말하는 것이 효도겠지만 그것은 자기의 양심을 속이는 거짓에 지나지 않았기 때문이다. 효도라는 핑계로 거짓말을 한다는 것은 정우 스스로 용납할 수 없었다. 수많은 비극을 겪어 불운한 아버지임을 알고 있는 정우였지만, 그런 불행한 아버지의 마음을 일시적으로 위로하는 것은 성실하지 못한 소행이라고 느꼈다.

비극은, 사람 앞에 닥친 비극은, 그것을 비극이 아닌 것처럼 수용하거나 도외시하는 것은 더욱 농도 짙은 비극을 야기한다. 그는 자기와 자신의 가족들 앞에 닥친 비극을 있는 그대로 받아들여 괴로워하는 것이 참다운 사람의 할 일이라고 생각했다. 정우는 아버지와의 대화를 서둘러 마무리하고 사랑방을 나왔다.

"도련님!"

방문을 반쯤 열고 얼굴을 내민 은숙이 정우를 불렀다. 방으로 들어가려던 정우가 갈고리 손을 주머니에 감추듯 집어넣으며 큰 형수의 방으로 들어갔다. 그녀는 정우의 얼굴을 외면한 채 부자간의 대화 내용이 궁금했던지 관심을 표했다.

"아버님이 뭐라고 하셔요?"

"저더러 장가를 들라고 하십디다."

"그래서 뭐라고 대답하셨어요?"

"갈 수 없다고 했습니다."

"아버님 말씀대로 장가를 드세요. 결혼을 하면 마음의 안정도 얻을 수 있습니다. 도련님은 더 이상 불행해져서는 안 됩니다."

"만일 형수님이 처녀라면 저처럼 팔 하나와 눈 하나가 없는 병신에게 시집을 가시겠어요? 대답을 들으나 마나 가시지 않을 겁니다…. 요즘은 청년들이 마구 죽어 나가는 판이라 상이군인들이 인기가 있다는 것도 알고 있어요. 하지만 저는 부상의 정도가 너무 심해요. 부상의 후유증이 심해 날마다 잠을 이룰 수 없을 정도입니다. 저의 불행을 다른 사람에게 나누어서는 안 된다고 생각해요. 저의 불행은 제게서 끝나야 합니다. 현재 저는 가족들에게 제 불행을 나누어 주고 있어요. 그 점이 가장 괴롭습니다. 저를 측은하게 보는 그 시선이 나는 못 견디게 괴롭습니다. 밖에 나가면 사람들이 저를 무슨 신기한 짐승을 보는 듯합니다. 두 분의 형님들도 불운했지만 저는 형님들보다 더더욱 불행합니다. 전에는 그처럼 잘 따르던 세 조카들도 저를 두려워하여 주위에는 얼씬도 하지 않습니다. 형수님들 역시 마찬가지입니다. 제 몰골을 안 보려고 애쓰시는 줄도 잘 알고 있습니다! 그렇다고 해서 제가 조카들이나 형수님들을 원망하지는 않습니다. 저도 제 모습을 보기도 싫은데…, 형수님들이야 오죽하겠습니까?”

“도련님….”

은숙은 목이 메어 말을 잇지 못했다. 그녀의 눈에는 어느덧 눈물
이 고이고 있었다.

“저에게 눈물을 보이지 마십시오. 저는 형수님들의 동정의 대상
이 아닙니다. 차라리 저를 욕하고 구박해주십시오. 그것이 저를 돕
는 일입니다. 저는 앞으로 무엇을 하고 어떻게 살아야 하죠? 오른
팔과 오른쪽 눈 하나로 무엇을 어떻게 하고 살아야 합니까? 이런
저에게 아버지는 장가를 들라고 하십니다….”

“도련님…, 도련님의 형님들은 세상에서 영원히 사라졌지만 도련
님은 움직이면서 어엿하게 크고 넓은 공간을 차지하고 있습니다.
살아서 움직인다는 것은 대단히 중요한 일이에요. 살아있다는 사
실 하나만으로도 충분히 행복하다고 저는 생각해요.”

“살아있다는 건 어떤 일을 한다는 것을 의미하지 않습니까? 그런
데 저는 아무 일도 할 수 없어요. 아무 일도 못하게 저를 이렇게 만
든 공산주의를 증오합니다.”

“공산주의와의 투쟁도 중요한 일 아닙니까?”

“아버님에게 저 대신 말씀해 주세요. 정우는 결혼할 의사가 조금
도 없다고요.”

“도련님, 매사를 비관적으로 조급하고 단순하게 결정하지 마시
고…, 천천히 생각해보세요. 아무래도 도련님은 결혼을 해야 해요.”

“결혼이란 말은 저에게 앞으로 절대로 하지 마세요. 간곡히 부탁

드립니다. 저 역시 젊은 남성입니다. 아내에게 사랑을 받고 싶은 심정이야 강렬합니다. 하지만 저는 남아 있는 팔과 눈을 두고 맹세를 합니다. 결혼하지 않는다고. 형수님 제게는 소문이 나서는 안 될 여인이 하나 있습니다. 어쩌면 제 아이를 잉태하고 있을 수도 있어요. 혹시 그 아이가 태어나면 장성한 뒤 우리 집안 호적에 올리도록 부탁드립니다. 형수님도 잘 아는 여잡니다. 그 집에는 자식이 없기 때문에 별 탈 없이 자랄 겁니다. 이경자 아시죠? 과거 제 애인이었던 그 여자 말입니다."

"저도 어렴풋이 짐작은 하고 있었어요."

은숙은 어느 정도 짐작은 하고 있었으나 정우의 대를 잇고 있다는 사실에는 놀라지 않을 수 없었다. 그러나 더 이상 파고 물을 일이 아니라고 느끼고 시간이 흐른 뒤 차질 없이 처리할 테니 걱정하지 말라고 했다. 결혼을 그처럼 완강히 거부하는 이유도 납득할 수 있었다. 일정한 땅도 물려주게끔 조처하겠다고 약속했다. 은숙은 나중에 호적에 올리는 문제는 자손 욕심이 남다른 종철이 절대 마다하지 않을 것이라고 여겼다.

형수의 말을 들은 후 정우는 오른팔로 방바닥을 짚고 비틀거리며 일어났다. 그는 이불장에 붙은 거울을 외면한 채 마루로 나갔다. 은숙도 뒤따라 힘없이 일어났다. 정우의 자식이 태어나 그 집에서 건강하게 자라나기만을 바라며 정우의 뒷모습을 말없이 바라보았다. 처지고 구겨진 정우의 왼쪽 소맷자락이 때마침 불어온 바람에 너풀거렸다.

정우는 자신의 방으로 돌아와 펼쳐진 이불 위에 몸을 눕혔다. 반듯이 천정을 향하고 누워 스르르 눈을 감았다. 이내 자기를 보고 두려워 비실비실 뒷걸음치던 조카들의 겁먹은 얼굴이 다시 떠올랐다. 앞으로 혹시 태어날 자신의 피붙이가 겪을 고초와 입적되기까지의 험난함을 생각하자 착잡한 심경을 가누지 못해 이리저리 몸을 뒤척였다.

고향에 온 지도 두어 달이 가까워졌는데도 정우는 집 안에만 맴돌 뿐 남의 눈에 띄는 시간과 장소에는 모습을 드러내지 않았다. 가족들로부터 결혼을 하라고 끈질긴 권고를 받았으나 정우는 완강하게 거절했다. 이에 지친 가족들도 그에게 결혼을 강요할 수 없음을 느꼈는지 결혼에 대한 이야기는 끄집어내지 않았다.

농번기가 되어 가족들이 들에 나가 김을 매기도 하고 논을 갈기도 했지만 그런 일을 할 수 없는 정우는 열등감과 자책감에 빠져 끝없이 자신을 학대했다. 그날도 정우는 방문을 꼭 닫아놓은 자기 방안에서 다리를 길게 뻗고 누워있었다. 그러다가 그는 허둥지둥 몸을 일으켰다.

"5월 20일, 5월 20일."

중얼거리던 그의 얼굴이 착잡하게 일그러져 있었다. 그날은 정우가 입대한 날이었을 뿐 아니라 그들만의 밀회 장소인 야산 소나무 숲에서 경자와 만나기로 한 날이기도 했다. 2년 전 오늘은 정우가 가족들의 통곡을 뒤로한 채 트럭을 타고 신작로를 달려 집을 떠난 바로 그날이었다.

정우는 방문을 열고 밖으로 나왔다. 파랗게 갠 하늘, 솔솔 불어오는 바닷바람, 대지를 포근하게 내리쬐는 태양, 모든 것이 그날과 너무도 흡사했다. 그에게 2년이란 너무나 벅차고 감당하기 어려운 시련과 비극을 가져다준 기간이었다. 대문 밖으로 나오자 그는 갈고리 손을 주머니에 밀어 넣었다. 거의 무의식적인 행동이었다. 누구든지 사람만 나타나면 그는 쩔쩔매며 이 갈고리 손을 감추기에 바빴다.

그는 어떤 거대한 힘에 끌려가듯 대문을 빠져나갔다. 그가 집으로 돌아온 후 과거 애인이었던 경자의 연락을 받고 밤에 은밀하게 만나고 있었다. 그는 등덜미에 가족들의 시선을 느끼며 천천히, 마치 육십 대 노인이 걸어 나가듯 대문을 지나 이십여 년간 수없이 드나든 골목길로 접어들었다. 아주 낯선 타향의 어느 골목을 지나가는 기분이었다.

골목을 빠져나와 신작로로 들어서자 정우를 알아본 마을 사람들이 그에게 몰려왔다. 정우는 그것이 못 견디게 싫었다. 그는 혼자 내버려 두었으면 하고 바랐다. 그러나 그들은 그의 그런 기분을 아는지 모르는지 관심을 보이는 것을 마치 큰 선심이라도 쓰는 양 덤벼드는 것이었다.

"아이고 이 사람아, 왔다는 소문을 들었네만…, 그동안 어디에 가 있었기에 코빼기도 볼 수가 없었나? 어디 재미있는 전투 이야기나 좀 들려줘 봐."

이것은 남의 이야기에 관심이 많은 호사가의 말이었고, 아들이나 조카를 전장에 보낸 부모들은 그들에 대한 안부를 묻기에 여념이 없었다.

"우리 아들은 못 보았나? 벌써 두 달이나 편지 한 통 없으니…, 우리 늙은 내외는 밤잠을 이루지 못하고 있다네. 죽었으면 죽었다고 차라리 소식이라도 듣는 편이 낫겠는데 말이야. 자네는 우리 아들이 어떻게 되었는지 알 게 아닌가? 응?"

아들을 군대에 보낸 나이 드신 어른의 안타까운 하소연이었다. 정우는 그들의 말을 귀담아듣는 척하고 있었지만, 실제로는 망망하게 펼쳐진 수평선을 하염없이 바라보는 중이었다. 그들은 군에 간 젊은 혈육들의 소식이 간절했겠지만 전선에서 처참한 장면을 수도 없이 봐 온 그로서는 꼭 그렇지만도 않았다. 자신의 눈앞에서 어떤 사람이 당장 피를 토하고 죽는다 해도 정우에게는 놀라운 일이라기보다 그저 흔히 일어나는 일상사로 여길 만큼 그의 심성은 목석처럼 둔하고 모질어져 있었다. 그를 둘러싼 칠팔 명의 사람들로부터 여러 질문을 받았지만 그는 석고상처럼 굳은 얼굴로 제대로 대답도 못하고 건성으로 얼버무리고 있었다.

"쯧쯧…, 그렇게 잘 생겼던 인물이 저 모양이 되다니…."

"그러게 말이야, 체격인들 오죽이나 좋았어? 헌헌대장부가 저렇게 될 줄이야…."

사십 대의 아주머니 두 사람이 음성을 낮추어 자기들끼리 소곤대었다. 그쪽 방면의 청신경이 유달리 예민해진 정우는 그 말들을 듣는 순간 전신이 마비되는 듯한 분노와 굴욕감에 치를 떨었다. 그는 마치 벼락 맞은 황소처럼 군중을 헤치고 허둥지둥 신작로 길을 달리기 시작했다. 입대할 때 트럭에 실려 가던 그 방향으로 흡사 맹수에 쫓기는 사람처럼 헐레벌떡 뛰어갔다.

마을을 완전히 벗어나서야 정우는 걸음을 늦추고 호흡을 가다듬었다. 가슴이 막혀왔고 입에서 단내가 확확 풍겨 나왔다. 심장 뛰는 소리는 흡사 방아 찧는 소리처럼 쿵쾅거렸다. 호구를 벗어난 안도감이 드는 한편 천길 나락으로 떨어지는 절망감이 엄습했다.

숨을 헐떡거리며 서 있는 정우의 모습은 초라하고 추악했다. 눈을 덮고 있는 가리개는 까맣게 때가 묻어 있었고, 세차게 불어오는 남서풍에 흐트러진 머리칼, 후줄근하게 늘어진 왼쪽 소맷자락, 모자이크식으로 군살이 붙은 검푸른 눈언저리가 벌어진 머리칼 사이로 언뜻언뜻 노출되었다. 사실 정우의 부상은 심각했다. 가족 누구에게도 말하기 힘든 치명상을 입고 고향으로 돌아왔던 것이다. 가족들이 그처럼 권한 결혼을 거부한 것도 그가 입은 부상과 관계가 있었다.

북서쪽으로 뻗은 신작로 연변 밭에는 보리 이삭이 바람결에 넘실거리고 있었다. 한동안 석상처럼 서 있던 정우는 꾸불꾸불 서쪽으로 뻗어나간 신작로를 부릅뜬 눈으로 노려보며 천천히 걸어 올라갔다. 잠시 걸음을 멈춘 그는 정신을 가다듬고 사방을 둘러보았다.

오월의 푸른 하늘과 훈훈한 남풍에 물결치는 보리밭의 풍경도 그에게는 아무런 위안을 주지 못했다. 온통 초록색으로 물든 산과

들, 그 위에 펼쳐져 있는 푸른 하늘, 이 모든 것이 미웠다. 이것들은 이미 자기를 위하여서가 아니라 자기를 제외한 다른 사람들 모두를 위해 존재하는 것 같았다. 자연이 아름다우면 아름다울수록 자기는 한없이 추하고 왜소해 보였다.

그는 한때 친구이고 애인이었던 여인을 만나기 위해 여기까지 온 것이다. 주위를 살피며 소나무가 울창한 후미진 숲속으로 들어갔다. 이십 대 후반의 준수한 여인이 소나무 밑에서 그를 기다리고 있었다. 사실 그녀는 정우가 돌아온 다다음날부터 만나고 있었다. 그들은 말없이 수풀 사이로 들어가 힘차게 껴안았다. 정우가 돌아온 뒤 그녀는 사랑과 연민이 혼용된 심경으로 정우에게 연락하여 여러 차례 밀회를 가졌다. 그녀는 불구가 된 정우의 몸을 마다하지 않고 따뜻한 애정으로 감싸주었으며 뜨거운 욕정도 기꺼이 수용했다. 정우의 품에 안겨 그의 몸을 받아들인 그녀는 당신의 아들을 갖고 싶다고 속삭이며 정우를 마냥 행복하게 했다.

두어 시간이 지난 뒤 정우는 상기된 얼굴로 발길을 돌려 다시 마을로 향했다. 보리밭에서 오색찬란한 수꿩이 푸드덕 날개를 펼치며 날아올랐다. 오월의 태양을 담뿍 받은 날개는 갖가지 고운 빛을 발산했다. 그의 시선은 그 꿩을 따라 움직이다가 꿩이 시야에서 사라지자 가지런하게 깔린 신작로의 자갈을 밟으며 걸었다. 마을로 들어와서는 누구의 눈에 띌세라 재빠르게 골목길로 접어들며 이 세상에 태어난 이상 자식 하나쯤은 남겨야 한다고 다짐했다.

집 안으로 들어선 후 그는 방으로 가지 않고 뒤꼍 장독을 지나

가느다랗게 탄성을 지르며 말뚝처럼 우뚝 섰다. 장독 바로 옆에서부터 담까지 열 평 남짓한 화단에는 모란이 흐드러지게 피어 있었다. 우리 중에 누가 더 붉으냐? 경쟁이라도 벌이듯 진한 자주색의 탐스러운 꽃들이 만발해 있었다.

정우는 그 빛깔이 싫었다. 피비린내를 연상케 하는 붉은 색이 미웠다. 정우는 수십 포기가 넘는 그 모란들을 한 눈으로 굽어보며 뚜벅뚜벅 힘차게 다가갔다. 모란밭 안으로 들어간 정우는 오른손으로 꽃송이를 따기 시작했다. 난폭한 동작으로 미친 듯이 꽃송이들을 꺾기 시작했다. 땅바닥에 굴러떨어진 붉은 모란 송이를 그는 마치 공산주의라 생각하는 것 같았다. 마음속에 사무친 복수의 일념이 이렇듯 외향적으로 나타나고 있었다. 붉다는 이유 하나만으로 애먼 모란이 수난을 당한 것이다.

그가 거칠게 따서 팽개친 모란의 꽃송이들이 땅바닥에 떨어져 뒹굴었다. 뒹구는 모란 또한 붉은 빛을 잃지 않고 있음을 발견한 정우는 구둣발로 짓밟기 시작했다. 그러던 중 갑자기 앉은뱅이가 방안에서 용을 쓴다는 말이 떠올라 모든 동작을 멈추었다. 자기가 지금 하고 있는 짓이 예의 앉은뱅이나 진배없다고 느꼈기 때문이다. 아무런 대가도 효과도 보상도 없는 부질없는 행동이었다. 정우는 허전하고 씁쓸한 기분에 터덜터덜 모란밭을 벗어나 마당으로 나왔다. 파란 하늘과 불타는 태양이 그의 머리 위에서 이글거렸다. 신발을 아무렇게나 벗어 놓고 마루 위로 올라가는 모습이 전쟁터의 패잔병 같았다.

그는 의자에 앉아 오른팔을 책상 위에 구부려 올려놓고 그 위에 얼굴을 파묻었다. 책상 서랍을 열었다. 서랍 깊숙한 곳에 정우가 미리 준비해 둔 한 봉지의 수면제가 있었다. 그는 수면제가 담겨 있는 봉지를 밀어놓고 그 밑에 있는 편지지를 꺼내어 책상 위에 펼쳤다. 잉크병의 마개를 열고 펜촉에다 잉크를 찍었다. 아버지에게 유서를 쓰려는 참이었다. 참새가 죽어도 짹 하고 소리를 지른다는데…, 하물며 사람이 죽는 마당에 말 한마디 없이 떠날 수는 없지 않겠는가.

펜 끝이 종이에 닿는 순간, 아버지와 어머니 그 밖의 모든 가족과 정인 경자와 뱃속의 새 생명의 얼굴이 스쳐 갔다. 아울러 파란 하늘과 넘실대는 보리 이삭 물결 위를 푸드덕거리며 날아오르는 오색찬란한 수꿩의 날개, 그런 상념들이 선명하게 떠오르자 편지지에 유서를 쓰기 시작했다. 살고 싶다는 강렬한 욕망이 되살아났다. 그 욕망이 일고 있는 정우의 망막 속에는 거울에 비친 추악한 자기의 몰골과, 그런 자신을 보고 뒷걸음치던 상식의 겁먹은 얼굴과, 고문에 못 이겨 장형 영우의 소재를 대는 바람에 무참하게 죽은 형의 시신과, 마을 사람들의 동정 어린 시선들이 파노라마처럼 빙글빙글 돌면서 스쳐갔다.

이튿날 정우는 싸늘하게 식어 딱딱하게 굳어진 시신으로 가족들에게 발견되었다. 책상 위에는 한 장의 유서가 놓여 있었다. 아침때가 되어도 정우의 방에서 아무런 기척이 없자 이상하게 생각한 그의 어머니가 방문을 열어 보았다. 그러나 문이 열리지 않았다. 안으로 잠겨 있음을 안 정우 어머니는 불길한 예감에 사로잡혀 있는 힘을 다하여 문을 열려고 했지만 꼼짝도 하지 않았다. 이에 가족들이 몰려와 문살을 부수고 방문을 열었다. 방안으로 뛰어 들어간 그들은 너무나 의외의 사태에 한동안 정신을 차리지 못하고, 반듯하게 누워있는 정우를 굽어보았다. 깊은 잠에 빠져 꿈속을 헤매는 사람처럼 일견 평온하게 누워 있었다.

청천 하늘에 불벼락을 맞은 종철네 가족들은 온통 울음바다로 변했다. 이웃 사람들이 몰려왔다. 정우가 자살했다는 소문은 삽시간에 온 마을에 퍼져 이웃 마을에까지 알려졌다. 정우가 자진한 것보다 종철의 마지막 남은 아들이 죽었다는 사실이 사람들에게 충격을 주었다. 과거 이 지방을 호령하던 지주인 종철가에서 일어난 것이라 많은 사람의 관심을 끈 엄청난 사건이었다.

"고얀 놈 같으니라고…. 고얀 놈 같으니라고…, 늙은 부모를 남겨두고 자살을 하다니, 고얀 놈 같으니라고…,"

종철은 이렇게 계속해서 절규하다 사랑방으로 들어가 주저앉아 있다가 쓰러져 누웠다. 아들의 시체를 다시 보고 싶지 않았기 때문이다. 그는 한우의 유골을 보았고 총살형을 당한 영우의 무참한 시체를 손수 염을 한 비극적인 아버지였다. 살아남아 주기를 당부했던 셋째 아들의 주검을 그는 차마 볼 수가 없었다.

방안에 누워서도 종철은 연달아 고얀 놈이라고 정우를 꾸짖었다. 그를 진정으로 원망해서 그런 것은 아니었다. 아들의 심정을 이해할 수 있었기 때문이다. 하지만 정우마저 자기보다 먼저 이 세상을 하직했다는 사실은, 그로서는 하늘이 무너져 내린 것이나 다름 없는 비극 중의 비극이었다. 그가 마음속으로 가장 염려한 일이 기어이 벌어지고 만 것이다. 종철은 누구보다도 정우의 성격을 잘 알고 있었다. 남을 동정하는 쪽이 아니라 남에게 동정을 받아야 할 처지에 있었던 정우의 심정이 얼마나 견디기 어려웠을지 그는 충분히 알고 있었다.

종철은 정우가 결혼을 완강하게 거부하는 태도를 보고 이미 삶에 대한 의지가 약하다는 것을 짐작했다. 그러나 설마 이렇게 빨리 자기의 생명을 끊을 줄은 몰랐다. 정우로서는 종철의 판단 만큼 쉽게 자살한 것은 아니었지만 종철은 땅이 꺼지는 절망감을 느껴야 했다. 자기에게는 이미 남은 아들이 하나도 없다는 이 처절한 상황을 어떻게 극복해야 할지 막막하기 그지없었다.

정우의 장례식 당일은 공교롭게도 마을 아이들의 호기심을 자극하는 날이 되고 말았다. 인근의 상이군인들이 떼로 몰려와 조문했다. 손목이 떨어져 나간 갈고리 손목, 다리가 하나 없는 절름발이, 팔 하나가 떨어져 나간 외팔이, 두 다리를 모두 잃어 휠체어를 몰고 온 사람, 두 팔을 몽땅 잃은 사람 등 이 세상의 모든 불구자가 한자리에 모인 것 같았다. 목발을 짚고 휘청휘청 걸어가는 사람, 절뚝절뚝 절면서 가는 사람들이 한데 모여 정우의 상여를 따라가고 있었다. 철없는 아이들은 그 뒤에서 웃기도 하고 흉내를 내기도 했다.

어른들은 잔뜩 겁을 집어먹고 있었다. 상이군인들이 이렇게 많이 몰려있어서 무슨 행패나 부리지 않을까 두려웠던 것이다. 귀향한 상이군인들은 곳곳에서 행패를 부렸다. 그들의 요구가 아무리 무리한 것일지라도 거절하면 두들겨 때리거나 갈고리로 할퀴었다. 그들을 가장 두려워하는 사람은 바로 경찰이었다.

6·25 사변 이전만 하더라도 경찰의 독무대였지만 이제는 경찰이 쥐구멍을 찾는 신세가 되었고 상황이 바뀌어 상이군인들의 세상이 되었다. 상이군인들이 경찰관들에게 악감정을 품은 데는 충분한 이유가 있었다. 다름이 아니라 그들이 입대하기 전 그 자신이나 그의 친지들이 빨갱이란 이유로 경찰들에게 무수한 수난을 당했기 때문이다. 다른 곳은 몰라도 영우가 살던 마을 인근이 특히 심했다.

정우의 장례는 끝났다. 그의 장례행렬 역시 신작로를 거쳐 갔다. 정우가 자살하기 직전 분노에 떨며 그 꽃봉오리를 짓밟던 모란은 여전히 집 뒤꼍에서 불어오는 바람에 진한 향기를 뿜고 있었다. 정우의 장례행렬까지 보낸 신작로는 변함없이 구불구불 산모롱이를 돌아 서쪽 들녘으로 뻗어 있었다.

정우가 스스로 삶을 마감한 날이 그가 입대한 날이었다는 사실을 아는 사람은 아무도 없었다. 반공과 자유수호라는 의지를 신앙처럼 품었던 한 청년은 불귀의 객이 되고 말았건만 반공과 자유로 분장한 신화는 여전히 사람들 마음속에 흐르고 있었다.

정우의 유서를 몰래 간직하고 있던 은숙은 장례를 마치고 나서야 가족들에게 유서가 있었다는 사실을 알렸다. 되도록 가족들이 한꺼번에 충격을 받지 않아야 한다고 판단한 그녀의 배려였다. 사랑방에는 종철 내외를 비롯하여 은숙과 미혜 그리고 상민과 상희와 상식이 침통한 표정으로 앉아 있었다. 하나같이 살아있는 것 자체가 귀찮다는 듯 망연자실한 얼굴들이었다. 종철은 그런 가족들의 얼굴을 바라보다가 비장한 표정으로 말했다.

"어서 읽어 보거라."

은숙은 정우의 유서가 들어 있는 봉투를 조심스럽게 열었다. 그녀의 손이 파르르 떨렸다. 마침내 정우의 필체가 완연한 편지지를 뽑아내자 종철은 먼 하늘로 시선을 돌렸다. 검은 구름이 달려가고 있는 흐린 하늘이었다. 그들은 침을 삼키며 숨을 죽였다. 그녀는 유서를 펼쳤다. 초등학교 2학년 학생이 쓴 글처럼 서툴고 어색했다. 그녀는 힘찬 필치로 능란하게 휘갈겨 써서 보내온 정우의 몇 달 전 편지를 떠올렸다. 정우가 심한 부상으로 불편한 몸이었다는 사실을 상기하면서 먹먹하게 읽어 내려갔다.

"불효하기 짝이 없는 못난 아들이 마지막으로 아버지와 어머니 그리고 두 형수께 드리는 말씀입니다. 아버지, 송구하게도 저는 제 목숨을 스스로 끊는 것이 차라리 효도가 아닌가 합니다. 저는 이 세상에 살아있어야 할 어떤 이유도 끝내 찾지 못했습니다. 비정상적으로 흉한 제가 가족들 눈에서 완전히 사라지는 것이 가족들을 위하는 것이라고 느꼈습니다. 죽음을 결심하고 생각해보니 덴노헤이카니 반공이니 자유니 하는 것들이 뜬구름처럼 허무할 뿐입니다. 그것들이 결국 저를 이 지경으로 만들었고 스스로 목숨을 끊게 했습니다."

은숙은 눈물이 시야를 가려 글자가 보이지 않자 읽기를 멈추고 손등으로 눈물을 찍어내었다. 그녀는 자기가 어디까지 읽었는지 몰라 당황하다가 반공이니 자유니 하는 구절이 떠올라, 그 부분부터 다시 읽기 시작했다.

"하지만 값비싼 대가를 치르는 한이 있더라도 자유는 꼭 지켜야 합니다. 저마저 부모님께 실망을 안겨드려 죄송스럽기 이를 데 없습니다. 제 마음의 긴요한 이야기는 큰 형수께 일러두었습니다. 시간이 흐르거든 자연스레 드러날 일이니 당장은 개의치 않으셔도 됩니다. 부디 상민과 상식 두 손자와 손녀들을 거느리고 여생을 평안하게 보내시기를 간절히 기원하면서 이만 줄입니다."

은숙은 정우의 유서를 다 읽고 방바닥에 놓았다. 정우 어머니는 얼굴을 가린 채 오열하고 있었고 종철은 여전히 눈을 감고 뜨지 않았다. 미혜는 왼쪽 무릎을 세우고 머리를 숙이고 앉아있었다. 눈을 번쩍 뜬 종철은 가족들을 빙 둘러보고 큰 며느리가 쥐고 있는 아들의 유서를 빼앗아 움켜쥐고 손을 부들부들 떨면서 갈기갈기 찢어 버렸다. 산산조각이 난 정우의 유서는 낙엽처럼 방바닥에 흩어졌다. 종철은 흩날리는 아들의 한 맺힌 유서조각들을 눈물을 글썽이며 굽어보다가 비통하고 단호한 어조로 말했다.

"나에겐 아들이 없었어. 그놈들은 모두 내 아들이 아니야. 나는 그따위 못난 아들을 둔 적이 없어. 그놈들이 모두 죽었다고 내가 실망할 줄 알아? 어림도 없는 소리야! 나에게는 아들들보다 몇 배로 똑똑하고 훌륭한 손자들이 있어. 하긴 그놈들만 원망할 수 없는 줄은 나도 잘 알고 있어. 하여간 그놈들은 지지리도 못난 녀석들이야. 나에겐 귀중한 손자와 손녀들이 있어. 손자들을 그놈들보다 몇 배로 훌륭하게 키울 테다! 너희들도 잘 들어 두어라. 그 못난 녀석들이 죽었다고 절대로 절망하거나 낙심해서는 안 돼! 그놈들은 비겁하고 옹졸한 녀석들이야. 내 손자들은 그놈들 못지않게 공부시켜서 그 녀석들이 지하에서 부끄러워 얼굴도 못 들게 해놓겠어. 앞으로는 상민과 상희 그리고 상식을 키울 일만 남았다. 이를 악물고 열심히 노력해서 상민과 상식을 공부시켜야 한다. 모두 알아들었느냐?"

반세기 동안이나 돌맹이보다 못한 사이비 신화에 미혹되어 불나방처럼 육신을 팽개친 미망에서 깨어나 새로운 가치관을 정립하여 자라나는 손자들에게 심어줘야 할 의무감을 종철은 뼈저리게 느꼈다. 영우, 한우, 정우의 사이비 이상을 뛰어넘어 참신한 지표를 손자들에게 제시할 사명이 자신에게 있음을 통감했다. 그는 이 모든 비극을 청산하는 상징적 절차가 필요하다고 느끼고 장손자인 상민을 향해 나직하고 부드러운 말투로 지시했다.

"상민아. 빗자루와 쓰레받기를 가져와 못난 삼촌의 유서 조각을 말끔하게 쓸어 담아 불태워라. 한 조각도 남기지 말고 말끔하게 태워야 한다. 상희와 상식이도 거들어라."

할아버지의 명령을 받은 상민과 상식은 정우의 유서 조각들을 주워 담아 부엌 아궁이에 넣고 성냥불을 붙였다. 정우의 유서는 두 형의 이상과 더불어 한 줌의 재가 되어 사라졌다.

영우와 한우 그리고 정우를 삼킨 격동의 시간은 눈썹 하나 까딱하지 않고 바다로 흐르는 강물처럼 끊임없이 반복되었다. 통일 없는 휴전은 결사반대라는 구호가 한동안 온 누리를 풍미하는가 싶더니, 그마저도 흐지부지 사라지고 조국은 다시 휴전선을 사이에 두고 두 개의 박제신화가 첨예하게 대립했다.

두 신화는 더 구체적으로 체계화하고 더 날카로운 이빨을 드러내어 서로를 헐뜯고 물면서 불구대천의 원수처럼 으르렁댔다. 타협의 여지조차 없어지고 남은 것은 악감정뿐이었다. 그것은 성격이 판이한 신화의 대결이라기보다 어리석고 유치한 감정싸움이었다. 신화가 가진 본래의 의미는 증발하고 한쪽을 잡아먹어야만 모든 문제가 해결된다는 식으로 싸워댔다.

피맛을 본 박제신화의 종착역은 통일과 자유수호로 포장된 동족상잔의 6·25사변이었다. 자유 아니면 죽음을 달라, 공산주의 아니면 죽음을 달라! 피비린내 나는 절규가 휴전선을 오르락내리락 했던 것이다. 극과 극을 향해 치닫는 무시무시한 토양에서는 이성의 움이 돋아날 수 없다. 모래밭이나 자갈 바닥에 씨를 아무리 뿌려봐야 싹이 돋아날 리가 없다. 같은 민족끼리 공산주의자이기 때문에 죽여도 되고 자본주의자라서 죽여도 좋다는 음산한 가치관이 들쭉날쭉 횡행하여 폐허를 만들고 만 것이다.

톱날처럼 날카로운 이빨을 드러낸 두 개의 맹랑한 신화가 대치하는 살벌한 상황에서도 상민과 상희, 상식은 뼈마디가 굵어갔다. 자유와 반공이란 구호가 소용돌이치는 현실 속에서 그들은 중학교와 고등학교를 마치고 지금은 대학에 다니고 있었다. 이미 부자가 아닌 할아버지와 할머니, 어머니의 피나는 노력으로 그들은 공부를 할 수 있었다.

상민과 상식은 세 아들들에게 배신 아닌 배신을 당한 종철이 마지막 안간힘을 쓰며 매달리고 있는 버팀목이었다. 그들 가족은 흡사 상민과 상희, 상식을 위해 존재하는 것 같았다. 마을 사람들은 종철이 옛날처럼 살림도 넉넉하지 않으면서 손자들을 대학에 보낸다고 비난했다. 얼마 남지 않은 논밭을 팔아 손자들을 공부시키면 늙어 죽을 때 빈털터리로 살게 될 것이라는 염려 때문이었다. 그러나 종철은 그들의 말을 들은 척도 않고 쌀밥 대신 보리밥을 먹으면서 전심전력으로 손자들을 뒷바라지했다.

종철은 이미 죽고 없는 아들들과 비장한 대결을 하고 있었다. 네 놈들은 못나고 비겁했지만 손자들은 그렇지 않다고 다짐했다. 상민과 상희, 상식은 영우나 한우, 정우보다 몇 배는 훌륭하게 성장해야 한다는 것이 종철의 목표였다.

그가 젊었을 때 아들들을 공부시켜 훌륭한 사람으로 만들겠다는 의미와, 손자들을 훌륭하게 키우겠다는 것은 그 개념부터가 달랐다. 과거 훌륭한 아들을 만든다는 말의 의미는 도깨비와 같은 허상에 집착한 것으로 종철은 단정했다. 이 훌륭한이라는 형용사의 의미 변화는 칠십 평생을 통해 터득한 뼈저린 체험에 우러난 결과였다.

동해안 백사장이 길게 펼쳐진 포의포해변 사구에 갈매기 소리와 함께 해당화가 몇 번이나 피고 또 졌다. 세월은 그렇게 흘러 상민은 대학교 졸업반이 되었고 상희는 여고를 졸업했다. 상식은 대학교 1학년이었다. 그해 여름방학에 상민과 함께 그들 사촌 형제들이 시골집으로 왔다. 귀향한 손자들을 누구보다 반가워 한 사람은 바로 종철이었다. 이미 청년이 된 두 손자들을 본 종철의 눈에는 뜨거운 눈물이 고였다. 그들이 나란히 함께 큰절을 올리자 종철은 흘러내리는 눈물을 감추려고 하지도 않았다. 아들들을 모두 비명에 잃고 이를 악물고 살아온 보람이 있었다고 생각하고 그는 감격하고 있었다. 종철은 손자들의 하이칼라 머리를 대견스럽게 주시하다가 먼저 간 세 아들의 얼굴을 떠올리며 말했다.

"학비도 넉넉하게 부쳐주지 못했는데…, 객지에서 고생이 많았겠구나. 젊었을 때 고생은 사서도 한다고 하니 참고 이겨나가야 하느니라. 너희 아버지들은 너무 호강하며 공부를 해서 그랬는지…"

"고생은 저희들이 하는 것이 아니라 연로하신 할아버지, 할머니 그리고 어머니와 숙모님이 하고 계십니다. 우리 모두 신작로를 걸어오면서 다른 식구들을 너무 고생을 시키는 것 같다고 말했습니다."

상민은 볼이 패이고 깊게 주름진 할아버지의 얼굴을 보면서 말했다. 기구한 삶을 영위해 온 할아버지의 불운을 상민과 상식은 가슴 깊이 반추하고 있었다.

"그야 어쨌든, 내가 너희들에게 바라는 것은 너희 아버지들을 닮지 말라는 거다. 이미 십 년이 지난 과거사다만 내가 너희들에게 삼촌의 유서를 불사르게 한 일을 기억하느냐?"

"네, 저는 기억하고 있습니다."

"상식은?"

"어렴풋이 기억이 납니다."

"그 의미를 너희들은 아느냐?"

종철은 손자들의 얼굴을 번갈아 보면서 말했다. 상민과 상식은 어리둥절한 표정으로 서로의 얼굴을 쳐다보았다. 종철은 너희가 어찌 그 처참한 뜻을 알겠냐는 듯이 고개를 끄덕이며 차분하게 설명했다.

"내가 너희 아버지들과 너희들을 단절시켜서 다시는 그 같은 불행을 겪지 않게 하기 위해서였다. 너희는 부디 너희들 아버지처럼 비범하고 특별한 목표를 추구치 말고 평범한 인간이 되었으면 하는 것이 이 할아버지의 소원이다."

"알겠습니다."

또렷한 어조로 상식은 대꾸했지만 상민은 선뜻 대꾸를 하지 못하고 망설였다. 할아버지 말씀대로 그렇게 간단하게 단정 지을 수 있는 일이 못된다고 생각했기 때문이다. 영웅이 되기보다 하나의 선량하고 평범한 소시민이 되어야 한다는 것은 공감이 가지만, 반세기가 넘도록 한국사회를 폭풍처럼 휩쓸고 지나간 이념들을 무의미한 환영으로 취급하는 할아버지의 견해에 상민은 쉽게 공감할 수 없었다. 그래도 대동아공영권이나 공산주의나 반공이나 자유 같은 이데올로기를 낮도깨비 정도로 규정하는 할아버지의 심중은 이해할 수 있었다.

"내가 너희들에게 바라는 것은 이따위 도깨비에게 홀리지 말고 평범한 사람으로 평탄하게 살아야 한다는 거다. 나는 경술년 국치도 알고, 기미년 삼일운동도 보았으며, 팔일오 해방도 경험했고, 6·25사변도 당했다. 공산주의니 반공이니 자유니 하는 따위는 난세에 등장했다가 쉬 사라지는 유언비어에 불과함을 나는 뼈아프게 체험했다. 그러니 너희들만은 이따위 유언비어에 현혹되지 말기를 바란다."

"네."

"가장 훌륭한 사람은 가장 평범한 사람이다."

종철은 이렇게 한마디로 못 박은 후 장죽 대통에 담배를 비벼 넣어 불을 댕겼다. 상민과 상식은 묵묵히 앉아서 할아버지가 내뿜는 담배 연기를 멀거니 바라보았다. 파뿌리처럼 하얗게 센 수염 언저리에 연기가 흩날렸다. 장죽을 쥔 손마디가 툭툭 붉어져 거칠기 짝이 없는 손등이 그들의 시선을 끌었다.

저 거친 손이 한때 천석 가까운 땅을 소유했던 지주의 손이란 말인가. 하긴 지금은 지주도 부자도 아닌 불쌍한 영감이라고들 하지만 그 손등을 바라보고는 있는 그들의 심정은 착잡했다. 칠순이 넘은 할아버지의 피땀을 빨아 자기들이 공부하고 있는 것이 아닌가. 종철의 거친 손이 오죽담뱃대의 마디를 따라 내려가 엄지손가락으로 부풀어 오른 담배를 눌러 다져 넣고 다시 말을 계속했다.

"나는 일제강점기에도 살았고 우리나라 여러 대통령들도 겪어 보았다. 그런데 그들은 모두가 명칭만 다를 뿐 하는 짓은 다 똑같았어. 따라서 정치하는 자들의 말을 믿어서는 안 된다는 사실을 깨달았다. 한때는 나도 너희 아버지들에게 '경국제민'을 해야 한다고 무수히 강조하기도 했다. 그런데 그것은 어리석은 영웅심과 허영심이었음을 늦게야 깨달았다. 너희들은 갖가지 '혹세무민'의 유언비어에 홀리지 말고 눈은 하늘이 아니라 지평선에 둘 것이며, 발은 구름이 아니라 땅을 딛고 있어야 한다."

할아비지가 오랜만에 귀가한 손자들을 혼자 독차지한다고 할머니가 투덜거리며 사랑방으로 들어오자, 은숙과 미혜도 아들을 보기 위해 뒤따라 들어왔다. 훤칠한 키에다 준수한 용모까지 갖춘 아들들을 흐뭇한 눈초리로 응시하며, 남편 없이 살아온 긴 세월의 고뇌가 헛되지 않았다고 그녀들은 느끼고 만면의 미소를 지었다. 할머니는 딱딱한 대화만 나누는 남편이 마뜩잖아 서울에서 있었던 일을 묻기도 하고 하숙비를 제때 부치지 못해 얼마나 고생이 많았느냐는 등 일상적인 위로의 말을 건넸다.

종철은 연신 담뱃대를 빨며 손자들을 번갈아 내려다보며 장성한 손자들이 대견스러워 어쩔 줄 모르면서도 한편으로는 불안과 초조한 마음은 어쩔 수 없었다. 비록 전쟁 중은 아닐지라도 두 손자 역시 어김없이 군대에 가야 한다는 사실을 상기하고, 정색을 한 채 언제쯤 입대하는지 물었다.

"상식이는 아직 어리니까 걱정이 없다마는, 상민이는 영장이 나올 때가 되었지?"

"호적상 나이가 본 나이보다 어리게 되어 있으니까 앞으로 2년 이내에 영장이 나올 겁니다."

"삼 년 이내에 영장이 나온다? 그놈의 영장이란 말만 들어도 가슴이 덜컥덜컥 내려앉는군."

"요즘이야 뭐 전쟁통이 아니니까 영장을 받고 입대해도 아무 걱정 없습니다."

"전쟁 여부를 떠나 군대는 군대 아니냐? 군인이 되면 생명은 이미 자기 것이 아니야. 전쟁은 갑자기 일어나. 6·25사변만 해도 그렇지, 청천 하늘에 날벼락이었지…."

"할아버지 안심하세요. 요즘의 군대는 예전과 달리 재미있는 곳이 되었어요."

공포와 불안의 그늘이 드리워진 종철의 얼굴을 바라보며 상식이 안심시켰다. 그러나 종철의 표정은 여전히 미래에 닥쳐올 그날을 생각하며 불안한 심사를 떨치지 못했다.

"또 무슨 삼, 사류의 유언비어를 퍼뜨려 너희들을 끌어 갈려는지. 아무튼 너희들은 너희 아버지들의 전철을 밟아서는 안 된다. 유언비어에 혹하지 말라는 말이다."

종철은 몇 번이고 손자들에게 유언비어라는 말을 반복했다. 위정자들이 지껄이는 말은 대부분 거짓이며 유언비어에 불과하다고 종철은 굳게 믿고 있었다. 철저한 불신이었다. 상민과 상식은 할아버지가 이처럼 위정자를 불신하고 모든 신화를 깡그리 부정하는 확고한 태도에 놀라지 않을 수 없었다.

"옛날엔 유언비어를 퍼뜨리는 것이 일반 백성이었는데, 요즘은 거꾸로 나라를 다스리는 위정자들이 혹세무민을 일삼고 있으니…."

"귀한 손자들이 왔으니 빨리 저녁 준비를 해야지."

할머니는 며느리들에게 이같이 말하고 손자들의 손을 잡고 사랑방을 나왔다. 마당에는 검둥이가 온몸을 흔들며 상민과 상식을 반갑게 맞았다. 대문 밖 감나무 가지에는 귀가한 건장한 두 청년을 환영이라도 하듯 까치 두 마리가 마주 보며 깍깍거리고 있었다.

9

자유와 평등의 사상누각

종철의 집 담장 밑 화단에 코스모스가 갖가지 빛깔을 자랑하며 활짝 피어 있었다. 우람한 본채와 행랑채, 사랑채가 퇴락하여 보는 이로 하여금 지난날의 번영을 짐작만 하게 하고 일말의 애잔한 마음을 불러일으켰다. 정사각형으로 에워싼 원장(垣牆)은 여기저기 무너진 채 방치되어 있었고, 담장을 덮고 있던 기왓장도 군데군데 떨어져 나가 그 자리에는 이름 모를 잡초가 수북하게 자라 있었다. 따뜻한 기운이라고는 조금도 느낄 수 없었다. 얼핏 보면 폐가나 다름없는 황량한 인상을 풍겼다. 집 안은 인기척이라곤 전혀 없이 쥐 죽은 듯 조용했다.

　양복을 말쑥하게 차려입은 삼십 대의 사나이가 가방을 들고 마당 안으로 들어왔다. 그는 사람이 살지 않는 폐가 같은 적막한 집 안 분위기를 이상하다는 표정으로 이리저리 살피다가 자기가 찾아온 것을 알리려고 헛기침을 몇 차례 했다.

"흠, 흠."

마당에서 인기척 소리가 나자 종철이 그제야 사랑방 문을 열고 그 사내를 경계하는 눈초리로 훑어보다가 물었다.

"뉘시오?"

"여기가 이상민 씨 집입니까?"

"그렇습니다만…, 무슨 일이신지."

종철은 마루로 나와서 불안한 낯빛으로 방문자의 얼굴을 유심히 살폈다. 그 사나이는 가방을 왼손으로 바꿔 쥐며 마당 안을 가로질러 종철이 서 있는 마루 쪽으로 뚜벅뚜벅 걸어왔다.

"이상민 씨 집에 계십니까?"

"무슨 일로 우리 상민이를 찾으시오?"

"저어…, 면사무소에서 일하는 사람입니다."

"면사무소라."

"네, 면사무소 호병계에 근무하는 박 서기입니다."

"아 그래요. 이리 앉으시오. 혹시 상민이가?"

"이번에 상민 씨에게 영장이 나왔습니다."

"또 영장이 나왔다고?"

"네."

박 서기는 마루 끝에 엉덩이를 걸치고 앉아서 가방을 열었다. 종철은 순간 눈앞이 아뜩해졌다. 영장이란 말만 들어도 치가 떨렸다. 그의 집안에 모든 불행을 초래한 것이 바로 그 영장이었기 때문이다.

그 사나이는 가방 속 서류뭉치를 뒤적거려 상민이의 영장을 찾아 내고는 종철에게 건넸다. 영장을 받은 종철의 손이 바르르 떨고 있 었다. 박 서기는 백발이 성성한 초췌한 종철의 얼굴을 이윽히 바라 보다가 건조하고 형식적인 위로의 말을 했다.

"언제든지 한번은 군대에 다녀와야 좋은 데 취직도 하고 마음 놓 고 살 수가 있습니다. 요즘의 군대야 뭐 남자로 태어나서 한 번 다 녀올 만한 곳입니다. 그런데 상민 씨는 어디에 계시죠?"

"서울에 있습니다."

종철은 받아 쥔 영장을 읽으면서 말했다.

"그러면 빨리 연락을 해주셔야겠네요. 입대할 날짜가 촉박한데, 어르신 도장 가지고 계시지요? 여기다 영장을 받았다는 날인을 해 주셔야 합니다."

종철은 사랑방으로 들어가 도장을 가지고 나왔다. 그 면서기는 도장을 받아쥐고 확인하려는 듯 자세히 살펴본 뒤 인주를 찍어 서 류에 눌렀다.

"요즘은 군대에 다녀오지 않은 청년은 장가드는 데도 지장이 있 답니다. 신부 측에서 첫째 직장이 있느냐, 둘째 군대는 다녀왔느냐 이렇게들 물어요."

면서기는 종철을 안심시키려는 뜻에서 농담조의 말들을 건넸다. 그 말들 속에는 간혹 발생하는 입대 기피를 예방하자는 의도도 숨 어 있었다. 그의 의도야 어떻든 면서기가 한 말은 사실이었다. 군대 에 다녀오지 않는 청년에게는 딸을 주기를 꺼려하는 경우가 대다

수였다. 일단 군대에 다녀와야만 취직도 할 수가 있었다. 청년들 스스로가 영장이 빨리 나오기를 바랐고 남보다 빨리 발부받기 위해 해당 관청에 선물 공세를 하는 일도 비일비재했다. 따라서 영장을 받아 군대에 간다는 사실은 하등 충격적인 사건이 아니었다.

군대는 대한민국 청년이라면 누구나 다녀와야 할 필수 조건으로 사람들 머릿속에 각인되어 있었다. 제대증이 없는 청년은 어딘가 부족한 사람으로 간주하는 세태라는 것을 종철도 알고 있었지만, 영장 그 자체에 대해서만큼은 부지불식간에 거부감이 들었다. 종철에게는 그 영장이 위정자가 국민을 홀리기 위해 만든 신화의 촉매제나 다름없었고 마치 살인청부업자가 청년들에게 들이미는 죽음의 고지서로 보였다.

"서울에 있는 손자에게 오늘이라도 빨리 연락을 하십시오. 그럼 전 가보겠습니다."

자기의 의무를 다했다는 듯 홀가분하게 걸어 나가는 그 면서기를 종철은 몸을 엉거주춤 일으킨 채 바라보았다. 면서기가 대문을 나가자 기다리고 있던 가족들이 방에서 나왔다. 종철은 가족들을 둘러보고 아무 말 없이 사랑방으로 들어갔다. 파파할머니가 된 상민의 할머니를 비롯하여 은숙과 미혜가 뒤따르고, 맨 나중에 머리를 길게 늘어뜨린 상희가 들어갔다. 상민이 할머니는 끓어오르는 가래를 삼키며 남편에게 말했다.

"상민에게 또 그놈의 영장이 나왔어요?"

종철은 앞니가 빠지고 주름투성이가 된 아내를 멀거니 바라보면서 고개를 끄덕였다. 은숙과 미혜는 방안에서 면서기가 하는 말을 모두 들었기 때문에 놀라는 기색이 없었다.

"할아버지 그 영장 좀…."

상희는 크고 검은 눈동자를 반짝이며 해맑은 목소리로 말했다. 종철은 건강하게 잘 자란 손녀의 자태를 대견스레 바라보며 영장을 상희에게 주었다. 아버지 얼굴도 기억 못하는 불쌍한 상희가 벌써 출가할 때가 되었음을 느낀 종철은 가급적 빨리 시집을 보내야겠다고 생각했다. 상희가 쥔 영장을 본 종철은 아들들에게 날아들었던 그것들이 다시 떠올라 만감이 교차했다.

"아버님 너무 상심하지 마세요. 지금 군대는 옛날의 군대와는 많이 다르잖아요? 삼 년만 있으면 돌아옵니다."

"군대는 군대고 영장은 영장이 아니냐. 한우나 정우에게 날아들었던 바로 그 영장과 똑같은 거지…. 일찍 죽었으면 이런 꼴을 보지 않았을 텐데."

"할아버지! 삼촌들이 받았던 영장과는 달라요. 그때는 전쟁 중이었지만 지금은 전쟁도 끝나고 청년들의 심신을 단련하는 곳 정도로 바뀌었대요."

"무슨 놈의 심신을 총칼을 들고 단련한단 말인고. 심신을 단련시키는 것이 아니라 심신을 흉포하게 만드는 곳이다. 난 가슴이 떨려서 제대로 보지도 못했는데, 입대할 날짜가 언제냐?"

"앞으로 보름 후입니다."

"그러면 상민에게 어서 연락을 해야 하잖아?"

"제가 편지를 쓰겠어요."

"상민에게까지 영장이 나올 줄은 몰랐는데…, 세월이 노상 이러니 당최 불안해서 맘 편하게 살 수가 없어. 이제 영장 소리만 들어도 지긋지긋해. 나중에 또 상식에게도 영장이 나올 게 아닌가. 오래 살다 보니 손자들 영장까지 받아보게 되네. 오래 살면 살수록 죄를 짓고 험한 꼴만 보게 돼."

"지금은 아버지와 삼촌들 때와는 달라요, 할아버지."

"다를 게 뭐가 있어? 갑자기 언제 전쟁이 터질지 누가 알겠어…."

종철은 다시 장죽을 찾아 입에 물었다. 상희는 담배통을 할아버지에게 밀어주고 오빠에게 편지를 쓰기 위해 그녀의 방으로 돌아왔다. 상희는 종철네 집안의 고명딸로 가족들의 사랑을 독점하고 있었다. 성격이 밝고 낙천적이라 암울한 집 안 분위기를 명랑하게 만드는 데 큰 몫을 담당했다. 상민에게 전달된 영장은 과거 한우와 정우가 받은 것과는 의미가 전혀 달랐기 때문에 집안 분위기는 다소 평온한 편이었다.

상민은 창밖으로 누렇게 물든 플라타너스 이파리를 응시하고 있었다. 별로 넓지 않은 사무실 안에는 타이피스트가 자판을 두들기는 소리만 잔잔하게 울렸다. 그는 그 소리를 들으며 고향의 파도 소리를 연상했다. 상민은 문득 과장에게 올릴 결재서류가 생각나서 서랍을 열어 혹시 잘못된 부분은 없는지 세밀하게 훑어보았다.

"여기 이상민 씨 계십니까?"

상민은 깜짝 놀라 사무실 입구를 바라보았다. 우편배달부가 한 장의 편지를 뽑아 들고 있었다.

"네, 제가 이상민입니다."

"도장 주세요."

배달부는 뚜벅뚜벅 걸어와서 그의 책상 앞에 섰다. 상민은 그가 쥐고 있는 편지를 올려보며 도장을 건넸다. 우편배달부는 도장을 찍은 뒤 편지를 주고 사무실을 나갔다.

"어디서 온 편지냐?"

"집에서 온 거야."

상민은 봉투를 찢으며 머릿기름을 단정하게 발라 올백을 한 동료에게 퉁명스럽게 대답했다. 어떤 내용이기에 등기로 부쳤을까 생각하며 편지 알맹이를 끄집어냈다. 직사각형으로 얌전하게 접힌 서류가 여동생의 편지와 함께 책상 위에 떨어졌다. 상민은 편지를 읽으려다 말고 먼저 서류를 집어 들었다. 순간 그의 눈을 의심했다. 유달리 시야에 들어와 박히는 붉은 줄이 그의 마음을 자극시켰다. 그것은 징집영장이었다. 언젠가는 나올 것이라 여겼는데 그의 예상보다 빨랐던 탓에 약간 당황하는 눈치였다.

상민은 편지와 영장을 주머니에 접어 넣고, 결재서류를 챙겨서는 총총히 과장에게로 갔다. 과장에게 결재를 받은 후 그는 다시 자리로 돌아와 서랍을 정리하고 자기 물품을 꺼내어 주섬주섬 챙기기 시작했다. 이 모양을 보고 있던 옆의 동료가 다시 말을 걸었다.

"왜 그래?"

"영장이 나왔어…, 영장이."

사무실 안 사람들의 시선이 일제히 그에게 쏠리고 여직원의 타이핑 소리도 그쳤다. 상민은 놀라는 그들을 뒤에 남겨두고 사장실로 들어갔다. 사장은 상민을 보지도 않고 결재함에 쌓여 있는 서류를 뒤적거리고 있었다. 너 같은 존재는 부하 직원에 불과하므로 무시해도 된다는 그런 오만스러운 태도였다. 그는 졸부들이 갖는 사장의 이 같은 태도에 평소에도 불만이 많았다.

"회사를 그만두게 되었습니다."

"뭐라고?"

사장은 깜짝 놀라며 상민을 쳐다보았다. 취직하기가 하늘에 별 따기 만큼이나 어려운 세상에 직장을 그만두다니 도무지 이해할 수 없다는 표정을 지으며 물었다. 상민은 미필자라는 약점에도 오십 대 일이 넘는 높은 경쟁을 뚫고 입사하지 않았던가. 청년들의 현실적 가치가 영점 이하를 오르내리고 있는 살벌한 풍토에서 회사의 지위고하를 떠나 취직을 했다는 자체가 승리로 간주되는 시절이었다.

"영장이 나왔습니다…."

사장의 얼굴에 놀라는 빛이 가셨다. 그러면 그렇지 자발적으로 사직을 하는 것이 아니고 어쩔 수 없이 사직을 하게 되었다는 거군, 이라는 듯이 사장은 묘한 표정을 지었다. 사원들의 사표 받기를 밥 먹듯이 하는 사장이지만 스스로 사표를 내고 나가는 사원은 못마땅하게 여겼다.

"미시타 리는 유능한 사원이었는데, 어쩌다 미시타 리 같은 전도 유망한 사원을 놓지게 되다니 굉장히 섭섭한데…."

이렇게 말하고 책상 옆에 있는 벨을 눌렀다. 비서실에 벨 소리가 울린 뒤 콘크리트 바닥을 울리는 하이힐 소리와 함께 사장실 문이 스르르 열리고 팔등신의 미녀가 들어왔다.

"사장님 부르셨어요?"

그녀는 보조개를 지으며 아양 섞인 어조로 말했다.

"경리과장 불러와."

잠시 후 경리과장이 두 손을 모으고 사장실로 들어왔다.

"경리과장."

"네, 네."

"미시타 리가 영장을 받고 군대를 가게 되었어요. 그래서 부득불 우리 회사를 그만두게 되었어. 나로서는 경리과장도 알다시피 미시타 리를 평소에 주목하고 있는 터가 아니겠소?"

"그야, 그렇습죠."

"미스터 리가 우리 회사에서 성심껏 일한 대가를 지불해야 할 것 같은데…."

사장은 회전의자에서 일어나 상민의 곁으로 다가왔다. 사장의 팔목에 걸려 있는 오메가 시계가 상민이의 시선을 끌었다. 사장은 스스로 굉장한 선심을 쓰고 있다는 태도로 혼자 흡족해하며 다시 말을 계속했다.

"다음 월급날이 아직 이십일 이상이나 남았지만, 미시타 리의 공로를 봐서 경리과장은 한 달 치 봉급을 지불하도록 하시오. 세상이 아무리 야박하다지만 봉급날이 근 한 달이나 남았다 해서 영장을 받고 입대하는 전도유망한 청년에게 봉급을 주지 않을 수야 없지요. 과장은 어떻게 생각하시오?"

"옳은 말씀이십니다. 인정이 많으신 사장님께 감복했습니다."

상민은 입가에 고소를 머금으며 그들의 하는 양을 지켜보았다. 천하에 둘도 없는 속물들이 자기들끼리 한 말을 가지고 서로 크게 만족하고 추어올리는 꼴을 멀거니 바라보았다. 6·25사변통에 밀수를 하여 벼락부자가 된 무식한 졸부 사장이란 사실은 입사 다음날 들었지만 이처럼 졸렬하고 야비한 인물인 줄은 미처 몰랐다.

겨우 한 달 치 봉급을 주면서 어마어마한 인심을 쓰는 듯 허세를 부리는 사장의 아둔하고 몰상식한 감각이 어이없었다. 그가 무식하고 속물인 줄은 이미 오래전부터 알고 있었는데도 사장실에만 들어서면 어떤 위엄 같은 것에 짓눌려 말도 제대로 못하던 자신을 떠올리며 상민은 고개를 갸웃거렸다. 이따금 미스터 리를 미시타 리라 발음하는 허세가 심한 사장이었지만 사세를 확장하여 유수한 기업으로 키우려는 진취적 기백도 있었다. 게다가 직원과 그들 가족 백여 명의 생계를 도맡고 있는 인물임을 부정할 수 없다는 점도 알고 있었다.

"미시타 리, 내가 주는 돈은 봉급이 아니고 퇴직금이라고 생각해야 합니다. 상민 씨도 알다시피 봉급을 지불한 지 일주일밖에 더 됩니까?"

"감사합니다."

경리과장이 준 봉투를 주머니에 구겨 넣고 상민은 사장에게 마지막 인사를 했다. 사장은 상민의 어깨를 툭툭 치면서 무사히 다녀오라고 다정하게 말했다. 그는 이처럼 다정한 말을 일찍이 사장에게 들어본 적이 없었다. 상민은 사장실을 나왔다. 비로소 자기가 인간으로 되살아난 것 같은 후련한 기분이었다.

그는 플라타너스 잎들이 떨어져 뒹구는 보도 위를 걸으면서 자신의 몸을 단단하게 결박하고 있던 오랏줄이 풀려나간 것 같은 후련한 기분이 들었다. 더 높아진 푸른 하늘을 향해 목이 터져라 고함이라도 지르고 싶은 심정이었다.

광화문 네거리에 있는 신호등의 요란한 벨 소리가 잠시 찾아온 해방감을 산산 부숴놓고 다시금 그를 각박한 현실 속으로 몰아넣었다. 거기에는 파란불을 기다리는 군중이 있었고 그 군중 틈에 끼인 자신을 새삼 발견했다. 그는 주머니에 손을 넣어 영장을 만져보았다. 신호등에 달린 벨이 다시 요란하게 울리고 파란불이 켜졌다. 강둑이 무너져 물결이 밀려 나가는 것처럼 빽빽하게 서 있던 사람들이 네거리를 건넜다. 모두 바쁜 걸음이었다. 어정쩡하게 건너다가는 중도에서 다시 신호에 발이 묶여 몇 분을 더 기다려야 했다.

그는 네거리를 건너 경복궁이라는 이름은 증발하고 중앙청으로 통칭되는 옛 조선총독부를 향하여 걸어갔다. 땅속으로 가라앉을 것 같은 육중하고 웅장한 중앙청이 푸른 하늘을 머리에 이고 의젓하게 서 있었다. 줄줄이 일정한 간격을 두고 늘어선 은행나무에는 노란 단풍이 들어있었다. 은행은 나무 중에 신사라는 칭호를 붙이고도 남을 만하다고 그는 느꼈다.

말쑥하고 후리후리한 키의 신사를 연상하게 하는 나무였다. 겉만 번지르르한 신사가 아니라 마음가짐도 단정한 신사 같다고 느끼며 네거리 근처에 있는 공중전화실로 들어갔다. 그는 수화기를 들고서도 줄지어 선 은행나무와 중앙청에서 눈을 떼지 못하고 있다가 다이얼을 돌렸다. 마침 혜원이 전화를 받았다.

"나 상민인데…, 빨리 그곳으로 나와. 나오면 알 테니까."

상민은 수화기를 놓았다. 갑자기 무슨 일이냐고 묻는 혜원의 고운 목소리가 귓전을 울렸다. 어디냐고 묻는 말에 중앙청이라고 대꾸한 자신의 말에 피식하고 웃으며 상민은 공중전화실을 나왔다. 삼십 분 정도면 그 다방에 혜원이 도착할 것이라고 생각하고, 그동안 산책을 하기로 한 그는 어슬렁어슬렁 중앙청 쪽으로 걸어갔다. 중앙청을 바라보았다. 십 년이나 걸려 완공했다는 대동아공영권 신화의 아성! 지금은 그 성격이 변하여 반공과 자유의 기치를 높이 든 대한민국의 중심 중앙청을 곤혹스럽게 쳐다봤다.

"갑자기 이 시간에 전화를 다 하고 무슨 일이세요? 재미있는 일이라도 있나요?"

폭넓은 후레아 스커트 차림에 싱싱하고 발랄한 몸짓으로 다방 의자에 앉으며 그녀가 물었다. 오늘따라 머루알 같은 검은 눈동자가 유난히 반짝였고 목소리는 평소보다 훨씬 밝아보였다. 상민은 그녀의 검은 눈망울을 마주하고 웃으며 대답했다.

"재미있는 일이 생겼어…, 혜원이 들으면 깜짝 놀랄 만큼."

"어머, 그렇게 재미있는 일이에요? 도대체 그게 뭐죠?"

그녀는 궁금해서 못 견디겠다는 표정을 지으며 채근했다. 상민은 장난꾸러기처럼 빙글빙글 웃기만 할 뿐 얼른 대답을 하지 않았다. 그녀는 동그란 어깨를 상민에게 가볍게 부딪치며 어서 말하라고 어리광을 부렸다. 철부지 어린애 같은 그녀의 이런 동작에 상민은 흐뭇한 미소를 지으며 천천히 담배를 피워 물었다. 그녀는 답답하다는 듯이 좀 더 세차게 어깨를 부딪쳤다.

"도대체 재미있는 일이란 뭐냐 말이에요."

"재미있는 일이란, 혜원과 헤어지게 되었다는 거야."

"헤어지다뇨…, 이유가 뭐죠?"

"이유는, 중앙청으로부터 혜원과 헤어지라는 명령을 받았어, 앞으로 삼 년 정도…."

"중앙청에서 영장이 나왔군요. 그렇죠?"

그녀의 얼굴이 환하게 밝아졌다가는 금방 시무룩해졌다. 혜원은 감성이 풍부하여 아주 세세하고 미미한 감정까지도 얼굴에 드러났다. 비바람을 모르고 온실 속에서 자란 한 떨기의 튤립 같은 여인이라고 상민은 생각했다. 음울하고 삭막한 분위기에서 성장한 그가 그녀를 사랑하는 중요한 이유 중의 하나이기도 했다.

표정을 보아 그 속내를 알 수 없는 여성을 상민은 싫어했다. 무대 배우를 연상시키는 표정을 짓는 사람에게는 묘한 반감이 일었다. 화장기 없이 청순하고 밝은 용모를 가진 혜원을 좋아하는 까닭은 비명에 간 아버지로 인해 표정을 잃어버린 자신에 대한 불만과 자신의 본래 모습에 대한 아련한 향수와도 연관이 있었다.

다방 안은 비교적 한산했다. 창밖으로 내다보이는 중앙청의 흰 화강암 건물이 북악산을 등지고 앉아있었다. 건물 동쪽 끄트머리 안쪽에 경복궁 근정전의 초라해 보이는 모습이 반쯤 걸려 있었다. 상민은 조선시대 정권의 표상인 근정전을 보고 있었다. 공맹사상을 이념으로 한반도를 통치하던 왕조의 정전 앞에 대동아공영권의 상징인 총독부를 세워 민족정기를 폄훼한 일제의 악랄한 소행이 혐오스러웠다.

대한민국 정부가 들어섰는데도 일제의 총독부 건물을 그대로 사용하는 것도 못마땅했다. 상감마마를 부정하고, 자신이야말로 가장 근대적이고 합리적인 신화라고 뽐내던 왜왕의 대동아공영권의 허상이었던 총독부! 그 총독부 건물이 근정전을 막고 있다. 근정전 뒤에 우뚝 솟은 한양의 진산 북악을 사람의 얼굴처럼 생겼다 해서 일명 면악(面嶽)이라고도 하는데, 눈코 입의 형상을 갖춘 면악이 지금 오만상을 찌푸리고 있다고 상민은 생각했다. 저 면악을 활짝 웃게 하는 것이 이 시대 젊은이들의 사명이라고 느꼈다.

해방 후 대한민국과 북한은 국통의 정체성 확보를 위해 격렬하게 다투었다. 세계의 국가들 가운데 국호에 민주주의라는 단어가 첨가된 나라치고 그것을 실현하는 경우는 드물다는 것을 아는 상민은 일제가 한반도를 식민화 하기 위해 의도적으로 폄훼한 조선왕조의 국통을 계승하여 대한민국의 정체성을 확보하기를 기원했다.

그는 아버지가 대한민국을 확실하게 긍정하지 않았던 사실에 대해 일말의 죄의식을 갖고 있었다. 아버지가 신봉한 공산주의 신화는 그것을 시행하고 있는 북한의 반인민적 참상을 참작컨대 박제 신화로 확인되었다고 상민은 규정했다. 아울러 국제정세의 오판으로 남침을 감행하여 수백만의 동포를 죽음으로 이끈 저들의 만행은 역사의 준엄한 심판을 받을 것이라고 생각했다.

"꼭 내일 떠나야 해요? 너무 하잖아요. 아무런 예고도 없다가…."

"자유진영의 방패와 반공의 보루란 이념의 허상을 위해서가 아니라 대한민국이라는 체제를 지키기 위해 중앙청의 명령을 따라야 해. 중앙청보다 근정전의 명령을 받았더라면 더 좋았겠지만…."

상민은 목소리를 낮추어 옆에 앉아있는 사람에게 들리지 않도록 조심스럽게 말했다. 그녀는 중앙청을 흘낏 쳐다보다가 꽁초와 담뱃재가 지저분하게 담겨있는 재떨이를 보았다. 앞으로 삼 년 간 상민과 헤어져 있어야 한다는 사실이 그녀의 머릿속을 떠나지 않았다. 상민과 만나지 못할 삼 년이란 시간이 삼십 년만큼이나 길게 느껴졌다.

"반드시 따라야 하나요? 그것을 뿌리칠 용기는 없으세요?"

"용기는 물론이고 그렇게 할 능력도 힘도 없어. 국방의 의무잖아?"

"내가…, 도와줄 수도 있는데…."

그녀는 눈을 반짝이며 상민의 의중을 헤아리고 있었다. 입대를 피할 수 있는데 어떠냐고 묻는 암시였다. 그녀는 돈을 쓰면 군대에 가지 않아도 된다는 항간의 소문을 염두에 두고 있었다. 만일 그것이 가능하고 상민이가 원한다면 돈은 자기가 대줄 수 있다는 눈치였다. 그녀의 속뜻을 상민도 알고 있었지만 그렇게까지 할 생각은 추호도 없었다. 게다가 혜원의 도움을 받기는 더욱 싫었다. 혜원이 그만한 돈쯤은 거뜬하게 융통할 수 있음을 상민도 알고 있었다. 레지가 인삼차 두 잔을 탁자에 놓는 동안 혜원은 입을 다물었다.

상민은 김을 훅훅 불며 차를 마셨다. 성큼하고 날카로운 콧날 위에 그의 두 눈이 광채를 발했다. 빗질을 하지 않은 더부룩한 생머리가 이마 위로 너부려져 있었다. 차를 다 마신 그가 찻잔을 탁자 위에 내려놓았다. 찻잔을 내려놓는 그의 손을 혜원이 부드럽게 쥐면서 말했다.

"그만 일어나요."

"차는 마시지도 않고?"

"별로 마시고 싶지 않아요."

상민은 잠자코 그녀의 손을 마주 움켜잡으며 부스스 일어났다. 그녀는 상민에게 손을 잡힌 채 따라 몸을 일으켰다.

"어디로 갈까?"

거리로 나와 상민이 그녀를 바라보며 물었다. 그녀는 색깔이 유난히 곱게 물든 낙엽 하나를 주워들고 뱅글뱅글 돌리다가 휘익 집어던진 다음 나직한 목소리로 말했다.

"걸어요! 함께 걸어요."

상민은 아무 말도 하지 않고 안국동 로터리 쪽으로 걸음을 옮겼다. 그녀는 상민에게 매달리듯이 팔짱을 꼈다. 불어오는 바람에 휘날린 그녀의 폭넓은 스커트 자락이 상민이의 다리를 휘감았다가 풀려나갔다. 그의 목덜미 부근에 닿는 혜원의 숨결이 마냥 정겹고 훈훈했다.

"이 길로 들어가요."

그녀는 행여나 상민이 뿌리칠세라 찰싹 달라붙어서 골목길을 턱으로 가리키며 속삭이듯 말했다. 상민은 고개를 끄덕이며 골목 안으로 들어섰다. 저만치 종로경찰서의 철제 울타리가 보였다. 그들은 팔짱을 끼고 걸었다. 빨간 글씨의 번호판이 붙어있는 집들이 열을 지어 있었다.

"눈꼴사납게 대낮부터 끼고 다니고 난리람."

"그러게 말이야. 누가 아니래?"

번호판이 걸린 이층집 아래층 창문가에 있던 두 유녀가 들으란 듯이 주고받는 말이었다. 혜원이 창가에 상반신을 내밀고 자기들을 보고 야유하는 그녀들을 일별한 후 이내 외면하고 마치 그들의 말에 저항이라도 하겠다는 양 상민에게 몸을 더 밀착시켰다.

"처녀가 애를 낳아도 할 말이 있다더니, 못난 계집애들이 못하는 소리가 없어! 그렇잖아요?"

혜원은 상민에게 동의를 구하며 속삭이듯 말했다.

"못난 계집애들이 아니고 약간 남다른 여인들이야. 분명히 우리와 똑같은 사람이야. 우리가 저 유녀들보다 반드시 낫다고는 못해. 그들 중에는 성춘향도 있고 황진이도 있어."

"어머나!"

"여성에게도 약간의 바람기가 있다고 누가 그러던데…."

"그럼 저에게도 바람기가 있다는 뜻인가요?"

발끈해진 혜원이 쏘아붙였다. 상민은 웃지도 않고 정색을 하고 다시 말을 이었다.

"미안하지만 없다고는 말하지 못할 것 같아. 내가 모욕을 주고 있다고 생각한다면 그건 내 본뜻과 전혀 상관이 없는 거야. 물론 유녀가 없는 사회가 더 나을 수도 있어. 여기 같은 사창가가 없어져야 비로소 사회가 안정될 것이라고 나는 믿어. 하지만 사창가는 형식을 달리하여 영원히 존재할 수도 있어."

혜원은 새침하게 토라진 얼굴로 땅바닥만 내려다보면서 묵묵히 걷고 있었다. 그녀는 상민과 약간의 간격을 두고 건성으로 팔짱을 끼고 있을 뿐이었다. 상민은 약간 앞으로 나온 그녀의 입을 보면서 말을 계속했다.

"어떤 물체가 탈 때 연기가 나는 것은 완전 연소가 되지 않았기 때문이야. 완전 연소가 되면 한 점의 연기도 없게 되지. 저 유녀들은 바로 연기와 같은 것 아닐까? 물체를 태우는 사람의 기술이 부족이거나 아니면 아궁이가 나쁘거나…. 아궁이와 기술 두 가지 중 하나에 어떤 결함이 생겨 저들이 있는 건지도 몰라."

"아무리 아궁이가 좋고 불 지피는 사람의 기술이 뛰어나도 땔감이 젖어 있으면 소용없는 것 아니에요?"

그녀는 팔짱을 완전히 풀며 대결하는 자세로 이렇게 반박했다. 상민은 홍등가가 끝나는 언저리에 있는 성당 옆의 성모마리아 상에 시선을 주면서 반박했다.

"불을 지피는 기술자가 숙련공이라면 젖은 땔감을 골라 잘 말렸어야지. 땔감을 말리는 인내와 성실함이 없었기 때문에 젖은 것을 그냥 아궁이 속으로 밀어 넣은 거고. 그래서 연기 나오듯 유녀가 생긴 것 아닐까?"

천주교 성당 앞에서 혜원은 머뭇거렸다. 상민은 걸음을 멈추고 성모마리아 상을 우러러 보았다. 혜원도 멈춰 서서 상민과 함께 성모상을 올려다보았다. 동물과 같은 원초적인 신음 소리가 밤낮없이 새 나오는 사창가의 성모상은 아무래도 어색했다.

"한국인의 혈관 속에는 수많은 이방인의 피가 유입되었고 지금도 광범위하게 유입되고 있어. 일찍이 한족을 위시해서 몽고족, 만주족, 일본인, 소련인, 영국인, 미국인, 에티오피아인, 터키인, 흑인 등등 수많은 민족의 남성들이 한국 여성을 욕보였어. 여성들의 이같은 불운은 다 못난 한국 남성들 탓이야. 나 역시 그 못난 남성 중 하나야. 우리 역사를 돌이켜보면 내 말에 이해가 갈 거야. 사랑하는 혜원이를 삼 년씩이나 지켜주지 못하는 것도 내가 못난 남성의 대열에 끼어있다는 방증이야. 혜원과 내가 한동안 헤어져 있게 되는 것 역시 통시적으로 명멸했던 사이비 박제신화 때문이야."

"더 걸을래요? 그럼 이쪽으로 가요."

혜원은 천일백화점 쪽으로 몸을 돌렸다. 그들은 종로4가 네거리에서 파란 신호등이 켜질 때까지 어깨를 나란히 맞대고 있었다. 이윽고 붉은 불이 꺼지고 파란불이 들어오자 네거리를 건넜다. 두 사람은 어깨를 비비며 청계천을 지나 을지로로 들어섰다. 일정한 목표도 없이 그저 발길 닿는 대로 걸었다. 한동안 서로 한마디 말도 건네지 않았다.

"호랑이 보세요."

혜원은 한약방 쇼원도 앞에서 걸음을 멈추고 이렇게 말했다. 상민은 깊은 잠에서 깨어난 것처럼 놀란 얼굴로 사방을 두리번거렸다.

"저기 보세요. 호랑이랑, 악어랑, 사슴들이 있잖아요."

상민은 그녀가 가리키는 곳을 보았다. 거기에는 갖가지 짐승들의 박제가 진열되어 있었다. 그는 쇼원도 바로 앞으로 다가가 가로로 진열된 박제 짐승들을 보며 말했다.

"호랑일까, 표범일까?"

"호랑이 같은데요?"

"표범도 호랑이도 아무것도 아니야. 저것들은 하나의 의미 없는 물체일 뿐이야."

"여하튼 호랑이가 분명해요. 이것은 악어고 저것은 사슴이고."

상민은 그녀가 가리키는 박제들을 유심히 보면서 의미심장하게 물었다.

"당신이 호랑이라고 우기는 저 박제들의 뱃속에는 무엇이 들어 있을까?"

"그야 물론 지푸라기 같은 것들이 들어있겠죠."

"그래도 저것을 호랑이라 할 수 있겠어?"

"보세요. 속이야 어떻든 흡사 창경원에 있는 호랑이 같잖아요."

"배속에는 내장 대신 지푸라기가 꽉 차 있고, 눈은 사람이 만들어서 박아 넣었으며, 혈관에는 피가 흐르지 않는데 그래도 저 박제를 호랑이라고 보느냐 말이야? 사람을 속이기 위하여 교묘하게 만든 물체일 따름이야!"

"머리와 가죽과 털과 꼬리는 분명히 호랑이 것이에요. 그러니 호랑이라고 해도 틀리지 않아요."

"아니지, 아니고말고. 저것은 단연코 호랑이가 아니야."

혜원은 그처럼 완강하게 부정하는 상민이의 속을 몰라 어리둥절한 표정을 지었다. 신경을 곤두세워 호랑이가 아니라고 우기는 상민을 그녀는 이해할 수 없었다. 꼬리를 늘어뜨리고 막 달려 나갈 듯한 자세로 서 있는 호랑이 표본을 혜원은 물끄러미 바라보았다.

"만일 저 박제 호랑이가 수풀이 우거진 산골짜기에 덩그러니 서 있다면?"

"사람들이 놀라겠죠! 흡사 살아있는 호랑이로 보일 테니까요."

"놀라 넘어졌다가 뒤돌아보지도 않고 죽을 힘을 다해서 도망을 가겠지?"

"도망가다뿐이겠어요?"

"그 도망간 사람이 마을에 와서는 사색이 되어 산골짜기에 호랑이가 있다고 전하겠지. 그러면 마을 사람들은 그 산골짜기에 얼씬도 하지 않을 거야. 포수가 이 소문을 들으면 총을 메고 몰이꾼과 더불어 호랑이 사냥에 나설 테고… 그 포수와 몰이꾼은 비장한 각오를 하면서도 자칫하면 호랑이 밥이 될 수 있다고 벌벌 떨면서 말이야. 그러나 마침내 그들은 총을 힘껏 쥐고 살금살금 기어서 그 박제 호랑이를 발견하고는 힘껏 방아쇠를 당기겠지. 총소리는 산 울림이 되어 이산 저산 퍼쳐 나갈 것이고, 수많은 짐승이 놀라 몸을 숨길 거야. 사냥꾼의 총에 맞은 그 호랑이는 맥없이 쓰러지겠지. 그러면 사람들은 환호성을 지르며 달려가겠지. 달려가서 그것이 산 호랑이가 아니고, 하나의 박제된 껍데기임을 알았을 때 어떤 표정을 지을까…."

"그런 터무니없는 망상이 어디 있어요? 망상이긴 하지만 아마 사람들은 재미있다는 표정들을 하고 있을 거예요."

그녀는 쿡쿡 웃고 있었다. 상민은 웃지 않고 다시 말을 계속했다.

"누군가가 그와 비슷한 박제 호랑이를 장난삼아 산속에 가져다 놓을 수도 있지 않을까? 배는 부르고 할 일이 없는 사람이 장난삼아 자극적인 사건을 만들려고 일부러 그럴 수도 있을 거야. 호랑이를 잡을 만한 현대 무기가 없고, 또 호랑이를 토템으로 섬기는 소박한 사람들이 살고 있는 곳…, 예컨대 그 골짜기에 노다지 금광이 있다면, 박제 호랑이를 산골짜기 길목에 세워둘 필요가 생기는 거지. 호랑이를 산신령으로 여기던 우리 조상들 같았으면 어떻게 했을까? 아마 그 박제 호랑이가 있는 산골짜기 입구에 사당을 지어놓고 황소를 잡아 제사를 지냈을 거야."

"상민 씨는 소설가가 될 자격이 있어요. 어쩌면 그런 재미있는 상상을 다하세요?"

"재미있는 상상?"

상민은 그녀의 말을 되뇌고는 더 이상 박제 호랑이에 대해 말할 필요가 없음을 느꼈다. 소설가가 될 자격이 있다는 혜원의 말에 그는 자기가 부질없는 말을 지껄였음을 깨달았다. 그러나 의미심장한 자신의 은유를 말장난으로 취급당한 것에 대한 아쉬움을 달래기 위해 재차 결의에 찬 어투로 말을 이었다.

"어떻든 저것은 호랑이가 아니야!"

"저 호랑이 표본을 노다지가 쏟아지는 금광골짜기에 갖다 놓은 사람은, 그 꼴들을 보고 어떤 표정을 지을까요?"

그녀는 눈을 깜박거리며 엉뚱한 질문을 했다. 박제 호랑이에 대한 상민의 상상이 매우 재미있다는 표정이었다.

"그 사람은 팔짱을 끼고 어슬렁거리며 회심의 미소를 짓고 있겠지. 그러나 마을 사람들에게는 그 박제 호랑이가 참으로 무서운 위력을 가진 짐승이라고 정색을 하고 말할 거야."

"속으로는 자기에게 속은 사람들을 바보라고 비웃겠죠?"

"비웃다뿐이겠어? 경멸하고 멸시할 거야. 그러니 저것은 호랑이가 아니란 말이야."

"그래도 호랑이는 호랑이잖아요? 어머 벌써 여섯 시 반이에요."

"벌써 시간이 그렇게 되었나?"

"상민 씨. 내일 떠나지 말고 하루만 더 있다가 가세요. 이렇게 갑자기 헤어지자니 너무 섭섭하잖아요?"

"나 역시 그러고 싶지만…. 입대 일자가 촉박해서."

그들은 을지로로 나섰다. 수많은 사람과 차들의 물결이 도도하게 넘쳐흘렀다. 빌딩들에서 하루의 일과를 마치고 쏟아져 나온 사람들이 가벼운 기분으로 활보하고 있었다. 그들은 인파에 휩쓸려 반도호텔 쪽으로 걸어갔다. 그들은 약속이나 한 듯이 울긋불긋하게 단장한 중국집으로 들어갔다.

"어서 오십시오. 이층으로 올라가세요."

흰 가운을 입은 보이가 다 안다는 듯이 빙그레 웃으며 굽실거렸다. 혜원은 종업원의 그 미묘한 웃음이 불쾌해서 미간을 찡그렸다. 그들은 종업원의 안내를 받아 구석진 방으로 들어갔다. 하필이면 으슥하고 구석진 방을 안내하는 보이의 태도가 그녀를 다시 불쾌하게 했지만 다른 한편으론 고맙기도 했다. 주위에 보는 이가 없고 칸막이가 있는 문을 빼고는 사방이 벽으로 둘러싸인 아늑한 방안이 그녀에게 짜릿한 정감을 불러일으켰다. 혜원은 상민이의 우뚝한 콧마루를 바라보다가, 푸석한 상민이의 머리칼을 보더니 핸드백을 열고 빗을 꺼냈다.

"머리 좀 빗으세요."

"그럴까?"

상민은 그녀에게 빗을 받아 머리를 빗어 올렸다. 머리결이 좋아서 빗는 대로 차분하게 뒤로 달라붙었다. 머리를 빗어 넘기자 준수한 용모가 한결 돋보였다.

"빗도 없으세요?"

"빗 없이 지낸지 꽤 오래되었어. 별 소용이 없었으니까."

꾸미지 않고 본래 대로의 모습이 그녀의 마음을 사로잡았다. 혜원은 외양에 관심이 없는 그의 생활 태도가 대견스러웠다. 어디선가 흙냄새가 풍기는 듯 하면서도 촌스럽지 않고 세련된 모습을 지닌 그 풍모가 좋았다.

"한 가지 부탁이 있는데 들어줄래요?"

"내가 할 수 있는 것이라면."

"상민 씨가 저에게 맡겨놓고 갈 것이 있어요, 상민 씨의 마음과 몸을 말이에요."

"마음과 몸을?"

"네. 유치한 발상이라고 흉봐도 상관없어요, 찬성하시죠?"

"좋아! 내 마음을 혜원에게 지금 이 시간부터 맡길게."

"상민 씨가 제대하고 돌아오면 돌려 드리겠어요. 저는 상민 씨를 놓치고 싶지 않아요, 그렇다면 저로 하여금 확신을 갖게 증거를 보여 주세요…."

그녀는 눈을 스르르 감으며 그의 가슴에 대담하게 안겨 왔다. 혜원에게 이처럼 당돌한 면이 있으리라고는 상상도 못한 행동이었다. 그 역시 그녀가 삼 년이란 긴 시간 동안 변심하지 않을까 두려워하던 차여서 서슴없이 혜원의 육체를 하나하나 소유하기 시작했다. 그녀는 스스로 원했던 바라 능동적으로 자신을 맡겼다. 그녀의 입술과 가슴 미끈한 허벅지를 거쳐 하복부에 이르기까지 상민의 입술과 손길이 물결쳐 가고 있었다.

중국집 방안에서의 정사는 욕정과 별 관계가 없는 서로를 확인하는 수순이었던 까닭에 길지 않은 시간에 끝났다. 음식이 배달되기 전에 옷매무새를 서둘러 바로 잡았다. 그들 사이에 남아 있던 얼마간의 장벽도 깨끗이 제거되고 진실로 격의 없는 연인이 되었다. 상민과 혜원은 군 복무를 마친 삼 년 후 결혼하자고 언약한 뒤 힘차게 포옹했다.

통금 예비 사이렌이 울리고 나서야 상민은 혜원을 혜화동 집 앞까지 바래다주고 하숙집을 향해 바쁘게 걸어갔다. 골목길에는 인적이라곤 상민이 혼자밖에 없었다. 희미한 가로등 아래 잠깐 걸음을 멈춰 시계를 보았다. 열두 시 십 분 전이었다. 통금에 걸리면 유치장에서 밤을 보내야 하기 때문에 발걸음을 재촉했다. 고급 주택지대가 끝나고 판잣집을 겨우 면한 집들이 나타났다. 커브를 돌아그의 하숙집 대문이 보이는 곳에 도착한 그는 이마에 흐르는 땀을닦았다. 아슬아슬하게 통금을 면했다는 안도의 숨을 쉬었다.

상민이 대문 안으로 들어섬과 거의 동시에 사람의 발을 묶는 사이렌 소리가 길게 울려 퍼졌다. 통금은 기록에 의하면 고려와 조선조 천여 년 동안이나 있었다. 밤을 좋아하는 민족의 정서와 관계가있는 것 같기도 하나 주변 강대국들의 침입과도 연관이 있을 법하다. 통금을 해제하면 밤새워 돌아다니는 민족성을 선인들도 알고있었던 것은 아닐까. 분단시대도 아니었던 과거에 인정(人定)이라하여 통행을 통제한 사실이 그 증거이다. 방에 들어온 상민은 서랍속의 라디오를 꺼내어 머리맡에 놓고 다이얼을 돌렸다.

"친애하는 북한 동포 여러분, 오늘도 공산괴뢰 집단 학정에 얼마나 고달프시겠습니다. 여기는 자유 대한의 수도 서울입니다. 여러분의 조국 수도에서 북한 동포에게 보내는 시간입니다. 소련과 중공의 꼭두각시인 김일성 괴뢰정권…."

상민은 조용한 음악이 듣고 싶어 다이얼을 돌렸다.

"미제의 앞잡이 남조선 괴뢰정권…."

상민은 질급을 하고 스위치를 비틀어 라디오를 껐다. 듣기를 원했던 조용한 음악과는 너무나 거리가 먼 내용이었다. 평양과 서울의 거리가 불과 얼마 되지도 않는데, 어쩌면 이렇게도 전혀 다른 말을 하고 있는지 신기할 정도였다. 서로를 헐뜯고 욕하는 악의에 찬 말들 중에 딱 한 가지 공통되는 언어가 있었다. 그것은 괴뢰라는 단어였다. 그럴수록 조용한 음악이 더욱 듣고 싶어 평양과 서울의 악의에 찬 방송이 나오지 않는 곳에 다이얼을 맞추었다.

어느 방송국인지는 몰라도 귀에 익은 잔잔한 음악이 부드럽게, 마치 메마른 대지를 축이는 봄비 소리와 같은 음악이 흘러나왔다. 잔잔한 물결 같은 왈츠였다. 그는 팔베개를 하고 반듯이 드러누워 천정을 주시하며 잔잔한 물결처럼 밀려오는 선율에 귀를 기울였다. 가시 돋친 언어가 아니라서 좋았다. 괴뢰라는 단어를 악을 쓰며 내뱉지 않아서 무엇보다 좋았다.

"비엔나 숲속의 이야기."

경쾌한 삼박자의 리듬이 형광등이 환하게 비치는 방안으로 물결치고 있었다. 상민은 라디오의 볼륨을 약간 올렸다. 야회복을 입은 여인들, 예복을 입은 남자들이 쌍쌍이 짝을 지어 넓은 무도장

을 나비처럼 돌아가는 장면을 상민은 그리고 있었다. 입가에 평화
스러운 미소를 지으며 상민은 눈을 감았다. 적의에 차서 흥분한 남
과 북의 아나운서들이 서로 헐뜯고 꼬집어 할퀴는 괴뢰군이니 괴뢰
집단이니 앞잡이니 하는 따위의 언어들이 아니라, 저처럼 감미로운
음악을 방송하는 나라로 거듭났으면 하는 바람이 간절했다. 〈비엔
나 숲속의 이야기〉는 그치지 않고 계속 향기로운 멜로디와 리듬을
뿌렸다. 한꺼번에 피곤이 몰아닥친 상민은 라디오를 켜놓은 채 깊
은 잠속으로 빠져들었다.

10

민족 정통 신화의 태동

남행열차가 스르르 움직이기 시작하자 상민은 뛰어올랐다. 그는 배가 잔뜩 부른 묵직한 가방을 들고 차표를 꺼내어 좌석번호를 찾았다. 열차가 덜커덩거리며 시가지를 벗어나 용산역을 통과하고 한강 철교 위를 질주하고 있을 때, 아침 햇살이 차창 안으로 비쳐들었다. 상민은 창 밖으로 한강 물을 굽어보았다. 푸르고 맑은 물이 유유히 굽이쳐 흘러내리고 있었다.

　열차가 한강 철교를 지나 노량진역을 통과할 무렵 상민은 자기 주위에 앉은 사람들을 둘러보았다. 그의 맞은편 좌석에는 눈썹이 유달리 검고 진한 청년이 앉았고, 그 청년 옆에는 훌렁 벗겨진 대머리의 뚱뚱한 중년의 신사였다. 상민의 옆에는 아래위로 흰 옥양목 치마저고리를 입은 해말쑥한 삼십 대의 여인이 다소곳한 자세로 무릎을 모은 채 입을 꼭 다물고 차창 밖을 내다보고 있었다.

탁류의 소용돌이 속을 빠져 나온 듯한 후련한 기분이었다. 상민은 열차가 더욱 속력을 올려 어서 이 시가지를 벗어나기를 바랐다. 돌이켜 보면 근 일 년 만에 그는 서울을 벗어나고 있음을 상기했다. 자기가 지금 영장을 받고 입대하려고 이렇게 열차에 몸을 싣고 있다는 사실을 잊고 있었다. 혼잡한 도시를 벗어난다는 해방감에 도취하고 있었다. 객차 안은 조용했다. 정원 이상을 태우지 않는 이른바 특급열차였기 때문이다. 그는 무엇보다 객차 안이 아주 조용해서 기분이 상쾌했다.

서울특별시를 완전히 벗어난 열차는 남으로 줄기차게 질주했다. 질주하는 차창 밖으로 펀펀한 들판이 나타났다. 누렇게 익기 시작한 벼들이 가볍게 불어오는 하늬바람에 파도처럼 넘실거렸다. 탐스럽게 익어가는 나락을 까먹으려는 참새 떼들이 전깃줄에 열을 지어 앉아있는 풍경도 스쳐갔다.

"신문 하나 주세요."

상민은 신문을 펼쳤다. 갓 인쇄되어 나온 인쇄물 특유의 진한 잉크 냄새가 코를 찔렀다. 그는 코를 벌름거리며 별로 흥미 없다는 듯이 시큰둥한 표정으로 일면의 큼직큼직한 표제 기사를 훑어보다가 한곳에 딱 시선이 머물렀다. 그것은 연좌법을 폐지하고 당사자 위주로 신원 조회를 한다는 기사였다. 당장 그렇게 하는 것이 아니고 대통령에 당선이 되면 그렇게 하겠다는 것이었다. 수십 년간 식도에 걸려서 못살게 굴던 묵은 가시가 쑤욱 빠져 내려가는 것처럼 후련해졌다. 그로서는 근래에 처음 대하는 좋은 뉴스였다. 그는 그

기사를 한 글자도 빼놓지 않고 정독했다.

신원조회란 말만 들어도 상민은 가슴이 철렁하고 내려앉기 일쑤였다. 그도 그럴 것이 상민은 요시찰 인물이었고, 적어도 일 년에 한 번씩은 형사들이 상민이의 집에 찾아와 어디서 무엇을 하느냐고 안부를 묻고 갔다. 대학을 졸업한 직후 육군 장교 시험을 치르려다 신원 조회에 미리 겁을 집어먹고 단념한 적도 있다. 시험에 합격하고도 신원 조회에 걸려 떨어진 그의 친구가 있어서였다. 그 친구도 과거 자기 아버지가 보도연맹에 가입했던 관계로 많은 불편을 지금도 겪고 있다. 이런 이유로 해서 상민은 울며 겨자 먹기로 신원 조회가 까다롭지 않은 개인 회사에 응시했다.

엄밀한 의미에서 상민은 일종의 죄인이었다. 육 개월 이상 금고형을 받은 사람의 호적에 붉은 줄이 그어지는 것처럼 상민도 그와 비슷한 경우였다. 경찰서에 비치한 호구 대장에는 상민의 가족 모두에게 붉은 줄이 그어져 있었다. 육 개월 이상 금고형을 받은 자가 행동에 여러 제약을 받듯이 상민네 식구들도 마찬가지였다.

상민은 남로당 당원도 아니었고 보도연맹에 가입한 적도 없었으며 더구나 공산주의자는 물론 아니었다. 공산주의나 공산주의 등의 말만 들어도 펄쩍 뛰는 상민이었다. 이데올로기라면 진절머리가 났고 모든 이데올로기에 대해 그는 단호하게 저항했다.

상민은 대한민국에서 이방인 아닌 이방인 취급을 받았다. 국군에 나오라는 영장을 발부하는 데는 신원 조회를 하지 않았다. 국군 장교는 될 수 없지만 졸병은 될 수 있다는 현실에 울분이 치밀어

보고 있던 신문을 접었다.

당사자에 국한 시켜 신원 조회를 한다는 기사는 확실히 상민을 기쁘게 했다. 친족, 처족, 외족 이렇게 삼족을 처벌하는 봉건적 잔재가 하루빨리 없어지기를 그는 고대했다. 문득 상민은 이상한 생각이 들었다. 과거 친일했던 아버지를 가진 사람에게는 신원 조회에서 불이익을 받지 않는다는 사실이다. 나라를 송두리째 일본인에게 팔아넘긴 진실로 역적인 그 자제들에게는 하등의 불이익이 없는 것이 아무래도 석연치 않았다.

일본에 나라를 팔아먹은 것은 죄가 아니고 공산주의자만 죄가 된다는 말인가, 이 둘 중에 어느 것이 더 죄가 무거울까. 연좌제는 국가를 지키기 위해 필요할 수도 있겠지만 친일 매국노의 자제들이 이 법에 걸리지 않는 것은 문제가 있다고 생각했다.

열차는 대전을 지나 줄곧 남으로 치달았다. 상민은 주위에 앉은 사람들과 한마디 말도 건네지 않고 담배만 연거푸 피웠다. 열차가 김천역에 도착할 무렵부터 그는 잠이 들었다. 깊은 잠속에 빠진 것도 아니고 그저 잠과 깨어있는 상태의 중간쯤을 배회하고 있었다.

"장거리 여행에 얼마나 피곤하십니까? 다음은 대구역입니다. 열차는 정시에 도착하여 5분간 정차하겠습니다. 경주나 포항 방면으로 여행하실 분은 2번 홈에서 열차를 바꾸어 타십시오."

스피커를 통하여 판에 박힌 여객전무의 안내 말이 울려 나오자 상민은 깜짝 놀라 눈을 번쩍 뜨고 차창 밖을 내다보았다. 황금물결이 늘실거리는 널찍한 평야가 차창 밖을 스쳐가고 있었다. 연거푸 네 번이나 기적을 울리며 열차는 대구 시가지로 들어서고 있었다. 그는 남아 있는 사람들에게 목례를 보내고 입구 쪽으로 걸어 나갔다.

"형님…."

출구를 나와 사방을 두리번거리던 상민은 몸을 돌렸다. 얼굴 가득히 웃음을 담은 상식이 달려오고 있었다. 상민은 가방을 들지 않은 왼손을 번쩍 들어 보이며 미소를 보냈다. 상식은 재빨리 달려와 그의 가방을 받아 쥐었다.

"오늘은 수업이 없었니?"

"전보를 받고 두 시간만 하고 그냥 나왔어요."

"너 점심 안 먹었지? 함께 가서 식사나 하자꾸나."

상식은 앞장서서 역전 광장을 걸어 나갔다. 상민은 상식을 아래위로 훑어보며 터벅터벅 따라 나갔다. 일 미터 칠십이 넘는 키와 우람스러워 보이는 체격이었다. 멋있게 기름을 발라 뒤로 붙인 머리가 굽실굽실 굴곡이 져 있었다. 그들은 역전 광장을 나와 대로를 횡단해서 음식점으로 들어가 마주 앉았다. 근 일 년 만에 처음으로 대하는 그들 형제는 감개무량한 시선을 서로 주고받다가 상식의 어깨에 달린 'ROTC' 라고 적힌 견장을 바라보던 상민이 말문을 열었다.

"졸업하면 곧 임관이 되나?"

"육군 소위로 임관이 될 거예요."

상식은 육군 소위란 말에 힘을 주면서 대답했다. 상민은 계속 상식의 견장을 쏘아보며 말을 이었다.

"나는 육군 졸병이고 너는 육군 소위라, 어쩌면 동생이 나의 상관이 될지도 모르겠군?"

상민이 환한 웃음을 입가에 지으며 이렇게 말하자 상식도 빙그레 웃었다.

"우리 두 사람 모두 내년에는 자유 진영의 방패라는 게 되겠구나. 너는 좀 더 두껍고 튼튼한 방패고 나는 얇고 허술해서 총칼이 쑥쑥 들어올 방패고. 어쨌든 방패라는 말에는 동의할 수 없어. 이제부터는 대한민국을 지키고 발전을 위해 입대한다고 말해야 해!"

"방패와 보루가 있어야 자유는 보장될 테니…, 하는 수 없죠 뭐."

"자유라는 지극히 추상적인 개념을 위하여 우리가 방패가 된다고 하자. 방패란 건 뭐하는 거지? 총칼을 막는 것이 아닌가? 방패는 총칼을 막으려고 만든 것이니까. 우리는 총알과 칼을 막는 인간 방패지 뭐냐. 그러면 우리가 방패가 되어 총칼을 막고 있는데 우리 뒤에는 누가 있을까? 혹시 미국과 일본이 우리를 방패막이 삼아 드러누워 낮잠을 자고 있는 건 아닐까?"

"인간이 살아갈 가장 이상적이고 적합한 생존 여건, 그것은 바로 자유가 아닐까요?"

"그렇다면 현재 우리가 살고 있는 이 현실이 인간이 생존할 가장 이상적이고 적합한 여건이란 말이겠다. 과연 그럴까?"

"로마가 하루아침에 이루어진 것이 아닌 것처럼 다소간 모순은 있지만 불가피한 과도기가 아닐까요? 자유란 결코 쉽게 얻어지는 것이 아니니까. 영국이나 불란서를 보세요 자유를 위하여 얼마나 많은 사람들이 피를 흘렸는가를 말입니다."

"그러니 우리도 자유 진영의 방패가 되어 피를 흘려야 한다는 말인데 그렇다면 자유를 위하여 피를 흘린다는 것과 자유 진영의 방패로서 피를 흘린다는 것과는 다르지…."

"우리는 지금 자유 그 자체를 위하여 싸우고 있는 게 아니에요?"

"사람은 결코 이데올로기의 노예가 될 수 없다고 나는 생각한다. 사람이 이데올로기를 만들어 놓고 그 피창조물인 이데올로기의 굴레 속으로 들어가서야 되겠니?"

"형님은 역시 아직도 큰아버지의 영향 아래 있는 것 같아요."

상식은 상민이 주어진 현실에 저항만을 일삼는 형이 못마땅하다는 듯 일침을 놓았다. 상민은 고개를 절레절레 흔들며 상식의 말을 완강하게 부정했다.

"우리 아버지는 공산주의를 종교처럼 신봉했지만…."

상민은 여기까지 말해놓고 사방을 두려운 듯이 둘러보다가 다시 말을 계속했다.

"나는 공산주의니 자본주의니 하는 따위의, 귀에 걸면 귀걸이 코에 걸면 코걸이 식의 추상적인 이데올로기에는 회의를 느끼고 있어. 그것들은 내게 마냥 신기루처럼 보일 뿐이야. 신기루라기보단 차라리 사람을 잡는 덫이라고 하는 게 정확한 표현일지도 몰라."

"아니에요. 사람이기 때문에 이데올로기를 가지는 거예요. 동물들에게는 이데올로기라는 게 없잖습니까?"

"후진국의 백성일수록 이데올로기 타령을 더 하는 것 같아…."

"형님은 우리를 스스로 후진국의 백성이라 얕보고 있어요."

"옛날엔 강대국이 총칼로 후진국을 점령해서 그 나라의 백성에게 신부나 전도사를 파견하여 종교를 퍼뜨려서 다스렸지만, 지금은 종교와 함께 이데올로기까지 주입시켜 이중의 노예로 만들고 있어. 이를테면 자유니 공산주의니 하는 따위의 이데올로기 말이야."

"더 말해 보세요."

"우리나라를 두 동강 내버린 미국과 소련은 말이야, 한반도에 사는 우리에게 공산주의와 자유라는 이데올로기를 주입시켰어. 그래서 휴전선 이북의 백성은 공산주의가 아니면 죽음을 달라고 아우성치고, 휴전선 이남의 백성은 자유가 아니면 죽음을 달라고 부르짖고 있어. 그렇다면 그 휴전선 또는 삼팔선을 스스로 인정한 셈이지. 휴전선 이북의 백성은 휴전선 이남의 백성에게 죄를 지었고, 이남의 백성은 휴전선 이북의 백성에게 죄를 지었기 때문에 우리 민족 스스로 서로 만나기를 꺼리고 있어. 여하튼 국토 통일보단 공산주의가 더 중요하고, 자유가 더욱 중요하다고 서로 자기주장만 하고 있어. 도대체 공산주의는 무엇이고 자유주의는 무엇인지 나는 그 정체를 모르겠어…."

"형님이 지금처럼 그런 다소 위험한 말을 거침없이 할 수 있다는 것이 바로 자유입니다. 만일 형님이 휴전선 이북에 살고 있다면 당장 형무소나 아오지탄광으로 갔을 겁니다."

"…."

"이야기를 하다 보니 밥 먹는 것도 잊어버렸어요. 금강산도 식후

경이라는데 말입니다."

그들은 서로 마주보며 빙그레 웃었다. 아무리 해봐야 끝도 없고 종결도 나지 않을 관념적인 이야기를 주고받다 보니, 밥을 먹으려고 식당에 들어왔다는 사실조차 잊고 있었다. 인정이 흐르는 다정한 이야기 대신 부질없는 담론을 만날 때마다 나누며 이념적인 대결을 해왔고 서로를 경계하고 있었으며 자기와 동일한 이념을 갖지 않는 데 대한 불쾌감도 있었다.

"불고기 어때?"

"좋아요."

상민은 푸른 가운을 입은 소녀를 불러 음식을 주문했다. 소녀는 스커트 자락을 펄럭이며 방을 나갔다. 소녀가 주문을 받고 나간 후 한동안 그들은 침묵했다. 소녀가 다시 들어와 프로판 가스의 스위치를 열고 불을 댕기자 파란 불꽃이 솟아올랐다. 불고기가 담긴 그릇은 그 불꽃 위에 올려놓고 소녀는 나갔다. 상식은 젓가락을 들고 소고기 살점을 위로 밀어 올리며 다시 입을 열었다.

"삼득이 말입니다."

"임삼득?"

이마에 주름살을 잡으며 상민은 반문했다. 그 사람은 상민에게 결코 잊을 수 없는 사람이었다. 그의 아버지 영우를 비명에 삶을 마감케 한 결정적 몫을 담당한 사람이었음을 상민도 알고 있었다. 6·25사변 직후, 임삼득은 마을 사람들의 사상 동태를 살피는 직책을 맡고서 수많은 사람을 그의 몸짓과 혀끝으로 죽이기도 하고 살리기도 한 장본인이었다. 그는 마을 사람들을 씨아이씨 대원과 나란히 앉아서 접견할 때, 고개를 오른쪽으로 돌리면 살려주고 왼쪽으로 돌리면 죽이라는 신호로 정해놓고, 사상과 관계없이 그의 개인적 호오를 근거로 무고한 사람을 수없이 죽인 사람이었다.

"저 하나 살자고 현실 적응능력이 고무줄 같은 교묘한 사람이 아닙니까? 내가 알기에 임삼득 만큼 세태의 변화를 정확하게 포착한 이는 없을 것 같아요. 권력의 소재를 명확하게 판단했죠. 즉 일제 강점기에는 일본인과 순사들과 다정하게 지냈고, 해방 직후 공산주의자들이 판을 칠 때는 그들과 어울렸으며, 그 후에는 경찰들과 절친하게 지냈기 때문에 목숨을 부지하면서 갖은 번영을 지금도 누리고 있잖아요? 우리 군에도 손꼽히는 부자가 아닙니까? 지서주임이 새로 부임해 오면 임삼득에게 찾아가 인사를 할 정도로 거물이 되었어요. 왜냐하면 그가 돈을 쥐고 있기 때문이죠. 권력도 돈 앞에는 굽실거리게 마련이거든요."

"돈이라…"

"미국과 소련이 세계를 호령하는 것도 돈 많은 국가이기 때문이에요. 강력한 군대를 갖기보단 달러를 많이 보유한 나라가 세계무대에서는 발언권이 더 강하잖아요. 임삼득은 그런 세태의 변화를 교활하게 파악하고 악착같이 돈을 모았어요. 그래서 부자가 되었고 인근 고을 사람들이 그에게 숨도 제대로 못 쉬고 쩔쩔매는 겁니다. 확실히 그는 시대의 변천에 적응을 잘하는 고무줄 같은 사람입니다. 그런데 우리 아버지나 삼촌들은 유연성이 너무 없었기 때문에 제 명대로 사시지 못했고요…"

"삼득과 같은 그런 인간형을 너는 긍정하니?"

상민은 눈을 크게 뜨고 이렇게 물었다. 상식은 다 익은 고기를 아래로 끌어 내리고 밥그릇 뚜껑을 열면서 냉랭한 어조로 대꾸했다.

"긍정하지는 않지만, 우리가 그 사람의 어느 일부는 본받아야 한다고 생각합니다. 어떻든 그는 현실에서 강자이니까요. 사람들이 그의 인격을 무시하고 욕을 하든 말든 그의 지배를 받고 있잖아요?"

상민은 상식에게 환멸을 느끼며 잠자코 밥만 먹고 있었다. 자신에게는 상식과 함께 할 마음의 공간이 없는 것 같았다. 그는 한 사람의 속물근성을 확인한 것 같아서 밥맛은커녕 입안이 깔깔했다. 한편 그의 말이 모두 현실을 정확하게 판단한 것이라고 느껴지기도 했다. 그러나 그처럼 위선적인 것을 긍정하는 상식의 태도에는 구역질이 났다.

"아하! 돈이 또 하나의 신화가 되었구나. 자유와 돈은 불가분의 연결고리가 있었지!"

상민은 또 하나의 신화를 발견하고 마음속으로 이렇게 감탄했다. 상식은 자신을 역겨워하는 상민의 얼굴을 물끄러미 바라보다가 다시 말을 계속했다.

"결국 우리의 아버지들은 삼득에게 패하고 만 겁이다. 판정패도 아니고 케이오패를 당한 것입니다. 형님처럼 그런 사고방식을 갖고 계시면…, 또 다시 삼득에게 당할 수도 있습니다."

"아니야! 우리의 아버지들은 패했지만 나는 결코 그에게 패하지 않을 거야!"

"형님은 무엇으로 임삼득을 이기겠어요? 임삼득 정도의 돈도 없고 위세도 없는데…."

"나는 아직 젊어! 앞으로 돈도 벌 수 있고 명예도 얻을 수가 있어. 나는 그자를 압도할 자신이 있어."

"안 돼요. 형님이나 나나 그에게 승리할 확률은 거의 없어요. 월급쟁이 노릇을 해서 삼득의 재산만큼 모을 줄 아세요? 어림도 없습니다. 질서가 잡힌 사회에서는 돈을 벌 수 없어요. 그저 먹고 살다가 죽을 뿐입니다."

"돈과 자유라…."

"네, 그 두 가지만 있으면 이 사회도 지상천국입니다."

"알았다. 골치 아픈 이야길랑 이제 그만하기로 하고 그보다 요즘 연애는 안 하니? 애인이 있거든 나에게 소개 좀 하지 그래?"

"있기는 있습니다만…."

"뭐 하는 아가씨지?"

상식은 빙그레 웃기만 할 뿐 얼른 대꾸를 않고 망설였다. 부쩍 호기심이 동한 상민이가 재촉을 했다.

"제법 큰 미장원을 경영하는 미용사예요."

"난 응당 동생의 애인이 여대생쯤 될 거라 생각했는데 뜻밖이군. 미용사를 사랑하게 된 동기가 있을 거 아냐, 인물이 잘났니?"

"뭐, 별로 예쁘지도 않아요."

"그럼…, 스타일이 근사한 거로구나."

"그렇지도 않아요."

"아니면 마음씨가 고운 게지."

"마음씨도 별로 곱다고 느끼지 않아요."

"그렇다면?"

상민은 고개를 갸웃거렸다. 겸손해서 하는 말 같지도 않았다. 상식이 겸손하거나 과장하는 성격이 아니라는 것도 잘 알고 있었다.

"예쁘지도 않고 늘씬하지도 않고 마음씨도 별로 곱지 않다면…, 그런 여자를 애인으로 삼은 이유는 뭘까? 그 참 이상한데."

"서양의 어떤 철학자는 이렇게 말했습니다. 결혼 상대로는 돈이 많은 여자를 택하라고요. 여자의 아름다움은 신기루 같은 것입니다. 인물이 고와서 결혼을 해봐야 몇 년이 지나면 그 자태는 간 곳이 없잖아요? 반면에 돈은 오래도록 따뜻하게 사람을 감싸줍니다. 그래서 칸트도 돈 많은 여자와 결혼하라고 권한 것 같아요."

"그렇구나…."

상민은 놀라지 않을 수 없었다. 설마 상식이가 이처럼 철두철미하게 돈에 집착할 줄은 상상도 못했던 일이다. 상민은 고기를 집으려 젓가락을 가져가다 말고 상식의 얼굴을 물끄러미 넋 나간 사람처럼 쳐다보았다.

"형님이 무척 놀라시는 것 같은데 당연한 것 아니에요. 이런 생각을 가진 사람이 나뿐인 줄 아세요? 어쩌면 형님도 은근히 속으로 돈 많은 여자를 동경하고 있는지도 모르죠. 그렇잖아요?"

"어림도 없는 소리야. 하기야 같은 값이면 돈이 많은 쪽이 좋겠지…. 그러나 돈이 많다는 이유 하나만으론 결코 연애 상대를 택하지는 않아."

"그 보세요. 형님도 역시 돈 많은 여자를 동경하고 있잖아요?"

상민은 대꾸를 않고 숟가락을 놓았다. 상식과 대구에서 만난 것을 후회했다. 차라리 만나지 않았더라면 이런 환멸은 맛보지 않았을 것을…. 그러나 그런 생각이 나쁘다고 상식에게 말할 용기는 없었다. 마음속으론 분명히 상식의 말대로 자기도 돈 많은 여인을 동경하고 있음을 느꼈기 때문이다.

요사이 청년들에게까지 돈이 그처럼 위력을 부리고 있을 줄은 미처 모르고 있었다. 현대인에게 이데올로기보다 몇 배는 더 큰 위력을 발휘하고 있다고 상민은 깨달았다. 돈이란 확실히 매력적이기는 하지만 인간성 자체를 바꿀 만큼 강력한 영향력을 행사하고 있다는 데 사실에 그는 경탄했다. 돈과 자유, 이것은 에누리 없는 현대인의 새로운 신화로 등장했음이 분명했다.

"어라 벌써 두 시 반이야. 이제 가봐야겠는데."

이렇게 중얼거리면서 상민은 시계의 태엽을 감았다. 태엽을 다 감은 후 상민은 인자한 형의 모습으로 돌아와 다정하게 말했다.

"하숙비가 밀렸을 테지. 두 달 하숙비는 될 거야. 절약해서 쓰도록 하고, 넣어둬."

"형님도 적은 봉급으로 궁색할 텐데…, 번번이 이렇게 돈을 주시니 뭐라 말해야 좋을지 모르겠습니다. 형님이 저를 공부시킨 거나 다름없잖아요?"

"그런 소리는 하는 게 아냐. 우리의 몸속에는 똑같은 피가 흐르고 있어. 이데올로기나 돈이나 자유 따위보다는 피가 중요해. 피는 모든 것의 위에 있는 거야. 피로서 모든 것을 녹일 수도 있어. 용광처럼 말이다…."

또렷한 어조로 이렇게 잘라 말하고 상민은 벌떡 일어났다. 상식은 탁자 위에 놓인 돈 봉투를 굽어보다가 상민이 일어나자 주머니에 넣고 느릿느릿 몸을 일으켰다. 그의 표정은 굳어 있었다. 굳어진 얼굴 안으로 감격과 감사한 마음이 뒤섞여 물결쳤다. 그들은 식당을 나왔다. 찬란한 태양이 그들 머리 위에 이글이글 불타오르고 있었다. 가을 날씨이긴 하지만 그래도 햇볕은 따가웠다. 그들은 고향으로 가는 버스를 타기 위해 정류소를 향하여 묵묵히 걸어갔다.

상식은 피가 용광로처럼 모든 것을 녹일 수 있다는 상민이의 말을 되씹었다. 되씹을수록 훈훈한 정이 샘솟는 의미심장한 말이었다. 그는 자기가 형에게 무참하게 패했다고 느꼈다. 그들은 다정하게 어깨를 부딪히며 저만치 보이는 버스 정류장를 바라보며 걸었다. 출발이 임박한 포항행 버스가 손님을 부르느라 요란하게 경적을 울렸다.

상민은 가방을 들고 신작로 길을 걸어가고 있었다. 그는 고향까지 가는 버스를 타지 않고 과거 할아버지와 아버지 그리고 두 삼촌이 걸었던 이 신작로 길을 걷고 싶어서 일부러 십여 리에 달하는 여정을 택했다. 영장을 받기 전 그는 세검정에서 자두밭이 딸린 식당을 경영하는 고모를 만났던 일을 회상했다. 할아버지는 삼 형제만 두었기 때문에 친 고모는 아니었다.

지난번 증조부님 기일에 귀향했을 때 그의 어머니가 은밀하게 그 고모를 꼭 만나 보라고 해서 길을 물어 찾아가 만난 미모의 중년 여성을 떠올렸다. 자하문을 지나 산모롱이에 펼쳐진 자두밭 언저리에 아담한 한식당과, 고운 한복차림으로 그를 다정하게 맞아준 우아하게 나이를 먹은 중년 여인을 뇌리에 떠올리며, 아지랑이 같은 과거사를 유추했다.

아버지가 생존해 있을 때 그에게 세검정과 자하문 밖 자두밭 이야기를 가끔 했던 기억도 되살아났다. 세월이 좋아지면 그 과수원에 가서 맛있는 자두를 실컷 따먹자고 한 아버지의 말도 의미심장하게 다가왔다. 그에게 소위 고모라며 각별히 소개하던 어머니의 표정 역시 예사롭지 않았음을 깨달았다.

그가 어렸을 때 그녀의 등에 업혀 신작로와 백사장을 노닐던 기억도 아련하게 떠올랐다. 식당과 자두밭은 700평 내외쯤 되고 경사가 완만한 넓은 공간이었다. 그 땅은 너의 아버지가 사준 것이라고 한 어머니의 말이 유난히 그의 마음을 사로잡았다. 아버지가 무엇 때문에 그처럼 큰 땅을 고모에게 사주었는지도 의아했다. 아버지가 좌익 활동을 할 때 그녀는 연락을 도맡았고 유사시 고향을 떠나 서울로 갈 경우 본거지로 삼으려 했던 것일까.

상민이 어렸을 때 그녀는 가정부였다. 단순한 가정부가 아니라 영우를 존경하고 종철의 집안과 교분이 남다른 가정의 착실한 처녀였다. 상민의 아버지와 그녀 사이가 단순치 않다는 소문이 마을에 퍼지자 영우가 거금을 주어 서울로 보냈다는 말도 한동안 나돌았고 둘 사이에 딸 하나가 있다는 이야기도 원근에 자자했으나, 아직까지 그 자세한 경위는 수수께끼로 남아 있었다.

영우와 과거 가정부 사이에 난 딸 하나가 서울에 있다는 소문은 완전히 소멸되지 않고 지금도 마을 사람들 간에 심심찮게 나돌고 있었다. 이 같은 소문의 진상은 오로지 상민의 어머니 은숙만 알고 있는 비밀이었다. 상민 역시 미심쩍은 데가 있었으나 어머니에게 묻기가 어려워 입을 다물었고 훗날 때가 오면 그 실상이 소상하게 밝혀질 것이라고 그는 생각했다. 상민은 아버지와 이른바 그 고모와의 관계를 낭만적이라 생각하고 있었다.

상민은 고모로 알려진 그녀가 자신을 상상 이상으로 환대했던 기억을 되살렸다. 특히 경제적으로 어려운 일이 있을 때, 친어머니처럼 생각하고 찾아오라고 한 말이 인상 깊었다. 그가 과수원 식당에서 인사를 하고 나올 때, 그녀는 보통 때보다 훨씬 두툼한 봉투를 쥐어주었다. 그 사이 상민은 그 고모의 연락을 받고 여러 차례 과수원 식당을 찾아가 상당한 양의 경제적 도움을 받았다.

그녀는 종철가가 옛날과 달리 형편이 넉넉지 못하다는 것도 알고 있었다. 은숙은 아들에게 우리 형편이 여의치 않은 만큼 그녀에게 도움을 받아도 무방하다고 했으므로 순순히 그녀의 도움을 받았다. 헤어질 때 삼 년 뒤 제대하고 서울에 오면 앞일에 대해 긴요하게 상의할 문제가 있다고 한 그녀의 말도 생각이 났다.

긴요한 일이 무엇인지 알 수 없었으나, 아마도 마을에 떠돌았던 그녀의 딸인 아버지의 서녀 문제일 것이라고 그는 짐작했다. 여하튼 상민은 고모라고 불렀던 그녀에 대한 감정이 나쁘지 않았다. 상식에게 준 봉투도 그 고모가 건넨 돈이었다. 상민은 자신을 바라보는 그녀의 연민과 자애심이 가득 담긴 애틋한 눈길이 눈앞에 선했다. 상민은 이른바 고모 몸에서 난 여동생 상진이 무척 보고 싶었으나 고모는 무슨 사정인지 만남을 주선하지 않았다.

그 이복 여동생과 더불어 그는 또 하나의 숙제를 떠올렸다. 막내 삼촌 정우가 어머니에게, 이웃 마을에 자신의 피붙이가 자라고 있으니 먼 훗날 집안의 종손인 상민이 적의하게 해결하게 해 달라고 한 말도 상기했다. 그는 어머니가 그 아이를 유달리 위해 주는 점을 여러 번 목격하고 이상하다고 생각했던 기억도 되살아났다.

이 소문들이 전부 사실이라면, 이른바 고모에게서 태어난 자신의 이복 여동생과 정우 삼촌의 정인인 이경자 아주머니가 낳은 아들 상경도 엄연한 우리 집안의 핏줄인 만큼 자신이 거두어야 할 의무가 있다고 생각했다. 상진은 영우, 상경은 한우의 호적에 등재되어 있다. 영우와 정우의 이복 아들과 딸에 대한 사실을 은숙을 통해 들은 종철은, 기꺼이 이들 모두를 이씨 호적에 오래전에 입적시켜 놓았다. 은숙의 요청으로 이경자 아주머니 앞으로 논 다섯 마지기도 증여했다.

자갈이 두껍게 깔린 신작로를 터벅터벅 걸어가면서 그는 고향의 산하를 만감 어린 시선으로 둘러보았다. 산과 밭과 논은 조금도 달라진 바 없이 옛날 그대로의 모습으로 상민을 정겹게 맞았다. 신작로 양쪽에 전에 없었던 버드나무 가로수가 줄지어 서 있었다. 신작로 양편 논에는 노랗게 익기 시작한 벼들이 풍성하게 가을바람에 일렁거렸다. 참새 떼를 쫓는 아이들이 장대를 휘두르며 후여 후여 하는 소리가 이 논 저 논에서 메아리쳤다.

신작로를 끼고 굽이치는 강둑의 잔디가 노랗게 황금빛으로 물들어 있었다. 북쪽 밋밋한 산등성이에는 소들이 풀을 뜯고 있었고, 소를 먹이는 아이들 네댓 명이 흩어졌다가는 모이고, 모였다가 다시 흩어지는 광경이 보였다. 예나 지금이나 신작로에는 행인이 별로 없었다. 상민은 텅 빈 신작로를 독차지하고 있었다.

상민이 걷고 있는 이 신작로는 그의 할아버지가 걷던 길이고 그의 아버지나 삼촌들이 밤낮으로 거닐던 길이며, 일본도를 허리에 찬 일제 순사들도 걸었고 공출을 바치러 가던 흰옷 입은 마을 사람들도 걸었던 길이었다. 완전 무장한 한국군의 행렬도 지나갔고, 포의포 백사장에 접안한 엘에스티(LST) 군용 함정에서 미군을 비롯한 다국적 유엔군도 하륙하여 지엠씨(GMC) 트럭을 타고 대열을 지어 북으로 갔으며, 야음을 탄 빨치산들도 거닐었던 길이었다. 카빈총을 둘러맨 경찰관도 걸었고 씨아이씨 대원들도 의기양양 뽐내며 걸었던 길이었다. 무거운 우편가방을 짊어지고 초조하게 기다리는 마을 사람들에게 편지를 전해 주던 체부도 걸었고, 해방 이후 호칭이 바뀐 우편배달부도 드나들던 신작로였다.

일장기를 가슴에 두르고, '덴노헤이카 반자이'라는 우렁찬 함성에

파묻혀 한우 삼촌이 황군에게 끌려간 길이었고, 그의 유골함이 돌아온 길이기도 했다. 손이 묶인 채 영우가 트럭에 실려 가서는 총살형을 당한 것도 바로 이 신작로였다. 유족들의 곡성을 뒤에 하고 태극기를 가슴에 두른 정우 삼촌이 전쟁터로 향했던 길이고, 팔 하나와 눈 하나를 잃은 상이군인이 되어 돌아온 길이기도 했다. 또한 자살한 정우 삼촌의 상여가 인근 상이용사들의 호위 아래 통과한 길이기도 했다.

상민은 얼굴을 들고 똑바로 앞을 바라보며 걸었다. 벼들이 익어가는 들판 너머로 아련히 나타난 그의 고향 마을은 그로 하여금 짜릿한 흥분을 느끼게 했다. 들판 너머 솔밭 사이로 올망졸망한 초가집 지붕들과 그 위로 우뚝 솟은 기와집이 바다를 향해 펼쳐진 평화로운 마을, 그가 나고 자란 고장이다. 그 솔밭 옆으로 푸른 하늘 아래 시원하게 트인 동해 바다의 수평선이 무한대로 펼쳐졌다. 백사장을 건너 늘 푸른 송림을 지나 바람을 타고 밀려온 은은한 파도소리가 그의 귓전에 꿈결처럼 메아리쳤다.

상민은 가슴을 활짝 펴고 깊숙이 맑은 공기를 들어 마셨다. 비릿한 바다 냄새가 풍겨 왔다. 반세기에 걸쳐 휩쓸고 지나간 각양각색의 박제신화들로 얼룩진 신작로를 상민은 묵묵히 걸어가고 있었다. 그에게는 이 길을 거쳐 명멸한 숱한 신화들이 아침 해가 떠오르면 이내 사라지는 이슬처럼 여겨졌다. 해가 나면 사라졌던 이슬이 해가 지고 밤이 오면 다시 맺힌다는 사실을 깨닫자 그의 표정은 다시 어두워졌다. 자신은 지금 자유 진영의 방패나 반공의 보루로 이 신작로를 걷는 것이 아니라 대한민국의 찬란한 미래를 창조하기 위해 가고 있다는 점을 상기했다.

상민은 시계를 보았다. 다섯 시 반이 조금 지나 있었다. 태양은 상민의 뒷덜미에 내리쬐고 있었다. 그는 해가 떠오르는 아침에 이 길을 걸으면 얼마나 좋을까 하는 상념에 잠겼다.

마을은 점점 가까이 다가와 그의 가슴팍으로 안겨들었다. 신작로 양쪽으로 따라오던 논이 끝나고 대신 밭이 나타났다. 밭에는 키다리 수수, 콩, 조, 옥수수, 기장 등의 잡곡이 바람에 흔들리고 있었다. 조 이삭에 타고 앉아서 좁쌀을 까먹던 참새 떼가 상민이 나타나자 푸드덕 날아올랐다. 그는 날아가는 참새 떼를 따라 시선을 옮기다가 다시 신작로 바닥에 깔린 엄지손가락만한 자갈에 눈길을 주었다.

발길에 밟히는 자갈들이 우두둑 우두둑 소리를 질렀다. 상민은 걸음을 멈추었다. 파도 소리가 좀 더 크게 들려왔다. 걸음을 멈춘 상민은 신작로 양편 밭에 마주 보고 서 있는 허수아비들을 번갈아 바라보았다. 찢어지고 허름한 옷을 걸친 허수아비는 신작로 남쪽 편 밭에 서 있고, 북쪽 편 밭에는 하얀 빛깔의 누더기에 중절모를 비스듬히 눌러쓴 허수아비가 불어오는 바람에 소맷자락을 펄럭이며 후줄근하게 서 있었다. 그 밭에는 새들이 가장 까먹기 좋아하는 기장이 누렇게 익어가고 있었다.

마을 안으로 들어간 상민은 눈에 익은 골목과 골목 양편으로 늘어선 집들을 정겨운 시선으로 둘러보았다. 움집을 간신히 면한 초가집들과 구멍이 뽕뽕 뚫려 집 안이 훤히 들여다보이는 울타리들이 그의 망막에 비쳐왔다. 이들 초라한 집들과는 아주 대조적으로 붉은 벽돌로 한길이 넘는 담장을 친 으리으리한 기와집 앞에 상민은 잠깐 걸음을 멈추었다. 청색 페인트칠을 한 대문 옆에 달린 문패가 그의 시선을 사로잡았다. 번지르르하게 윤이 나는 새까만 대리석에 흰 글자가 박혀 있었다.

"임 삼 득."

상민은 그 문패에 새겨진 글자를 입안말로 읽었다. 가슴속이 찡하고 울려왔다. 집 안에서 훈기가 무럭무럭 나고 있는 것 같았다. 갑자기 호탕한 웃음소리가 집 안에서 들려와 상민은 움찔하고 놀라며 떠밀리듯 멈추었던 발걸음을 다시 옮겼다. 비록 사람의 모습은 보이지 않았지만 그것이 삼득의 것임을 단번에 알 수 있었다. 혼자 제 세상을 만난 방약무인의 웃음소리가 역겨웠다.

그는 고개를 약간 떨어뜨리고 터덜터덜 집으로 향했다. 상식의 말마따나 삼득이 지난 시간의 승자일지도 모른다고 새삼스레 느꼈다. 결과적으로 승자일지는 모르지만 그것은 아주 추악한 승리였다. 아니다. 그는 승자가 아니고 패자다. 그따위 승리보단 차라리 영광스러운 패배가 더욱 가치 있는 것이라고 상민은 중얼대며 고개를 번쩍 쳐들었다.

"버스가 몇 시에 와?"

상민은 숭늉 그릇에 밥을 말며 상희에게 물었다.

"9시에요."

상민은 마루에 걸린 괘종시계를 시계를 쳐다보았다. 상희는 말똥말똥한 눈으로 오빠를 바라보며 서글픈 얼굴을 하고 있었다. 비록 총성은 멎었지만 6·25의 쓰라린 참상 때문에 아직도 군대는 공포의 상징이었다.

"지금 몇 시냐?"

숟가락을 밥상 위에 놓으며 종철은 나직하게 물었다. 영장을 받고 입대하는 장손자를 바라보는 종철의 시선은 필설로 형언하기 힘든 감회가 뒤엉켜 있었다. 아들 셋도 모자라 손자까지 군대에 보내야 하는 그의 심경은 더없이 착잡했다. 아침 밥상을 받아 놓고 형식적으로 두어 번 뜨다 말고 숟가락을 놓았다. 입속에 들어 있는 것이 모래알 같아서였다.

"8시 5분 전입니다."

상민은 밥상 위에 놓인 할아버지의 숟가락을 응시하며 이렇게 말했다. 그는 자기 자신이 할아버지에게 죄를 짓고 있는 것처럼 괴로웠다. 종철은 비록 연세가 들어 다소 살이 빠지고 수척해지긴 했으나 당당한 풍채와 사람들을 압도하는 위엄은 변함이 없었다. 세 아들을 가슴에 묻은 할아버지의 얼굴을 눈물이 고여 똑 바로 쳐다보지 못했다.

"얘야, 많이 먹어라 응? 군대에 가면 배가 고프다던데."

"네, 많이 먹고 있어요. 할머니."

"점심은 집에서 먹고 가면 안 되니? 웬만하면 점심은 집에서 먹고 가려무나."

할머니는 단 일 분이라도 상민이 늦게 출발하기를 간절하게 바랐다. 그는 가족들 몰래 손등으로 눈물을 닦으며 웃는 얼굴로 대꾸했다. 다른 집안에서는 요즘 군대에 가는 것을 아무렇지도 않게 여겼지만, 그들은 그렇지가 않았다. 말발굽에 채인 사람이 말 그림자만 보아도 놀라는 격이었다. 옛날과 달리 이제는 자식들을 군대에 보낼 때 부모들은 한결 가벼운 마음으로 보냈다.

전쟁을 하는 것도 아니니 남자로 태어나 다양한 경험도 할 겸 한번 다녀올 만하다고 사람들은 생각했다. 그러나 상민의 가족들은 그렇게 단순하게 여기지 않았다. 그들의 머릿속에는 한우의 유골상자와 심한 부상을 입고 돌아온 정우의 모습이 강렬하게 각인되어 있었기 때문이다.

아들과 조카를 군대에 보내는 은숙과 미혜는 밥을 먹는 둥 마는 둥 했다. 은숙은 나이보다 훨씬 늙어 보이는 창백한 얼굴이었고, 미혜는 사십 대 여성의 원숙함과 규모 있는 체격을 갖추고 있었다. 상민은 미혜 숙모의 감각적인 얼굴과 균형 잡힌 몸매를 응시하며, 항간에 떠도는 그들 집안과 앙숙 관계인 임삼득과의 풍문을 연상하다가 고개를 좌우로 흔들며 낭설에 불과하기를 기대했다.

"너에게는 영장이 나오지 않을 것이라 믿었는데…, 세월이 참 지루하기만 하다. 하루라도 더 살면 그만큼 불행한 것 같아. 앞으로 상식에게도 영장이 나올 것이고 어쩌면 너희들의 아들에게도 나올 것만 같으니…. 끝없는 반복이구나."

"할아버지 너무 상심하지 마세요. 전쟁을 하는 것도 아니고, 삼촌들이 영장을 받던 때와는 다르잖아요?"

"다를 게 없지, 군대는 군대고 영장은 영장이니까. 빨리 군 복무를 마치고 돌아와야만 내 마음이 놓일 텐데…."

"삼 년만 지나면 제대합니다."

"삼 년이라, 그동안 내가 살아있을지 모르겠구나."

"원 할아버지도 별말씀을 다 하십니다. 아직 기력이 좋으신데."

"아니다. 늙으니까 온몸이 쑤시고 아프다. 특히 날씨가 찌푸렸다 하면 더 괴로워."

상민은 할아버지가 여러 차례 아버지로 인해 지서로 불려가 초죽음이 되도록 구타를 당했다는 사실을 상기했다. 심한 매를 맞은 사람은 날씨가 기울면 온몸이 쑤시고 괴롭다는 사실을 상민은 잘 알고 있었다.

"올해 내 나이가 일흔 세 살이다. 언제 죽을지도 모를 몸이지. 너희들 장가나 보내놓고 죽어야 제대로 눈을 감겠는데, 참으로 간고하고 지루한 생애다. 죽어서 조상님을 무슨 면목으로 뵈어야 할지 두렵다. 나는 조상으로부터 논밭을 합쳐 이백여 마지기가 넘는 땅을 물려받았는데 지금은 논밭을 합쳐 겨우 30여 마지기 밖에 남지 않았으니…."

"할아버지가 그 토지들을 모두 가지고 계셨다면, 해방 후 토지개혁으로 3정보만 갖고 나머지는 모두 양도되었을 것입니다. 지금은 지주가 존재할 수 없는 세상입니다."

"나는 조상이 물려준 땅을 팔아서 너희 아버지 삼 형제를 모두 공부시켰어! 허나 공부시킨 보람은 없었다. 보람은커녕 그놈들은 모두 약속이나 한 듯이 나를 실망시켰어. 토지도 없어지고 자식들이라고는 죄다 비명에 잃어버렸으니…, 그것이 못내 원통하다. 한 놈은 사회주읜가 뭔가 하다가 죽었고, 한 놈은 일본 군대에 나가서 죽고, 한 놈은 국군에 나가서 불구가 되어 돌아와서 스스로 목숨을 끊었어. 오천 년간 이 땅에 살아온 조상들의 지혜를 무시하고, 외국으로부터 들어온 괴이한 정체불명의 유언비어에 현혹되어, 불행과 불명예로 젊은 나이에 삶을 마감했다. 너는 부디 위정자나 권력욕에 불탄 인간들의 혹세무민과 유언비어에 속지 마라. 대동아 공영권이니, 공산주의니, 반공이니, 자유니 하는 이따위 유언비어들은 죄 혹세무민의 언동에 불과하니 절대로 그런 것에 현혹되지 말거라. 알겠느냐?"

"알겠습니다. 그러나 할아버지, 그것들이 혹세무민과 유언비어인지 아닌지는 좀 더 시간이 흘러봐야 알 수 있는 문제예요. 하지만 그 외래이념들이 우리 아버지 형제들을 비명에 돌아가시게 한 것은 확실합니다."

"그렇기도 하다만…, 사람은 좌우간 오래 살아야 한다. 몸뚱이가 죽으면 아무것도 소용없어. 허사야. 여하튼 그런 것들은 유언비어라고 생각하고 너는 일신을 잘 보존해라."

이데올로기를 모조리 혹세무민의 유언비어로 쉽게 단정하는 할아버지의 의견에는 찬성할 수가 없었다. 그것들이 인간을 좀 더 잘

살게 하기 위해 고안된 것들인데 그렇게 단 한마디로 규정하기 쉬운 문제는 아닌 것 같았다. 그러나 그 반세기 동안 유입된 소위 이데올로기들이 한국 사람들을 얼마나 잘살게 했느냐에 대해서는 의문이 많았다. 현실적으로 나타난 것은 사람을 잡는 일종의 덫에 불과한 경우가 허다했던 사실도 부정하기 어려웠다.

이데올로기 그 자체가 나쁘냐 아니면 그것을 잘못 운영한 사람이 나쁘냐 상민이 항상 고민했던 문제였다. 적어도 그는 이들 모든 외래 이데올로기에 대해서는 다분히 회의적이었다. 사람이 사람이기 위해서는 어떤 이데올로기든 있어야 하는 것일까. 특정 이데올로기에 지나치게 경도되면 다양성이 소멸되어 아메바와 같은 단세포적 사고가 무한대로 증식하여, 외부의 사소한 충격에도 감당하지 못하고 하루아침에 깡그리 무너지게 된다. 공산주의 국가들이 갑자기 패망한 것도 이 같은 이유에서이다. 유전자가 동일한 양계장의 닭이 병들면 순식간에 몰살하는 것처럼 다양성이 없는 국가도 이 같은 길을 걸을 소지가 농후하다.

삼국시대 이전에는 애니미즘과 샤머니즘이 백성을 지배했고, 삼국시대에는 선풍과 불교와 유교의 영향 아래 있었으며, 고려시대 역시 유학과 불교 이념이 저변에 흘렀다. 그러다가 조선조에 와서는 주로 공맹사상을 바탕으로 한 주자학이 백성들을 인도했고, 비록 한 때이긴 하지만 실학사상과 동학사상도 있었고, 천주교와 개신교 등 외래종교도 만연하지 않았던가. 이 모든 이념의 저류에는 한국적인 독특한 기층사유가 관류하고 있었음을 그는 주목했다.

우리 조상들이 지녔던 탁월한 지혜를 발굴하여 이를 바탕으로 외래 신진 이데올로기를 변용시켜 우리 겨레의 참된 신화를 창출해야 한다. 다행스럽게도 대한민국은 미래를 위한 진보적인 최상의 신화를 창출할 자유라는 토양을 깔아놓은 체재라고 그는 믿었다. 참된 신화는 자유에서 배태되는 것이니까. 근세 반세기 동안 공산국이었던 소련 중국 동구제국과 북한 등에 역사에 남을 인물 하나 배출하지 못한 것은, 백성들에게 자유를 박탈했기 때문이다. 공산주의가 지배하던 반세기 동안 이들 국가는 열 명 이내의, 그들이 큰소리로 비난했던 소위 현대판 봉건 통치자들만 역사에 남았을 뿐, 모래알처럼 많은 민초는 현대판 노예로 전락하여 반인민적인 역사의 무덤 속으로 허망하게 사라졌다.

"내가 보기에는 세상이 조금도 달라지질 않았어. 너희들 아버지 때나 지금이나 달라진 게 무엇인지 나는 모르겠다. 그때나 지금이나 노상 그대로야, 그대로."

"할아버지 말씀대로 과연 달라진 게 없습니다."

상민은 억지로 밥을 맛있게 먹는 척하며 머리를 끄덕였다. 과연 달라진 게 없는 것 같았다. 아버지 세대를 휩쓸던 각종 신화들이 아직도 생생하게 살아서 사람들의 마음을 사로잡고 있지 않은가. 명분과 형식을 바꿔서 영장도 계속 나오고 있고, 대동아공영권의 이상도 다시 움트고 있는 것 같고, 미국과 소련 중공에 의지하여 조국의 번영과 평화를 추구하려는 사대적 세력들도 활개를 치는 상황이니, 할아버지 말씀대로 표피의 변모만 진행되었지 본질은 변화한 게 없다고 봐도 무리가 아니었다.

사실 모든 것은 되풀이되고 있었다. 달라진 게 있다면 그런 모든 이데올로기가 좀 더 구체화되고 잔인해지고 현란한 색깔로 채색된 것뿐이었다. 상민은 억지로 밥 한 그릇을 먹어 치우고 상을 물렸다. 그렇게 하는 것이 가족들에게 조금이나마 위안이 되기 때문이었다. 할머니는 밥이 적으냐고 물으면서 상희를 보고 왜 밥을 적게 담았냐고 나무랐다.

상민이 숟가락을 놓자 그러기를 기다렸다는 듯이 은숙과 미혜 그리고 상희를 비롯한 가족들 모두가 숟가락을 놓았다. 상희는 벌떡 일어나서 밥상들을 모두 부엌으로 가져갔다. 그는 초상난 집 사람들처럼 정신없이 멍하게 앉아 있는 가족들을 둘러보았다. 이 찌푸린 얼굴들에 웃음을 줄 수는 없을까. 살아가는 보람을 줄 수는 없을까. 쥐구멍에도 볕들 날이 있다는데, 이들에게는 태양도 등을 돌려 외면하고 있는 걸까.

상민은 어머니와 숙모의 바삭하고 그늘진 얼굴을 바라보았다. 새삼스럽게 그들이 미망인임을 깨달았다. 개가를 하지 않고 혼자 자식들을 키우며 살고 있는 그들에게 감사를 드려야 할 것인지, 아니면 전근대적인 미망인이라 비판을 해야 하는지는 상민도 알 수 없었다. 이미 인생의 절반 이상을 살아온 얼마 남지 않은 그들의 여생에 과연 자기와 상식이 웃음을 주고 보람을 줄 수 있을 것인가를 생각해 보았지만 자신이 없었다.

"떠날 준비는 다 되었니?"

은숙은 비로소 아들을 보고 이렇게 말했다. 상민은 어머니의 목소리가 곱다고 느꼈다. 혜원의 목소리처럼 낮고 부드러웠다. 그는 어머니의 얼굴을 찬찬히 들여다보았다. 눈이랑 입술이랑 혜원과 닮은 데가 많은 것 같았다. 때때로 혜원에게 안기고 싶었던 자기의 심정이 이제야 상민은 이해가 되었다. 어머니의 서정적인 검은 눈동자를 통하여 그는 혜원의 얼굴을 그려보았다. 그녀와 더불어 마음과 육체를 공유하면서 확인했던 그 소중한 시간을 떠올리며 가족들 모두가 혜원을 좋아할 것이라고 상민은 생각했다.

"준비랄 게 있나요? 빈 몸으로 가기만 하면 밥도 주고 옷도 주는데요 뭐."

"총과 탄환도 주겠지…."

미혜가 각이 선 억양으로 응수했다. 상민은 비수를 감춘 숙모의 말을 음미하며 숙모의 얼굴을 쳐다보았다. 싸늘하게 웃고 있었다. 숙모의 싸늘한 그 웃음이 상민의 웃음을 앗아갔다.

"얘들아 총알이란 말은 내가 듣는 데서는 아예 하지도 말아."

할머니가 억양을 높여 그들의 말을 잘랐다. 미혜는 약간 무안해진 표정으로 상민에게 정감 어린 잔잔한 웃음을 보내며 일어나라는 암시를 주었다.

"그럼, 가보겠습니다."

"벌써 시간이 되었느냐?"

종철은 이렇게 힘없이 혼잣말처럼 입속에서 우물거리며 상민을 따라 일어났다. 가족들 모두가 몸을 일으켰다.

"너만은…."

상민은 문지방을 넘어가다가 엉거주춤하게 동작을 멈추고 할아버지의 다음 말을 기다렸다.

"너만은, 성한 몸으로 다시 돌아와야 한다. 재차 말한다만 너는 절대로 너의 아버지 형제들처럼 유언비어에 홀려서는 안 된다. 내 말을 명심해라!"

할아버지는 문지방을 넘어 마루로 나왔다. 아래채 지붕 위로 태양이 이글이글 타오르고 있었다. 깊은 산속 반석 위로 흘러내리는 물처럼 먼지 한 알 없는 푸른 하늘이 상민이의 머리 위에 있었다. 상민은 태양과 하늘을 한 눈으로 쳐다보면서 마당으로 내려섰다. 종철은 말없이 사랑방으로 들어가 문을 닫았다. 그는 할아버지가 들어간 사랑방을 잠깐 바라보다가 혀끝으로 입술을 축이며 골목길로 들어섰다.

묵묵히 상민의 뒤를 따르는 할머니와 어머니 숙모 그리고 상희의 표정은 하나같이 침울했다. 골목길을 걸어 나가면서도, 상민은 마당에서 자기를 보내고 사랑으로 힘없이 들어가던 할아버지의 모습이 눈앞에 선하게 떠올라 시야가 흐려졌다. 커브를 돌아갈 무렵 할아버지의 모습에, 이 골목을 걸어 나갔던 그의 아버지와 두 삼촌들의 환영이 겹쳐졌다.

"이젠 모두 집으로 들어가십시오, 여러 차례 겪었던 일이잖아요, 우리는 조국 대한민국을 지켜야 할 의무가 있습니다."

신작로에 나와서 상민이 가족들에게 말했다. 그들은 그 말을 못들은 척 묵묵히 상민을 뒤따르고 있었다. 그는 수평선을 응시하면서 버스 정류장 쪽으로 천천히 걸어갔다. 바다는 잔잔했다. 하늘과 바다가 맞닿은 아득한 수평선이 상민의 시선을 끌어들였다. 바닷물 전체가 소용돌이를 치는 것 같아 상민은 눈을 돌려 시동을 건 채 그의 승차를 기다리는 버스 위로 올라탔다.

상민이 오르자 문이 닫히고 버스가 출발했다. 뿌연 먼지를 일으키며 버스는 그의 할머니와 어머니, 숙모와 동생 상희를 뒤로 한 채 신작로를 달려 북쪽으로 향했다. 손자와 아들과 조카와 오빠를 싣고 무심하게 달려가는 버스를 그들은 하염없이 바라보고 있었다. 버스가 일으킨 희뿌연 먼지는 바람에 실려 망망한 동해바다 수평선 위로 흩어졌고, 포의포 해안 백사장 사구에 무더기로 군락을 이룬 해당화는 변함없이 해풍을 맞으며 피었다가 또 지는 중이었다.

작가의 말

　단기 4243(1910)년 대한제국은 일제의 대동아공영권 야욕에 허망하게 멸망했다. 을사5적과 경술7적 같은 난신적자들과 밀물처럼 밀려온 외래사조를 맹목적으로 수용한 지식인들에게도 책임이 있다. 일제 치하 일본 유학생들에 의해 유입된 허황한 외래이념(박제신화)에 열광한 지식인들이 민인을 잘못 인도한 과오도 한몫을 했다. 일제강점기의 민족정기 말살 책략은 민인을 식민지인으로 전락시켜 대동아공영권의 노예로 만들었다. 이로 인해 유사 이래 한 번도 겪지 못했던 36년간의 국권상실 시대가 전개되었다.

　1945년 조국해방 이후의 국론분열은 외래 박제신화에 오염된 정치인과 지식인들에 의해 증폭되었다. 외세에 의한 민족분단과 이에 따른 남북한 지도자의 오판으로 빚어진 한국전쟁의 동족상잔 참상도 이로 말미암았고, 그 폐해는 종결되지 않았으며 지금도 진행형이다. 자유로 포장된 자본주의와 평등으로 분식된 공산주의와 각종 외래종교 등이 지도자의 권력욕과 결부되어 우리 겨레를 분열시켰다. 국가와 민족은 4분5열되어 3국 시대에서 4국시대로 진입하여 민족통합은 한층 더 멀어졌다.

나는 1세기 이상 계속되고 있는 이 같은 비극을 이종철 가의 3형제를 중심으로 형상했다. 장남은 사회주의자이고 차남은 대동아공영권의 신봉자였다. 막내는 자본주의를 숭상했으나, 이들 모두 불우하게 생을 마감했다. 해방 전후 이데올로기로 미화된 박제신화는 수많은 민인을 무참하게 학살하는 구실로 작용했다. 남한의 선은 북한에서 악이 되고, 북한의 악은 남한에서 선이 되었다. 당색이 다르면 공맹도 악인이 되고, 당파가 동일하면 도적 같은 흉인도 선인으로 평가받는 시비선악의 기준이 와해된 시대를 우리는 살고있다.

북한은 선군을 표방하는 데 반해 남한은 군대를 하대했다. 남한의 무력경시 사유는 혹 조선조의 우문정책과 관련이 있는 것일까. 소위 한국전쟁은 남한의 군사력 약화와 관계가 있다. "국방력의 쇠

퇴는 적을 불러들이고, 문단속을 허술히 하면 도적을 불러오고, 여인의 지나친 몸단장은 음심을 유발시킨다"는 『주역』의 경고가 연상된다. 자본주의와 사회주의 등은 자유와 평등에 이어 다시 민주화로 재단장되어 민인에게 다가와 있다.

종철 가의 3세들도 아버지의 영향을 받아 비슷한 이념을 가졌지만 선대처럼 맹신의 질곡에서는 벗어나 있었다. 이들은 아버지와 삼촌들의 비극은 무의미한 외래신화의 중독에서 빚어진 결과로 인식했다. 그러므로 이들 사이비 신화로부터 해방되어 조국을 번영과 행복의 길로 인도할 역동적인 지도이념을 창출하기 위해 민족사와 동양사를 뒤돌아보고 세계로 시야를 넓혀 부단한 노력을 경주해야 한다고 3세들은 생각했다.

해방 전후 항간에 나돌던 "미국아 믿지 마라, 소련아 속지 마라, 일본아 일어난다, 중국아 중흥한다, 조선아 조심해라"라는 예언적 참언이 그대로 현실로 나타났다. 근현대사의 비극을 극복하고 닥쳐올 국가적 위기를 수습하여, 나라를 보존하고 중흥시켜야 할 엄중한 시기에 우리는 와 있다.

이 작품은 50여 년 동안 서가에 묵혀 있다가, 논형출판사 소재두 사장에 의해 빛을 보게 되었다. 1960년대 후반 치열했던 나의 고뇌가 이 졸고에 담겨 있다. 반세기 동안 유예하고 있던 숙제를 해결해준 소 사장과 원고를 검토하고 보완해준 편집자 여러분께 진심으로 감사를 표한다.

庚子年 中夏 日

李敏弘 志

박제신화

초판 1쇄 인쇄 2020년 8월 5일
초판 1쇄 발행 2020년 8월 15일
지은이 이민홍
펴낸곳 논형
펴낸이 소재두
등록번호 제2003-000019호
등록일자 2003년 3월 5일
주소 서울시 영등포구 당산동 29길 5-1 502호
전화 02-887-3561
팩스 02-887-6690
ISBN 978-89-6357-242-0   03810
값 16,000원

이 도서의 국립중앙도서관 출판예정도서목록(CIP)은 서지정보유통지원시스템 홈페이지
(http://seoji.nl.go.kr)와 국가자료공동목록시스템(http://www.nl.go.kr/kolisnet)에서
이용하실 수 있습니다.(CIP제어번호: CIP2020031287)